vabsp
CONDE Y0-CDA-212

Conde-Lobato, Miguel, author
La congregacion
11/10/21

Porter County
Public Library System
103 Jefferson Street
Valparaiso, IN 46383

La congregación

LA TRAMA

La congregación

Miguel Conde-Lobato

Papel certificado por el Forest Stewardship Council®

Primera edición: junio de 2021

© 2021, Miguel Conde-Lobato
© 2021, Penguin Random House Grupo Editorial, S. A. U.
Travessera de Gràcia, 47-49. 08021 Barcelona

Penguin Random House Grupo Editorial apoya la protección del *copyright*.
El *copyright* estimula la creatividad, defiende la diversidad en el ámbito de las ideas y el conocimiento, promueve la libre expresión y favorece una cultura viva. Gracias por comprar una edición autorizada de este libro y por respetar las leyes del *copyright* al no reproducir, escanear ni distribuir ninguna parte de esta obra por ningún medio sin permiso. Al hacerlo está respaldando a los autores y permitiendo que PRHGE continúe publicando libros para todos los lectores.
Diríjase a CEDRO (Centro Español de Derechos Reprográficos, http://www.cedro.org) si necesita fotocopiar o escanear algún fragmento de esta obra.

Printed in Spain – Impreso en España

ISBN: 978-84-666-6946-7
Depósito legal: B-4.927-2021

Compuesto en Llibresimes, S. L.

Impreso en Especial Gráficas Editoriales, S. A.
Sabadell (Barcelona)

BS 6 9 4 6 7

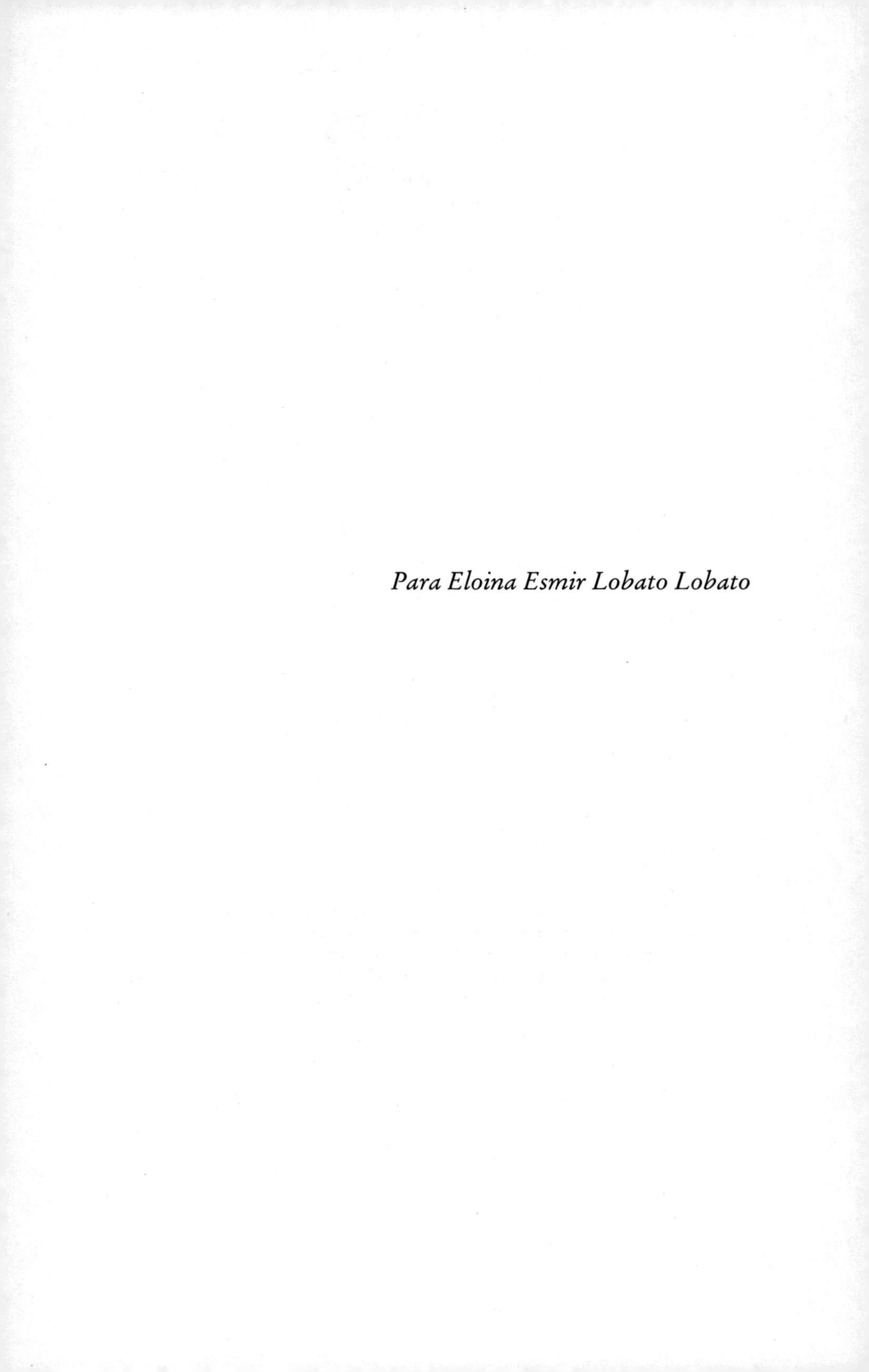

Para Eloina Esmir Lobato Lobato

PRIMERA PARTE

Informe médico n.º 717
Centro Médico de Samos (Lugo)
Paciente: Guillermo Díaz Barbeito
Profesión: Sacerdote
Edad: 42 años
Dirección: Monasterio de Samos
N.º de la Seguridad Social: No lo aporta

Doctora Sofía Blanco Gómez
Colegiado Número: 11.174

15 de enero de 2017

NOTA INICIAL
Acude a mi consulta un paciente visiblemente alterado y con síntomas compatibles con un trastorno de ansiedad agudo. Solicita con insistencia algo que lo calme, a lo que respondemos con tratamiento placebo y ayuda psicológica al paciente.

A los pocos minutos su situación mejora de manera ostensible; responde con normalidad a las preguntas que le realizo para poder definir los motivos causantes de los síntomas percibidos.

Creo que la situación es grave. El paciente afirma que lo persiguen. O es cierto, o él cree que lo es. Sea como sea, está en peligro. Decido escribir este extenso informe para que pueda ser analizado en ambos casos. O por un facultativo especializado o por la policía.

RESUMEN DE DATOS
Exploración física:
—Fuerte taquicardia.
—Tensión alta: 12-16.
—Sudoración por todo el cuerpo.
—El paciente manifiesta igualmente una fuerte dificultad para respirar.

Exploración psicológica:

—Dificultades para concentrarse.

—Alteración emocional significativa (fuerte emotivización de los argumentos y de sus preocupaciones).

—Manía persecutoria: insiste en que lo persiguen.

—Rasgos de conducta depresiva: afirma que más de una persona de su círculo de amistades lo ha traicionado, y se muestra muy decepcionado con ellas.

—Tendencia a dar valor premonitorio a algunos de sus sueños.

—Síntomas todos ellos compatibles con una crisis de ansiedad y con una fuerte depresión.

ANTECEDENTES

—No aporta información de patologías significativas.

TRATAMIENTOS MÉDICOS

—Deduzco que está familiarizado con el uso de las benzodiazepinas dado que pide que se le receten de forma insistente.

CONCLUSIONES

Los síntomas que manifiesta son todos ellos compatibles con una crisis de ansiedad y una fuerte depresión.

En cualquier caso, considero que la valoración de este caso sobrepasa mi especialización en medicina de familia. Por ese motivo he decido incluir una transcripción literal de la entrevista clínica realizada al paciente. Estimo que serán de utilidad para poder ser evaluada por un experto en salud mental o, en su caso, por la policía.

ACLARACIÓN LEGAL

La entrevista se hace de acuerdo con la Ley Orgánica 15/1999, de 13 de diciembre, de Protección de Datos de Carácter Personal (LOPD) y la Ley General de Salud Pública.

Para llevarla a cabo se solicita autorización al paciente para grabar las conversaciones. En la clínica no contamos con ninguna grabadora, por lo que utilizo la aplicación de mi iPhone, pues considero que se trata de un caso de urgencia. Guillermo Díaz Barbeito da su consentimiento.

PRIMERA PARTE DE LA TRANSCRIPCIÓN

PACIENTE: Doctora, necesito que me dé algo. Necesito tranquilizarme. Tengo que calmarme. Tengo que calmarme. Necesito estar lúcido.

DOCTORA: Procure tranquilizarse. Está usted muy alterado. ¿Desde cuándo se encuentra usted así? Hable conmigo. Tranquilícese.

PACIENTE: Desde hace un par de horas. Desde que los oí.

DOCTORA: ¿Tiene problemas con alguien?

PACIENTE: Todos tenemos problemas con ese tipo de gente.

DOCTORA: ¿A qué se refiere?

PACIENTE: Quieren matar. Acabar con gente inocente. Al niño..., a mi amigo..., no puedo permitirlo. Tengo que tranquilizarme. Tiene que darme algo.

DOCTORA: Le daré algo, no se preocupe. Pero primero tengo que conocer bien los síntomas. Para que se haga una idea, si la crisis es de origen nervioso, tendría que recetarle un tipo de medicamento; si los síntomas fuesen físicos, algo cardíaco, por ejemplo, otros muy diferentes, y una senda sería contraproducente con la otra. ¿Lo entiende?

(El paciente parece no prestar atención a mis explicaciones y se mantiene, obsesivo, en su conversación.)

PACIENTE: Lo peor de todo es que había soñado algo parecido anteriormente.

DOCTORA: ¿Qué es lo que había soñado?

PACIENTE: Con aquellos hombres...

DOCTORA: Puede usted contármelo. Hábleme de ese sueño.

PACIENTE: No debería. Podría estar poniéndola en peligro.

DOCTORA: No se preocupe. Lo importante es que usted se encuentre mejor.

PACIENTE: Pues deme un Valium o algo por el estilo...

(Ante la insistencia del paciente y la persistencia de los síntomas decido darle una pastilla de placebo que tenemos en la clínica para casos de pacientes sanos obsesionados con la medicación. Le ofrezco un vaso de agua, que rechaza, y toma la pastilla directamente. A los pocos segundos parece estar más relajado.)

PACIENTE: Quieren matarlos a todos. A todos. La Congregación... Hace tiempo soñé que los veía. Juntos. Conspirando. No sabía quiénes eran. Recuerdo aquellos ojos, aquella mirada. Nunca pensé que sería él.

DOCTORA: Lo escucho. No tenga prisa. Tenemos tiempo.

PACIENTE: Lo sé, le parecerá que estoy chiflado, pero no lo estoy. Muchos de mis sueños acaban ocurriendo de uno u otro modo.

DOCTORA: Eso no tiene por qué ser malo.

PACIENTE: No me refiero a ilusiones. Me refiero a premoniciones. De cosas malas. He oído amenazas que ya había oído en mi sueño. Hace tiempo. Soñé con cuatro hombres. Estaban de pie, frente a frente. Rodeaban un punto en el suelo con una palabra escrita sobre la piedra, como con pintura. Se oía un sonido de fondo, constante, parecían coros, coros lejanos. Eran voces masculinas. Solo se les veía parte de un rostro. Llevaban una especie velo oscuro tapando sus caras. Entonces pude leerlo. Pude leerlo perfectamente.

(El paciente vuelve a mostrar un desasosiego similar al que exhibía a su llegada. Su angustia lo lleva a apretarse repetida y compulsivamente las manos.)

PACIENTE: Aquella palabra. Seguro que era sangre. Solo ponía «congregación», con letras mayúsculas. Era sangre. Aquellos ojos. Creí conocer una de aquellas miradas. «El niño debe morir», repetían. Aquellas letras ce, o, ene, ge, erre, e, ge, a, ce, i, o, ene... Las voces repetían «la congregación debe actuar». Sentenciaban a morir a la madre. Su voz era implacable, doctora.

DOCTORA: ¿Usted se encontraba allí? ¿Entre ellos?

PACIENTE: No. Yo lo veía todo. Pero estaban solos. El coro se oía más cercano y amenazante. No había casi luz. «Los malhechores deben morir.» Solo hablaban de muerte. «Deben morir», repetían. Yo quería gritar, pero no podía.

(El paciente alcanza un estado de ansiedad máximo y se recuesta sobre la camilla apretando contra ella la palma de las manos y mordiéndose los labios. Me alertan los síntomas, y para prevenir que entre en estado de shock le suministro 5 miligramos de diazepam vía intravenosa. Transcurridos un par de minutos empieza a mostrarse más sosegado.)

DOCTORA: Quizá sea mejor que lo dejemos. Veo que esto lo altera más cuanto más recuerda el sueño.

PACIENTE: No. Si no le importa, quiero seguir. Me siento mejor doctora. Le agradezco que me escuche. Me siento mucho mejor. No me preocupa solo el sueño. Es que hasta hoy no supe con certeza de quién era aquella mirada.

(El paciente hace una larga pausa. Su aire entristecido me lleva a pensar que se trata de una grave depresión. Respira hondo y retoma la conversación.)

PACIENTE: Yo no creo en esas cosas. Soy sacerdote. Pero de alguna manera ha sucedido varias veces. Lo que me angustia es lo que van a hacer. Esa gente es completamente real. Temo por la vida de la gente que quieren asesinar.

DOCTORA: ¿Dice que eso ha pasado? Quizá debería acudir a la policía.

PACIENTE: No. Digo que eso está pasando.

1

A Coruña, 8 de noviembre de 2016

—Acabamos de clonar a Cristo.

El padre Guillermo tuvo que agarrarse al pomo de la puerta de la sacristía para poder seguir en pie. Sabía que Rafael no le mentiría; sin embargo, no era capaz de creerlo.

Su amigo seguía hablando mientras él alejaba el auricular del oído. No quería oír aquello. El teléfono se le cayó de las manos y aquel viejo inalámbrico se hizo pedazos contra el suelo. Intentaba aparentar que nada había sucedido. Las piernas le flaqueaban. Tuvo que salir de la sacristía para tomar el aire. No, no quería oír nada más de aquel acto sacrílego e infame, el mayor que jamás se hubiese cometido, pensó. Apoyó las manos en la pared para mantener el equilibrio y al traspasar la puerta pisó la carcasa plástica del teléfono. El crujido llamó la atención de dos ancianas devotas que levantaron la mirada hacia él. Guillermo les sonrió, lo que hizo que volviesen a sus rezos. La calma del templo lo animó a seguir. Caminaba hacia la puerta principal con la misma urgencia con la que un buzo busca la superficie cuando se le acaba el oxígeno. Atravesó el templo y llegó al aire puro. El sol brillaba. Agradeció aquel instante de paz y lo disfrutó sabiendo que sería efímero. Al momento el aire empezó a hacerse denso, a pesar toneladas. Sin embargo, sus pies parecían flotar. La frase volvió a resonar en su cabeza: «Acabamos de clonar a Cristo». De pronto sintió que aquella noticia lo aplastaba abruptamente contra el suelo. Cayó como si le hubiesen disparado en la cabeza, perdió el sentido y se golpeó violentamente contra la acera.

Guillermo hubiese preferido morir allí. Encontrarse con Dios y poder acusar, como si fuese un niño pequeño, a unos cuantos chicos malos por lo que acababan de hacer. Pero no iba a ser tan fácil. Al verlo caer, varias personas acudieron en su ayuda.

—Póngalo de lado.

—Súbanle la cabeza.

Todos daban órdenes, pero nadie hacía nada. Ninguno de los miembros de aquel grupo heterogéneo se atrevía a actuar. Ni el hombre que parecía un intelectual uniformado con una chaqueta de lana y gafas de pasta negra; ni las dos señoras mayores de pelo blanco que, con toda seguridad, eran hermanas; tampoco el chico atlético con ropa de entrenamiento, que parecía estar especialmente contrariado por haber tenido que interrumpir su rutina deportiva diaria para auxiliar al sacerdote; ni las dos amigas morenas que todavía no estaban acostumbradas a ir a clase sin el uniforme del colegio. Estaban nerviosos y desconcertados. Cuando por fin empezaron a tomar iniciativas, todos se afanaron en lograr la correcta colocación del cuerpo de Guillermo, probablemente porque sería de lo poco que sabrían de primeros auxilios. De lado. Boca arriba. Boca abajo. Discutían. Parecían echar en falta a alguien que apareciese con una frase salvadora como la de «soy médico» o, al menos, que supiese realmente lo que se hacía.

La mejilla derecha del sacerdote empezó a teñirse de rojo. La sangre manaba escandalosa por la brecha que se había hecho en la sien. Las dos chicas universitarias agitaban sus carpetas para dar aire a Guillermo mientras una de las señoras sacaba un lujoso pañuelo y secaba la sangre de la herida presionando con sutileza.

—Parece que vuelve en sí.

—Déjenlo respirar.

El padre Guillermo, todavía aturdido, empezó a mirar con los ojos entreabiertos de un lado para otro.

—Tendremos... Hay que..., hay que llevarlo a un hospital —dijo el hombre con aspecto de profesor universitario antes de alzar la mano y parar un taxi.

El grupo se dividió de nuevo. La confusión se instaló entre los que creían que deberían inmovilizarlo y esperar a una ambulancia y los que estaban convencidos de que debería coger aquel taxi y ser atendido por un médico cuanto antes. Ganaron los partidarios de no esperar. Al poco rato el sacerdote estaba retorcido en el asiento trasero de un taxi con las dos chicas jóvenes sentadas a cada uno de sus costados: una seguía abanicándolo y la otra presionaba el pañuelo de la señora contra la frente de Guillermo. Antes de arrancar, el joven deportista dio indicaciones al conductor para que llevase al herido al centro hospitalario más cercano.

El padre Guillermo recuperó ligeramente la conciencia cuando dos enfermeros lo pusieron sobre una camilla, lo que le permitió ver a un enjambre de médicos revoloteando a su alrededor.

—Parece un traumatismo craneoencefálico moderado.

—Apenas si abre los ojos.

—Necesitaremos una tomografía y una resonancia magnética.

—Monitoricemos la presión intracraneal.

Volvió a desmayarse. De haber estado consciente seguro que a Guillermo le habría interesado lo que estaba sucediendo. Era un aficionado a todo lo que tuviese que ver con la ciencia. Le hubiese divertido ver cómo inspeccionaban sus ojos, medían su tensión, cómo le ponían soporte respiratorio y cómo lo sondaban, alojándolo en la Unidad de Cuidados Intensivos después de haber pasado por dos enormes escáneres para realizar pruebas diagnósticas. Cuando parecía que todo había acabado, un joven facultativo acudió junto a él.

—¿Cómo está, Guillermo?

El sacerdote no contestó.

—Si me oye, es importante que haga un esfuerzo para hablar. Necesitamos conocer si tiene discapacidades cognitivas debido al traumatismo...

—Sí, lo oigo —dijo Guillermo con voz pastosa.

—¿Sabe dónde está?

—Por la decoración... parece un hospital.

—Tiene sentido del humor... Buena señal.

—Es de lo poco que me queda.

El enfermero le contó cómo había llegado hasta allí. Cómo las chicas que lo llevaron habían esperado noticias hasta que las tranquilizaron y marcharon a sus respectivas casas.

—La gente es buena —afirmó agradecido Guillermo.

—¿Cómo fue?

—No me acuerdo bien. Estaba en mi iglesia... Vi unas ancianas. No recuerdo nada más.

—Descanse. Dentro de un rato vendrá la doctora Fernández, la médica que lleva su caso, y le dirá si pasa la noche aquí o lo llevan a una habitación.

—¿Dónde se cena mejor?

—Sin duda en la habitación.

Cuando se quedó solo, aquella llamada volvió a su mente. No. No podía ser. Su amigo..., aquel sacrilegio... Seguramente aquello no había sucedido. Se habría caído y luego habría tenido aquella alucinación. Sería eso. Seguro.

La doctora Fernández entró en la habitación a pasos rápidos y cortos portando una sonrisa diáfana que auguraba buenas noticias.

—Lo vamos a enviar a la habitación. Las pruebas diagnósticas no nos alertan sobre nada extraño, su valoración cognitiva es buena... Descanse y mañana podrá estar en su casa sano y salvo.

—Muchas gracias, doctora. A usted y a todo su equipo. No querría que mi torpeza fuese una molestia.

—¿Molestia? Es nuestro trabajo —intervino el enfermero—. Si no hubiera accidentes, no tendríamos empleo.

Lo trasladaron a una habitación. A pesar de su sencillez y de las mínimas concesiones decorativas, le pareció un lugar acogedor. Paredes blancas, un crucifijo, un sillón de cuero verde. Poco a poco iba recuperando la normalidad. Notaba el alivio de los analgésicos que le habían administrado por vía intravenosa. Se mantuvo durante diez minutos mirando al techo, sin ganas de pensar en nada. Con algo de suerte aquello no había sido verdad. Simplemente había tenido un accidente y la conversación con Rafael había sido fruto de su imaginación. Oía el ruido que la electricidad hacía en las lámparas de la iluminación. Era un sonido que le agradaba, lo hacía sentirse protegido.

Ya avanzada la tarde una auxiliar entró con un enorme carro repleto de bandejas en las que había diferentes tipos de cena en función de la dieta asignada a cada paciente. A Guillermo le había tocado una tortilla francesa con un apetitoso color amarillo intenso, un bollo de pan crujiente y una porción de queso con dulce de membrillo de postre.

—Tiene que cenar poco para que pueda dormir bien —le dijo la auxiliar.

—Será suficiente, muchas gracias.

—No sé qué estaría haciendo, pero dicen que se ha dado usted un buen golpe en la cabeza.

Guillermo aceptó resignado el papel de niño que ha hecho algo malo.

«Al menos no me mandan a la cama sin cenar.»

Cuando se quedó solo de nuevo, respiró hondo, se apretó contra la cama y al tiempo que acariciaba las sábanas blancas marcadas con el logotipo del centro intentó poner un poco de orden en su cabeza después de todo lo que había sucedido. Mientras cenaba, la escena de la conversación volvió a su mente.

«Acabamos de clonar a Cristo.»

¿Lo habría oído realmente? Pronto lo sabría. Al salir llamaría a su amigo y, si era cierto, este volvería a hablarle del asunto. El «asunto». Qué manera más fría y mecánica de llamar a aquel sacrilegio.

¿Podría ser verdad? ¿Podría alguien hacer algo tan atroz? ¿Qué ganaban? ¿Por qué lo harían? Entendía que para alguien sin principios ni convicciones religiosas no tuviese la misma importancia que para él. Pero, aun, así cualquiera podría ser consciente de la ofensa que supondría para millones y millones de personas. «Lo que han hecho es clonar la carne que Dios mismo había elegido para convivir con los hombres en la Tierra.» Esa carne no era un tema menor. Se trataba de la encarnación de Dios. Su cuerpo. Su alma. No. No era un tema menor. No era un «asunto» al que nadie pudiese quitarle importancia.

Se sentía solo. Cuando tenía necesidad de ayuda o de comprensión, tres eran los nombres que solían acudir a su mente: María, Tomé y el Señor, su amor, su mentor y su Dios.

—Señor, sé que muchas veces te he pedido que me ayudes, pero créeme, esta es la más importante de todas. Necesito tu consejo, que marques el camino, que me digas qué debo hacer se dijo para sí, sin apenas mover los labios, agarrotado por un cansancio que lo invitaba a bajar los brazos y a refugiarse en su impotencia.

»Menudas pruebas me pones a veces.

En unos minutos se sorprendió a sí mismo hablando en voz alta con su segunda tabla de salvación, la segunda baza que tenía para solicitar la ayuda que tanto necesitaba: María. Su María. Su amor eterno. Aquella chica a la que el Señor había llamado a su lado con tan solo veintiún años y que se llevó el corazón de Guillermo para siempre. Su eternamente amada María, siempre presente en sus pensamientos. Sintió que lo acompañaba, que estaba allí sentada, en el sillón de las visitas, que había decidido acudir junto a él en aquel momento tan difícil de su vida. Le hablaba con naturalidad, deseando que fuese verdad que estuviese allí con él, pero consciente de que no era así, que donde Guillermo veía a su amada, nadie vería más que un sillón verde vacío. Aunque solía hablar con ella cuando estaba a solas, allí tendría que ser cauto. Podría resultar chocante y alertar al personal sanitario.

«Pensarían que fue del golpe.»

A pesar de todo se envalentonó y continuó haciéndolo. Sabía que en el hospital solo sería interrumpido muy de vez en cuando por alguna auxiliar que podría entrar a comprobar su estado o a traer algo de beber.

—Hola, María. Ya estoy aquí otra vez, necesitándote. Esto es muy grave, María. Gravísimo. Tan grave que no sé ni cómo hablar de ello.

Miró para el sillón. Por mucho que intentase imaginarla allí sentada mientras escuchaba, hermosa y dulce, ante sus ojos se imponía la imagen escueta y dura de un sillón vacío, simple, con su tejido desgastado por años de uso, que arrojaba una triste y desvaída sombra sobre la pared y sobre su alma.

—¿Qué debo hacer? —le susurró con delicadeza mientras su mirada se escapaba un instante por la ventana—. ¡No hacer nada puede suponer tantas cosas!

Tenía la esperanza de que María lo interrumpiese, tomase una decisión y él solo tuviese que llevarla a cabo.

«Si el Mesías viniese al mundo, puede que esta vez la paz prevaleciese... Puede que aprovechemos una segunda oportunidad para no matarlo de nuevo y dejarlo vivir entre nosotros. Eso estaría bien. El mundo lo necesita.»

Vio un vaso de agua medio vacío que estaba en la mesita, junto a la cama, y se humedeció los resecos labios. Le ofreció otro trago a ella, no sabía bien si por sentirla presente o como un gesto de amor y de respeto.

—Pero también puede suponer el inicio de una violencia desconocida desde hace siglos. ¿Una guerra? ¿Una guerra santa? Una ofensa así puede significar un agravio imposible de superar para la parte más radical de la Iglesia. María, nosotros llevamos muchos años sin «talibanes» dispuestos a matar por su fe. Pero eso no quiere decir que no se puedan volver a reproducir... Supondrá la zozobra para muchos creyentes, la crisis de su fe...

Tuvo que parar. Le atemorizaba seguir sacando conclusiones.

—Puede suponer el fin de la Iglesia tal y como la tenemos concebida. Un mesías vivo entre nosotros, ¿ocuparía su reinado en la Ciudad del Vaticano? ¿Qué sentido tendría la jerarquía del Papa? ¿Seguiría siendo su representante en la Tierra estando Él presente? Y sin Papa, ¿cómo gobernar a los cardenales y a los obispos? Dolor, María, creo que esto tan solo puede provocar dolor y sufrimiento a mucha gente.

Las manos le cubrían la cara por completo, quizá para intentar no ver todo lo que se le venía encima.

—María, quiero aferrarme a la idea de que si viene al mundo, ganará la bondad. Pero me cuesta tanto...

Se quedó en silencio y una extraña sensación de inmovilidad lo invadió nuevamente.

—¿Qué tengo que hacer?

Poco a poco se le paralizaron las manos, las piernas, todo su cuerpo menos los labios, helados, anunciando la gravedad de lo que estaba a punto de pronunciar. En toda la sala no se oía más que el zumbido de la lámpara y su respiración, que se agitaba de manera paulatina.

—La otra opción, María, es... que no nazca.

Guillermo se quedó quieto, mirando la luz del techo, como si buscase de dónde procedía aquel molesto zumbido mientras en su cabeza se libraba una batalla en forma de dilema: aceptar aquella sacrílega clonación y las consecuencias que podría tener para el mundo; o aceptar la utilidad de un aborto y las consecuencias que podría tener para su alma.

SEGUNDA PARTE

2

A Coruña, 15 de octubre de 1986

Sus cuerpos se veían diminutos rodeados de centenares de árboles en la zona más oscura de la fraga. Caminaban con dificultad entre la maleza, con sus enormes cazamariposas en la mano y sus desproporcionadas mochilas de campamento a sus espaldas. Se notaba que no era la primera vez que Rafael y Guillermo acudían a aquel sitio en busca de tesoros.

Guillermo se adelantó decidido a inspeccionar la base de un enorme castaño que reinaba en aquel bosque. Al instante apareció tras las ramas con algo extraño en la mano. Para cualquiera hubiese sido algo repulsivo, pero viendo la cara con que su amigo Rafael celebraba el hallazgo se podría decir que estaban ante algo muy valioso.

—¡Qué pasada! ¡Una camisa de serpiente!

—Estaba en una pequeña cueva. Junto al árbol grande —dijo Guillermo con la voz todavía agitada, más por la emoción que por la carrera para llegar junto a su amigo.

—Quedará muy bien en la exposición.

—Van a alucinar.

Solían llevar dos enormes bolsas con envases en los que guardaban sus capturas. Aquel tesoro merecía uno de los botes más grandes, sin duda. A pesar de la emoción, continuaron su búsqueda. Quedaban horas por delante.

Recogían plantas, restos de aves, insectos y todo lo que tuviese que ver con los reinos animal y vegetal. Se movían sin necesidad de hablar, con la sincronización que solo dos almas gemelas pueden llegar a tener.

—Será una de las estrellas de la exposición de vertebrados —afirmó Guillermo mientras volvían a casa, observando el frasco donde la habían metido.

—¡Son casi las dos! —dijo Guillermo al tiempo que daba la vuelta y empezaba a dar pasos más grandes.

—Si llegamos tarde se enfadarán.

De regreso a la casa de Guillermo aún tuvieron tiempo de cazar un par de escarabajos y coger unas hojas de un tipo de helecho que todavía no tenían en su colección.

—¿Podremos volver a usar la casa de tu abuela para hacer la exposición? —preguntó Guillermo con la esperanza de que fuese un «sí, por supuesto».

—La última vez me dijo que esa sería la última.

La casa de la abuela de Rafa era una antigua tienda de ultramarinos que llevaba varios años cerrada. A pesar de estar llena de estanterías de madera y atravesada por un enorme mostrador, tenía suficientes paredes libres como para que ellos expusiesen sus tesoros, lo que la convertía en el museo particular de aquellos pequeños frikis. Sin embargo, la abuela tenía más nietos y no a todos les gustaba ver allí colgado todo aquel bicherío. Su abuela sabía que había muchas horas, muchos veranos, recolectando insectos detrás de aquellas colecciones. Muchos días con aquellos enormes cazamariposas que cuidaban como una de sus más preciadas posesiones. Por eso accedía una y otra vez con gusto. «Mejor que estén con esto y no con la droga», les decía la anciana a sus hijas cuando le achacaban demasiada permisividad con su nieto.

—¿Sabes lo que te digo, Rafa? La camisa de serpiente será una de las estrellas de la exposición de vertebrados.

—Van a alucinar. Es enorme.

La piel de aquella serpiente debía de medir por lo menos un metro. A pesar de ser fina y semitransparente, parecía dejar ver restos de los colores marrones y las escamas negruzcas en el zigzag de su dorso. Tenía dos pequeños agujeros donde debieron de estar los ojos y la cabeza. Estaba realmente bien conservada.

—Se podría decir que como botánicos infantiles somos de los mejores —comentó Guillermo.

Rafael asintió mientras continuaban camino de regreso.

—No creo que haya muchos.

—Por eso lo digo. Somos de los dos mejores... ¡porque solo hay dos! Ja, ja, ja.

La risa de Guillermo disipó la leve preocupación de Rafael. No era propio de su amigo ser un presumido.

El chalé de los padres de Guillermo era una hermosa casa incrustada en un bosque cercano a la costa coruñesa, un lugar que a pesar de encontrarse totalmente aislado de la civilización estaba a poco menos de media hora de distancia del piso en el que vivía de manera habitual.

—Todavía hay menos botánicos, zoólogos, entomólogos —reivindicó Rafael.

—Ja, ja, ja... Solo nos falta decir «y que recopilan especies del noroeste de la península Ibérica».

—Y que sus nombres empiecen por G y por R...

—Ahora en serio. Antes de comer tenemos que clasificar todo lo que podamos. Si no, después es más difícil.

Habitualmente recogían las especies, las trasladaban a frascos y les ponían una pelota de algodón empapado en alcohol taponando un pequeño agujero que hacían en la tapa. De esa forman las conservaban. Más tarde las clasificaban, las colocaban en paneles de corcho blanco y le colocaban el correspondiente rótulo identificador en cada ejemplar. Eran concienzudos en sus procedimientos, se pasaban horas y horas buscando datos en viejos y voluminosos libros. Cuando llegaron a la casa, antes de entrar, Guillermo sintió la necesidad de hablar con su amigo.

—Quiero comentarte una cosa, Rafa.

Rafael dejó en el suelo las capturas del día y lo miró con interés.

—A veces tengo sueños extraños... por la noche..., pesadillas...

La risa de Rafa no se hizo esperar y subrayó la obviedad de la confesión de Guillermo.

—¡Todos tenemos sueños!

—Muchas veces son... como premonitorios... Anoche soñé que encontraba la camisa de la serpiente... He ido hasta el árbol porque lo recordaba. Y allí estaba.

—No alucines. Seguro que deseabas tanto encontrarla que soñabas con ella. Mi madre dice que si tienes pesadillas es que cenas demasiado.

—Puede ser —aceptó Guillermo, pensativo, y enseguida cambió de tema—. Tenemos que pedir más periódicos viejos a mis padres. Estas hojas hay que secarlas bien, si no se estropearán. Y un bote de cristal más grande para la piel de serpiente.

—También alcohol y algodón para los botes de los insectos.

Al entrar en la casa se dirigieron a la habitación de Guillermo. Dejaron todo en los estantes vacíos de una librería instalada en su habitación con ese propósito. Mientras descargaban el material soñaban con su próxima exposición. A pesar de que ningún niño le prestaba demasiada atención a los nombres técnicos, ellos se afanaban por hacerlo bien: «*Bombus* / Género: Himenópteros / Familia: *Apidae* / Nombre común: Abejorro».

—¿Te acuerdas de la exposición de *cicadidae*?

—¡Claro que sí! Todos flipando a ver lo que sería.

—¿Y lo que pusimos en la invitación? Exposición de cocoras, coyuyos, chiquilichis...

—¡La cara que pusieron cuando leyeron aquellos nombres!

—¡Y el chasco que se llevaron cuando llegaron y vieron que eran cigarras! ¡Chicharras comunes!

Todo lo que los unía los distanciaba de los demás niños.

—Por fin vamos a poder hacer una exposición de vertebrados.

—¡Esos sí que son un tesoro!

Cazar insectos era una actividad que hacían sin ningún tipo de remordimiento. Sin embargo, con los vertebrados dependían del azar. Nunca se les hubiese ocurrido cazar un pajarito para obtener su esqueleto, matar una rana para momificarla, o liquidar a un pobre conejito... Solo añadían a la colección lo que encontraban fortuitamente. Por ese motivo habían tardado tanto tiempo en poder hacer una exposición de vertebrados. Ahora ya tenían alas enteras de pájaro, cuerpos secos e intactos de sapos y de ranas, algún esqueleto completo de gorrión, la camisa de culebra recién capturada y el esqueleto reconstruido de un pequeño gato, que preveían exponer como si fuese un diplodocus de los grandes museos de ciencia natural.

—No toquéis esas cosas sin guantes —ordenó la madre de Guillermo mientras sacaban de la bolsa todas sus capturas.

—A tu madre todo esto le parecen guarradas, ¿verdad?

—Mucho peor. Los llama basura grimosa —refrendó Guillermo.

—¿Te acuerdas del día que hervimos los restos del gato? —rememoró Rafael.

—¡Qué tufo!

—Tu madre casi vomita. ¿Cómo se te ocurrió?

—Lo leí en una guía de taxidermia en la biblioteca. Decían que era lo mejor para sacar la carne que se queda pegada al hueso.

—Al menos eso es lo que yo entendí.

Se reían tanto que no podían hablar.

—El olor del cadáver del gato ya era malo antes de cocerlo —reconoció Guillermo—, pero cuando lo hervimos en aquella olla enorme y el vapor de agua se esparció por toda la cocina... ¡menudo hedor!

—¡Puaj! ¡Apestaba!

—¡A comer! —dijo el padre de Guillermo, interrumpiendo sus risas.

Bajaron sin necesidad de que llamasen por segunda vez.

—A ver cuándo dejáis los bichos y os ponéis a cocinar —les dijo el padre bromeando—. ¡Es mucho más divertido! Y por lo menos, cuando acabas, te lo comes.

Los dos niños pusieron la mesa. Llegó la comida y fue un visto y no visto. Estaban hambrientos. Los padres de Guillermo sonrieron satisfechos al verlos tan felices.

3

Santiago de Compostela, enero de 1993

Guillermo entró entusiasmado en la pequeña habitación de la pensión «Notengo» que compartía con Rafael. El sobrenombre se lo había ganado a pulso doña Consuelo, su propietaria. Siempre que le solicitaban algo solo tenía una respuesta para ellos: no tengo. Un año allí, entre aquellas cuatro paredes donde la única concesión decorativa eran tres estantes fijados directamente a la pared, les había parecido tiempo de condena más que suficiente. Guillermo había convencido a Rafael para que buscasen el piso soñado «por poco más de lo que pagamos aquí».

—Se acabó. ¡Dejamos de ser *pensionistas* y nos vamos a un piso en la calle Alférez Provisional!

—¿Accedió?

—Por supuesto.

—Tres habitaciones, salón y dos cuartos de baño en una de las zonas más céntricas de Santiago... ¿por cuarenta mil pesetas?

—Valoró nuestra habilidad para el bricolaje —dijo Guillermo mientras sonreía satisfecho—. La fortuna hizo que se le atascase el fregadero justo antes de que yo llegase a su casa. Se lo solucioné mientras argumentaba lo importante que es que alguien sepa mantener una vivienda. Lo que perdía de alquiler, lo ganaría en vida del apartamento.

—¿Y dijo que sí?

—Sí.

El piso era perfecto. Se unía a sus atractivos que estuviese a medio camino entre la facultad de Biología, en la que había entrado Guillermo, y la de Medicina, a la que había accedido Rafael.

Llevaban dos años juntos en aquel apartamento. Todo había funcionado a las mil maravillas. Vecinos, instalaciones... Ni una pega. Su capacidad para convivir se había puesto a prueba y habían superado el examen con nota. ¿Que Guillermo ponía mucho reggae? Rafael se ponía los cascos y se concentraba en su música clásica. ¿Que si Rafael tenía menos ordenadas sus cosas? Una partida de cartas apostando turnos especiales de limpieza y asunto arreglado. Sobre todo cuando ganaba Guillermo.

Era un día primaveral precioso, de esos que es obligatorio estar optimista.

—¿Te acuerdas de la compañera de la que te hablé?

—¿La que quiere ser botánica?

—Sí, esa. María. Hemos quedado para tomar un café.

—Vaya, vaya, vaya..., qué calladito se lo tenía Guillermito.

Las mejillas de Guillermo se pusieron rojas como si la temperatura hubiese bajado de repente a veinte grados bajo cero. Rafael lo miraba con una sonrisa maliciosa, intentando encontrar respuestas en sus gestos. No era la primera vez que Guillermo salía con chicas, pero intuía que estaba empezando algo serio. Aquel tono de voz, la prudencia con la que se lo dijo, la expresión de su rostro.

—«El amor de mi vida has sido tú...» —canturreó Rafael al oído de Guillermo, versionando con su mala voz un conocido éxito de la música romántica—. *L'amour*... María, *mon amour*... —continuó mientras ponía morritos y le lanzaba besitos a su amigo, que ya se resignaba a soportar a Rafael estoicamente con su cara completamente colorada.

Decírselo a su amigo fue lo único desagradable que había tenido su historia de amor con María. A todos les parecía una relación de esas que solo se ven en las películas, inseparables, disfrutando de los mismos estudios, los mismos gustos. Incorporaban a sus vidas, con entusiasmo, las actividades preferidas del otro. Si María acudía al estadio universitario para practicar salto de longitud, Guillermo se apuntaba a atletismo y practicaba cien metros vallas mientras ella entrenaba. Si a Guillermo le gustaba nadar y hacer pesca submarina, a María no le importaba mojarse el pelo tres veces por semana en la piscina municipal e incluso acercarse de vez en cuando a las playas de Noya para bucear y pescar con Guillermo.

Un día llegaron a casa con más de diez kilos de pescado. Rafael llevaba casi toda la tarde peleando con una butaca (de esas que se compran bajo la promesa de que se montará fácilmente con una sola llave). Cuando los vio aparecer con aquella cantidad de provisiones le pareció disculpa suficiente para abandonar el desafío del montaje.

—Este sargo de cinco kilos lo pescó María —dijo Guillermo orgulloso.

—Bueno, con algo de ayuda para sacarlo —reconoció María.

—¿También buceas? —preguntó Rafael, que no dejaba de mirar los róbalos, los pintos y, por supuesto, el enorme sargo mientras los imaginaba a todos cocinados.

—¡Y no veas cómo! Tiene la mejor apnea que he visto.

—En una chica —dijo Rafael, buscando una urgente aclaración. Creía que pocas personas en el mundo podían tener la capacidad de su amigo para aguantar más de cuatro minutos bajo el agua. Eso para él era ser Supermán.

—Bueno, si la comparas con la mía...

—¡Fantasma! —se quejó María—. Me voy a arreglar.

—¿Vais a salir?

—María quiere ir de fiesta.

—¡No paráis!

—Tengo que seguirle el ritmo. ¡Es la mujer de mi vida! —dijo Guillermo mientras se dirigía a la cocina a dejar las capturas.

A la hora y media, María y Guillermo estaban saliendo de casa rumbo a la zona de copas del casco viejo de la ciudad. Se podría decir que ambos iban exactamente iguales, salvo por el hecho de que María había olvidado su cazadora negra. Hacía dos meses que habían comprado una vieja vespa, y como no bebían alcohol, la sacaban a menudo por la noche cuando les apetecía ir a bailar. María lo abrazaba con todas sus fuerzas, más por el frío que como señal de amor. Cuando llevaban casi una hora en la calle Nueva, se encontraron con dos parejas que no eran especialmente agradables para Guillermo. María se puso a conversar de manera amigable con ellos. «Se lleva bien con todo el mundo», pensó Guillermo mientras permanecía en silencio.

—¡Venga, vamos a la Vieja Disco! —gritaron casi a la vez Belén y Marga, las representantes femeninas de aquellos cuatro incordios.

Guillermo pareció disculparse con el gesto de sus cejas.

—¡Ya estamos tardando! —apremió Lucas antes de que Suso le chocase la mano.

Se referían a un local que estaba de moda entre los estudiantes al que no se podía ir andando. Para Guillermo, no había ni una sola opción de que la propuesta prosperase.

—¿Vamos? —le preguntó María, poniendo una mirada que resultó ser todo un chantaje emocional.

—Hace frío para ir en moto —contestó Guillermo.

—¡No importa! —dijo Suso—. Vamos en mi coche.

—Somos seis. No cabemos. Además, no puedo dejar la moto lejos. De noche cualquiera... —contestó Guillermo mientras pasaba su mano por la cintura de María para alejarla de aquel grupo.

—¿Te importa si voy con ellos? Como no me traje la cazadora, hasta allí me puedo congelar.

—No —contestó Guillermo.

Sí. Sí le importaba. Debía de haber dicho que sí, maldita sea. Pero dijo que no.

—¡Te quiero! —exclamó ella, echando un beso desde lejos.

Caminó hacia su vespa, incómodo por el hecho de que María lo hubiese dejado solo. Nunca le habían gustado aquellos cuatro. Pero María... En fin, enseguida le restó importancia a aquella pequeña traición.

Arrancó la moto. Hacía mucho frío. Para colmo empezó a *orballar*. «A esta lluvia fina la llaman calabobos por algo», se quejó mientras intentaba conducir todo lo rápido que podía para no dejar demasiado tiempo sola a su chica.

Había recorrido medio camino hacia la discoteca y le pareció ver, a lo lejos, un coche boca abajo en medio de la carretera. Entre la lluvia fina, la oscuridad y que el coche estaba echando humo, no se distinguía bien. Todavía tenía las luces encendidas clavadas en el terraplén. Disminuyó la velocidad y se fue acercando al vehículo. Le pareció que era el Renault de Suso, pero seguramente no lo habría visto bien. «No seas alarmista, Guillermo. Será un coche similar.»

Se detuvo a unos treinta metros y bajó de la moto. Caminó a pasos lentos y cortos, sin querer acercarse, sin querer confirmar sus peores sospechas.

Se quedó inmóvil. Eran ellos.

Miraba paralizado cómo algunas personas que habían acudido a socorrerlos estaban sacando lo que parecían ser cuerpos sin vida. Totalmente ensangrentados. Los apoyaban en la hierba húmeda mientras los tapaban con sus abrigos, a la espera de que llegase la ambulancia. Guillermo no pudo moverse. Recordaba la cara de María diciéndole te quiero ante de irse. Ahora estaba allí, sobre el asfalto.

Rafael dormía en casa. Javier Patiño, un compañero de facultad, lo despertó golpeando con insistencia la puerta.

—¡María y Guillermo han tenido un accidente! —dijo Javier antes de ofrecerse a llevarlo en su coche al lugar del siniestro.

Rafael buscó a Guillermo. No lo encontró. Manchas de sangre, restos del vehículo esparcidos por el suelo, gente mirando y la policía intentando poner orden en aquel caos.

—¿Buscas a Guillermo? —le preguntó una compañera de facultad que estaba entre los que miraban el accidente con los ojos llorosos—. Se acaba de ir en una ambulancia. No se movía. Tenía una crisis nerviosa.

—¿Y María?

—También se la llevaron. Pero ella... Dicen que no sobrevivió ninguno.

Rafael no pudo volver a hablar con Guillermo durante meses.

4

Samos, octubre de 1994

Las puertas de la abadía de Samos se abrieron lentamente. A Guillermo le pareció que una ballena enorme estaba a punto de engullirlo. No le hubiese importado. No quería estar allí, aunque tampoco quería estar en ningún otro sitio. Tan solo la insistencia de su padre había conseguido arrastrarlo hacia aquel monasterio donde él mismo se había hospedado, cinco años antes de que naciese Guillermo, para preparar las oposiciones a la abogacía del Estado. El señor Díaz había conseguido que le diesen a su hijo la misma habitación que había tenido años atrás.

Dos monjes realizaban los trámites de admisión en un silencio tal, que los pequeños sonidos se apoderaron del momento. Papeles doblándose, crujidos de zapatos moviéndose sobre las losas, una tos lejana... La luz de la lámpara de sobremesa iluminaba las caras de los religiosos, mostrando unos rostros de otra época, marcados por sus singulares cortes de pelo y una piel labrada por las pasiones domadas. Uno de ellos, el más bajo y grueso, lucía unas gafas que probablemente tendrían más años que el propio Guillermo.

El señor Díaz llevaba la maleta de su hijo. En ella, la madre había preparado lo imprescindible para esa nueva etapa vital marcada por la austeridad y el recogimiento. Guillermo caminaba serio, cargado de desconfianza y con gesto rencoroso. Estaba en una casa en la que no creía, dedicada al culto a alguien a quien no perdonaba. «Si fue tu deseo que muriese, ni eres Dios, ni eres nada.» Estaba allí por sus padres, y porque en el fondo no le desagradaba la idea de no hablar con nadie durante un tiempo.

La habitación era tal cual Guillermo la había imaginado: simple, con una modesta cama, un crucifijo y un viejo armario de madera. El señor Díaz besó a su hijo antes de despedirse. Cuando Guillermo se quedó solo se asomó por la pequeña ventana de la celda y vio la majestuosidad del patio interior. Paredes de piedra, silencio y un eco casi sobrenatural iban a ser sus compañeros durante los siguientes días. Tendría tiempo de acostumbrarse. Salió de la habitación a curiosear un poco y se cruzó con dos monjes que lo saludaron respetuosos. La depresión por la muerte de María no iba a desaparecer tan fácilmente, pero aquel limbo en el que lo había instalado su padre parecía un buen lugar para alejarse de todo.

El piso sin Guillermo había perdido la alegría. Aquel estaba siendo el día más animado de los últimos meses. El Deportivo de La Coruña marchaba en cabeza de la liga y eso alegraba a todos los coruñeses, aunque no fuesen aficionados al fútbol, como era el caso de Rafael.

—Por las sorpresas de la vida —dijo, mirando a la pantalla y levantando su botella sin saber que el día le tenía reservado una sorpresa aún mayor. Sonó el teléfono. Lo cogió mecánicamente y se encontró con el padre de su amigo al otro lado.

—Tan solo te llamo para informarte de que Guillermo ha decidido enclaustrarse durante un tiempo —dijo el señor Díaz.

Rafael no supo qué contestar.

—Por lo demás, ¿qué tal te va la vida, hijo?

—Bien —respondió Rafael antes de que ambos decidiesen que colgar era lo más apropiado para el momento.

Ya no le apetecía la cerveza. Se levantó y se dirigió a la habitación de su amigo. Permanecía en el mismo estado en el que la había dejado. La miró con nostalgia: sus libros seguían perfectamente ordenados, sus cuadros de insectos en su sitio, su póster de reggae, la foto con María el día que habían comprado la vespa... Todo lo que había compartido durante tantos años se estaba esfumando. No volvería, lo sabía. Tendría que acostumbrarse a vivir sin las manías de Guillermo, sin su genio científico ni su sentido del humor.

Al principio pensó en cambiar de piso. Todos aquellos recuerdos quizá fuesen demasiado para poder superarlos. Finalmente, decidió continuar en él. Y se alegraba de haberlo hecho. Llevaba ya dos años haciéndole frente a la factura del alquiler y por fin podía pagarlo con comodidad. Alternaba la investigación genética con la docencia y lo que ganaba dando clases de primer curso de Medicina era más que suficiente. Impartía dos de las asignaturas más difíciles de superar el primer año: Bioquímica y Anatomía. Eso le granjeó fama de duro entre los alumnos a pesar de sus buenas formas y su amable talante.

Era martes y no tenía clase por la tarde. Había decidido disfrutar en su sofá de una de sus actividades preferidas en los últimos tiempos: el ocio creador. O lo que es lo mismo: no hacer nada. Rafael pensaba que el ser humano necesita aburrirse para ser creativo y fomentaba aquellos momentos de inactividad física y mental como parte de su tarea investigadora. Junto a él, en la mesa auxiliar, descansaba un teléfono góndola, uno de aquellos terminales con diseño «años setenta» que tan habituales habían sido en todos los hogares durante décadas, y que se mantenía en aquel piso desde aquella época. El aparato empezó a sonar de forma tan impertinente que a Rafael no le quedó más remedio que ponerse en pie y contestar.

—¿Rafa? —preguntó una voz al otro lado—. Soy yo, Guillermo.

Rafael dio un respingo de alegría mientras miraba para el auricular como si quisiese comprobar que realmente era su amigo el que estaba allí hablando.

—Te he echado de menos, cabronazo. Estoy deseando que vuelvas y que nos pongamos al día.

—Muchas gracias —contestó Guillermo—, pero de momento no. Es pronto.

—¿Sabes qué? Sigo viviendo en el mismo piso que teníamos. Todavía llamo a tu habitación la «habitación de Guillermo».

—Solo te llamo para darte una noticia.

Instintivamente, a Rafael se le encogió el corazón.

—Voy a ser sacerdote —dijo Guillermo.

Un alivio recorrió la espalda de Rafael. No es que le pareciese una buena idea ser sacerdote —ninguno había sido nunca creyente y ambos ejercían de científicos ateos siempre que conversaban sobre temas religiosos—, pero esperaba algo muy malo y aquello, realmente, no lo era.

—¿Sacerdote?

—He oído la llamada de Dios.

—¿La llamada? ¿En serio? ¿Esas cosas pasan? —Enseguida se dio cuenta de que no estaba recibiendo la noticia como se merecía y se corrigió—. Se te ve alegre, Guillermo.

—Lo estoy. Es algo muy grande. Durante mucho tiempo no quise escuchar nada ni a nadie. Estaba perdido. Pero un día la oí, Rafa. Oí la llamada con la nitidez con la que te estoy oyendo a ti ahora.

Rafael lo escuchaba sorprendido mientras veía como su amigo empezaba a levantarse de aquel terrible golpe.

—El padre Tomé me dijo que pasaría.

—¿El padre Tomé?

—Un anciano sacerdote que vive como monje en la abadía. Desde el principio me ayudó, me cuidó, conversó conmigo y me obsequió con su bondad. Es un hombre increíblemente bueno, Rafael. Te gustaría conocerlo. Uno no cree que pueda existir gente así en la vida real hasta que la encuentra.

Rafael se reprochó no haber insistido más en ir a verlo. Creía que quizá de esa forma todo hubiese vuelto a la normalidad. Sabía, por los padres de Guillermo, que no habría sido fácil —«No nos recibe ni a nosotros»—, pero debería haberlo intentado. Su amigo se estaba convirtiendo en otra persona y él tendría que haber estado allí para impedirlo.

—A veces del dolor nacen los sentimientos más puros —dijo Rafael sin saber muy bien por qué.

—Tendrías que conocer a Tomé. Lo que dice. Cómo lo dice... Algunos piensan que soy él cuando era más joven..., su *alter ego*... ¡Exageran! Qué más quisiera yo. Imagínate cómo será que los otros monjes lo llaman «el Santo». ¡Y este sitio es un lugar con gran tradición espiritual!

Guillermo llevaba los últimos cuarenta y ocho meses en el que, en otro tiempo, fue un cenobio próspero, lleno de monjes y más de medio centenar de novicios. Enclavado en pleno Camino de Santiago, la gran ruta espiritual e iniciática del cristianismo, era un lugar de una belleza abrumadora, que ofrecía la mágica sensación de trasladar a uno a otra época. Hoy, aquel enorme edificio estaba casi vacío. Los religiosos se veían obligados a recibir visitas turísticas para poder financiar el mantenimiento de las instalaciones, lo que daba un aire melancólico a la figura de los monjes, observados de manera furtiva por personas de todo tipo que pagaban la entrada y a los que les resultaba de gran interés espiar la cotidianidad monacal. Si un anciano monje barría las hojas del suelo de los jardines centrales, sin prisa y meticulosamente, una legión de visitantes lo fotografiaba como si estuviese batiendo un récord del mundo. Para muchos, aquello era como observar los comportamientos de algunas especies animales dentro de un parque zoológico. La vida monacal y un mundo como el de hoy eran conceptos de difícil conjugación.

Guillermo había encontrado en sus muros de piedra y en la solemnidad de su construcción el cobijo para curar su alma destrozada. Fue recuperando la paz gracias al magnetismo de aquellos claustros y sus centenares de arcos de piedra, que le evocaban las puertas del cielo.

—Cuídate mucho, Rafael.

—Lo mismo te digo, padre Guillermo.

Era la primera vez que lo llamaban así. Le gustó cómo sonaba: pa-dre-gui-ller-mo.

—Te llamaré más a menudo.

—Eso espero —dijo Rafael.

Guillermo colgó. Rafael siguió unos instantes con el teléfono en la mano.

5

Samos, octubre de 2002

Se preparó para ser sacerdote durante casi seis años. No le costó mucho ser aceptado en el seminario con la recomendación de los monjes de Samos. Una vez allí, su talento natural hizo que brillase y sorprendiese intelectualmente, como había hecho en todos los lugares donde había estudiado.

Los contactos con Rafael durante ese tiempo fueron intensos, pero poco frecuentes. No más de dos o tres veces al año y siempre por teléfono. Eso sí, cuando hablaban las llamadas nunca bajaban de una hora de conversación y parecía más la charla de dos amigos que viven juntos que la de dos personas que no se han visto personalmente durante años.

Aquella llamada no estaba siendo diferente de la última, hacía ya cuatro meses.

—Rafa.

—¡Padre Guillermo!

Ahora Rafael siempre lo llamaba así.

—Doctor Vázquez —replicaba él con el mismo sentido del humor, poniendo por delante el título que tan brillantemente había conseguido su amigo.

—¿Cómo te va la vida?

—Muy bien. ¿Y a ti?

—Muy bien. ¿Qué tal tu familia?

Siempre empezaban por una espiral de educadas formalidades antes de enzarzarse con algún tema más personal.

—Fenomenal. ¿Qué tal tus padres?

—Me echan de menos.

—¿No los ves nada?

—Vienen a visitarme un par de veces al año. No he querido que sea más. Me tomo muy en serio mi retiro espiritual.

Cuando mostraba aquella autocontención, aquella nueva y disciplinada forma de enfrentarse a la vida, Rafael se entristecía. Le parecía ver en ella las cicatrices que el mundo le había dejado.

—¡El otro día se me ocurrió que tú podrías ser el nuevo padre Mundina! —dijo Rafael, medio en broma, medio en serio, intentando alegrar la conversación. Al fin y al cabo, el padre Mundina había sido un sacerdote famoso por sus conocimientos de botánica y había alcanzado gran fama por tener un programa de televisión propio.

—La botánica se acabó para mí.

—No me lo creo.

—Rafa, ya no soy el que era.

«Ya, ya lo sé», pensó Rafael.

—Ahora estoy entusiasmado con el estudio de las reliquias.

—¿Reliquias?

—Sí. Son algo muy especial, Rafael.

Durante casi dos mil años muchas personas perdieron la vida como consecuencia de su fe. Algunos de ellos eran reconocidos por su vida ejemplar y considerados santos. Muchos fueron canonizados. Otros no. Partes de sus pertenencias adquirieron la calidad de auténticos fetiches y eran tenidas en gran estima por generar una invocación inmediata al santo. Esta adoración se amplió sorprendentemente a fragmentos de sus cuerpos, por lo que en ocasiones sus cadáveres eran troceados para poder difundir por medio mundo sus restos. De esa forma se satisfacía la devoción de la mayor cantidad de fieles posible.

A lo largo de siglos, esta práctica se extendió: trozos de brazos, dedos, cráneos, calaveras, huesos partidos, pieles resecas por el paso del tiempo, mechones de cabellos, maxilares, esqueletos enteros, cuerpos momificados espontáneamente debido a su bondad... El elenco de reliquias era inagotable y resultaba raro encontrar un templo que no tuviese en su seno, húmedo y oscuro, algún tipo de urna con restos de un pedazo de la anatomía de un santo para su veneración.

La abadía donde había «resucitado» Guillermo era también célebre por albergar algunos de aquellos valiosos fragmentos, como un *lignum crucis*, una de las espinas de la corona de Cristo, y un fémur de san Benito. Aquello reactivó su innata curiosidad. El encuentro con el mundo de las reliquias fascinó de inmediato a Guillermo.

—Reliquias... —dijo pensativo Rafael mientras especulaba con la posibilidad de que aquella nueva afición fuese en realidad la unión entre sus dos vidas: la del científico aficionado que disfrutaba observando restos de cualquier especie de la naturaleza y la del devoto religioso en el que la vida lo había convertido.

—Sí —respondió Guillermo.

Años atrás la respuesta del sacerdote hubiese sido: «Sí, ¿qué pasa?».

—Muy interesante —le soltó Rafael con el humor de siempre.

El interés por las reliquias, como por lo religioso en general, había ido decayendo en el mundo moderno. Guillermo entendía la broma de Rafael, que achacaba más al desconocimiento que a la mala fe.

—Estoy convencido de que, si no estuvieses lleno de prejuicios, te entusiasmarían a ti también.

—Lo dudo —dijo Rafael.

—¿Sabes que fueron las reliquias del hijo del Zebedeo las que originaron la peregrinación a Santiago? Eso te suena, ¿no? El Camino de Santiago... —le reprochó Guillermo.

Desde hacía años el sacerdote no había dejado pasar ni un solo día en el que no estudiase, o escribiese, sobre ellas. Dedicó mucho tiempo a un estudio titulado *Sobre las reliquias y el origen de la peregrinación*, que no llegó a publicar porque nunca le satisfizo del todo, en el que «demostraba» que fueron precisamente las reliquias las que originaron la Europa que hoy conocemos. El deseo de estar junto a ellas, de venerarlas y de solicitarles prodigios invocando su taumaturgia provocó que se iniciase un fenómeno sin precedentes como fue el peregrinaje y, de esa forma, se mezclasen culturas, se acercasen los pueblos para acabar dando origen a la actual comunidad europea.

—Pero si la mayoría de las reliquias son falsas —replicó Rafael, intentando bajarlo de la nube.

—Te tengo que dejar. Pero esta conversación seguirá.

—Llama más a menudo, no seas tacaño. ¡Si ahí no tienes gastos, los monjes te lo dan todo gratis!

«Capullo», pensó Guillermo. Sabía que era una cuestión de tiempo que Rafa acabase interesándose por las reliquias.

6

Samos, abril de 2002

Las paredes blancas perfiladas con granito, una bóveda que parecía atraer la luz, el fulgor de un altar dorado que relucía con majestuosidad y la música de un órgano con casi cuatro mil tubos daban a la iglesia monacal de la abadía de Samos una luminosidad que contrastaba con la oscuridad del resto del monasterio.

Ese era el gran día. Guillermo cantaba misa por primera vez. Un momento para el que se había preparado durante mucho tiempo. Lo acompañaban sus mentores en el seminario, los monjes de Samos y sus padres. No faltaba nadie..., excepto Rafael. Nada más acabar, se moría de ganas por contarle a su amigo que ya era oficialmente el padre Guillermo.

—¿Doctor Vázquez? ¡Te habla el padre Guillermo!

—Amigo mío, así que ya eres oficialmente sacerdote.

—Lo soy.

—Tendremos que celebrarlo.

—Pronto. Todavía no estoy preparado.

—Como sigas así nos veremos el día de mi jubilación —dijo Rafael.

Cuando dejaron de hablar, Guillermo volvió a estar con las personas que habían ido a verlo. Vio a sus padres rodeados de sacerdotes. Ahora él era uno de ellos.

La primera noche como sacerdote terminó con su pijama empapado en sudor. Solía dormir con un pantalón y una camiseta gris clara que parecía más la ropa de entrenamiento de un soldado que el pijama de un religioso. Una de sus pesadillas le había hecho trabajar duro aquella noche. Estaba sudando como si hubiese corrido kilómetros, pero no había sido así. No se había movido ni un metro. Todo aquel desgaste se había producido sobre los ciento noventa centímetros de largo por noventa de ancho que medía su humilde cama. «Las pesadillas son mi entrenador personal.» Era una broma que solía repetir con los compañeros de monasterio cuando se preguntaban cómo podía estar en tan buena forma física haciendo tan poco deporte y comiendo como comía.

Eran tan habituales que no le sorprendían. Es más, lo único que le llamaba la atención no era la mancha de sudor en las sábanas, o encontrar tirada la almohada a un par de metros después de volar por los aires. No. Lo que le sorprendía era no despertarse antes, aguantar dormido con la profundidad suficiente como para soportar la duración íntegra de aquellos angustiosos y tenaces sueños.

Se levantó mecánicamente, se desnudó, se dirigió a la ducha y abrió el grifo mientras miraba hacia el suelo, confuso, buscando la redención del agua caliente. Hacía años que verse desnudo era un mal trago para él. No se miraba. Una timidez extrema lo invadía. Prefería no pensar por qué. Ya bastante tenía con aquellas pesadillas. Había soñado con reliquias. Reliquias que le habían dado miedo. Las veía alejadas de su significado religioso. En el sueño, tan solo eran simples restos humanos, pedazos de cuerpos mutilados. No veía nada más que pieles secas de las que brotaba sangre fresca. Sentía el olor a podrido, le daban pánico cada una de las tortuosas curvas de aquellas manos secas que parecían querer huir, querer gritar con miedo, querer luchar por sobrevivir. Eran tan solo trozos de cadáveres que se agolpaban ante su cara mientras intentaban gritar. No eran cosas que debería soñar un sacerdote, y menos en aquella enorme fortaleza de la fe que formaba la abadía, entre aquellos muros que lo mantenían a salvo de la maldad y el peligro.

Afortunadamente, se había despertado.

Terminó de ducharse. Se secó con meticulosidad y se vistió. Rezó. Desayunó. Recordó que Rafael estaba tan solo a unas teclas de distancia.

—Me vendría bien hablar con un amigo.

—Pues sabes que aquí lo tienes —contestó Rafael.

—No es que no pueda hablar con nadie en la abadía —se justificó—, es que me resultaría..., me resultaría...

—¿Incómodo?

—Quizá... Ellos no saben...

—¿Terminar tus frases como yo?

La sonrisa volvió lentamente a la cara de Guillermo.

—Cuéntame, ¿qué te preocupa? Y no me digas que no estás preocupado porque no te voy a creer.

—Sabes que a veces tengo sueños extraños.

—Eso lo sé desde que eras un niño.

—Pero esta vez...

—Qué pasó esta vez.

—Las reliquias me daban miedo, Rafa.

—¿Te extraña? A mí en absoluto. Sabes lo que opino de esos restos macabros.

Guillermo lo interrumpió.

—No estoy de broma. En mi sueño me asustaban, Rafa... Soy un estudioso de ellas. ¿Cómo pueden darme miedo? Sé lo que son, lo que representan, el valor que tienen, la bondad que encierran..., y, sin embargo, sufrí al verlas. Estoy confuso.

—Son sueños, Guillermo. A veces revelan cómo disfrazamos nuestros sentimientos, pero otras veces son simples incongruencias, restos almacenados en la mente y recombinados aleatoriamente. A lo mejor tienes dudas. No es nada malo. Puedes dudar inconscientemente, aunque de forma consciente no lo hagas. Un pequeño remordimiento, junto a una cena copiosa, puede jugarte una mala pasada y darte la noche. Las reliquias..., muchas de ellas no dejan de ser trozos de cadáveres.

Guillermo se sintió gratificado al oír las palabras de su amigo.

—Me contaron —mintió Rafael— que a los médicos forenses les pasa algo parecido cuando hacen sus primeras autopsias. La imaginación se les dispara y suelen soñar con cadáveres que abren los ojos o mueven los dedos en plena exploración. La mente siempre duda. La tuya no es una excepción, Guillermo.

—Pero...

—Quizá estés obsesionándote con esos estudios tuyos.

—El interés intelectual y Dios nunca pueden ser una obsesión.

—Dedícate a otras cosas más interesantes que a estudiar la santidad de esos huesos y pieles resecas.

—No seas irreverente. No las veas como simples restos.

—No puedo verlas de otra manera.

—Lo que les confiere valor es la conexión carnal y espiritual...

—¿Conexión carnal y espiritual? —lo interrumpió Rafael—. Guillermo, ¡recuerda que yo soy un científico! Para mí esas reliquias no son más que un anacronismo cultural, una especie de afición morbosa y macabra que tiene difícil explicación en la sociedad actual.

El escepticismo de Rafael nunca importó demasiado a Guillermo. Cada vez que lo oía hablar así, tan solo redoblaba su interés por involucrarlo, como cuando eran chiquillos y sacaban juntos sus cazamariposas.

—Son una evidencia de la unidad sustancial del cuerpo y del espíritu.

—¿Te lo parece?

—Desde el hilemorfismo aristotélico, la forma determina la materia...

—Alto, alto, alto, pero ¿qué os dan de comer en ese monasterio? —interrumpió Rafael.

—Filosofía, científico ignorante.

—Esos restos pertenecerán a cuerpos de pobres diablos que habrán sido utilizados como reclamo para el marketing de la basílica de turno —siguió provocando Rafael.

Guillermo se sintió mejor. Hablar de aquella manera lo activaba. Su amigo era picajoso y a él le sobraba la paciencia.

—Algún día te demostraré que todo eso no es cierto —insistió Rafael—. ¡Si existiesen todos los trozos que dicen que hay de la mano de santa Teresa... ¡Tendría más brazos que un pulpo!

—Los que solo veis el mundo a través de los ojos de la ciencia caéis siempre en el pecado de soberbia. Creéis que lo sabéis todo, y no es así.

—Esa soberbia se llama método científico.

—Rafa, tu ciencia, nuestra ciencia, ni siquiera es capaz de calcular con exactitud la longitud de una circunferencia. Hay que echar mano de un número pi infinito para calcular una medida que cualquier niño podría obtener con una cinta métrica. ¿Te atreves a dar lecciones de exactitud a las demás disciplinas? En la ciencia hay axiomas, que no son otra cosa que fe. Fe, Rafael. Los científicos usáis tanto la fe como cualquier teísta.

—¡Estás abducido! Comparas cosas que no tienen nada que ver. —Rafael empezaba a descalificar porque sabía que se estaba quedando sin argumentos.

—Perdónalos, Señor, porque no saben lo que hacen.

—¡No me hables como un cura! ¡Que soy tu amigo!

—Razón de más para hablarte como un cura.

—Consígueme unas muestras de la sábana santa o de cualquier otra reliquia de Cristo —retó infantilmente Rafa— y te demostraré que son falsas. ¡Ya verás a cuántas personas diferentes pertenecen!

—¿Y si descubres que pertenecieron a la misma?

—Entonces lo reconocería todo.

—¿Te convertirías a la fe?

—Lo haría.

—¿A la católica?

—¡Claro! Si no creo en la nuestra, que es la verdadera, ¿voy a creer en las demás? —zanjó Rafael, consiguiendo hacer reír de nuevo a su amigo.

—Solo por ver eso, valdrá la pena que lo intentes.

TERCERA PARTE

7

Point Dume (California), 16 de mayo de 2016

Tyson Tabares colocó sobre la mesa el último informe de su topo como si fuera la última pieza de un puzle que llevaba años montando. Estaba convencido de que con aquello sería suficiente para hacer tambalear a un gigante como Cerebrus. Ya no sería la historia de un detective enfrentándose a una todopoderosa organización porque las cosas habían salido mal con su amigo. Ya no era un tema personal. Ya no eran solo insinuaciones o sospechas. Ahora tenía certezas e información sobre muchas de las actividades irregulares de aquella empresa que, sin embargo, gozaba de la mejor reputación e imagen del mundo.

Nadie conocía realmente en lo que estaba trabajando el gigante de las neurociencias: mecanismos para influir en el comportamiento humano saltándose todas las barreras de la ley, investigaciones sobre nuevos usos de las células madre mantenidas en riguroso secreto, una inquietante red de neurólogos a su servicio en todo el planeta o sospechosas actividades en favor de niños desprotegidos.

«¡Niños desprotegidos! ¡Como si fuesen una institución de caridad!»

A eso había que unirle compras desproporcionadas de material quirúrgico que no afloraban en su contabilidad y un ingente acopio de opiáceos. Se estaba cociendo algo grande y Tyson Tabares sabía que había llegado el momento de poner todos los focos dando luz sobre las verdaderas intenciones del gigante de las neurociencias. Se calzó unas deportivas y acudió una vez más a los arenales de Point Dume en busca de la inspiración definitiva para llevar a cabo el primer acto del final de Cerebrus.

8

Auditorio Fruits&Arena Park
Oficinas centrales de Cerebrus
Palo Alto (California), 17 de mayo de 2016

Estaba acostumbrado. Todos lo recibían expectantes. Sabían que siempre aportaría una visión, un enfoque distinto, una clave novedosa para interpretar el mundo. Moses Foster-Binney era, probablemente, el hombre que más sabía sobre nuestro cerebro, el pope mundial de las neurociencias. Erguido detrás de su atril, con el pasador de diapositivas inalámbrico en la mano, era el *jedi* de las presentaciones de PowerPoint. Esgrimía aquel mando con aire de prestidigitador en cada cambio de pantalla, en cada animación de la proyección. Lo mejor de todo es que el contenido superaba a la impecable puesta en escena, con lo que el deleite de los más de mil quinientos seguidores que se congregaban en el auditorio estaba garantizado.

Moses había logrado algo que muy pocas veces se consigue: que la gente lo escuchase, lo creyese y lo siguiese. En sus intervenciones deslizaba conceptos como la «proximidad de la vida eterna», «la capacidad sin límites de la inteligencia humana», y lo que lo hacía más popular, que «esto estaría pronto al alcance de todos». A pesar de los tecnicismos inherentes a sus charlas, en las que mezclaba medicina, tecnología y a veces psicología, las audiencias de televisión subían cuando aparecía de invitado en algún programa. Decía cosas como que «el cerebro es nuestra vida. Es nuestro ser. Si todos sabemos que es ilimitado, ¿por qué pensar en que tenemos limitaciones?». Cuando remataba sus argumentaciones con su frase más popular, «No limitemos la vida, ¡vivir no tiene límites», la ovación del público estallaba sin necesitar que un regidor de programa sacase la cartela de «aplausos». La gente aplaudía con entusiasmo de forma espontánea.

Aquel día iba a anunciar algo importante. En la sala se encontraban empleados, accionistas, periodistas y seguramente algún infiltrado de la competencia.

—Sabemos que el cerebro no es otra cosa que un sistema operativo alojado en un hardware, con una serie de *drivers* que organizan las funciones del resto de los órganos y de los más de cincuenta billones de células que componen nuestro cuerpo. Es, sin duda, el mejor sistema operativo jamás creado, aunque su programador no tiene tanto mérito como vosotros, que hacéis un sensacional trabajo cada día en este maravilloso valle. —La sala entera sonrió agradecida—. ¡Ser Dios suele ayudar bastante!

El auditorio seguía sus explicaciones casi con devoción religiosa. Puede que su nombre ayudase y lo imaginasen bajando con las tablas de la ley después de haber escuchado las divinas palabras pronunciadas por una zarza en llamas. A mister Foster-Binney le agradaba mucho aquella entrega incondicional.

Había nacido en Birmingham, pero sus padres se trasladaron pronto a Nueva York. Ambos formaban parte de una de las más prestigiosas redes de agencias publicitarias internacionales y, cómo no, acabaron en Madison Avenue, cuando todavía esa calle congregaba a los más destacados talentos creativos del mundo de la comunicación. Moses recibió una esmerada educación que lo llevó a ingresar en la Harvard Medical School. Era de esos tipos que parecía que todo les había salido bien en la vida: apuesto, con una espesa mata de pelo rubio siempre bien peinado y con una luz interior que lo hacía brillar. Los más maliciosos decían que esa luz la llevaba siempre encendida, por eso tenía aquel bronceado rojizo, que lo apartaba definitivamente de la perfección.

—Hoy tengo el inmenso honor de anunciarles uno de los

más grandes logros de la medicina moderna y el mayor éxito hasta el momento de Cerebrus, esta imparable compañía que tengo el orgullo de presidir. El cerebro ya no tiene secretos para nosotros: lo hemos cartografiado por completo, parte a parte, milímetro a milímetro, célula a célula, y hemos estudiado sus conexiones y funcionamiento.

La gente miraba expectante cada *chart*, cada esquema y, sobre todo, ese imparable y sorprendente zoom que hacía que su proyección fuese desde la parte frontal de un rostro hasta los axones de las neuronas, con un resultado visual extraordinariamente brillante. Mientras la imagen dejaba fascinada a su audiencia, Moses continuaba hablando, sin mirar a la pantalla, sin querer perder de vista a sus interlocutores. Nadie podía irse de la sala sin estar convencido.

—Conocíamos los circuitos neuronales de las funciones más básicas del rombencéfalo y el mesencéfalo, pero ahora hemos dado un salto a las funciones superiores: razonamiento, memoria, atención, lenguaje... ¡Podemos conocer el porqué y el cómo de cada una de nuestras habilidades cognitivas!

La audiencia comenzó a aplaudir.

—Y lo que es mejor: ¡sabemos cómo influir en ellas y cómo controlarlas!

Los aplausos lo volvieron a interrumpir, ahora con más fuerza.

—Nuestro programa ESI conseguirá, sin duda, ayudar a que el sueño del hombre aumentado y mejorado ¡tenga como límite sus propios sueños!

Parecía imposible, pero el ruido de las palmas se hizo aún más fuerte.

—Ya..., ya... Ya me anticipo a la pregunta. ESI es el acrónimo de las palabras latinas *ego solus ipse*.

Moses mostró un atractivo logotipo.

—Solo existo yo. La mente. Ese es su significado. No me pregunten por qué, pero los de marketing siempre acuden al latín para recaudar más fondos —añadió, consiguiendo que una enorme carcajada sonase a la vez en todo el auditorio, perfectamente sincronizada.

La recién estrenada sala de conferencias del Fruits&Arena Park resonaba con centenares de «¡guau!» de admiración que se abrían paso entre los vibrantes aplausos. Aquella mágica conexión se rompió cuando se oyó un grito en la sala.

—¿Están buscando el botón?

Había una oveja negra entre los asistentes.

—¡Hable claro! ¿Buscan ese botón que les dé todo el poder?

Los gritos procedían de un hombre que, puesto en pie, destacaba en el auditorio por ser el único que no mostró durante la charla sus blancos dientes y su mejor sonrisa. Tenía un aspecto reposado, maduro, con un físico corpulento y una voz enérgica. Se hacía notar. Sin duda sabía lo que hacía. Continuó golpeando teatralmente la butaca delantera con unas revistas enrolladas. Quería ser oído. Reclamaba atención y silencio. El primero que giró la cabeza hacia él fue el ocupante del asiento golpeado, pero luego, sincrónicamente, el resto del auditorio lo miró con desprecio. Los «¡guau!» habían enmudecido. Ahora todos estaban atónitos ante aquel boicoteador que al principio era como un grillo en la noche, pero poco a poco fue consiguiendo que los incondicionales oyentes de mister Moses Foster-Binney fuesen apagando sus voces y que su potente voz se quedase sola ante la estupefacción de toda la audiencia.

—No, no, no y mil veces no —gritó de nuevo el asistente díscolo.

Los modales de la nueva economía, del nuevo mundo, del nuevo hombre, rechazaban impedir la comunicación y obstaculizar la discrepancia, por lo que los organizadores se mostraron tolerantes, y no llamaron a los guardias de seguridad, permitiendo que hablase.

—¿Un botón? —gritó teatralmente el desconocido, alternando la mirada a un lado y otro de la sala—. ¿Un teclado? ¿Quieren saber qué tecla tocar? ¿Quieren saber cómo ordenarnos cuando quieran que hagamos una cosa u otra? Quiero que hagas esto, toco esta tecla. Quiero que jodas a tu vecino, toco esta otra. ¡¡¡No!!!

El tono se iba tornando cada vez más amenazante.

—Nos dirán que no sirve para condicionarnos y robarnos nuestra libertad. Y yo pregunto... —el individuo iba girando con los pies trescientos sesenta grados para asegurarse de que todo el auditorio pudiese escucharlo—: si no sirve para condicionarnos, entonces, ¿para qué lo buscan? No les valdría para nada.

Hizo una pausa a modo de respuesta.

—Y si sí sirve..., ¿debemos permitir que se continúe por esa senda? ¿Debemos abrir la puerta a un condicionamiento de la conducta que esquive las barreras propias de la libertad del ser humano?

Se produjo un nuevo instante de silencio.

—¡No lo nieguen! Esconden sus intenciones bajo un lenguaje inofensivo... Pero mienten. ¡Buscan esa mierda de botón!

El boicoteador miraba ahora, desde la distancia, a los ojos de Foster-Binney. «Es algo entre tú y yo.»

—¡Límites, señor Foster-Binney! En eso consiste el mundo. ¡Límites! Solo seguiremos en la Tierra si respetamos los límites que nos autoimpongamos.

A pesar de que estaba rodeado de caras serias, de centenares de personas que deseaban que terminase su diatriba, había conseguido ser escuchado. Sobre todo por los periodistas. Y eso precisamente era lo que buscaba.

—Sus técnicas de neurocondicionamiento sobrepasan la línea roja, los límites más elementales de la ética —siguió desafiante—. Quieren hacernos esclavos potenciales a todos. Por eso... ¡digamos no! No, no, y mil veces... ¡no!

Se sentó, con la tranquilidad que da el deber cumplido. Había hecho lo que había ido a hacer. Su gesto parecía satisfecho y retador. Por un momento, la luz de Foster-Binney también pareció disminuir antes de tomar de nuevo la palabra.

—Vaya, vaya, vaya... Hemos asistido a una gran interpretación de nuestro viejo conocido y muy distinguido, retrógrado y manipulador señor Tyson Tabares.

Ahora las pausas las hacía Moses. Buscando la complicidad de la sala, elevó el tono.

—Está usted acusando a todos los aquí presentes. Ofendiendo su esfuerzo diario..., su trabajo por un futuro mejor. Desde luego —añadió—, con tipos como este, nada, absolutamente nada de lo que hemos hecho en este maravilloso valle hubiese sucedido.

Argumento *ad hominem* directo a la mandíbula de Tyson Tabares. Moses había logrado recuperar el protagonismo. La risa y los aplausos volvieron al auditorio. En unos segundos todo siguió como si aquel hombre de elegante aspecto bohemio nunca hubiese hablado. Sin embargo, Moses sabía que no era así, que las palabras de Tyson Tabares habían sido oídas por todos los periódicos del país.

Media hora después de concluir el acto de presentación, más de doscientas personas acudieron al cóctel que se daba en la enorme sala contigua. Los no invitados aceptaron con resignación la condición de vips de aquel par de centenares de peces gordos. Cuando ya llevaba media hora saludando y sonriendo, Moses Foster-Binney salió de la sala y se dirigió a su despacho. Buscaba un poco de tranquilidad. En las inmensas oficinas de Cerebrus era difícil no ser visto. Estaban llenas de espacios diáfanos, sobrios y elegantes, divididos con paredes de cristal. Allí pasar desapercibido por un instante resultaba misión imposible. Por eso tuvo que recorrer los más de cien metros de distancia desde la sala de eventos hasta su propio despacho. Una vez allí, con la puerta cerrada, pudo relajarse. La vulnerabilidad de Moses tan solo afloraba cuando no había nadie presente.

Estaba preocupado.

A pesar de la maravillosa escenificación, del apoteósico aplauso final y de la innumerable cantidad de parabienes que había recibido en el cóctel, sabía que las cosas no iban bien. Había tomado más dry martini de la cuenta y los había acompañado tan solo con dos pequeños canapés con la esperanza de notar antes la euforia del alcohol. Pero no hubo éxito. Una compañía como la suya, en la que la mayoría de las acciones —más del setenta por ciento— estaba ya en manos de inversores externos, no era un lugar para relajarse y vivir de la autocomplacencia. Sabía que cuanto más grande conseguía hacer a su empresa, más cerca estaba él de la puerta de salida. Más cerca de que alguna maniobra del consejo de administración lo desterrase de su propia casa. De que lo expulsasen del castillo que había construido con sus sueños. Su sudor. Su talento. Y su falta de escrúpulos.

No. Las cosas no iban bien.

Habían logrado importantes avances en su negocio: lo sabían todo del cerebro humano, de sus mecanismos, de la forma de almacenar información, datos y emociones. Eran líderes en neurociencias y en aplicaciones empresariales de neuromarketing. Contribuirían eficazmente a mejorar las estrategias de mercado de sus clientes a través de sus modelos predictivos sobre deseos, emociones... El *big data* suponía para ellos una fuente fundamental de recursos..., pero no era suficiente. Cerebrus era un monstruo que devoraba millones de dólares cada día. Tenían que lograr el proyecto definitivo: un cerebro sano que viviese en plenas facultades durante mucho mucho tiempo.

«El mundo ha conseguido que nuestro cuerpo supere la barrera de los cien años. Pero esa longevidad física, esa esbeltez, esos músculos, esa belleza no son nada si perdemos nuestro ser, nuestra identidad..., nuestra mente.»

Recordaba aquellas palabras. Las había pronunciado de forma solemne en la primera ronda de captación de inversores para Cerebrus. Había funcionado, ¡vaya si había funcionado! Todos concluyeron que las afirmaciones de Foster-Binney eran rotundamente ciertas. Venían tiempos en que las grandes fortunas, saciadas ya de la inquietud por su aspecto físico, se preocuparían por cuidar su mente. Ese sería el momento de Cerebrus. La ronda de financiación había logrado su objetivo antes de lo previsto, captando más de mil millones de dólares en menos de veinticuatro horas. Los grandes inversores estaban doblemente motivados: a la clásica rentabilidad económica se le unía la posibilidad de poder disfrutar ellos mismos del privilegio del futuro: una vida más larga. Vivir más y mejor durante más tiempo. Sonaba demasiado bien como para no invertir.

Desde aquel día las arcas de la compañía se llenaron una y otra vez con las sucesivas rondas de financiación. Moses tan solo tenía que hablar y el dinero llegaba a raudales. En unos meses pasó de ser un eminente científico, un médico de clase media alta, a ser un eminente científico... millonario. Y se le notaba. Había adquirido enseguida modos y maneras de su nuevo estatus social, lo que incluía navegar en su ciempiés —un hermoso barco velero de cien pies de eslora, acabado con maderas nobles, dotado de tres palos y cuatro marineros de tripulación uniformados— o habitar en una enorme mansión en la zona más exclusiva de Palo Alto, lo que no le impedía tener otra en las montañas de Santa Mónica, además de la de Aspen, Colorado.

Aunque posiblemente una de sus posesiones preferidas era un Rolls-Royce Corniche azul oscuro, con los asientos y el interior tapizados en una lujosa piel color hueso. Le hubiese gustado tener una cámara aérea que lo siguiese para mostrarle su imponente aspecto mientras circulaba con su Rolls descapotado por las calles de Palo Alto. Era una imagen capaz de hacer que la mayor parte de los peatones que se cruzaban con él volviesen la mirada. Era una estrella.

«Me lo merezco. He luchado contra todo y contra todos.»

Ahora notaba que el diablo venía a cobrarse su alma. La paciencia de sus socios se estaba agotando. Llevaban más de diez años esperando que el retorno de sus inversiones comenzase. Sin embargo, la compañía acumulaba cada vez más pérdidas y demandaba más y más financiación. Cambiar el futuro requiere esfuerzo y determinación. Ese era el mantra para ganar tiempo con el que arengaba a sus socios durante cada consejo de administración. Pero el tiempo se acababa.

Había llegado la hora. A las once de la noche Moses salió de su despacho y caminó hacia su cita. En una sala contigua al enorme salón donde se estaba celebrando el cóctel lo esperaba Aiko Nakamura, una japonesa-americana, nieta de un almirante de la Armada nipona que había luchado contra Estados Unidos en la Segunda Guerra Mundial. El viejo Nakamura había sido un gran soldado. Aiko se preguntaba qué pensaría si hubiese vivido lo suficiente para ver cómo su nieta nacía y triunfaba en aquella tierra contra la que había combatido.

«Se trata de ganar, honorable abuelo. Siempre se trata de ganar, de un modo u otro.»

Nakamura era una tigresa de las finanzas que había mantenido siempre un camino ascendente en su carrera, atesorando, uno tras otro, récords de precocidad. La ejecutiva más joven en ser nombrada sénior en White Rock, uno de los mayores fondos de inversión del mundo. Llegar a ser la mano derecha del mismísimo Larry Flanagan, su fundador y presidente, con menos de treinta años. Ser la bróker que más fondos había captado en la historia de Wall Street sin haber cumplido los cuarenta...

Ahora, por primera vez, sus recomendaciones la podían poner en entredicho. Su inequívoca apuesta por Cerebrus la estaba dejando expuesta ante los inversores.

—Señorita Nakamura —dijo Moses al entrar en la sala—, sabes que siempre es un placer hablar personalmente contigo.

Aiko esperaba mirando por el amplio ventanal con una copa casi intacta en la mano. Era de escasa estatura, pero de aspecto impecable... Con una figura de las que solo se consiguen con horas de gimnasio, lucía un abundante pelo negro con un estilo despeinado, uno de esos cortes desordenados que costaban más de mil dólares y muchos minutos de colocación cada mañana... La seda de su traje azul oscuro relucía en contacto con la luz. A pesar de todo había algo en su porte que la hacía parecer mezquina.

—Moses —saludó Aiko con ese sutil ritual nipón que la obligaba a mantener los brazos pegados al cuerpo mientras bajaba el mentón ceremoniosamente—, no puede haber un placer mayor para mí.

Foster-Binney tuvo buenas sensaciones. Sabía que Nakamura no perdía el tiempo y aquella cortesía anunciaba que la cosa no iba a ser tan mala como temía cuando le comunicaron la petición de la bróker de verlo a solas.

—Aunque sabes que este placer mutuo podría ser mayor —continuó la japonesa-americana—. Sería todo mucho mejor para mí, y por supuesto para ti, si tuviésemos la cuenta de resultados que deberíamos tener a estas alturas —le espetó Nakamura en voz baja.

—Estamos en el buen camino...

—Señor Foster-Binney, yo nunca fallo.

Aiko empezó a tratarlo de «señor» y en su lenguaje eso equivalía a gritarle y ser realmente agresiva.

—Mi trayectoria es impecable porque no cometo errores. Usted no va a ser el primero.

—Mantenga la confianza —solicitó Moses, abandonando también el tuteo.

—¿Sabe lo que pienso? Creo que usted es más un científico que un hombre de negocios.

—Sabe que soy las dos cosas —reivindicó Foster-Binney.

Foster-Binney quería ser respetado como un hábil gestor de recursos económicos. A esos niveles financieros ser solo una mente brillante era como ser carne para los tiburones.

—Un científico siempre tiene demasiado ego, demasiada intención de ganar premios Nobel y cosas así. Yo, y los intereses a los que represento, tan solo queremos ganar dólares. Única y exclusivamente.

—Pues prepárese porque está usted a punto de multiplicar por diez mil su inversión inicial.

Diez mil. Ni más ni menos. Moses había subido su apuesta para sorprender a Aiko. Realmente era más un científico que un *businessman*, pero sabía reaccionar con rapidez. Aquella fascinante promesa de beneficios fue como la tinta que expulsa un calamar en su huida, logrando abrir la puerta al tiempo extra que Moses demandaba. Había pronunciado diez mil, pero podría haber dicho veinte mil o cien mil..., tan solo buscaba una cifra con la que impresionarla.

—Explíquese —demandó Nakamura.

—Estamos a punto de cerrar el círculo. Hemos conseguido cartografiar el cerebro.

—Eso ya lo he escuchado antes.

—Pero lo que no sabe es que estamos muy cerca de ser capaces de extraer toda la información almacenada en la mente. El cien por cien. Totalmente toda.

—Totalmente toda... Simpática expresión.

—Poder extraerla significa poder insertarla en otro cerebro a nuestra voluntad.

Nakamura no estaba muy segura de lo que acababa de oír. Estiró su poco menos de metro sesenta y cinco de estatura antes de preguntar:

—¿Eso está relacionado con el rejuvenecimiento mental que tantas veces nos ha prometido?

—Por supuesto. Déjeme que le explique.

Los dry martini estaban haciéndole efecto más tarde de lo previsto y la lengua de Moses se movía con cierta torpeza, lo que hacía que las alertas de Nakamura se multiplicasen.

—Si es así, ¿por qué no lo anunció en la presentación?

—No era el momento —contestó Moses—. Tiempo, señorita Nakamura. Sé que siempre pido tiempo. Estamos hablando de reimplantar la totalidad de lo que un cerebro contiene en un cerebro sano: datos, emociones, sentimientos, recuerdos, conocimientos... Es uno de los desafíos más importantes de la ciencia médica en toda la historia.

El instinto de Aiko la hizo relajar su gesto de agresividad y siguió escuchando.

—¿Cómo lo harán?

—Hasta ahora los experimentos con ratones han sido extraordinarios. Estamos empezando los ensayos con grandes simios y los resultados no pueden ser más prometedores. Fuimos capaces de reimplantar informaciones y aprendizajes en individuos a los que provocábamos previamente enfermedades neuronales severas. Conseguimos que lo que habían aprendido lo tuviesen de nuevo en su mente. Reimplantado. Como si descargásemos un fichero en su computadora. Es algo realmente fascinante, ¿no le parece?

—Increíble —respondió Nakamura con escepticismo, queriendo subrayar que a ella tan solo le importaba el retorno de las inversiones—. ¿Qué plazo de tiempo estiman para poder aplicarlo en humanos?

—Es prematuro hablar de fechas. Surgen inconvenientes que hay que ir solucionando. Por ejemplo, en cerebros viejos el proceso de reimplantación causa un enorme estrés celular y desgasta la neurona en exceso. Necesitamos un regenerador neuronal para dar un tratamiento previo que permita que el hardware pueda albergar de nuevo al software.

—¿Hardware? ¿Software? Tiene usted una cierta inclinación por las metáforas informáticas.

—Es que nuestro cerebro es exactamente igual que una computadora. Hay un hardware, que es la parte física que soporta la información, y el software, que se necesita para ejecutar los programas que generan el pensamiento. El resto son datos. ¿No le parece exactamente igual?

—¿Tienen ese regenerador neuronal?

—¿El definitivo? Todavía no. Seguimos ensayando. Pero llegará en breve. Es nuestro plan A: rejuvenecimiento neuronal.

Moses trató de acercarse a Nakamura para remarcar la diferencia de estatura y poder crear una atmósfera de superioridad.

—Llevamos años estudiando métodos para «refrescar» las neuronas, para incrementar su plasticidad y su capacidad para llevar a cabo la sinapsis, y de esa forma fomentar la actividad cerebral. Hemos desarrollado fármacos que bloquean selectivamente la actividad de la adenosina con objeto de evitar el declive normal de la capacidad cognitiva con la edad.

Nakamura se mantenía imperturbable ante la cascada de tecnicismos con los que Foster-Binney parecía defenderse. Pero había dicho plan A. Eso significaba que no era el definitivo. Que había un plan B.

—Hasta ahora lo hemos centrado en la influencia auditiva con enorme éxito, pero tenemos motivos para pensar que la reacción es extensible al resto de las funciones encefálicas —continuó Moses.

—Esperanzador —aplaudió Nakamura, exhibiendo una cierta impaciencia por escuchar, de una vez para siempre, el plan B.

—Lo es. Pronto podremos empezar el ensayo con humanos. Necesitamos voluntarios y personas con enfermedades en estados agudos que accedan a los ensayos clínicos. No es fácil. Ya oyó al chiflado que interrumpió la presentación.

—¿El del botón?

—El mismo. Tyson Tabares, un viejo conocido nuestro. Hace años un amigo suyo con un complejo tumor cerebral fue uno de nuestros voluntarios para un tratamiento experimental que duró meses... No pudimos salvarlo. Desde que murió no ha dejado de perseguirnos. Nos acusa de ensañamiento, ¿puede creerlo? A nosotros, que hicimos lo imposible por salvarle la vida.

—No parece un tipo fácil de doblegar —alertó Nakamura.

—No. No lo es.

—Me gustaría conocer el plan B —dijo Aiko mientras se apartaba lentamente del ventanal donde había permanecido durante casi toda la conversación.

—El plan B es un gran plan B. Será infalible, estamos convencidos.

Moses Foster-Binney no estaba dando toda la información a Nakamura. Hacía tiempo que el plan B era ya la única prioridad de Cerebrus.

—Entonces, ¿por qué no lo convierten directamente en el plan A?

—Porque hay unas líneas rojas que cruzar... —contestó, enigmático, Foster-Binney.

—Explíquese —exigió Nakamura, volviendo a usar ese imperativo con tono de mando que tanto molestaba a Moses.

—El plan B... El controvertido plan B... Será de una eficacia total.

—¿Inmediata?

La impaciencia delató la debilidad de Nakamura. Asalto y combate para Foster-Binney. Sabía que había ganado. A partir de entonces la bróker japonesa bailaría al ritmo que él marcase.

—Sucederá. Pronto. Como sabe, lo realmente importante nunca es inmediato. Los avances en regeneración, reinervación y tubulización nerviosa son extraordinarios. Si a eso añadimos la aplicación de la robótica a la neurocirugía, creemos que en cuestión de uno o dos años estaremos en disposición de hacer auténticos trasplantes de cerebro.

—Moses, estamos entrando en el terreno de la ciencia ficción.

—¿Usted cree? Hace no mucho trasplantar un corazón también lo parecía... O crear células madre a partir de células adultas... Y un sabio japonés —Moses recalcó su nacionalidad sabiendo que eso gustaría a Nakamura—, Shinya Yamanaka, el padre de las células iPS, recibió el premio Nobel por conseguirlo.

—¿Eso significa?

—Que se pueden obtener células madre sin necesidad de que sean embrionarias. O lo que es lo mismo: que se puede planificar una clonación a través de una célula de cualquier parte del cuerpo, sorteando de esa forma los reparos éticos.

—Pero, cuando se logre, no será algo exclusivo de Cerebrus, otros lo podrán hacer también.

—Cierto. Pero para conseguir nuestros objetivos hacen falta dos cosas: cerebros y la técnica que reinserta la información procedente de otro encéfalo. Esa es nuestra patente, nuestra ventaja y sus futuros e innumerables beneficios.

—¿Cómo los obtendrán? ¿A través del trasplante de órganos? ¿Como un riñón o un hígado? —aventuró Nakamura.

—Podría ser un camino: trasplante y posterior rejuvenecimiento. Estudiamos a fondo los avances del científico español Carlos Izpisúa, que ha conseguido resultados espectaculares rejuveneciendo ratones de laboratorio. Un camino prometedor, pero nos parecía que es lento, imposible de planificar y... no se trataría de un cerebro nuevo. Sería como montar unos zapatos de..., unos neumáticos gastados en un flamante deportivo.

Lo había entendido a la perfección. Aiko agradeció que corrigiese el ejemplo «de chicas» por uno que no tuviese en cuenta su condición femenina.

—Si tenemos un «cerebro nuevo» —remarcó las comillas en el aire con sus dedos— y le añadimos la información extraída con anterioridad, podremos usarlo durante muchos años. Otra vida completa. Se acabaron las enfermedades neurodegenerativas.

—¿A qué se refiere con «cerebro nuevo»?

—Verá. Nuestra infraestructura cerebral se desarrolla a un ritmo muy superior al resto del cuerpo. En cinco o seis años es, en la práctica, idéntica a la que tendremos durante toda nuestra vida. Es cierto que luego el cerebro va completándose, metamorfoseando a medida que vive y aprende. Pero la base está lista en poco más de un lustro. El reto estriba en ser capaces de producir esos cerebros nuevos.

En el interior de Nakamura la ambición y el escepticismo luchaban por llevarse el combate.

—¿Cómo obtendrán esos cerebros? ¿Harán una plantación en Alabama?

—No será necesario —respondió Moses, sorprendido por el sentido del humor de la bróker—, la clonación nos ahorrará el viaje. Con ella podremos producir centenares de apéndices personales, una especie de despensa de órganos a disposición del individuo principal.

Nakamura empezaba a vislumbrar la línea que sería necesario cruzar.

—¿De qué está usted hablando?

—Como le dije, el cerebro alcanza su tamaño adulto en poco más de un lustro. Si consiguiésemos clonar al individuo, podríamos tener un feto de unos seis años...

—¿Feto? ¿De seis años?

—Sí. Un ser que no llegue a nacer realmente, que tendría su hardware casi intacto... A partir de los seis o siete años, podríamos iniciar el proceso de añadir toda la información.

—Pero eso supone...

—Tendríamos que sacrificar al clon. Aunque en realidad sería una especie de cultivo de tejidos, nunca habría llegado a nacer realmente. Necesitamos crear todo un organismo para que un cerebro se desarrolle adecuadamente y de forma completa.

—¿De forma completa?

—Sí. A diferencia de lo que se hace actualmente en clonación terapéutica, nosotros necesitaríamos a un ser humano entero.

—Al que sacarían el cerebro... ¿Y el resto?

—Serían tejidos a destruir.

—Tejidos a destruir... —Nakamura sintió el peso de la información que le acababan de dar—. ¿Y usted cree que el cliente aceptaría ese procedimiento?

—Ahí está una de las claves: creemos que el paciente no debe conocer el proceso. Tendría que ser secreto. El cliente no sabría nada. La información que le daríamos serían generalidades comunes a cualquier tratamiento. En un horizonte de seis o siete años, el cliente vería cumplida la promesa de un rejuvenecimiento cerebral total.

—¿Y cómo sabría que es él? ¿Cómo sabría que todo ha funcionado y que no le van a introducir el cerebro de cualquier desgraciado?

—Confianza. Somos médicos. Los mismos en los que confían en una fecundación *in vitro*, en un trasplante, o en una operación estética. ¿Cree que cuando alguien se somete a una cirugía estética tiene tantos remilgos? ¿No ha visto usted algunos de los resultados?

—Auténticos monstruos...

—Que se pavonean por ahí creyendo que están más sexis que nunca.

—En eso tiene razón.

—Es como copiar el disco duro de un ordenador a otro. ¡Podría comprobarlo incluso antes de realizar el trasplante! Le solicitaremos al paciente una batería de preguntas de las que solo él sepa las respuestas... y se las contestaremos una a una, como lo hubiese hecho él. Porque realmente es él quien estaría contestando. ¡Nada ofrece más garantías!

—No sé mucho sobre clonación, pero sí lo suficiente para saber que se debe recoger una muestra de ADN para llevarla a cabo. ¿Cómo la extraerán? —preguntó Nakamura.

Moses dominaba la situación. Sabía que no necesitaba dar más explicaciones, que Nakamura estaba rendida a sus pies. Sin embargo, siguió exhibiéndose.

—No podremos hacerlo a través de la sangre: su extracción

y análisis están sometidos a rigurosos protocolos médicos y jurídicos. Demasiada gente sabría a quién pertenece la muestra y que el destino final sería la síntesis del ADN. Pero si conseguimos recoger restos orgánicos de las prendas de los clientes... *voilà!* —Moses se sorprendió a sí mismo usando esa expresión—. El cliente no sabrá nada. Pensará que la ciencia ha puesto a su disposición una especie de mezcla entre lo sintético y el material donado. Nunca sabría que ese cerebro, en realidad, sería un clon del suyo.

¿Líneas rojas? A quién le importan cuando se está concentrado contando billetes.

—Los clientes no tendrían que firmar nada. Nadie, excepto yo mismo, y usted por supuesto si lo desea, sabría para qué serían las muestras extraídas de las prendas de los clientes. Nadie conocería ni de quién ni para qué sería ese material genético, ni, por supuesto, cómo se elaboraría esa nueva modalidad de clonación terapéutica. Los resultados serán espectaculares, estamos seguros.

—Lo veo muy desarrollado para ser simplemente un plan B.

—No se lo voy a negar. Trabajamos en ambos planes simultáneamente. Con la misma intensidad. Es importante no perder un minuto. Como no ignora, nuestros accionistas siempre nos reclaman velocidad.

Nakamura no pudo dejar de esbozar una leve sonrisa mientras daba un sorbo al whisky que sostenía desde hacía mucho tiempo en la mano. Estaba caliente.

—¿Precio?

—Como puede imaginar, pensamos poner un precio extraordinariamente alto: mil millones de dólares por paciente.

La cifra era sorprendente incluso para Nakamura.

—¿Quién no los pagaría? Hablamos de la eterna juventud. Si tenemos en cuenta que podríamos atender a más de cien pacientes al año... ¿Entiende de lo que estoy hablando?

—Puedo hacerme una idea.

—Aún falta mucho camino por recorrer para conseguir todo esto —dijo Foster-Binney, intentando relajar las previsibles presiones de los inversores sobre los plazos—, pero estamos cada vez más cerca. Los resultados serán espectaculares.

—¿Y qué va a pasar con el niño durante ese tiempo?

—¿El niño? No lo llame «niño». No sería correcto. Es un feto, un embrión de setenta meses. Nada más que eso. ¿Cien días? ¿Setenta meses? Qué más dará, ¿no cree? Un vientre de alquiler humano lo gestará durante nueve meses y luego uno artificial durante seis años...

—Entiendo. Es una cuestión de tiempo —reflexionó Nakamura.

—En efecto. Será una especie de limbo inconsciente conectado a la cámara habilitante.

—¿Nuestro vientre artificial?

—Sí. Una especie de útero gigante, un quirófano metido en una enorme ampolla de cristal esterilizada. Es una de las partes más caras de todo el proyecto —puntualizó Moses, orgulloso—. Llevamos meses experimentando con animales, y le voy a hacer una confesión... Tenemos motivos para pensar que el proceso puede reducirse de forma significativa. En un par de años podríamos tener masas encefálicas idóneas en nuestra granja de cerebros.

—¡Granja de cerebros! Un nombre expresivo. Veo que no iba tan desencaminada con lo de Alabama...

—Ya sé que no es lo más científico del mundo, pero encontraremos un nombre menos llamativo. El proceso de reinserción de la información empezaría poco después del octavo mes.

—¿Qué porcentaje de éxito estima? ¿De qué plazos estamos hablando?

—El éxito será del cien por cien de los casos, no lo dude. El plazo de tiempo..., para ello dependemos del avance del trasplante cerebral. Pero el mundo va muy rápido, amiga Nakamura. —Lo de «amiga Nakamura» incomodó ligeramente a Aiko, pero a Moses eso ya no le importaba—. Diez, doce años...

—Preferiría que mantuviese en secreto esta conversación —dijo la bróker, dando por zanjada la reunión mientras se estiraba las mangas del bléiser—. Tendrá su tiempo.

—¿Y el dinero necesario...?

—Y el dinero necesario.

—Multiplicará por diez mil su inversión, ya lo verá. Tan pronto tengamos el primer caso de éxito todos esos millonarios correrán a Cerebrus para recuperar la ilusión, las ganas, el deseo de un joven...

—Ya se lo he dicho. No hablemos más. —Antes de salir de la sala, Aiko extendió la mano. A Foster-Binney le sorprendió la fuerza con la que aquella mujer apretaba su metacarpo, pero respiró aliviado: el Rolls seguiría en su puerta durante muchos años más.

Había sido demasiado optimista con los plazos. Cierto. Pero había conseguido el tiempo y el dinero que necesitaba. Cuando se quedó solo sintió la necesidad de liberar la tensión pronunciando en voz alta la frase que más se había repetido a sí mismo en los últimos años:

—He sido llamado por la historia a hacer algo grande.

Aiko Nakamura permanecería un par de días más en Palo Alto como invitada en la mansión de los Foster-Binney. Eso no significaba que fuese a agradecérselo —sabía que aquella hospitalidad era una forma más de hacer negocios—, ni que fuese a permanecer de vacaciones. Aiko siempre trabajaba, daba igual desde dónde. Una de las maldiciones que lleva consigo hacerse rico a través de la economía financiera es que nunca se puede dejar de trabajar: si se pierde un instante uno es presa fácil. Se está muerto. Al fin y al cabo son tiburones que heredan de sus parientes marinos la necesidad de estar permanentemente nadando mientras abren la boca llena de dientes para poder respirar. Si paran, mueren.

Durante el acto de Cerebrus en el Fruits&Arena Park, Nakamura había enviado un mensaje de WhatsApp a Federica Orsi, su colaboradora de más confianza: «Quiero saberlo todo sobre Tyson Tabares».

Federica era un talento vestido de traje chaqueta gris. Distintas prendas que parecían girar sobre el mismo diseño y que combinaba con discretas blusas de diferentes colores: en ocasiones blanca, otras crema, salmón, rosa... Metódica y fiel, Federica era la encargada de que Nakamura supiese todo, de todos, antes que nadie.

—Buenos días, Aiko. —La italoamericana era la única colaboradora de Nakamura que la trataba de tú.

—Buenos días, Federica.

—Tengo el informe que me encargaste.

—¿Lo sabemos todo de él?

—Prácticamente. Un tipo peligroso... —dijo Federica remarcando el final de la frase.

—Sí, eso me pareció. Por favor, mándame el informe y le echaré un vistazo mientras desayuno. Luego charlamos.

—¿Dentro de media hora?

—¡Déjame disfrutar de la hospitalidad de Moses Foster-Binney! Cuarenta minutos.

—Entendido.

Nada más colgar, Federica se apresuró a enviar el correo electrónico sobre Tyson Tabares, que incluía un extenso informe y numerosos recortes de prensa. Antes de que Nakamura llegase al comedor de Moses, pudo oír el sonido de su buzón de correo, confirmándole la recepción del mail esperado.

El comedor de aquella mansión era una especie de templo del placer rebosante de estilo. Con toda la parte frontal diáfana, la sala conectaba con una enorme terraza llena de sofás de madera de teca con voluminosos cojines blancos. En la parte cubierta de la terraza se encontraba una mesa estilo provenzal para doce personas: maderas claras combinadas con sillas de diseño actual, manteles de lino, cristalería europea, y cubertería de plata acompañadas por arreglos florales de todo tipo. Desde la cabecera de la mesa —Aiko supuso que sería el lugar en el que se sentaría Moses— se podía ver el mar bañando los parques naturales de la costa. En la terraza se entrelazaba un frondoso techo vegetal formado por distintas especies exóticas que se unían al resto del jardín. Los pájaros secundaban la puesta en escena poniendo una extraordinaria banda sonora a aquella luminosa mañana.

Nakamura se sentó lentamente y dejó su iPad en la mesa. Respiró el aire marino que llegaba desde la costa de Palo Alto, y se llenó de su energía positiva. Estaba sola. Una persona del servicio rigurosamente uniformada permanecía en un segundo plano, discreta y atenta. Sobre la mesa había todo tipo de frutas cortadas y dos generosas bandejas de quesos y fiambres, una gran cesta de bollos de diferentes formas y texturas, una hielera con una botella de Dom Perignon Rosé Gold —un detalle, era su preferido— y una enorme copa de plata llena de hielo picado en el que se incrustaban unos pequeños cuencos de cristal rebosantes de caviar Almas. «Vaya. Moses quiere impresionarme», pensó Nakamura cuando vio al pie de la copa tres envases dorados de Beluga Albino de House & Prunier, el más caro y codiciado del mundo.

La persona del servicio se acercó con pasos inaudibles portando una bandeja en la que llevaba una botella de cristal llena de zumo de naranja, una cafetera de plata con café americano y una tetera con agua caliente. Cuando colocó todo sobre la mesa se retiró discretamente. Nakamura agradeció tanto la atención como la discreción con una reverencia y se sirvió una gran taza de café antes de enfrascarse en la lectura del informe que Federica le había enviado sobre ese tal Tyson Tabares: dónde había nacido, los lugares en los que había residido y estudiado, sus empleos, sus amistades...; todo parecía estar allí.

No había duda de que habían trabajado duro. Después de leer por encima gran parte del informe biográfico, Nakamura reparó en dos recortes de prensa del *press clipping*: dos entrevistas de corte más personal, publicadas en los magazines de fin de semana de *Los Angeles Times* y de *La Opinión*. En la primera aparecía una fotografía de Tyson Tabares en un plató vacío sentado en actitud relajada sobre un sillón individual tapizado con una tela que semejaba ser piel de cebra. Miraba con atención a alguien que no aparecía en la foto y que supuestamente sería su entrevistadora. Llevaba un traje color canela claro, muy flojo, y una camisa blanca con los dos primeros botones desabrochados y los puños de las mangas doblados sobresaliendo por encima de la americana. Pocas estrellas de Hollywood tenían aquella presencia ante la cámara, pensó Aiko mientras leía.

ENTREVISTA EN *LOS ANGELES TIMES*

P. Usted es un personaje singular en todo. Empezando por su nombre. Me gustaría que los lectores supiesen que ni Tyson ni Tabares son apellidos...

R. Tyson Tabares es mi nombre. Mis apellidos son Fernandes y Roca. Mi padre me puso el nombre de dos boxeadores. Tyson era un pegador mejicano, pero mi padre tuvo la fortuna, él dice que lo intuyó, de que años más tarde otro Tyson, Mike, la fiera de Brooklyn llegase a ser campeón del mundo de los pesados y posiblemente el que más y mejor haya pegado en la historia del pugilismo. Con permiso de George Foreman, claro. O sea que a los quince años mi Tyson se convirtió en el del campeón, lo que dio a la apuesta de mi padre mucho más valor. Tabares era el apellido de un mediocre boxeador mejicano que nunca fue campeón de nada pero nadie fue capaz de tumbarlo. Se retiró después de más de setenta combates con tan solo siete victorias. Pero siguió peleando hasta pasados los cuarenta sin haber besado nunca la lona.

P. A eso lo llamo yo un nombre con relato.

R. Mi padre era de esos que creían que si tomas ojo de águila, ves como el águila, y que si tomas genitales de tigre..., en fin. De una u otra forma mis nombres de pila son dos especies de amuletos, dos fetiches que me dejó el viejo en herencia.

P. ¿Funcionó?

R. Diría que sí. En mi profesión pego duro y hasta ahora nadie me ha tumbado nunca.

P. ¿No es malo para un detective ser tan conocido? La discreción era una de las clásicas armas para un investigador.

R. Es posible. Sin embargo, para algún tipo de casos como los que yo llevo es muy útil esa popularidad. Además, hoy ya nadie puede ser discreto. Desde el momento en que todos llevamos una cámara en el bolsillo y podemos compartir la grabación al instante con millones de personas... la discreción ha muerto. Si los casos son conocidos, los investigadores también acaban siéndolo.

P. En su página web se define como «investigador e instigador privado». ¿Cuál diría que es su verdadera profesión?

R. ¿Mi verdadera profesión? Grano en el culo.

ENTREVISTA EN *LA OPINIÓN DE LOS ÁNGELES*

P. Defínase.

R. Definir a alguien es algo arrogante, ¿no cree?

P. ¿También si se trata de uno mismo?

R. Más aún. Me gusta dejar que los hechos hablen por ellos mismos. Somos lo que hacemos.

P. Usted es un detective que acepta casos *crowdfunding*.

R. Ferdinand Harrys me enseñó que da igual tener un cliente que cinco mil. Actúo con transparencia, cobro mi tarifa y me esfuerzo por ser eficaz.

P. ¿Ferdinand Harrys?

R. Con él empezó todo. Supongo que Ferdy estaba cansado de que lo jodiesen. Creó una cuenta. Recaudó un montón de fondos para ayudarme en mi lucha contra la distanasia. Me demostró que todo aquello funcionaba y me dije ¿por qué no?

P. Pero cobrar por ese tipo de asuntos...

R. Es mi trabajo. Todos cobramos por nuestro trabajo.

P. Eso lo convirtió a usted en una especie de tipo duro aclamado por las redes sociales. ¿Le gusta?

R. ¿Tipo duro?

P. Así lo ven.

R. Quizá mi trabajo sea más peligroso que otros, pero nada más.

P. ¿Nunca siente miedo?

R. Le sorprendería saber las veces que en mi vida he sentido miedo y la intensidad con la que lo siento a menudo.

P. Pues no parece usted ser de los que tiemblan.

R. El miedo hace retroceder a algunas personas. A otros nos hace avanzar.

P. ¿Quiere decir que usted tiene miedo de todas esas compañías enormes a las que suele enfrentarse?

R. Ya le dije que soy de los que avanzan cuando se atemorizan... Si uno se caga..., lo mejor es que vaya a cambiarse de ropa.

P. A veces, en el apasionamiento de sus luchas, parece haber algo personal.

R. No lo veo así. En cualquier caso, no me gusta que siempre el pez gordo se coma al chico.

P. Hay quien lo acusa de cierto resentimiento social...

R. Sí. Soy un resentido, no me importa que lo expresen así. Crecí en South Central, en una familia maravillosa pero en un barrio, digamos, que poco favorable. No podía dejar de pensar: ¡Qué putada!, la mayoría de los niños que estamos jugando aquí acabaremos muertos o en la cárcel...

P. En su caso no fue así.

R. No. Pero en el resto sí. Siempre pensaré que si hubiese vivido en otro lugar las cosas habrían sido distintas... En mi interior todo el tiempo he caminado hacia ese otro lugar.

P. Uno de sus rasgos más sorprendentes son sus inclinaciones culturales.

R. Son gustos. Solo eso. Me gusta el básquet y el béisbol, los cómics de Marvel y Walt Whitman y Walter Mosley y Stendhal. Me gusta el jazz y..., el jazz. Son solo gustos. No hay que darle más vueltas.

P. ¿Soñó una vida así?

R. Mi vida no se parece en nada a la que soñé.

P. ¿Quería una familia, una buena mujer, niños...?

R. Seguramente no me los he merecido.

P. ¿Es feliz?

R. Todavía no soy lo suficientemente estúpido para responder con seguridad a una pregunta como esa.

Nakamura estaba intrigada. Aquel personaje era correoso, con destellos brillantes y sin duda un mal enemigo para Moses Foster-Binney, lo que lo convertía en un potencial aliado para ella cuando las cosas se pusiesen tensas en Cerebrus.

En el informe había un link con la dirección *www.tysontabares.com*. Interesada, hizo clic en él y entró en la web. Le sorprendió su aspecto: una página blanca sin ningún tipo de fotografía ni grafismo, escrita con una tipografía Courier negra en un cuerpo ¿diecisiete?, que presentaba sus servicios bajo un epígrafe profesional poco habitual: «Investigador e instigador privado».

«Un tipo con sentido del humor», pensó Nakamura. Dio por terminado el desayuno y le agradeció la atención a la discreta asistenta. Se dirigió hacia su suite y nada más cerrar la puerta solicitó a Federica la reunión pendiente. Habían pasado cuarenta minutos exactos cuando se conectaron con una videollamada.

—Tienes buen aspecto, jefa —le dijo Federica—. Veo que te tratan bien en Palo Alto.

—Tú también estás radiante.

—¿Radiante? ¿California ya ha cambiado a otro bróker neoyorquino...?

—No te preocupes. Conmigo no podrán.

—¿Has leído el informe?

—Algunas partes. ¿Qué opinas tú de Tyson Tabares?

—Que es un tipo capaz de todo. Inteligente, con respaldo popular, acostumbrado a moverse en los bajos fondos...

—¿Qué tiene montado? ¿Una de esas plataformas para el cambio?

—No. Se trata de algo más complejo e insólito. Como has visto, es detective, un expolicía de Los Ángeles que, digamos, ha encontrado una dimensión nueva a su trabajo siendo una especie de activista a sueldo. Cobra su tarifa íntegra y no oculta a nadie que le gusta vivir bien y que para su tipo de vida necesita llevar siempre dinero en los bolsillos.

—¿La gente no le recrimina eso?

—La gente lo adora. Lo ven transparente y honesto. Es una

estrella. Un «superagente» del *crowdfunding* accesible por unos cuantos dólares. Lo aplauden, lo siguen casi con fervor religioso. Miles de personas hacen sus donativos para las causas que él acepta. Le proponen cientos. Él realiza su trabajo y les informa de los resultados.

—¿Puntos débiles?

—Pocos. Quizá su afición a las cosas caras. Vive en una enorme cabaña en Point Dume en Malibú, es aficionado a la buena ropa, a los coches, a las motos, a los buenos restaurantes, al buen jazz... ¿Qué interés tienes en él?

—De momento, ninguno. Lo conocí cuando intentó boicotear la convención de Cerebrus.

—Lo he leído.

—Parece tener algo personal contra Foster-Binney.

—Lo tiene. Hace unos años a su mejor amigo y excompañero de la policía, Johnny McGregor, le diagnosticaron un extraño tumor cerebral maligno. Llevaban toda la vida juntos. Desde el barrio. Fueron compañeros de colegio, de academia... Hasta salieron en la universidad con dos hermanas...

—Veo que tu informe es completo.

—Cardinal ha hecho un buen trabajo.

Cardinal era un veterano detective, exagente de la CIA, que trabajaba en el equipo que dirigía Federica. Si le proporcionaban el dinero suficiente, era capaz de obtener información sobre cualquier persona de este planeta.

—La de Johnny McGregor fue una vida malograda. Una degradación fulminante y un tratamiento ineficaz y prolongado que acabó haciendo pensar a Tyson Tabares que se trataba de un caso de ensañamiento terapéutico. Suplicó un final para todo aquello. No lo consiguió. Lo dejaron vivir así meses..., sometido a un tratamiento experimental.

—Llevado a cabo por Cerebrus... —añadió Nakamura.

—Sí, aunque no directamente. Una filial en la que estaba al mando Sylvester Stokes, una de las múltiples manos derechas de Moses Foster-Binney. Tyson tuvo un fuerte enfrentamiento con él, según cuenta Stokes en su denuncia. Pero la cosa no pasó de ahí. El amigo murió. Cuando todo parecía que se había acabado, el hospital envió una factura a los padres. La deuda los obligó a rehipotecar la casa familiar. Acabaron perdiéndola. Los padres murieron dos años más tarde.

—Veo los motivos de Tyson Tabares.

—Para apoyarlo, un chico creó un movimiento contra la distanasia que triunfó en las redes sociales. Ese fue el principio de todo. El resto de la historia ya la conoces.

—¿Distanasia?

—Ensañamiento terapéutico.

—Siempre hay un nombre para cada comportamiento inaceptable.

—Aiko, me preocupas. Tienes que volver a Nueva York. Definitivamente el aire del Pacífico te está cambiando.

—¡Pequeña arpía! Vigilad los movimientos de este tipo —ordenó Nakamura.

—Lo haremos. Aiko, este no es de los que tiran la toalla.

Nakamura lo sabía y eso la reconfortaba. A esas alturas ya tenían claro que, antes o después, de una forma u otra, tendría que acabar con Foster-Binney.

9

Point Dume (Malibú), 18 de mayo de 2016

Si se la llamaba casa, quizá pudiese no ser demasiado grande. Si se la llamaba cabaña, era enorme. Tyson Tabares residía en una vivienda rústica ubicada en Point Dume, cerca de la cueva de los Piratas, en una de las zonas más alejadas y menos concurridas de la extensa costa de Malibú.

Sabía que aquel lugar era una de sus múltiples contradicciones. No le gustaba la alta sociedad californiana y allí estaba, en una de sus mecas. Necesitaba aquellas playas como si fuese el hijo de un pescador isleño a pesar de haberse criado en el asfalto de un barrio de Los Ángeles. Aquel lugar le permitía aislarse de un mundo al que a veces detestaba y sin el que, sin embargo, no podía vivir. A menudo se reprochaba ser incapaz de concebir su propia existencia sin remover mierda, haber elegido estar siempre rodeado de la parte más abyecta de la sociedad. Su educación le había dado ojos para poder ver la otra cara del mundo, pero no sabía usarlos. ¿Por qué? Esa era una de las pocas preguntas que aquellos paseos por los arenales de Malibú no eran capaces de responder. «¿Un perro pastor sabe que es pastor? Defiende su rebaño, sin más», se justificaba. Pero si fuese así, ¿las hienas saben que son hienas? ¿Saben que robando carroña y matando seres indefensos están en el lado equivocado? A lo mejor el mundo estaba construido con dos orillas para que pudiese discurrir tranquilo hacia dondequiera que fuese. Y él estaba obligado por el jodido cosmos a acudir, una y otra vez, al lado lleno de mierda...

Le hubiese gustado creer que aquel río de la vida desembocaba allí, en la costa de Malibú, cerca de la cueva de los Piratas. Y que su cabaña estaba en la orilla correcta. Y que aquellos arenales eran suyos. Y los amaneceres. Solo aceptaba compartir la propiedad de aquel sol imponente que se levantaba cada mañana por el horizonte de la costa del Pacífico.

Caminar era uno de sus aliados fetiche. Todo investigador los tiene. Otros pensaban en un sillón, en una parte concreta de su despacho, sentados en la barra de un bar o en las largas horas de espera dentro de un coche. Él necesitaba caminar. Era como si tuviese un mecanismo interno que unía sus piernas a su cerebro y simplemente con moverlas lo activaba. Prefería pasear en entornos naturales, aunque no siempre. Sabía que si estaba demasiado tiempo en la naturaleza se volvía débil, y si pasaba demasiado tiempo en el asfalto se volvía un cabrón.

En los últimos tiempos, el mejor aliado en sus investigaciones era femenino y singular: Katty Ellis, una cantante de jazz retirada que había tenido cierta fama a finales de los noventa y ahora regentaba el bar preferido de Tyson Tabares. Katty había hecho algo de dinero y tan pronto como la cosa empezó a declinar en su carrera decidió retirarse. En el año 2003, un músico de su antigua banda que había tocado con Howard Rumsey le sugirió que se hiciese con un mítico local de jazz en Hermosa Beach. «Es una oportunidad», le dijo, si se recuperaba la esencia que John Levine había conseguido darle al bar hasta los setenta. Invirtió gran parte de lo que tenía en aquel proyecto y lo llamó, cómo no, el Katty's. Enseguida consiguió darle un esplendor renovado a base de ofrecer el mejor jazz en directo y buenos cócteles.

Tyson Tabares llevaba años visitando aquel bar, aunque había sido en los dos últimos cuando habían empezado a acercarse lentamente, que es todo lo rápido que puede ir algo entre dos almas curtidas.

Caminaba por el arenal de Point Dume planeando los siguientes pasos de su plan contra Cerebrus. Estaba satisfecho. La primera parte había funcionado y, aunque tímidamente, en algún artículo, la prensa ya lo relacionaba con el gigante de las neurociencias con malas prácticas.

«La montaña se empieza a tambalear.»

Esa noche tenía previsto pasar por el Katty's, pero lo estaba reconsiderando. Había olvidado que ese era el aniversario de la muerte de John McGregor. La memoria de su amigo Johnny siempre le quitaba las ganas de todo. Aunque siempre lo recordaría, cada año notaba como aquellas imágenes se iban desvaneciendo, desapareciendo poco a poco. ¡Ya ni siquiera recordaba bien su cara antes de aquella maldita enfermedad! Sus antepasados mexicanos le habían enseñado que la verdadera muerte era el olvido, y que es en la memoria donde viven los que se han ido. Por eso sintió que Johnny se estaba muriendo de nuevo, porque lo estaba olvidando.

Caminó por la playa durante un buen rato sumido en la tristeza hasta que se impuso una realidad: a Johnny no le habría gustado verlo así. «¡Da la vuelta, Tyson Tabares! ¡Ve a ver a esa chica!» Regresó a su cabaña y empezó a prepararse a toda prisa —lo que suponía echarse un par de horas entre la ducha, el afeitado y la elección de la ropa adecuada.

Aquel día hacía más calor del que le correspondería a la fecha, por lo que eligió un traje en tonos crema y lo combinó con un sombrero panamá que era el preferido de Katty Ellis. Para Tyson Tabares vestirse era todo un ritual, no había lugar a la improvisación: elegir americana, camisa, zapatos, en ocasiones sombrero... Su estilo no era precisamente el de alguien entregado a combatir el crimen. Parecía más bien un director de cine o un excéntrico arquitecto. Se podría decir que era elegante, aunque no exento de cierta rebeldía bohemia. «No me gustaba ir vestido por la calle como un fan de los Lakers», solía afirmar resumiendo su postura ante el uso de camisetas deportivas, viseras y tejanos que hoy parecen formar parte obligada de la indumentaria laboral de los más importantes directivos del mundo empresarial. Sin embargo, a pesar de decir aquello, era un gran seguidor de Los Angeles Lakers. Acudía con regularidad a sus dos localidades de la séptima fila del Staples Center. Un detalle de la casa por salvar a una de sus estrellas cuando fue acusada de tráfico de drogas por Adam Tunner. Así se llamaba aquel pinchadiscos que sabía cómo acercarse a la pasta. Tyson consiguió que Adam retirase sus acusaciones sin que hubiese dinero de por medio. Tan solo algunas llamadas que le recordaron a Tunner que haciendo las cosas mal igual que uno gana, pierde.

Cuando llegó al Katty's pudo comprobar que su dueña había subido el concepto de elegancia al siguiente nivel. Era una diva. Lucía un vestido largo de un rojo brillante que dejaba los hombros y la espalda al descubierto, lo que resaltaba el tono canela de su piel. Parecía que dentro del local había un técnico siguiéndola con un foco de luz. Era la reina de un espectáculo que se producía cada noche en su sala. Cada vez que la veía, a Tyson Tabares le sobraban motivos para intentar llevar aquella relación más allá.

Se acercó a Katty y la besó en la mejilla cogiéndola por la cintura para dar unos sutiles pasos de baile. Ella lo secundó. Iba a ser una gran noche. Mientras disfrutaban de la música tomaron casi todo el repertorio coctelero de la casa. Tocaban Los Daimon, un grupo de veteranos del jazz que mantenían en su sonido los ecos de la época gloriosa. Rieron. Bailaron. No era la primera vez que se quedaban solos en el local, aunque en pocas ocasiones lo habían hecho acompañados por los músicos. El Katty's cerraba a las tres de la madrugada de forma estricta; un par de multas previas habían conseguido que el milagro de la disciplina entrase en el establecimiento de Katty.

—¡Los Daimon! Son sensacionales —aplaudió Katty.

—Lo son. Tienen un nombre muy especial.

—Fue idea mía. Querían ser el grupo setenta mil que se llamase los Diamonds. Pero les sugerí un nombre que aprendí en mis giras por Europa: Los Daimon, los demonios. Créeme, le va al pelo..., son endemoniadamente buenos.

—Buenos y demonios... Me encantan las paradojas.

—Yo te puedo invitar a unas cuantas —respondió Katty.

—Supongo que sabes que no siempre *daimon* significó demonio...

—¿A qué te refieres?

—Nada. Tonterías de empollones. Te lo contaré si prometes no salir huyendo.

—Nunca prometo nada a nadie que sea más alto que yo.

—Para los griegos, *daimon* era algo así como divinidad. Una especie de diosa Fortuna... Algo a medio camino entre los dioses y los mortales. Fue más tarde, en la Edad Media, cuando se hizo sinónimo de Satán.

—¿Cómo sabes esas cosas?

—¿Sabes lo que es tener una madre culta?

—¿Una maravilla?

—No todo era bueno —matizó Tyson Tabares, recordando las veces que su madre lo hizo leer y releer algunos textos que para un adolescente resultaban difíciles de digerir.

—Así que los chicos de mi grupo vienen de la Grecia clásica. Porque te puedo asegurar que son poder divino.

—Por la edad que tienen, podrían.

—¡Seguro que sí!

Competían a ver cuál de los dos tenía la risa más contagiosa. A Katty le gustaba la capacidad de Tyson Tabares de pasar de un tema a otro, de hablar de jazz a hablar de Grecia... Y luego bailar. Y luego beber.

—¿Cuál es tu demonio? —preguntó Katty.

—¿Debo tener uno?

—Dicen que todos tenemos un demonio. Algo que nos corroe por dentro y no nos deja en paz.

Por supuesto que Tyson Tabares lo tenía. Pero creía que no había llegado el momento de compartirlo.

—Pues creo que me quedo fuera de la lista.

—Ábrele la puerta —insistió Katty.

—¿Como si fuese a sacar a pasear al perro?

—Déjalo salir. Te sentirás mejor.

—No me puedo sentir mejor.

Katty agradeció el cumplido. Desde aquella fortaleza asomaban grietas que dejaban ver las cicatrices de su alma.

—Suéltalo. No merece que lo trates tan bien escondiéndolo.

«¡Demonios!», pensó el detective antes de decir:

—No sabría ni identificarlo.

—Seguro que sí. A veces es una mala jugada del destino; a veces, una mala decisión.

Para Tyson Tabares, Katty era como esos ciegos de las películas que poseen una intuición superior, que los orienta en su permanente oscuridad y acaban viendo más que lo que pueden ver.

—Hubo un día...

Katty mantuvo bien abiertos los grandes ojos color miel mientras escuchaba.

—Seguramente el día de mi vida del que me siento menos orgulloso.

—Yo tengo una larga lista —apostilló Katty.

—Tenía un amigo: Johnny McGregor. Fuimos compañeros desde niños. En el colegio. En la academia. Enfermó gravemente. Un tumor cerebral. A las dos semanas de ingresarlo fue desahuciado. Un día, un médico llamado Sylvester Stokes acudió a la familia y le ofreció un tratamiento experimental. Era como ver una tabla flotando después de un naufragio. ¿Qué familia dice no a la única esperanza que tiene para salvar a su hijo?

—Ninguna —respondió Katty con rotundidad.

—Comenzaron el tratamiento experimental. Pero mi amigo seguía sufriendo, gritando, aullando de dolor. Ya no era él. No nos reconocía. Pensé que había que acabar con aquello. Pero los médicos se negaron. Quisieron seguir. Supe que era una orden directa de Stokes y fui a hablar con él. El muy capullo me recibió diciéndome: «Pida cita, por favor. Ahora no puedo atenderlo». Antes de que se diese cuenta lo cogí por las solapas de su bata blanca y le grité: «Me parece que no me ha oído bien».

Katty asentía, imaginándose perfectamente la escena.

—«Intentamos ayudar», me dijo. Yo insistí diciéndole que mi amigo no tenía cura. El tipo se envalentonó y siguió machacándome. «¿Acaso es médico? ¿Cree que se puede ir por la vida amenazando a médicos que quieren ayudar?» Me contó un montón de cosas sobre la regeneración neuronal y me lo tragué. Me callé, di media vuelta y dejé que siguiesen con aquello. Mi amigo sufrió un mes y medio más. Nunca me lo perdonaré.

Tyson Tabares hizo una pausa prolongada. Katty se mantuvo en silencio mientras la balada de Los Daimon añadía intensidad al momento.

—Meses más tarde supe lo suficiente para saber que, en efecto, había habido ensañamiento terapéutico. Distanasia... ¿Querías conocerlo? Ese mes y medio es mi demonio. Stokes es mi demonio. La empresa para la que trabajaba es mi demonio. Moses Foster-Binney es mi demonio.

—¿A que sienta bien?

—¿Sabes? Lo peor de todo es pensar que mi vida empezó a tener éxito gracias al sufrimiento de mi amigo...

Katty decidió abrazarlo. Era la primera vez que lo hacía. Al menos de esa manera. Al fondo, el pianista de Los Daimon jugueteaba con las teclas versionando temas de Bill Evans.

—¿Todavía eras policía cuando ocurrió todo aquello?

—No. Ya lo había dejado.

—¿Por qué lo hiciste?

—No lo sé. Nunca supe muy bien por qué he tomado las grandes decisiones de mi vida. Lo cierto es que cuando era niño no quería ser poli. Mi abuelo lo había sido, mi padre también... Pero algo me decía que no. Creía en mi madre. Era maestra: doña Gloria. Así la llamaba todo el mundo: sus alumnos, los vecinos, y en ocasiones hasta nosotros lo hacíamos. Era todo vocación. Creía que la mejor forma de combatir la delincuencia era con formación y cultura. Quería que yo estudiase, que intentase prosperar en la vida usando el cerebro y no el revólver. Pensé que iba a ser el primer Fernandes en mucho tiempo que no ingresaría en la policía de Los Ángeles.

—¿Por qué lo hiciste?

—Por mi padre. Un día, una banda del barrio lo atacó violentamente. Estuvo a punto de morir. En ese momento me harté de ver chulos, camellos y matones. Odiaba a los tipos poderosos que mandaban desde algún sitio a sus esbirros a manchar nuestras aceras de sangre... Me jodía que nunca las limpiasen ellos. Eran los vecinos quienes las lavaban. Intentaban borrar la muerte de sus calles con sus cubos llenos de agua y de lejía frotando como locos aquellas manchas.

—Cabrones.

—Así acabó el sueño de mi madre de llegar a verme como profesor universitario.

—No te imagino en la universidad.

—Estudié en UCLA. Pero esa historia te costará otro cóctel.

Katty se pasó al otro lado de la barra y se puso a preparar ella misma los combinados.

—¿Cuánto tiempo hace que nos conocemos? —preguntó Tyson Tabares provocando la sonrisa de Katty—. ¿Cinco años?

—Yo diría que tan solo unos minutos...

Katty revolvió el cóctel con una cucharilla especial. Siete vueltas para un lado. Siete vueltas para el otro. Tiró el hielo con el que había enfriado las dos copas y las rellenó con delicadeza. Brindaron y dieron un pequeño sorbo.

—¡Te salen mejor que a Alfred!

—Se lo diré cuando vuelva.

—¡Ni se te ocurra! ¡Me eliminaría de su lista vip! —dijo Tyson Tabares mientras con las manos hacía gestos de súplica—. Sí, estudié Criminología en UCLA. Fue la forma de conciliar a mamá y a papá, universidad y policía. Al acabar hice un posgrado en Humanidades. No fue complicado, no te creas. Un año dedicado a ella. Era la forma de devolverle todo lo que había hecho por mí. ¡No te puedes ni imaginar lo que le gustó aquello a doña Gloria!

—Sí, sí puedo.

—Aunque no tanto como a mi padre que ingresase en el cuerpo de policía de Los Ángeles en 1992. El muy fanfarrón iba por ahí apostando con sus amigos a que en poco tiempo sería capitán o comisario..., yo qué sé. El viejo era especialista en montarse cuentos de la lechera en la cabeza. Y como ves, se equivocó.

—¿Tus padres siempre estuvieron juntos?

—Sí, eran como esos planetas que tienen órbitas distintas y nunca se separan a pesar de la distancia.

Tyson Tabares miró hacia el infinito que había detrás de la barra y vio la foto en blanco y negro de la boda de sus padres. Todavía la conservaba.

—La culpa de todo la tuvo el jazz —dijo el detective, sorprendiendo a su anfitriona—. Me acompañó en el descenso a los infiernos y me acostumbró a ver el lado sórdido del mundo. El muy cabrón hace todo estético y llevadero, por muy oscuro que sea. Ese, y no otro, es el verdadero peligro del jazz.

Katty sonrió. Tenía razón. Es demasiado poderoso.

—En el año 2000 salí del cuerpo.

—Debió de ser una decisión difícil.

—No sé si llamarlo decisión. Veía cosas que no me gustaban.

—¿Corrupción?

—No solo eso. «Proteger y servir» es el lema de la policía de Los Ángeles. Ver aquella desmotivación y aquella desgana..., esas cosas me echaron del cuerpo.

—Volaste libre.

—¿Te acuerdas del famoso «efecto 2000»?

—Cómo no me voy a acordar. Era una especie de apocalipsis.

—Todos temiendo el colapso de todas las computadoras de todo el mundo...: el caos en los bancos, los hospitales...

—¡El dinero iba a desaparecer de nuestras cuentas corrientes!

—Afortunadamente no fue así. Pero yo sí tuve mi particular efecto 2000, y dejé el cuerpo.

—Te fuiste a ganar pasta al sector privado.

—Bueno. Al principio lo pasé mal. Los pequeños ahorros que había logrado en mi etapa de policía pronto quedaron a cero.

—Pero Tyson Tabares siempre sobrevive...

—Estaban viniendo mal dadas hasta que logré hacerme un hueco con los típicos casos que pagan las facturas de un joven investigador privado: líos de faldas, divorcios... Las rupturas amorosas son un sector económico en sí mismo. Los que organizan bodas generan negocio casando...; nosotros, divorciando. Así es la vida.

Aquello recordó a Katty que nueve de cada diez canciones de amor hablaban de corazones rotos.

—Un día me ofrecieron un caso de espionaje industrial. Nunca hubiese pensado en ello. Ahí se abrió para mí un auténtico filón. Empecé a ganar algo de pasta. Mi formación universitaria y mi experiencia policial resultaron ser la combinación perfecta para infiltrarme en organizaciones de todo tipo.

—Te convertiste en el topo de los topos.

—Algo así. Hasta que llegó la historia de Johnny. Ahí me convertí también en...

—¿Mercenario del activismo social?

—Yo prefiero llamarlo «Instigador privado»... Tampoco fue algo que yo decidiese. Simplemente surgió. Un chico llamado Ferdinand Harris siguió mis denuncias contra la distanasia, veía cómo peleaba con mis ruedas de prensa..., abrió una cuenta para apoyarme en aquella lucha. ¡En pocos días había recaudado miles de dólares! Me resistí a aceptarlos, pero Ferdy me dijo: «Son tus honorarios. Qué más da que los pague un cliente o miles. Haz tu trabajo».

—Ese Ferdy tiene las ideas claras.

—Tenía. Murió hace un año. Estaba gravemente enfermo. Me apena que se fuese antes de que yo pudiese haber acabado el asunto Cerebrus. —Dio un trago y acabó su dry manhattan—. Miles de personas pagando los honorarios de un investigador privado... Era de locos. Pero Ferdy lo consiguió.

—El mundo va a toda velocidad. Solo espero que sepa hacia dónde —dijo Katty mientras Los Daimon acababan de tocar su última pieza.

—Y así empezó todo. Johnny y Ferdy me convirtieron en el gran tipo sin que yo sepa muy bien cómo he llegado hasta aquí.

Tyson Tabares la ayudó a recoger el bar y se marchó. Mientras conducía de regreso a su casa no hubo un solo minuto en el que no volviese a jurar venganza. Por ellos.

10

Mansión Foster-Binney
Palo Alto (California), 20 de mayo de 2016

Después de la tensa reunión que mantuvo con Nakamura en el Fruits&Arena Park, Moses decidió tomarse un tiempo de descanso. Tres días serían unas vacaciones escasas para cualquiera. Incluso para él si fuesen en tierra. Pero en el mar los días se hacían maravillosamente largos para Moses.

Una enorme limusina Mercedes esperó a la familia Foster-Binney durante casi una hora a la puerta de su mansión. Movilizar de manera adecuada a dos hijos adolescentes era lo único que no había conseguido lograr Moses en la vida. Cuando por fin estuvieron los cuatro, el chófer pudo llevarlos al puerto de Sausalito, donde tenían amarrado su yate. Era el lugar preferido por los Foster-Binney para disfrutar del mar, y la espectacularidad del golfo de Los Farallones tenía mucho que ver con esa elección.

En el puerto deportivo su imponente velero se hallaba en perfecto estado de revista. La tripulación, prevenida por la secretaria de Moses, tenía todo preparado en la embarcación para salir a navegar en cuanto la familia Foster-Binney subiese a bordo. Los cuatro tripulantes se movían sincrónicamente estibando los equipajes, soltando los cabos que amarraban el barco al muelle, efectuando las maniobras de desatraque. Una coreografía coordinada y eficiente que contribuyó a que, en poco más de tres horas, hubiesen pasado de pisar los suelos de mármol de su mansión a estar disfrutando del aire fresco y el sol de la bahía de San Francisco.

Que los planes saliesen bien era algo que gratificaba especialmente a Moses. Aquel estaba siendo un gran día: buen viento en las velas, un mar agradable para navegar. Se puso al timón y disfrutó de un prolongado período de silencio. Dos horas. Más que suficiente. Había que volver al trabajo. Dejó a su familia tomando el sol en la proa y ocupó uno de los grandes sillones de popa para hacer una llamada.

François Metternich era un famoso médico suizo que colaboraba de forma habitual con Cerebrus. Aunque su especialidad era la reproducción asistida (dirigía una prestigiosa red de centros médicos en diferentes capitales del mundo como Ginebra, París y Londres), tenía un amplio bagaje en clonación terapéutica, lo que hacía que sus servicios fuesen solicitados de manera recurrente por la compañía de Moses: valoraciones, informes, desarrollos de nuevos proyectos. Allí, recostado en los enormes sillones de piel azul marino, y con el ruido de la brisa del mar entrando por el micrófono de su terminal, Moses decidió que era el momento de dar un paso adelante con Metternich.

—*Bonjour!*

—Moses, qué alegría escucharte.

—Te oigo con alguna dificultad, François. Estoy en el yate, y entre la brisa del mar y que a veces pasamos por zonas con poca cobertura...

—No te preocupes, Moses. Sé de lo que hablas. Yo te oigo perfectamente.

—Mi gente ha contactado contigo.

—Hace dos días.

—Queremos pasar nuestros estudios sobre clonación al siguiente nivel. Todos coinciden en que tú eres una de las personas más reputadas en ese ámbito.

François agradeció la cortesía con más cortesía.

—Trabajar para vosotros es un honor, Moses. Lo sabes.

«Seguramente los millones de dólares que te pagamos al mes también te parecen bastante honorables», pensó Foster-Binney.

—Lo que ocurre es que lo que queréis es algo muy concreto. En esas disciplinas mi *background* es escaso.

—Entonces, ¿no podrás ayudarnos? —Moses temió que ese cielo despejado se oscureciese de golpe con algún nubarrón.

—No he dicho eso. No en la forma en la que me habéis solicitado. Quizá esta vez sea como intermediario.

—Explícate.

—Vosotros queréis experimentar las posibilidades de clonación con ADN no conseguido clínicamente, sino a través de restos.

—En efecto, así es —confirmó Moses.

—Yo conozco a alguien.

François sospechaba que estaban metidos en algo turbio, lo que para él suponía más una oportunidad que un obstáculo. Pertenecía a una antigua familia de aristócratas suizos que se dedicaron al negocio de la medicina. Una saga con dos grandes pasiones: la medicina y el dinero, por este orden para algunos miembros del clan, y el dinero y la medicina, para los demás. Llevaban varias generaciones aportando talento a la ciencia y capacidad de gestión al negocio médico. Habían creado y dirigido valiosos negocios sanitarios e importantes centros hospitalarios en diferentes ciudades del mundo. Eso hacía que François estuviese acostumbrado a ver el planeta como su territorio natural, el verdadero escenario de su actividad profesional. Tenía contactos en todos los países. Mantenía una estrecha relación con muchos científicos a los que conocía gracias a los numerosos congresos a los que solía asistir. Su alegría y don de gentes hacía que esas relaciones cristalizasen y se fortaleciesen con el tiempo. Ese era el caso de su amistad con Rafael Vázquez, un científico español que había llamado su atención hacía dos años en un congreso sobre genética en Praga. Vázquez había hecho una singular exposición sobre un proyecto centrado en la obtención de ADN de restos arcaicos, cuyo fin sería validar la autenticidad de las reliquias religiosas.

«Un soñador —pensó François—. Quién puede destinar dinero a una investigación de ese tipo.»

Aun así, la curiosidad lo hizo acercarse a Vázquez y mostrarle su interés por la iniciativa. No le resultó difícil acaparar toda su atención. Fue el único interesado realmente en su intervención. Lo cierto es que Rafael Vázquez irradiaba entusiasmo y el proyecto no dejaba de tener un innegable atractivo. Cuando se dieron cuenta, estaban compartiendo una botella de vino español —que, como era de esperar, habían pagado a precio de oro en la capital checa—, conversando y riendo. A partir de ese día la colaboración profesional, los proyectos de investigación conjunta y las bromas habían pasado a ser parte de la vida de ambos.

Cuando Cerebrus se acercó a él pidiendo tecnología para recoger ADN de restos en prendas, la sábana santa apareció en la mente de François haciendo clic como si encajasen dos piezas de un mecanismo. Sabía que si Rafael Vázquez podía obtener ADN de objetos milenarios, ¿cómo no iba a obtenerlos de restos que tuviesen días o semanas? Aquello le iba a reportar unos importantes beneficios, no tenía duda. Por eso no vaciló en recomendárselo a Moses.

—Es un gran especialista mundial en ADN —dijo François.

—¿De quién se trata? —preguntó Moses.

—El doctor Rafael Vázquez. Una eminencia española.

—No lo conozco.

Para Moses decir «no lo conozco» equivalía a una descalificación en toda regla.

—No está en tu liga, Moses. Es un científico como los de antes. Un soñador. Lo conocí cuando presentó el proyecto más delirante, y a la vez más brillante, que he visto en mucho tiempo.

Le explicó cómo Rafael pretendía validar la autenticidad de las reliquias religiosas, distinguir las verdaderas de las muchas falsificaciones que existían en todos los relicarios del mundo.

—¿En serio? —espetó Moses sin poder contener la risa.

—Muy en serio. Ha desarrollado un proyecto y unas maquinarias propias sorprendentes. Lo interesante es que si puede obtener ADN válido de un trozo de tela que tiene más de dos mil años, será infalible con ropas actuales... Hace años, un grupo de científicos consiguió extraer el genoma completo del neardental a través de restos en los sedimentos de las cuevas donde habitaban —explicó François.

—Sí, pero ese era un ADN mitocondrial. No nos valdría —replicó Moses, que, a pesar del Rolls, seguía siendo un científico.

—Cierto, pero supuso el fin de la dependencia de los restos esqueléticos. A partir de ese momento los residuos de sangre o de tejidos como la piel, el pelo o las uñas empezaron a ser material válido para tener en cuenta en la investigación genética. El logro del doctor Vázquez estriba en que es capaz de extraer ADN nuclear de los restos arqueológicos. De esa forma tendríamos la práctica totalidad de la información genética.

—¿Vázquez es capaz de conseguirlo?

—Mucho más que eso. Ha logrado acelerar la reprogramación de esas células, superando la técnica SCNT por transferencias, la más rápida hasta ahora. Incluso ha sido capaz de eliminar los factores oncógenos de la reprogramación después de inducir la pluripotencia. ¡Lo que era un proceso de meses lo consigue en horas y con un riesgo cancerígeno cero! Ese tipo es un genio, Moses, será el próximo premio Nobel. Tienes que darle toda la pasta que pida.

La sonrisa de Foster-Binney se tradujo en un incómodo silencio telefónico, suficiente para moderar las expectativas de François sobre el dinero.

—¿Por qué no he leído nada de eso en *Science*? —inquirió Moses.

—Te dije que es un personaje peculiar. Quiere terminar su proyecto antes de publicar nada. Pretende hacer el peritaje a las reliquias cristianas más importantes del mundo y determinar que son falsas con total certeza. Cree que si se arma mucho revuelo con este asunto, nunca le dejarían analizar los objetos que pretende estudiar.

—¿Todo esto por unas reliquias religiosas? —dijo Foster-Binney.

—Se interesó por el estudio genético en restos arqueológicos y acabó pensando que podía ser interesante desenmascarar muchas supersticiones basadas en reliquias falsas. Su comparación forense es prácticamente definitiva. Es un friki maravilloso.

—¿Un friki? Bien mirado..., quién si no se dedica a analizar el moho de un pan estropeado... —dijo Moses.

—Lo relevante para nosotros es que es capaz de hacerlo. Extraerá ADN válido de telas, maderas y espinas con dos mil años de antigüedad.

—Y si ese ADN es válido... —añadió pensativo Moses.

—Podremos crear células madre pluripotentes para generar clones idénticos al donante —concluyó François.

La despensa de encéfalos de Cerebrus empezaba a cobrar forma.

—Amigo François, creo que estamos en el buen camino.

—Moses, ¿en qué estamos metidos realmente?

La pregunta del suizo hizo que Foster-Binney pensase en lanzarle un hueso. Tenía que contentar su curiosidad, pero no quería darle ninguna clave. El oscurantismo era parte de su fuerza. Su estrategia siempre había sido la misma: cada colaborador estaba al tanto del cien por cien de su parte, pero desconocía por completo la de los demás. Eso le aseguraba el poder y mantenía la ambición de todos a raya sin mermar la capacidad de aportar talento. Nadie conocía nunca la totalidad de un proyecto. Excepto él.

—Trasplantes autólogos —dijo Moses, sabiendo que hablarle de las clonaciones para uso propio satisfarían al suizo. Era algo en lo que todos los médicos del mundo estaban poniendo su mirada como futuro de la salud mundial. Aquello interesaría a cualquier miembro de la comunidad científica. Metternich sintió un deseo inmediato de participar en aquel proyecto que desarrollaba su campo de especialización.

Por supuesto que Foster-Binney evitó comentarle de qué tipo de trasplante estaba hablando, el uso final que el material tendría, ni le informó de que un ser humano tendría que nacer, vivir de forma fetal durante años conectado a una repulsiva máquina y morir para acabar donando su cerebro a un millonario avaricioso que pretendía vivir eternamente, mientras que el resto de su anatomía sería desechada como si fuesen simples despojos biológicos.

Nadie sabía todo de todo. Excepto él.

La velocidad mental de Moses construía castillos en el aire: Rafael Vázquez extraería ADN; François produciría «huevos» clonados y él, Moses Foster-Binney, crearía el mayor imperio de biotecnología jamás soñado.

—¿Crees que Vázquez accederá a colaborar con nosotros?

François vio en aquella duda una oportunidad para negociar. Sabía que si Moses dedicaba tanto tiempo a un asunto era que había mucho mucho dinero en juego.

—No será fácil. Es ese tipo de personaje íntegro que se aleja de todo lo que ve relacionado con el dinero.

—Te pagaré el doble de lo habitual —dijo Foster-Binney.

—Cinco veces más.

—Solo si conseguimos el objetivo.

—Si se consigue... diez veces más.

—No sabía que eras un negociador ambicioso.

—Soy suizo. Nos dan clases desde la cuna.

—De acuerdo —aceptó rutinariamente Moses—, imagino que tendrás un plan para involucrarlo.

¿Un plan?, ¿cómo no iba a tener un plan si podría embolsarse más de treinta millones de dólares gracias a Vázquez?

—*Bien sûr!* Como te he dicho, Vázquez es un soñador. Su proyecto, sin ninguna aplicación comercial, sigue necesitando muchos millones de dólares para poder llevarse a cabo. Está en una vía muerta y él lo sabe. Si recibiese una beca millonaria...

—... de nuestra FB Foundation.

—Por ejemplo. Con el dinero suficiente y un contrato adecuado..., él conseguiría su reto y la fundación, la tecnología y los procesos.

—Y tú el montón de pasta que tendré que pagarte por todo esto.

—Algo así me llevará mucho más tiempo del previsto —se

justificó François—, más viajes, más reuniones... Recuerda que todo depende de que Rafael tenga los recursos suficientes, tanto en tiempo como en dinero.

—¿Tiempo? De eso tenemos poco.

—Pues harán falta más recursos económicos. Además de influencias —añadió—, necesitará importantes contactos para poder realizar sus pruebas. Requiere material religioso al que es muy difícil acceder.

—Me encargaré de eso.

—¿Moverás unos hilos?

A Moses le resultó infantil la pregunta de François.

—¿Disculpa?

—Simplemente es una frase que siempre me gustó de las películas americanas.

—Pues si eso te hace feliz, amigo François, moveré unos hilos. —Moses no tenía amigos. Siempre que usaba esa palabra lo hacía para intentar manipular a alguien—. No será la primera vez que un judío haga generosos donativos a la Ciudad del Vaticano. Tendrá los permisos que necesite. No te preocupes.

—*Enchanté!*

—Lo llamaremos Proyecto Grial —dijo Moses mirando para la bahía y viendo su nombre impreso en los futuros libros de historia.

—El mar te pone creativo, monsieur Foster-Binney.

Se despidieron. Era cierto, el mar lo ponía creativo. Allí, en aquellas mismas aguas, se le había ocurrido la producción de embriones de setenta meses como la solución para conseguir sus propósitos. ¡Fetos de seis años! Eso sí era una genialidad.

El barco navegaba en rumbo de ceñida acercándose a los diez nudos. Todo iba bien. El Proyecto Grial estaba en marcha.

11

Los Ángeles, 23 de mayo de 2016

Para Tyson Tabares solo había dos tipos de días: los que parece que nada malo pudiese suceder y los abundantes. Aquel día era de los primeros. Se había levantado muy temprano. Llevaba horas tomando café y leyendo los informes que su topo en Cerebrus le había facilitado. «¡¿Tanto dinero gastado en seguridad y un simple *messenger* es capaz de fotografiar todo esto?!», pensó despreciativo viendo lo que le había conseguido un tipo cuya máxima responsabilidad era hacer recados, llevar comida a diferentes partes del recinto de oficinas y recoger las mesas.

Años atrás un vecino de su barrio había sido detenido por la policía. Descubrieron que llevaba encima el triple de la cantidad de marihuana permitida por el Estado. El chico pidió que llamasen «a mi amigo Tyson Tabares» y al final la jugada le había salido bien. Los que lo habían capturado eran excompañeros del detective y consiguió que mirasen para otro lado, que dejasen correr aquello. Su vecino le debía una. Cuando supo que había entrado a trabajar en Cerebrus como una especie de «ordenanza de la nueva economía», moviendo cosas de aquí para allá, supo que había llegado el momento de cobrarse el favor. Era un puesto perfecto para meter la nariz por todos los sitios.

Las fotos se agolpaban en su mesa: «Compras de material para cien quirófanos». «Selección mundial de neurólogos.»

«Medicina autológica.» Decenas de páginas que no decían nada extraño pero que juntas olían mal. Tyson Tabares no sabía bien de qué trataban, pero tenía claro que si fuese algo bueno Binney lo habría publicado a los cuatro vientos.

La hora se echó encima. Tenía una cita. Se preparó a toda prisa —tan solo tuvo noventa minutos para arreglarse— y salió hacia el Two California Plaza. Había quedado con Gareth Padiani, el jefe legal de WorldTech Industries, en el enorme edificio de oficinas de Bunker Hill.

A medida que avanzaba por la autopista del Pacífico la luz se iba haciendo cada vez más especial. La claridad del sol de la mañana tamizada por el esmog de la contaminación le daba a los albores del día un aire cinematográfico. El coche de Tyson Tabares —uno de esos automóviles clásicos que mantenía en el nuevo siglo un poco del estilo perdido— completaba la escena. Conducía un imponente Cadillac Eldorado, modelo Biarritz de 1960, completamente restaurado, con un motor nuevo de quinientos caballos, pintura negra especial, defensas cromadas, neumáticos pintados de blanco y las suspensiones algo más bajas que las de serie —lo suficiente para dar al vehículo más estabilidad, pero sin que perdiese su aspecto original—. «No me gustan esos coches que parece que van arrastrando la barriga por la carretera.» Restaurar aquel coche le había costado más que comprar cualquier vehículo de lujo nuevo. Pero aquella pieza era su capricho, su juguete, posiblemente la posesión de la que más disfrutaba. Sin embargo, cada vez que lo usaba, en el fondo de su mente, buscaba algo que disculpase el atentado ecológico que cometía aquel motor de ocho cilindros cuando pisaba a fondo. Le hubiese gustado creer que si alguien podía excederse un poco con el planeta era precisamente él, por las veces que había luchado para protegerlo. Pero aquel argumento no lo convencía ni a él mismo. «Tyson Tabares... Déjalo.»

Conducía con la sensación de que había valido la pena haber puesto el despertador ese día. Olía a dinero fácil. Cogió la interestatal en Santa Mónica y su estómago le recordó que no había desayunado. Vio un letrero a lo lejos: Dani's CarAuto. Había oído hablar bien de esa cadena. La había creado uno de esos emprendedores testarudos que creía que se podía ganar dinero haciendo las cosas de otra forma: comercio justo, buenas condiciones laborales para sus empleados... «Hay que apoyar este tipo de iniciativas», se dijo, y decidió parar.

«No sé si ese Dani va a ganar mucho con todo esto», sospechó decepcionado con un mundo que solo parecía valorar la comodidad y el precio. Había podido llegar a la ventanilla sin tener que esperar y eso, en aquella zona donde un restaurante suele tener movimiento y largas colas a todas horas, no era buena señal.

Detuvo el coche. Un empleado pelirrojo, que parecía salido de un casting para *boy scouts*, lo atendió al instante. Era un joven de los que todavía no tenían que afeitarse más que una vez por semana, con una indómita mata de pelo rojo y una sonrisa quizá un tanto exagerada para aquel momento. El detective se vio obligado a corresponderle enseñándole también su dentadura mientras pedía su desayuno.

No. Tyson Tabares no era un hombre de costumbres. La mayor parte de las veces desayunaba un café solo. Sin leche y sin compañía. Otros, sin embargo, empezaba el día devorando como un oso en primavera.

—Un sándwich de jamón y queso. El más grande que tengáis. Y un café XXL.

El empleado tecleó diligentemente el pedido, y decidió hablar con su cliente para hacer más agradable la espera.

—Bonito coche, amigo.

—¡Vaya! Un jovencito con buen gusto.

Seguramente al chico lo movían más las ganas de una buena propina que el interés por los coches, pero ¡cómo le gustaba a Tyson Tabares que le halagasen su Cadillac!

—Aunque esto debe de consumir más de un veinte por cien —agregó el camarero, estropeándolo todo. «Se esfumó tu propina», sentenció el detective. El dependiente había hurgado donde no debía, así que decidió mentir. Estuvo tentado de contarle sus frecuentes luchas contra las petroleras, sus éxitos contra industrias energéticas con malas prácticas medioambientales. ¿Qué? ¿Eso no cuenta? Pero quién iba a creerle conduciendo un tanque con motor V8 que consumía casi el doble de lo que al camarero le había parecido una auténtica obscenidad.

—Tiene un sistema. Un catalizador que reduce el consumo y las emisiones. El motor está trucado. Prácticamente es como un híbrido —dijo, intentando sacárselo de encima.

El chico quedó pensativo procesando aquella información. Hubo un instante de silencio algo tenso, a pesar de la permanente sonrisa de ambos. Cuando por fin llegó el pedido, Tyson Tabares lo cogió amablemente y arrancó su coche hacia el parking del establecimiento, en dirección a las mesas de una zona ajardinada que, curiosamente, ya casi no tenía jardín.

El empleado del mes le había dado un sándwich de pollo. Se había equivocado.

—Debe de consumir más de un veinte por cien... —repitió parodiando al muchacho mientras empezaba a comer su bocadillo. Valoró la posibilidad de que el chico fuese de esa raza superior que había poblado súbitamente el planeta, que solo tenía ojos para los errores de los demás y que encontraba siempre la ocasión para darte una lección.

«Al menos ha acertado con el café.»

Mientras acababa su desayuno observó como el camarero seguía mirándolo. Tyson Tabares era un tipo con conciencia, pero aquel coche era la niña de sus ojos. Le hubiese apetecido caminar hasta el chico, agarrarlo por la camiseta color salmón y decirle: «El planeta me lo debe, chaval». Pero se dirigió a él desde lejos y antes de entrar en el coche le enseñó su pulgar hacia arriba en señal de que el sándwich erróneo le había gustado. Era verdad. Estaba realmente bueno.

Siguió su camino hacia el 350 de Grand Lower, donde lo esperaría su nuevo cliente. Mientras conducía alternaba los sorbos de café con los pensamientos sobre su plan contra Cerebrus y las conjeturas sobre cuál sería el tipo de asunto que le iban a encargar. ¿Faldas? ¿Espionaje industrial? Apostaba por espionaje industrial. Lo más probable sería que fuese eso. Era lo más frecuente, lo que más le encargaban las empresas. Los clientes privados que podían permitírselo lo llamaban más bien por líos de faldas, divorcios y cosas así. Pero los de empresas... Sí, sería un caso de espionaje industrial. Cuando llegó a su destino metió el coche en el garaje California Plaza y dio una propina al chico que lo atendía para que no le sacase el ojo de encima a su joya.

Al salir del aparcamiento encendió un cigarrillo como solía hacer antes de cada caso. Tyson fumaba a escondidas de sí mismo. Un par de pitillos al día, quizá tres, y siempre en momentos de tranquilidad.

Mientras inhalaba el humo observó una especie de atmósfera tóxica, de relaciones no queridas entre millones de personas. Las bicicletas molestaban a los coches; los coches, a los peatones; los peatones, a las bicis... La gente no se veía, se esquivaba. El «otro» siempre era una molestia en una ciudad concentrada en sí misma, cargada de compromisos y de trabajos hechos por obligación. Todos hacían responsable a alguien de que su vida no fuese como hubiesen querido.

«Lo que más abunda en las grandes ciudades es la decepción», pensó.

Apagó el cigarrillo. Al hacerlo manchó ligeramente la piel mate de uno de sus mocasines color tabaco. Se sumergió en la masa de peatones que poblaban la acera exhalando la última bocanada de humo, caminando hacia el Tentera Coffee, la cafetería donde habían pactado el encuentro. Al llegar vio a un tipo que tenía cara de ser Gareth Padiani y que resultó ser Gareth Padiani.

—Me han dicho que es usted el mejor —dijo Padiani sin perder un minuto.

—¿En serio?

La modestia de Tyson Tabares resultó poco convincente.

—Tenemos motivos para pensar que alguien está filtrando algunos diseños de nuestros productos.

«¡Bingo! Sabía que sería espionaje industrial.»

—Alguien revolotea sobre nuestras creaciones y las registra justo antes de que nosotros podamos patentarlas.

—Y quieren que aplaste a la mosca.

—De la forma menos violenta posible... Tan solo queremos que deje de hacerlo, saber a quién pasa nuestros diseños y por cuánto los vende.

—¿Conocen mis honorarios? Cobro la mitad por adelantado.

—Lo sabemos. No es usted barato. Pero al parecer tiene un pleno de casos resueltos favorablemente. Por eso estoy aquí, señor Tabares. Queremos resultados y pronto. ¿Acepta nuestro encargo?

Tyson ya no estaba prestando demasiada atención a Padiani. Aquel era otro de esos líos de empresas que le permitiría seguir engrosando su cuenta corriente. Posiblemente se compraría aquella Harley que lo había fascinado en los escaparates de Heroes Motors en Malibú.

—No lo veo con mucho entusiasmo —se quejó Gareth.

—¿Entusiasmo? ¿Cree que alguien se puede entusiasmar por pillar espiando a un pobre infeliz que puede pasarse los próximos diez años a la sombra?

—Me refería...

—Verá. Seguramente será un empleado que gasta más de lo que ingresa, que ha cruzado la línea del delito para seguir pagando fulanas, jugando o bebiendo, o las tres cosas a la vez.

Era tan sencillo detectarlos que no entendía cómo le pagaban verdaderas fortunas por hacerlo. Pero si ellos querían, ¿quién era él para impedírselo? Amablemente abriría sus bolsillos y dejaría que se los llenasen mientras les resolvía sus problemas.

—Tendrán sus resultados. Hagan el ingreso y me pondré en marcha.

—¿Le importa que sea en efectivo al acabar el trabajo? —preguntó Padiani.

—No hay problema. No creo que me lleve más de treinta días.

—¿Siempre está tan seguro de sí mismo?

Tyson Tabares se levantó, sacó un billete para pagar los cafés y la propina. Lo dejó encima de la mesa, apretó la mano del señor Padiani y se despidió de él.

—Gareth, parece usted un buen tipo. Sé que representa unos intereses de una importante industria. Ya me ha hecho el encargo. Misión cumplida. En un mes les daré los resultados, me pagarán y volveremos a tomar café.

Padiani sonrió y vio cómo se alejaba. No sabía muy bien si había aceptado el caso de buena gana o no, pero no podía evitar mirarlo y sonreír entre la incomodidad de sentirse menospreciado y cierta sensación de superioridad.

—Tomaremos café, señor Tabares, no lo dude —dijo mirando a la cristalera mientras veía cómo el detective se perdía entre la gente.

Cuando Tyson Tabares regresaba a por su coche reparó en una portada de un diario que destacaba en el puesto de periódicos: «Cerebrus: el hombre mejorado».

«¿El hombre mejorado? Esos papanatas alucinan con cualquier mierda que huela a tecnología.»

Lo que más le enervaba era la enfermiza alegría con la que la prensa acogía los avances de Cerebrus. Nadie parecía cuestionar nada. ¿Solo él era consciente de que aquello era el inicio de una nueva esclavitud? ¿De un nuevo y apabullante dominio del débil por parte de las poderosas tecnológicas? ¿Unos tendrían el mando, el *joystick*, y el resto se movería mecánicamente como esos *supermarios* que caminan, corren y saltan a voluntad del jugador? Tenía que abrirle los ojos a la prensa.

Recordó a su topo antes de pensar en lo que debió de sentir David cuando lanzó la piedra a Goliat.

12

Wall Street (Nueva York), 24 de mayo de 2016

Una mujer de récords. Así le gustaba a Aiko Nakamura que la gente hablase de ella: la más inteligente, la más fría, la más cabrona, la más despiadadamente hija de puta, la más informada, la más genial bróker de la historia. No resultaba fácil. Competía en un foso de cocodrilos con gran talento.

Ahora podría ser la más rica del mundo.

Moses Foster-Binney tenía ante sí lo que podría ser el mayor negocio de la historia y no parecía haberse dado cuenta. Solo hablaba de sus «cerebros sanos», creyendo que la estaba engañando con su palabrería científica e improvisando plazos a medida que avanzaba la conversación. «¿Cerebros sanos? Son un medio, no un fin», pensaba Nakamura.

Venderían tiempo. Tiempo. El milagro de la perpetua juventud. El viejo sueño humano: volver a ser joven, pero sabiendo lo que ya sabemos. ¿Qué valor tendría una tableta, un reloj, un coche, un yate, un injerto de pelo, unas tetas nuevas, una mansión, el mejor caviar, la más completa bodega del mundo o la mejor colección de arte si uno disponía tan solo de treinta años para disfrutar de ello? Cuarenta en algunos casos. Quizá cincuenta si uno había hecho dinero muy joven. Estaba hablando de algo que podría multiplicar ese tiempo por dos o por tres o, ¿por qué no?, por cuatro...

Tiempo.

No venderían cerebros. Venderían tiempo.

Aquella era la mercancía soñada. Con lo que nunca pudo comerciarse. El tiempo.

«No deja de ser un científico», pensó despreciativa. El talento del genio de las neurociencias no había sabido ver el verdadero negocio que estaba construyendo. Tiempo. No una mente sana en un cuerpo sano. Por supuesto, esa constituía la base física de todo. Pero lo que sus clientes comprarían era un bonus de tiempo garantizado... ¿Quién no pagaría la mitad de su fortuna por eso? Vivir más tiempo para disfrutar de la otra mitad.

«¿Qué puedes hacer con cien mil millones de dólares que no puedas hacer con cincuenta mil?»

Sabía que tenía razón. Nakamura era una gran economista que aspiraba a ser máster en la condición humana. Pasado un umbral, cuanta más pasta se tiene, para menos sirve. Lo llamaba la «ley de la inutilidad creciente del dinero».

«Seguimos ganando dinero porque nos gusta ganar. Esa es la moneda que nos paga. Ganar y ganar. Cuanto más ganes, mejor.»

Durante los últimos días, Aiko se había garantizado el control financiero de Cerebrus. No le había resultado nada difícil. Comprar las cosas por encima de lo que valen es algo bastante sencillo, y ella lo había hecho. Había pagado por paquetes de acciones hasta el doble de lo que valían realmente para sus propietarios. Pero ellos no eran conscientes de lo que sabía Nakamura.

«¡Esperar diez o veinte años para obtener resultados! ¡Qué se habrá creído ese judío colorado que no paraba de llamarme "amiga Nakamura"!»

Si algo irritaba a Aiko era que se creyesen más listos que ella.

«No era el momento. Tiempo, señorita Nakamura. Sé que siempre pido tiempo.»

Recordaba, parodiándolas, las palabras de Moses.

«Es uno de los desafíos más importantes de la ciencia médica en toda la historia.»

Ahí tuvo el chispazo. No iba a necesitar esperar ni veinte

años, ni diez años, ni ninguno. Ese negocio generaría *cash* de inmediato. Porque no iba a vender cerebros, ni soluciones para enfermedades neurodegenerativas. ¿Por qué contentarse vendiendo un seguro de vida si uno puede vender la vida misma?

Vendería tiempo.

Lo empezaría a cobrar enseguida. En cómodos y millonarios plazos. Los que no pagasen, los que no se lo creyesen, no entrarían en ese selecto club. Retornaría su inversión en menos de un año. Pero para eso hacía falta tener el control. Aquel tipo engreído no soltaría la batuta fácilmente.

«Lo mismo que hizo John Sculley con Steve Jobs, pero bien hecho. Aquí la idea de negocio es mía.»

Tiempo. Se lo estaba diciendo en su cara. Le estaba gritando el negocio más grande del mundo una y otra vez, sin ver más que sus cerebros sanos y su granja de niños desgraciados.

«La expectativa de tener más tiempo vale tanto como el hecho de tenerlo. No solo sabes que vivirás más. Es que vives mejor por saberlo.»

Su frialdad se estaba poniendo a prueba. Su cabeza y sus ansias hervían. Tenía que controlarse. Ahora solo faltaba esperar el momento adecuado.

«¿Quieres vender cerebros el resto de tu vida o quieres tener una oportunidad para cambiar el mundo?», le dijo mentalmente a Foster-Binney parafraseando a Jobs.

13

Los Ángeles, 30 de mayo de 2016

Había siete tipos con acceso a los diseños de nuevos productos de WorldTech. Tan solo tuvo que seguirlos uno a uno: gimnasios, bares, familias... Todo terminó cuando encontró a Lucas Luft, el más joven de los siete, frecuentando el Dady Dandy, un local nocturno donde decían que trabajaban «bailarinas» de todos los continentes. Estaba claro que Luft no iba al Dady a recibir un masaje terapéutico, así que decidió dejarse caer por el garito antes de que empezasen a llegar la mayoría de los clientes.

Tyson Tabares tenía algunas conocidas en el Dady. Aunque no era de los que buscaban sexo de pago, sí frecuentaba ese tipo de ambientes buscando contactos e información, y tampoco le costaba acudir a esos antros donde todos los principios parecen dejarse en la puerta. Era respetuoso, trataba con exquisita amabilidad a todas las chicas y soltaba buenas propinas, lo que hacía que todas las profesionales de la sala dijesen lo mismo de él: «Es un caballero».

Aquella noche se citó con Grace, la más veterana de las chicas del Dady, una morena latina que no hacía más que mejorar con los años, a pesar de su modo de vida. Tyson Tabares fue al grano y Grace le facilitó enseguida parte de la información que necesitaba.

—Ese hombre está realmente enamorado de Satine.

—¿Satine? Vaya, a esa no la conozco yo.

—Es que hace demasiado tiempo que no vienes por aquí —le reprochó Grace—. Es una chica nueva. Guapísima. Muy joven. Sana. Se cuida. No toma drogas. Nadie sabe cómo una chica así acabó aquí.

—Lo mismo decían de ti.

Grace agradeció el cumplido. La autoestima de aquellas chicas estaba siempre bajo mínimos.

—Ese tipo bajito, ¿Lucas? —continuó Grace.

—Sí, Lucas Luft. Es ingeniero en una importante empresa tecnológica.

—Pues ese Lucas debe de ganar mucha plata para venir a ver todas las semanas a Satine y pasar con ella la noche entera.

—Digamos que tiene un buen puesto. Pero no da para tanto.

—Si me preguntas por él es porque se ha metido en algún lío, ¿verdad? —Ahora Grace estaba intrigada—. ¿Qué quieres saber?

El detective sonrió.

—Grace, ya me lo has dicho todo. ¿Sabes una cosa? Me gusta tu nombre.

—Solo mi nombre.

—Lo que más.

Tyson Tabares se despidió con cortesía dándole un billete de cien dólares y se dirigió a las oficinas de WorldTech para encontrarse con «el hombre que amaba por encima de sus posibilidades».

No iba a ser difícil verle la cara. Lucas Luft era un empleado con un alto cargo, lo que le daba derecho a tener plaza de garaje. Tan solo tuvo que introducirse en el parking del Two California Plaza y esperar apoyado en el coche de Lucas el tiempo suficiente.

Aquel día, como de costumbre, Luft salió con puntualidad. Cuando se acercó a su vehículo se encontró con un hombre vestido con un traje singular apoyado relajadamente en la puerta de su coche.

—Perdone —dijo Luft, desconcertado por el descaro de Tyson Tabares—, está usted apoyado en mi puerta. ¿Le importaría apartarse?

—Claro que sí. Discúlpeme. Es que creí que este era el coche de Satine...

La cara de Lucas cambió en un instante.

—¿Qué quiere? ¿Quién lo envía?

—Sé que está filtrando información de su empresa a la competencia. Quiero saber a quién, con quién contacta y cuánto le pagan.

—¿Está usted loco? Está inventando...

—¡Eh!, ¡eh!, alto, alto, amigo. Estoy intentando ser amable con usted. Pero no lo he sido y me tiene que disculpar. No le he dejado elegir.

—¿Elegir?

—El cómo quiere llevar usted todo esto. Hay dos opciones.

—¿Dos opciones? —Lucas repetía, nervioso, lo último que el detective decía.

—Sí. Una sin dolor y otra, digamos, que dolorosa. Yo he empezado por la que le evitaba el dolor. Imaginé que sería la que elegiría. Pero ha sido una precipitación por mi parte, tiene que disculparme.

«¿Quién es este tipo? —pensó Lucas—. ¿A qué venían esas frases de sicario de la mafia?» Mientras se hacía estas preguntas, Luft se deshacía como un azucarillo llegando a una conclusión: «Este tío es un cabrón peligroso».

—Colaboraré. No soy mala persona. Colaboraré.

El detective intentó tranquilizarlo para que siguiese hablando mientras se disponía a recoger la fruta de un árbol que apenas tuvo que agitar.

—Todo es por una mujer. Entré en una mala dinámica. Sabía que estaba metiéndome en un enorme lío. Esa chica...

Lucas Luft estaba cantando todo el repertorio de Otis Redding.

«Fácil. Demasiado fácil», pensó Tyson Tabares.

14

Los Ángeles, 23 de junio de 2016

«Pan comido.» Los avances de Tyson Tabares en el caso encargado por Gareth Padiani eran definitivos. Había tenido que disimular durante unas semanas para cobrar los honorarios previstos. El hecho de solucionarlo tan rápido resultaba contraproducente para la cifra que les había presupuestado. En realidad, lo había resuelto en los primeros segundos, tal como le planteó a Padiani: «Seguramente, un empleado que gasta más de lo que ingresa habría cruzado la línea roja del delito para seguir pagando fulanas, jugando o bebiendo, o las tres cosas a la vez».

Acababa de escribir el texto para una rueda de prensa. «Asunto: Informar de la potencial actividad delictiva de Cerebrus.» Con ese orden del día estaba seguro de dos cosas: que asistirían todos los medios convocados y que aquello acabaría en los tribunales.

No le preocupaba.

Sabía que iba a ganar. La *exceptio veritatis* estaría de su parte. Tenía buen material. Su topo le había dado información suficiente como para provocar un buen fuego. Quizá no definitivo, pero sí un buen incendio.

Mientras pensaba en Binney, ordenaba la biblioteca de su cabaña. La mayoría eran ejemplares de libros que habían pertenecido a su madre, entre los que guardaba la placa de su padre. La llamada de Gareth Padiani reclamó su atención.

—Lucas Luft —contestó el detective antes de que le preguntase nada, intentando dar por finalizado el caso cuanto antes.

—Lo sabía.

—LiderTech Corporation.

—Hijos de puta, perdedores. Llevan años intentando jodernos de todas las formas imaginables.

—Nuestro amigo ha confesado todo. Pueden demandarlo con todas las garantías.

—No creo que lo hagamos. No nos interesa el ruido. El daño ya está hecho, y ese pobre diablo no tendría ni para pagar el primer plazo de la indemnización.

—No me da pena. Debe de ser muy valioso lo que hacen ustedes, porque realmente lo engrasaban muy bien. Le enviaré el informe.

—¿Y el pago?

—No se preocupe. Puede enviármelo.

—Prefiero dárselo personalmente. Además... le avanzo que me gustaría tratar con usted otro asunto. Algo personal.

La sonrisa de Tyson no cupo en su lujosa cabaña. Eclipsaba todo el promontorio de Point Dume. No se lo podía creer. Dos en uno. «Hay gente que se empeña en llenarte los bolsillos de dinero.»

Volvieron a citarse en la misma cafetería que la vez anterior. Como en aquella ocasión, cuando el detective llegó Gareth ya estaba allí.

—Primero lo primero. —Padiani le tendió un sobre con un voluminoso fajo de billetes en su interior.

Tyson Tabares abrió el sobre y comprobó rutinariamente el contenido, acariciando el borde de los billetes como si los estuviese contando.

—Asunto zanjado. ¿De qué quería hablarme?

—Se trata de mi mujer. Creo que me engaña. Me gustaría tener pruebas para divorciarme de la forma más ventajosa posible.

Tyson Tabares no pronunció ni una sola palabra. Se limitó a

mirar a Padiani intentando entender por qué querría meterse un tipo racional como él en un lío como ese.

—Antes de que me lo pregunte, la respuesta es que no. Yo no le fui infiel antes.

O ese hombre tenía mucha pasta, o aquella mujer le había hecho daño de verdad. A pesar del tono, percibía que Padiani estaba llevando muy mal su problema. Valoró si debía aceptar el encargo. Su tarifa era muy alta para este tipo de asuntos que, en realidad, cualquier detective comedor de dónuts podría solventar con una simple cámara fotográfica.

—Gareth, ¿me permites que te tutee?

—Por supuesto.

—No voy a bajar ni un céntimo mi tarifa.

—Lo imaginaba.

—¿Sabes lo que creo? Con las mujeres hay que saber perder.

Estaba hablándole como lo hubiese hecho con un amigo.

—¿Qué quieres decir?

—Que a lo mejor una buena charla..., solucionar las cosas civilizadamente..., es mejor que llenar de fotos comprometedoras la mesa de su señoría.

—¿Aceptas el caso sí o no?

Con su irritación, Padiani parecía estar obligando a Tyson Tabares a aceptar su dinero.

—Supongo que sí.

—¿Supones?

—Cobro una parte por adelantado. Ya lo sabes.

Gareth sacó otro sobre, este último más modesto, y del grosor mínimo. Dentro había un cheque personal firmado por Padiani.

—Que conste que el que ha dicho que sí ha sido mi bolsillo —puntualizó Tyson Tabares antes de levantarse.

Tanto dinero fácil junto lo hizo recelar. Quizá fuesen los años. Lo estaban volviendo más desconfiado aún de lo que era. Decidió dejarlo correr.

Por lo pronto, cogería la pasta de Padiani y seguiría concentrado en su lucha contra Cerebrus. Esa sí que iba a requerir de todo su instinto.

15

Hotel Millennium Biltmore
Los Ángeles, 2 de julio de 2016

La elección de un hotel como aquel no podía ser casual. El Millennium Biltmore era un auténtico icono de Los Ángeles, por donde habían pasado políticos, grandes empresarios, estrellas del cine y del rock. Su estilo, de inspiración renacentista, repleto de columnas y luminarias de bronce, con altísimos techos abovedados, constituía un escenario perfecto, revestido de la suficiente solemnidad para que todo el mundo supiese que iba en serio y que el asunto a tratar era muy importante.

La convocatoria no podía haber ido mejor en cuanto al número de medios. Habían acudido representantes de todos los periódicos relevantes de la ciudad: *Los Angeles Times*, *La Opinión*, *Hoy Los Ángeles*, *The American Reporter* y un largo etcétera que incluía las delegaciones locales de canales de televisión como ABC, CBS, NBC, además de un montón de pequeños medios a los que también había convocado «porque cada lector cuenta para la causa».

Sin embargo, el rango y experiencia de los profesionales dejaba bastante que desear: periodistas de tercera fila, júniors, chicos y chicas en prácticas. Se olía la mano negra de Cerebrus detrás de aquella tibia acogida de los medios. Su fuerte inversión publicitaria en todos aquellos soportes le daba a Foster-Binney la influencia suficiente para atenuar los ecos de sus denuncias. No podían evitar ir, pero dejaban claro que no iba a ser el asunto estrella en sus redacciones.

«Lo acabará siendo.»

Tyson Tabares había instalado una unidad de vídeo para poder transmitir su charla en *streaming* desde su página web, además de colgarlo en su canal de YouTube. Contaba con la viralidad de sus seguidores para aumentar la difusión de su mensaje. La cámara la operaba un joven estudiante al que el detective había dado unos dólares, pocos para lo que cobraba un cámara profesional, mucho para el dinero que solían pagarle a un meritorio.

Sentado tras una mesa con un cartel al pie en el que se podía leer *www.tysontabares.com*, observó que todos los periodistas estaban más pendientes de sus teléfonos móviles que de lo que él iba a decir en aquella sala. Decidió empezar a hablar subiendo al máximo su volumen de voz.

—Está pasando algo grave delante de nuestras narices y estáis esperando el próximo *trending topic*.

Un *jab* al mentón. Era la curiosa forma de comenzar que había elegido para ganarse a los profesionales de la prensa que, ahora sí, le atendían. No se podía decir que a los periodistas presentes les entusiasmasen aquellas maneras, pero ninguno se perdió lo que vino a continuación.

—¿Qué diríais si algún día os encontraseis con que algún amigo o algún miembro de vuestra familia os mirase con los ojos pasmados, perdidos, convertido en un vegetal viviente? ¿Qué diríais si esos síntomas fuesen secuelas de experimentos ilegales?

Todavía estaban recostados sobre el respaldo de sus sillas. Sabía que los periodistas, cuando están interesados de verdad, se inclinaban ligeramente hacia delante, como queriendo ser los que están más cerca de la noticia. Ese momento aún no había llegado.

—En ese momento entenderíais a qué se dedica en realidad Cerebrus: a jodernos.

Hizo una pausa y luego repitió gritando:

—¡A jodernos!

La incomodidad de los periodistas aumentaba en la misma

proporción que su interés. Ahora sí. Ninguno de ellos permanecía en contacto con el respaldo de sus sillas.

—Estamos dejando nuestra salud en manos de desalmados. Os venden cosas como neurociencia, neuromarketing y corréis a escribir hablando del futuro, como si eso fuese realmente un avance. ¿Avance hacia dónde? ¡Cortinas de humo! ¡Tapaderas! Buscan el botón, el punto físico en el cerebro en el que poder modificar a su antojo la voluntad, el deseo, la conducta... y con ello alcanzar el cielo, el poder, ser dioses.

A pesar de la grandilocuencia, la concurrencia estaba empezando a decepcionarse. Era sábado, habían hecho un esfuerzo especial por asistir, y no oían nada nuevo que justificase estar allí aquella mañana. Todo ese rollo ya se lo habían oído decir varias veces y con la misma acritud. Poco importaba que se tratase de algo realmente grave. No era nuevo y eso era lo relevante.

—Cerebrus está seleccionando una red de neurólogos en todo el mundo. Buscan cerebros humanos. Vivos y sanos.

Todos los periodistas abrieron un poco más los ojos y empezaron a apretar un poco más sus bolígrafos.

—Se dirigirán a los más ambiciosos con la promesa de que serán aplicadores exclusivos de los productos Cerebrus para el alzhéimer y el párkinson. Así de fácil los sumarán a la causa. Pero lo que buscan son cerebros para sus experimentos.

Uno de los reporteros escribió un posible titular: «Cerebrus necesita cerebros».

—Necesitan al menos setenta anfitriones. Sí, anfitriones. Así llaman a los pobres diablos a los que les van a destrozar el cerebro. La mente. La vida. ¡Anfitriones! Joder, como si quisiesen a alguien que los invite a su casa y les ofrezca té y pastas...

Había lanzado la bomba. Los rostros de la sala cambiaron. Lo que acababa de decir Tyson Tabares era algo grave, una acusación en toda regla. Ya no era un tipo jaleando al personal con insinuaciones y posturas éticas más o menos asumibles. Ahora estaba señalando con el dedo acusador y eso iba a ser el principio de una dura batalla.

—Ensayos con personas. De eso se trata. Como si fuésemos conejillos de Indias baratos.

Los asistentes comprobaban que sus grabadoras siguiesen haciendo bien su trabajo, escribían más rápido en sus blocs de notas, ajustaban meticulosamente las ópticas de las cámaras. El interés se había disparado y nadie quería irse con un material inservible.

—A veces me acusan de ir contra la biotecnología médica. No es verdad. Tan solo persigo a las alimañas que hay dentro de ella. Cerebrus es un chacal muy grande y hambriento. ¡Quieren forrarse a costa de traspasar todos los límites!

Frases así eran las que hacían hervir internet y disparaban los donativos para la causa.

—No se lo podemos permitir. Sabéis que han intentado destruirme de muchas formas. Bulos, amenazas...

En la segunda fila, uno de los periodistas más jóvenes escribía un titular: «Han intentado destruirme».

—Me han querido presentar como un psicópata ante vuestros compañeros de la prensa. Como un alcohólico. Como un estafador. No lo han conseguido. Nadie los cree porque todos sabemos que mienten. ¿Sabéis en lo que sí tienen razón? En que soy un puto grano en el culo.

Los rostros incómodos de hacía unos instantes ahora sonreían cómplices.

—Un grano más grande que nunca. Porque he logrado mucha información. He descubierto las mentiras que usarán para utilizar a setenta personas como banco de pruebas. Personas que podrían ser familiares vuestros..., amigos...

El periodista de *Los Angeles Daily* subrayó en su libreta: «Usan personas para sus ensayos clínicos de forma ilegal». Mientras, el de *Hoy Los Ángeles* se lanzaba a preguntar:

—¿A qué tipo de pruebas se refiere?

—Todavía no puedo detallártelas con exactitud.

—¿Por qué necesitan individuos sanos? —preguntó el enviado de *Los Angeles Times*.

—Al parecer, los anfitriones, para ser válidos, han de serlo sin que nada cambie sus condiciones normales de vida. El estrés y las enfermedades pueden afectar a la calidad de los tejidos neuronales...

Demasiada información técnica. Los empezaba a perder.

—Les pagarán bien, no lo dudéis. Pero no les explicarán ni la legalidad de lo que van a hacer ni las consecuencias que podría tener el experimento: tetraplejia, enfermedades mentales de por vida, etcétera. Si leyesen a la gente la letra pequeña, seguro que nadie se prestaría voluntario para esas pruebas. ¿No creéis?

Los murmullos habían vuelto a la sala. No hizo falta añadir mucho más. Cuando terminó, los periodistas empezaron a recoger sus cosas para salir a toda prisa hacia sus redacciones. Tyson Tabares fue despidiéndose amablemente de todos y cada uno de ellos. La sala del hotel recuperó su aire amable y refinado. Había pasado la erupción del volcán y la lava iba desapareciendo del suelo. Aquello iba a tener, sin duda, una gran repercusión.

A las pocas horas, en las ediciones digitales. Al día siguiente, en papel. Tyson Tabares vio por fin sus palabras en grandes titulares acusando a Cerebrus, tal y como había planeado. No había salido en portada. Pero le dedicaban grandes espacios. Ninguno bajaba de media página. Aquello les haría daño. La mecha estaba encendida.

Las visitas a su web se multiplicaron por diez. Los donativos *crowdfunding* subieron un doscientos veintisiete por ciento. La cotización de Cerebrus en bolsa había bajado en unas horas casi un treinta por ciento y tan solo fue capaz de parar esa caída la rápida reacción de la empresa, que contraatacó con una escueta nota de prensa encabezada con un contundente: «Todo es mentira». A continuación, el comunicado añadía: «Lo que mueve a ese hombre a intentar hacernos daño es un tema personal. Una absurda venganza por la muerte de su amigo John McGregor. Nuestros abogados presentarán las oportunas reclamaciones de daños».

A Tyson Tabares le molestó que citasen a Johnny.

«Los tribunales nos darán la razón», prometió a la memoria de su amigo. ¿Sería suficiente la piedra que David había lanzado para derrotar de nuevo a Goliat?

16

Mansión Foster-Binney
Palo Alto (California), 3 de julio de 2016

No había sitio en toda su mansión para que cupiese el mal humor de Moses aquella mañana. Se podría decir que subía por sus paredes de estuco veneciano mientras leía el extenso y exhaustivo informe de prensa que sus colaboradores más directos le habían preparado —a primera hora, a pesar de ser domingo—. En él se incluía, además del *press clipping* de la noticia, un pormenorizado análisis sobre el alcance y la repercusión en medios de aquella maldita rueda de prensa de Tyson Tabares.

«"Están haciendo prácticas con humanos..." ¿Cómo pudo saber todo eso?», se preguntó furibundo Foster-Binney.

Nadie en la organización tenía toda la información. Excepto él.

«"Necesitan cerebros sanos..." ¿Casualidad? ¿Intuición?»

Cada división sabía lo suyo. Pero esa información, por partes y sin ensamblar, carecía de su verdadero sentido.

«¿Habrá escuchado alguien mi conversación con Nakamura? ¿O habrá sido la propia Nakamura? ¿Querrá joderme esa japo cabrona?»

Seguía con su ataque de ira contenida. Una ira *mindfulness*, postaichí, una ira asertiva y tamizada por todas las terapias *cool* habidas y por haber.

«Puede que haya un topo en Cerebrus y que haya atado algunos cabos.»

Si lo tuviese delante sabría quién era. Le gustaba creer que su mirada era como una especie de polígrafo natural que detectaba la mentira de forma infalible. Sabía lo que tenía que hacer. Localizar a esa rata y usar el as en la manga que tenía contra Tyson Tabares. Quería verlo, machacarlo en persona, contemplar cómo se retorcía ante sus ojos.

Informe médico n.º 717
Centro Médico de Samos (Lugo)
Paciente: Guillermo Díaz Barbeito
Profesión: Sacerdote
Edad: 42 años
Dirección: Monasterio de Samos
N.º de la Seguridad Social: No lo aporta

Doctora Sofía Blanco Gómez
Colegiado Número: 11.174

15 de enero de 2017

SEGUNDA PARTE DE LA TRANSCRIPCIÓN

(El paciente se debate entre la necesidad de seguir hablando y la de ser cauto, lo que parece provocarle una intensa lucha interior.)

PACIENTE: Doctora, ¿usted cree que puede tener alguna explicación científica que sueñe con cosas que acaben sucediendo?

DOCTORA: ¿Francamente? Me temo que no. Los presentimientos no son un hecho científico.

PACIENTE: Yo también me sé la teoría. Pero me ha sucedido. Créame. Desde pequeño. La primera vez fue con la cueva de la Serpiente.

DOCTORA: Hábleme de esa serpiente.

PACIENTE: Éramos niños. No llegábamos a los doce años. Soñé que encontraba una serpiente en una pequeña cueva junto a un roble. Según Rafael, podía ser una víbora.

DOCTORA: ¿Rafael?

PACIENTE: Sí, un amigo. Bueno, fue un amigo. Ahora ya no lo es. No puede serlo. No es más que un traidor.

(Los síntomas de inquietud y angustia del paciente se incrementan al hablar de su amigo.)

DOCTORA: Continúe, si lo desea.

PACIENTE: Aquella cabeza asomaba en un oscuro agujero de tierra... Parece que puedo verla todavía. Su cara se acercaba a la mía. Su lengua salía una y otra vez de su pequeña boca. Entonces empezó a resquebrajarse, como si un espejo se partiese en mil pedazos. Fue cambiando de color. Poco a poco la serpiente parecía salir de un tubo semitransparente, como si renaciese de un molde, no sé cómo explicarlo. Aquellos restos quedaron adheridos a las paredes de la cueva. La serpiente huyó a toda prisa entre la maleza. Entonces desperté.

DOCTORA: Bien. No parece un sueño demasiado extraño. ¿No cree?

PACIENTE: Sí, si no fuese porque el fin de semana siguiente, Rafa y yo fuimos al campo. Vi un enorme árbol a lo lejos. Me acerqué. Estaba allí. La camisa de la serpiente estaba allí, tal como lo había soñado.

DOCTORA: ¿Habló con alguien de esto?

PACIENTE: Intenté comentárselo a Rafael. Pero no me hizo demasiado caso.

17

Mansión Foster-Binney
Palo Alto (California), 27 de septiembre de 2016

La energía con la que Moses empezaba cada mañana tenía algo de sobrenatural. Era como si cada noche resetease su estado de ánimo, durmiera las horas que durmiese, y se levantara pletórico y lleno de vitalidad. Su cara, ya de por sí luminosa, irradiaba a esas horas más luz de la habitual.

«¡Dejen paso a este gran día!», decía a todo el que se cruzaba con él a primera hora.

Todo aquel talante solo se arrugaba con las malas noticias. Se acercaba la fecha del primer juicio de una de las múltiples querellas que habían interpuesto contra Tyson Tabares. El boicoteo de la convención de mayo y sobre todo aquella rueda de prensa habían colmado su paciencia y lo habían llevado a tomar decisiones en caliente. Se había precipitado. Mientras bebía su café, Moses valoraba los posibles desenlaces de todo aquello: en todos ellos, perdía.

«Demasiado ruido.»

Sería el cara a cara del año. En el mejor de los casos, lo máximo que podría conseguir sería una multa, quizá una condena leve que a buen seguro sería canjeable por trabajos en favor de la comunidad.

«Sin embargo, ese tipo se llevará millones de dólares en publicidad gratuita.»

Su momento radiante de la mañana se estaba yendo al garete. Aquello le desagradaba. Sabía que era mejor no jugar aquella partida. La iba a perder de todas todas. Solo podría decidir cuánto perjuicio quería ocasionarse a sí mismo.

Decidió ralentizar la vía judicial por el momento. Mantendría su amenaza para tener ocupado a Tyson Tabares, pero sería él el que decidiría los tiempos. Con un poco de suerte, ni siquiera haría falta. Se acercaba el momento de usar su as en la manga.

18

Ginebra (Suiza), 17 de octubre de 2016

El despacho de François Metternich era un auténtico viaje en el tiempo. Había trasladado todos los muebles con los que su abuelo había decorado la oficina de su primer hospital en 1947. Maderas de caoba, archivadores de artesanía con lujosas incrustaciones de marquetería, lámparas de mesa elaboradas a mano con base de oro... Metternich los conservaba en perfecto estado, relucientes como el primer día. Entre todos aquellos objetos se encontraba un aparato telefónico negro que tenía la virtud de poder hablar. Su timbre parecía sonar siempre igual. Pero no. François sabía detectar cuándo timbraba nervioso; cuándo, impaciente y cuándo susurraba calma. El sonido de aquel día hizo presagiar a Metternich que aquella llamada le traería problemas.

—Creía que serían falsas.

—No te entiendo, Rafael. ¿A qué te refieres?

—Las reliquias. —Rafael tragó saliva antes de continuar—. Son verdaderas.

—¿Qué quieres decir con eso?

—Que son verdaderas, que son restos reales de Jesucristo.

François sintió un cierto alivio. Por un momento temió que fuese algo importante, cualquier obstáculo en el camino que pudiese interferir en el Proyecto Grial. Pero ¿aquello?, ¿que fuesen verdaderas o falsas? Para él era una nimiedad, algo anecdótico, y no entendía muy bien por qué Rafael estaba tan abatido. En su lugar, él estaría emocionado. Se trataba de un gran hallazgo para el científico español. No cabía duda de que era un final mejor que si hubiese detectado que aquellos restos pertenecían a unos impostores. Sin embargo, Rafael estaba apesadumbrado.

—Primero extrajimos muestras del santo sudario y de las espinas de la corona de Cristo de la catedral de Oviedo. Posteriormente analizamos las reliquias que se conservan en el monasterio de El Escorial de Madrid. Me trasladé al Duomo de Milán para extraer información de la reliquia que perteneció a la cruz de Cristo. Después fuimos a Roma y en la basílica de Santa Práxedes analizamos restos del pilar donde Jesús fue flagelado y torturado antes de su crucifixión.

Durante unos minutos, Rafael continuó relatando los pasos que la investigación había dado por medio mundo.

—Un trabajo riguroso —aplaudió el suizo.

—Las pruebas genéticas coinciden, François. ¡Coinciden! Al cien por cien. Son exactamente iguales. Exactamente, François.

—Tranquilízate, Rafael.

—¿Sabes lo que quiere decir esto?

—¿Que tus procedimientos funcionan? ¿Que eres un gran científico?

—Son reales. Son reliquias verdaderas. Son restos de Jesucristo.

—Podrían ser de la misma persona... y no ser necesariamente de Jesucristo.

—De la misma época, de la misma persona... Son suyos. Estoy completamente seguro. Son restos de Jesús. Son restos de Dios.

—Rafael, la figura de Cristo es un hecho histórico. El ser o no hijo de Dios es un tema religioso y controvertido, como sabes. Si esas reliquias han estado en contacto con él no significa nada más que eso: que estuvieron en contacto con un individuo llamado Jesús de Nazaret.

—Hasta hace unas semanas yo habría dicho lo mismo. Siempre consideré que todo eso de las reliquias era pura superchería.

—En eso coincidimos.

—Pero esto lo cambia todo, François. Todo. Si esos objetos son reales, no son solo vestigios de un hombre. Creo que hay algo más. Creo que puede haber algo divino en todo ello. Algo que hay que respetar.

—¿No estarás empezando a tener fe, doctor Vázquez?

«Estoy obligado. Lo he prometido. Tengo que respetar mi palabra», pensó Rafael mientras callaba y dudaba sobre si sería capaz de hacerlo.

Fuera como fuese, aquel descubrimiento merecía respeto.

19

Oficinas centrales de Cerebrus
Palo Alto (California), 27 de octubre de 2016

Se había cruzado con uno en la entrada. Más tarde, con un grupo de diez en la puerta principal. Ahora en el vestíbulo eran más de cincuenta los empleados de Cerebrus que llevaban las orejas tapadas con aquellos enormes cascos.

Era una de las pocas cosas que Moses no era capaz de entender de la gente joven. Esa relación de dependencia que se habían creado con sus auriculares. Los llevaban constantemente encima. La mayor parte del tiempo puestos sobre las orejas, y el resto colgados del cuello. Le irritaba. A pesar de todo, cuando se cruzaba con ellos les sonreía y los animaba para intentar motivarlos, pero no podía evitar mirar con desprecio a aquellos aparatos que inundaban los oídos de su gente con una música insustancial que rivalizaba con la concentración en el trabajo.

Sabía que no debía pagarla con ellos. Sus malas vibraciones tenían acento japonés. Hacía tiempo que en los mentideros económicos situaban a Nakamura detrás de una serie de movimientos financieros que apostaban en su contra. No poder hacer nada lo estaba desquiciando. Tenía que resignarse a sentarse y cruzar los dedos. Confiar en que la bróker no fuese capaz de reunir acciones suficientes para darle una patada en su colorado culo.

La llamada de François Metternich no pudo llegar en mejor momento.

—Muy buenos días, Moses.

—Por tu tono de voz interpreto que sí, que son unos muy buenos días.

—¡Magníficos! Grial está a punto de conseguir un éxito mayor del que habíamos pensado.

—¿Sabes que no hay más dinero asignable a ese proyecto? —bromeó Moses.

—¡Qué miserables sois los millonarios! —replicó François, intentando continuar la broma—. Rafael Vázquez ha hecho las pruebas para las que te pidió ayuda...

—Conseguir los permisos no fue fácil.

—Me consta.

François pormenorizó las recogidas de muestras y los lugares en los que habían sido hechas. Moses escuchaba la retahíla con escaso interés. Tan solo quería saber lo que había avanzado realmente su proyecto.

—De todas ha sacado muestras válidas para nuestro Grial.

—Perfecto. El plan avanza —celebró Moses anticipadamente.

—Hay un problema.

Lo sabía. Sabía que tendría que salir esa palabra. Problema. Todo le olía a circunloquio. Estaba claro que todo aquello de citarle iglesia por iglesia, reliquia por reliquia, a un judío laico como él no era otra cosa que preparar el terreno. Un masaje preliminar. «Venga. Escupe ese problema», pensó.

—Los resultados son homogéneos —dijo François.

—¿Eso qué quiere decir? —inquirió Moses sin comprender aún el alcance de esa afirmación.

—Que son de la misma persona. Que, según su análisis genético, tanto las espinas como los sudarios tienen restos del mismo cuerpo.

¿De eso se trataba? ¿Ese era el problema? Moses no entendía a qué venía aquel tono de voz. Sin embargo, François lo mantuvo al continuar hablando.

—Con toda probabilidad... son auténticas. Son verdaderas

reliquias que pertenecieron o estuvieron en contacto con Jesús de Nazaret.

—¡Demonios! —exclamó Moses, dándose cuenta al instante de que aquella expresión no resultaba la más apropiada ante semejante hallazgo.

Una luz se encendió en la cabeza de Foster-Binney.

—Rafael está bloqueado. Solo repite una y otra vez «son verdaderas». Temo que pueda bajarse del proyecto.

—¿Bajarse? Eso sería un obstáculo.

—No demasiado. A estas alturas yo tengo las muestras y los informes de todo el proceso. Contractualmente nos tiene que ceder la maquinaria y la información técnica necesaria. Aunque lo cierto es que si lo dejase sería un retraso importante. Nadie como él para poner en marcha sus propios procedimientos.

—¿Tenemos el ADN nuclear? —se interesó Moses.

La idea que se había encendido en su mente iba creciendo a la esperada del momento en el que el velo oscuro de su ambición le tapase los ojos. Todavía había algo que le impedía verse a sí mismo diciendo aquello, pero su deseo ardiente por conseguir que Grial fuese un éxito lo envalentonó. Sus pulsaciones subieron de golpe como si el oxígeno escasease en la sala. «Una genialidad», pensó. Una jugada que evitaría lo que tanto temía: que lo dejasen a la mitad del proceso, que se bajasen de ese tren antes de que llegase a su destino y, en consecuencia, que el Proyecto Grial se desmoronase como un castillo de naipes.

—¡Clónalo! —ordenó Moses.

—¿Qué?

—¡Que lo clones!

Su talento había venido a darle la ayuda definitiva. Si lograba que esa orden increíble se llevase a cabo, los tendría atrapados a ambos para siempre. Ninguno de los dos querría verse manchado por algo así. Sabía que François se doblegaría ante la oportunidad de ganar más dinero del que nunca hubiese soñado. Y el doctor Vázquez nunca permitiría que eso se supiese y que destruyese para siempre lo único que tenía: su reputación. Era una jugada magistral.

—Inicia el proceso con esas muestras.

—Pero Moses...

—Haz lo que te digo.

—Eso éticamente es...

—Haz lo que te he pedido y tendrás nueve cifras en tu cuenta corriente en el momento de su nacimiento.

—¿Nueve cifras?

—En dólares.

El silencio permitía oír cómo los principios morales de François se derretían igual que hielo dentro de un té humeante.

—Moses, es algo muy grave.

—¿Grave? Grande, diría yo. Nadie ha hecho nunca algo así. Si algún día se sabe, habremos sido nosotros. La historia reconocerá el logro. Y ganarás mucho dinero, amigo mío.

«Si se sabe, tendré la campaña publicitaria más grande de la historia», pensó Moses.

—Imagino que tú no te quedarás con las migajas precisamente —repuso François.

—¿Quieres el ingreso de nueve dígitos en tu cuenta corriente? —dijo Moses, sabiendo que era una pregunta retórica—. Pues clónalo.

El CEO de Cerebrus decidió poner fin a la conversación. Aquella orden retumbaría en su sala, en su ciudad y quizá en su planeta durante mucho tiempo. Sin embargo, lo único que escuchó Moses fue un desagradable silencio.

—Una cosa más. Rafael Vázquez no puede saber nada. Cuando llegue el momento lo informaré yo personalmente —le exigió Moses.

—No te preocupes. No lo sabrá —zanjó François sin dar muestras de remordimiento.

Pero no todo el mundo tiene el estómago de mister Foster-Binney. François solo pudo mantener el secreto durante un tiempo. Exactamente hasta el 8 de noviembre del año 2016, después de Cristo...

Informe médico n.º 717
Centro Médico de Samos (Lugo)
Paciente: Guillermo Díaz Barbeito
Profesión: Sacerdote
Edad: 42 años
Dirección: Monasterio de Samos
N.º de la Seguridad Social: No lo aporta

Doctora Sofía Blanco Gómez
Colegiado Número: 11.174

15 de enero de 2017

TERCERA PARTE DE LA TRANSCRIPCIÓN

(El paciente parece haber encontrado en el relato de sus experiencias, reales u oníricas, una fuente de sosiego. Continuamos facilitando su autocontrol mediante técnicas de escucha activa.)

PACIENTE: Hubo otros sueños. Cosas menores. Ni siquiera los recuerdo. Me pasa muy a menudo, ¿sabe? Cuando me pasa, suele suceder, se hacen realidad. ¿Me cree?

DOCTORA: En este momento lo importante es usted. Yo no tengo elementos de juicio para valorarlo, por lo que tampoco tengo motivos para dudar de su palabra.

PACIENTE: El siguiente sueño que recuerdo no podré olvidarlo aunque viva mil años. La gente tiende a pensar, cuando se encuentra con un sacerdote, que lo ha sido durante toda su vida. Pero yo no he sido siempre un cura.

DOCTORA: Por supuesto, ya me lo imagino.

PACIENTE: Estudié unos años de Biología. Quería ser botánico. El mejor botánico del mundo. En realidad, me gustaba todo lo que tuviese que ver con la naturaleza, animales, minerales...; pero las plantas eran para mí el gran enigma. Estaba convencido de que tenían sentimientos, de que pensaban.

¿Conoce esa teoría que dice que las raíces son en realidad la parte principal de la planta y que el tronco y las hojas son tan solo «las raíces» que se hunden en la atmósfera en busca de humedad y oxígeno? Son como seres subterráneos. Y es ahí, bajo tierra, donde realmente hablan, sienten, se comunican... Es una teoría fascinante, ¿no le parece?

DOCTORA: Sí, lo es.

PACIENTE: *Se non è vero, è ben trovato*. Verá, yo era un buen estudiante. Dejé la universidad por una gran pérdida. No se imagina todo lo que perdí. Había conocido a una chica. ¿Sabe cuando uno se da cuenta en un instante de que está ante la mujer de su vida? Si existen los flechazos de Cupido, aquel había dado en el centro de la diana de ambos corazones.

Una noche tuve un sueño. Vi que ella se subía en un coche y se alejaba, se alejaba, se alejaba... Yo podía seguirlo a duras penas con la mirada... Aquel coche atravesaba bosques, incluso podía rodar por el mar, por encima del agua. Cuando se perdió en el horizonte, el agua se volvió roja. De un rojo intenso. El mar estaba calmo y vi a María flotando como Ofelia en el cuadro de Everett Millais, solo que sobre un océano de sangre. ¿Sabe? A la semana siguiente de haber tenido el sueño, ella no quiso ir conmigo en la moto. La culpa fue mía por empeñarme en tener aquel cacharro en lugar de un coche, por viejo que fuese. Se subió a otro vehículo y nunca más volví a verla.

CUARTA PARTE

20

A Coruña, 10 de noviembre de 2016
278 días para el nacimiento

Habían pasado cuarenta y ocho horas después del desvanecimiento. Guillermo había superado el período de observación y, tras hacerle todo tipo de pruebas, los médicos habían descartado cualquier complicación como consecuencia del golpe. Le dieron el alta.

La señorita de recepción se ofreció para llamarle un taxi, pero Guillermo rechazó cortésmente la propuesta. No quería llegar tan rápido a casa. Decidió ir andando por el paseo marítimo coruñés, respirando el aire del mar y contemplando el espectáculo de las olas.

«Están enfurecidas. El mar sabe algo.»

Durante esos dos días nadie había ido a verlo al hospital. A nadie cercano le dijo que había sufrido un desmayo. Ni a sus compañeros de residencia, ni a su sacristán. No tenían por qué enterarse de aquel percance. A su monaguillo le dijo que tenía que ausentarse por unos asuntos personales.

No le gustaba mentir, y lo estaba haciendo. Pero debía ganar tiempo. Tendría que decidir qué hacer, qué decir y a quién decírselo.

Pensó en el Papa. «Él lo arreglaría.» Pero en el mejor de los casos tardaría meses en acceder al Santo Padre y solo quería contarle aquello a él. No. No tenía tanto tiempo. Decidió que sería mejor acudir a la persona de mayor bondad e inteligencia que había conocido en su vida: el padre Tomé, el monje bondadoso que lo había acogido mientras se ahogaba en un mar de dolor tras la pérdida de María.

El anciano monje era para Guillermo el culmen de la bondad y la sabiduría. Siempre seguía sus consejos y nunca se había arrepentido de haberlo hecho. «Tampoco será fácil hablar con él.» El anciano había hecho votos de silencio cuando se retiró a Samos para meditar y rezar por el mundo. ¿Estaría ya demasiado viejo? Nadie sabía la edad que tenía, aunque Guillermo pensaba que había superado ya la barrera de los noventa años. Su extrema delgadez, su pelo blanco y fuerte, siempre ligeramente despeinado, su hábito gastado, el frecuente uso de un viejo palo a modo de bastón, configuraba una imagen más propia de un antiguo cuadro de Velázquez o de Caravaggio que de alguien que viviese en pleno siglo XXI.

Tenía que llamarlo. Era consciente de que sería difícil que rompiese su silencio y de que hacía muchos años que no hablaban. Y de que a lo mejor no era buena idea porque todo eso lo disgustaría. Pero tenía que llamarlo.

—Buenos días. Querría hablar con el padre Antonio. Soy Guillermo Díaz Barbeito, un antiguo...

—¡Guillermo! —interrumpió el interlocutor—. Soy yo, el hermano Antonio.

El entusiasmo con el que lo saludó acabó emocionando a Guillermo. Habían pasado más de dos años juntos en el monasterio y era, sin contar la figura del padre Tomé, su mentor entre los monjes del cenobio.

—Querría hablar con Tomé.

—¿Con Tomé? —respondió el padre Antonio visiblemente incómodo.

Guillermo descartó enseguida que se tratase de celos. ¡A esas alturas! Un malentendido, eso sería todo. Tras el titubeo inicial, Antonio accedió, no sin tristeza. Esperaba que la llamada hubiese sido para interesarse por él..., pero sabía que Tomé significaba mucho para Guillermo, por lo que hizo como que no le importaba y facilitó los trámites para que pudiesen hablar.

Al rato, después de un largo silencio, una voz débil y cascada se dirigió al joven sacerdote:

—Me dicen que eres tú, Guillermo.

—Padre Tomé, cómo me alegra volver a escuchar su voz.

—Hijo, le has dado una grata sorpresa a este pobre anciano. —La emoción hizo que aquella voz se quebrase aún más provocando que se humedeciesen los ojos de Guillermo—. Sabes que estás presente en cada una de mis oraciones, todos los días, todos los meses, todos los años.

—Y usted en las mías, padre.

—Pero dime, hijo, qué te preocupa. Siento que tu alma está compungida.

—Soy transparente para usted, padre. Siempre lo fui. Es como si pudiese ver dentro de mí.

—No exageres, no exageres..., aunque es cierto que tus sentimientos son muy evidentes, especialmente para las personas que te queremos bien. Eres tan expresivo, hijo mío.

—Como siempre, ha acertado, padre. Es verdad, algo me preocupa. Querría saber qué haría usted si estuviese en mi lugar.

—Te escucho, hijo.

La voz de Tomé era tan débil que Guillermo temió por su salud. Incluso por su vida. Si le decía todo lo que había pasado, aquello podría acabar con él. El anciano era como Guillermo, sensible y frágil, solo que cuarenta o cincuenta años más viejo. El joven sacerdote sopesaba el riesgo: si a él mismo le había producido un shock que lo mandó al hospital, qué no le provocaría a una persona de esa edad.

No, no podía ser egoísta. Tenía que protegerlo. Aunque si no le contaba nada, no podría obtener su ayuda. Dudas. De nuevo sus dudas. Las odiaba. Optaría por la vía intermedia. Le expondría la gravedad de la situación, pero no le daría demasiados detalles de aquel horrendo sacrilegio. Era una buena forma de resolver aquel dilema.

—Padre, si usted conociese un hecho que, aun no siendo capaz de valorarlo en toda su dimensión, supusiese... incluso tuviera la certeza de que se trata de un asunto muy grave..., extraordinariamente grave...

—No me asustes, hijo.

—No pretendo asustarlo, padre. Pero necesito de su sabiduría. Si usted supiese que ese hecho podría poner en peligro a la Iglesia en su conjunto...

—¿A nuestra Santa Madre Iglesia? ¡Dios Nuestro Señor!, pero ¿de qué me estás hablando, Guillermo?

—Es algo de lo que he tenido noticia y que estoy intentando remediar, padre. Pero no se preocupe, porque creo que puedo hacerlo. Creo que el Señor me ha elegido por algún motivo. Su consejo, padre Tomé, me ayudará a encontrar la solución.

—Pero ¿la Iglesia está en peligro?

—No lo sé con seguridad. Pero sí, podría estarlo. La Iglesia y la propia paz en el mundo.

—Jesús, María y José... Me hablas de algo que, por lo que veo, se me escapa.

—¿Qué haría en mi lugar? ¿Esperaría? ¿Dejaría que Dios provea?

—Soy un anciano servidor de Dios, Guillermo. Un pobre viejo que reza. Solo puedo rezar, hijo mío. Solo puedo pedir a Dios que todo eso que tanto te preocupa no tenga esas terribles consecuencias que temes.

—¿No cree que quizá deba actuar? ¿Que deba salir en defensa de la Iglesia?

—Posiblemente, pero no tengo la certeza. No lo sé, hijo, no lo sé. Ese tipo de cosas, como proteger a la Iglesia, siempre se me ha escapado. No he tenido ni el valor ni la fuerza necesaria... Pero otros hermanos sí, Guillermo. Otros hermanos han puesto su fuerza y determinación al servicio de Dios.

—¿A quiénes se refiere, padre?

—A los perros pastores. A los generales que nuestra institución siempre ha tenido. A las manos de hierro que la Iglesia, en ocasiones, ha necesitado. No sé, Guillermo. Nunca tuve claro ese tipo de métodos. No sé si son compatibles con el amor a

Dios. Inquisiciones que se toman la justicia por su mano..., no lo sé.

Mientras hablaba, Guillermo seguía caminando por el paseo marítimo coruñés, rodeado de niños que pedaleaban en sus bicis y algún anciano mirando con interés. El contraste de aquella paz y su tormenta interior le hacía daño.

—Lo cierto es que conozco un grupo... —añadió Tomé—. Sus miembros se han impuesto a sí mismos el deber de defender la obra de Dios en la Tierra. Quizá ellos puedan ayudar.

—¿Un grupo? ¿Es algo reciente? Nunca me habló de ellos en el pasado.

—Porque nunca habíamos hablado de algo que pudiese poner en riesgo la paz en el mundo ni a la propia Iglesia... Se hacen llamar «La Congregación».

—¿La congregación? ¿Qué congregación?

—Imagino que se llamarán así por el hecho de estar compuesta por miembros de diferentes institutos religiosos.

—¿Y cree que tienen capacidad para arreglar un problema de esta magnitud?

—No lo sé, hijo. No conozco el problema. No lo sé.

Guillermo estuvo tentado de poner las cartas boca arriba y explicar la situación tal como era, pero recordó su propósito de proteger la salud de su mentor.

—Sé que son expeditivos. Se unieron para actuar. Aunque esos métodos suyos... No sé, Guillermo. Yo solo sé rezar. Quizá sea un despojo inservible al que Dios mantiene ocupado intentando hablar con Él...

La voz de Tomé se iba apagando a medida que pasaba el tiempo y crecía su preocupación.

—Pero puedo intentar hablar con ellos.

Guillermo no supo qué decir. Las cautelas de Tomé sobre los posibles métodos de aquel grupo, incluso el propio nombre con el que se autodenominaban, no le hacían sentirse del todo cómodo. Quizá tendría que pensarlo más detenidamente. Quizá hubiese otra solución.

—Todavía no, padre. Meditaré sobre la repercusión del hecho que ha sido puesto en mi conocimiento. Siento que Dios me ha cargado con esta responsabilidad por algún motivo y puede que deba seguir caminando solo con esta carga.

—Como tú decidas, Guillermo. Siempre fuiste un hombre bueno. Ahora también te has convertido en un hombre sabio.

—Esperaré la palabra de Dios —respondió halagado.

Se despidieron con la promesa de que Guillermo pasaría pronto a visitarlo.

—No descuides a nuestra *mater ecclesia*. Protégenos, Guillermo. El mal está siempre entre nosotros y hay que luchar contra él.

Aquella frase de Tomé le había hecho redoblar el compromiso de salir airoso en su tarea. Tendría que ser fuerte. Tendría que estar atento y escuchar al Señor.

Pese a la preocupación que lo embargaba, Guillermo pudo disfrutar de la brisa marina y del tibio sol que, cuando iluminaba de aquella manera la ciudad, convertía a A Coruña en uno de los lugares con más encanto del mundo.

Había completado ya todo el paseo marítimo que circundaba la península coruñesa y su mente empezaba a tener algunas cosas claras. La primera de ellas y la más urgente era que tenía que hacer ciertos cambios en su vida. Se iría de la residencia. Volvió a tomar su teléfono móvil y esta vez llamó a Julio, su compañero de habitación. Conociendo sus horarios y su forma de ser sabía que, con solo pedírselo, bajaría de inmediato a su encuentro.

Cuando Guillermo llegó a la cafetería de la plaza de Azcárraga donde se habían citado, el padre Julio ya estaba allí. No habrían pasado más de quince minutos desde que habían colgado. Así era Julio: diligente, dispuesto y buen amigo.

Aquella plaza era un lugar hermoso para hablar. Tenía una armonía que invitaba a la tranquilidad. Dividida por dos paseos que se cruzan, poseía en su punto central una obra de fundición, la Fuente del Deseo, que con sus cuatro bocas de agua respetaba la simetría del entorno. Estaba rodeada de unos enormes árboles con gruesas ramas llenas de hojas grandes, verdes y caducas, que en verano proyectaban sombra, pero en invierno tan solo componían una extensa malla de líneas que definían una estampa digna de admiración.

«Una cúpula de una iglesia creada por la botánica», solía vanagloriarse Guillermo, como si la hubiese hecho él mismo.

Había elegido esa cafetería porque era un establecimiento habitual para ellos, si ese término puede aplicarse a un lugar al que se va cinco o seis veces al año. Al estar cerca de la residencia de religiosos en donde vivían y del colegio donde ambos daban clases era, posiblemente, el local de hostelería más visitado por ambos.

«Un sacerdote no puede ser visto tan a menudo disfrutando de los bares. ¿Qué dirían los feligreses?»

—Buenos ojos te vean, padre Guillermo. ¿Dónde has estado? —dijo Julio antes de que Guillermo hubiese llegado a la altura de su mesa.

—Quiero confesarme —le soltó Guillermo a bocajarro antes de sentarse.

—¡Vaya! ¿Qué pasa? ¿Ni siquiera me das los buenos días?

—Julio, quiero hablar contigo, pero en secreto de confesión.

A los ojos de Guillermo, el padre Julio era el sacerdote más ejemplar que había conocido, con la excepción del padre Tomé. Tenía firmes convicciones, las ideas claras y un excelente talante que siempre estaba más dispuesto a la indulgencia que a la censura. Era su elegido para pedir perdón por lo que había hecho y quién sabe si por lo que tendría que hacer.

Su amigo asumió la necesidad que tenía Guillermo de ponerse a bien con Dios y consigo mismo. Dejó de bromear y se dispuso a escucharlo en confesión.

—En el nombre del Padre, del Hijo y del Espíritu Santo...

—He pecado —atajó Guillermo—. He mentido y voy a seguir mintiendo durante una temporada.

—Guillermo, tú conoces los cuatro pasos: examen de conciencia, contrición, confesión y penitencia. Sin la contrición no puede haber confesión. Sin tu propósito de no volver a pecar no puede haber perdón...

—Julio, escúchame. Es un pecado venial. Simplemente, mantendré oculto un dato, nada más. Pero no lo debo decir ahora. Por eso necesito confesarlo. Porque sé que está mal.

—No hay confesiones a medias —le reprochó el padre Julio.

A pesar de su talante tierno y comprensivo, el compañero de habitación de Guillermo era el típico árbol que a veces da demasiada sombra e impide que crezca nada a su lado. Demasiado perfecto. Demasiado sólido para un Guillermo que se licuaba ante los acontecimientos que se le venían encima.

—Julio, ¿siempre tienes todo claro?

—No sé bien a lo que te refieres.

—Me refiero a si nunca dudas.

—Pocas veces, la verdad. —Julio sonrió con una satisfacción infantil.

Guillermo quedó pensativo, sintiendo una sana envidia de su amigo.

—Yo siempre dudo, Julio.

—¿Qué tiene eso de malo, Guillermo? La duda es el principio de la sabiduría.

—No cuando es constante. ¿Has dudado alguna vez sobre llevar o no sotana?

Aunque sorprendido por el giro de la conversación, Julio decidió contestar con franqueza.

—Nunca. Creo que yo debo llevarla. Pero entiendo que otros no lo hagan.

—Pues yo sí. Me gustaría no llevarla. Pero creo que sin ella perdería ese halo de respeto necesario. Ir de negro y lleno de botones te permite otorgar el perdón de los pecados con credibilidad. Es como la bata blanca del médico...

El padre Guillermo siempre iba con sotana. A veces impecablemente limpia, a veces sucia con el polvo del patio del colegio. Allí se lo veía arrancarse de vez en cuando con algún regate espontáneo a los chicos y las chicas que jugaban al fútbol, a los que retaba diciéndoles: «¡Intenta hacerme un caño!» (algo prácticamente imposible, puesto que las faldas de la sotana llegan hasta el tobillo y nunca dejarían pasar el balón entre sus piernas).

—Es una opción respetable, Guillermo. No tiene importancia.

—¿Has dudado de la Iglesia?

—¿De la Iglesia?

—Sí, de nuestra santa y amada Iglesia.

—Todo es mejorable, pero nunca he dudado de ella.

—Yo sí. A veces veo en ella síntomas de apolillamiento y carcoma.

—Las virtudes siempre se acompañan de defectos —repuso Julio.

—¿No te has avergonzado nunca de los métodos del pasado? Inquisiciones, generales de Dios, cruzadas...

—Hombre, si te remontas a tanto tiempo atrás, ¡claro que sí!

—Incluso hoy. ¿No crees que perdemos el tiempo en cuestiones accesorias, mientras olvidamos otras sustanciales como la misericordia?

—La misericordia está muy presente en la labor pastoral.

—Julio, tú eres misericordioso por naturaleza. Pero no todos son así.

—Estás siendo muy severo, Guillermo.

—Demasiadas voces censurando, acusando, recriminando y pocas que perdonen y comprendan. Os doy un mandamiento nuevo: amaos unos a otros como yo os he amado...

—... vuestro amor mutuo será el distintivo por el que el mundo os reconocerá como discípulos míos —continuó Julio.

—Juan 13:34-35.

—Guillermo, no veas solo lo negativo.

—¡Por favor, Julio! Fíjate cómo hemos reaccionado en los casos de pederastia. A veces parece que hay más condena para una pareja que se divorcia que para un cerdo que violenta y abusa de un chiquillo.

—También ellos merecen el perdón.

—¿Siempre perdonas, Julio?

—Procuro hacerlo, sí.

—Pues yo no. A esos cerdos pedófilos que los perdone Dios en el cielo. Pero en la Tierra quiero que paguen por sus horribles pecados.

Guillermo era consciente de que su postura de negar el perdón a un grupo de gente «que no lo merecía», era precisamente el germen de lo que criticaba en aquellos grupos eclesiásticos que se tomaban la justicia por su mano. Se daba cuenta de que estaba coqueteando con la intransigencia y que quizá los miembros de la Congregación que le había mencionado Tomé pensaban de la misma manera.

—Debes reencontrarte con el perdón, amigo. Todo esto que te guardas te está sacando de tus casillas —le exhortó Julio.

—¿Has dudado de tu vocación?

Guillermo continuó hablando, dando por sentado que la respuesta iba a ser negativa.

—Julio, he dudado tantas veces que ni las recuerdo. A menudo creo que no tengo madera de cura, como tú. ¿Lo mío fue una llamada en toda regla o fue la respuesta a una vida destrozada?

—Guillermo, yo también he dudado muchas veces.

Aquella revelación que no esperaba reconfortó a Guillermo. Que el padre Julio también tuviese dudas disipaba, al menos por un rato, este tipo de complejo que en ocasiones tenemos todos, por el que vemos siempre más verde la hierba en el jardín del vecino.

—He sido informado de un importante sacrilegio. —Volvió al asunto que los había llevado allí.

—¿Un importante sacrilegio?

—Sí. Posiblemente el más importante del que se haya tenido noticia. Y he sentido como si el Señor me hubiese cargado con esta cruz para que la lleve yo solo. Al menos hasta que Él me diga lo contrario.

—¿Qué significa eso?

—Muchas cosas. La primera, que me voy de la residencia. Tengo que vivir solo una temporada.

—Guillermo, ¡no hagas ninguna locura!

—Por supuesto que no. Dios inspirará mis siguientes pasos —afirmó con determinación.

Las dudas ardían con más fuerza que nunca en el interior de Guillermo, y, sin embargo, no le impedían seguir sonriendo. Tenía, como de costumbre, ese gesto del que es capaz de mirar las cosas como si acabase de salir de la cárcel después de estar treinta años prisionero: sonreía a la naturaleza, al colegio donde daba clase, a sus amigos. A pesar de la amargura que llevaba siempre en su interior, miraba con paz, como si fuese a morir en unos minutos y se estuviese despidiendo del mundo en un estado de absoluta serenidad.

—Por cierto, no me has preguntado por las heridas —reprochó Guillermo, molesto por el desinterés de Julio.

—Esperaba que me lo contases tú. Era evidente que querías hablarme de un tema serio. Me citaste aquí, de repente, en plena mañana... Al verte así, supe que algo grave pasaba.

—Cuando tuve noticia del sacrilegio sufrí un síncope y me las hice con la caída. Nada de importancia.

«Ha sido un acierto llamar a Julio», pensó satisfecho.

—Una cosa más. No sé si es exactamente un pecado..., pero confieso..., confieso que hablo en voz alta con María.

—Eso siempre lo has hecho —comentó Julio.

—¿Cómo lo sabes?

—Mientras estás dormido. Lo has hecho en varias ocasiones. Oí cómo hablabas con ella. No creo que eso sea mal visto por el Señor. ¡Yo hablo con mis padres constantemente! —confesó Julio—. En voz baja, eso sí.

—Os mentí. Os dije que tenía unos asuntos personales que resolver, pero en realidad estuve ingresado en un hospital. Hasta hoy a las nueve de la mañana.

—¿De eso sí te arrepientes?

—Por supuesto.

—¿Eso significa que no volverás a mentirnos?

—Excepto en el gran tema que te dije antes, al menos a ti, no —dijo Guillermo, solicitándole con su mirada el sacramento de la confesión.

—Yo te absuelvo de los pecados... que confiesas... en el nombre del Padre y del Hijo y del Espíritu Santo —Julio sonrió comprensivo—, y dejamos los otros en «asuntos pendientes». ¡Cómo te gusta hacer las cosas a tu manera, cabezota!

—Gracias, Julio.

—Tengo que irme. Tengo clase a las doce.

Guillermo se quedó solo en la terraza con sus dudas como única compañía. ¿Qué debería hacer? ¿Debía esperar a que en unos cuantos meses naciese una criatura idéntica a Cristo nuestro señor o actuar e interrumpir aquello? Sentía las dudas más grandes que nunca había tenido.

Para Guillermo el demonio tenía forma de dilema, de pregunta que no viene a cuento. No tenía ni cara de cabra, ni la piel roja, ni rabo con apéndice triangular. Era casi invisible, acudía de golpe, asaltaba su mente por las noches y le oprimía el pecho a fuerza de interrogantes: «¿Debiste...?», «¿Y si...?», «¿Seguro que...?». El diablo tenía su misma voz, se la robaba, se quedaba con ella antes de que pudiese dormirse y lo zahería una y otra vez abusando de su postración, de su indefensa actitud que imploraba descanso.

Estaba perdido. Tenía el convencimiento de que la humanidad entera dependía de lo que él decidiese y que aquello que había oído acabaría con él. ¿Debía informar a la Congregación? ¿Acudir a ellos aliviaría su carga?

Tenía las manos heladas. Llevaba más de una hora allí sentado y en la plaza empezaba a hacer frío.

Guillermo vivía en la última residencia para religiosos que se mantenía en el centro de la ciudad. Un edificio antiguo, umbrío, de un gótico indefinido, con ese aire siniestro que le daba el musgo a la piedra que nunca veía el sol. Las edificaciones circundantes habían dejado la vieja residencia hundida, literalmente, en una penumbra permanente.

—Me voy a vivir a otro sitio —le dijo Guillermo al padre Agustín, el viejo director de la residencia. En ella se hospedaban una docena de jóvenes sacerdotes y más de cincuenta estudiantes. Aunque compartían las instalaciones, sacerdotes y seglares tenían zonas diferenciadas y horarios de comedor distintos.

—¿Has recibido un traslado?

—Algo parecido. Quiero algo de soledad. Necesito aislarme un tiempo.

—Eso nunca está de más, hijo. Aunque sabes que aquí puedes hacer voto de silencio, si lo deseas. Otros hermanos...

—No, gracias, padre —interrumpió Guillermo—. Prefiero vivir solo una temporada. No lo he hecho nunca, ni de estudiante. Creo que ya va siendo hora.

Sonrieron. El padre Agustín le dio un abrazo afectuoso y sincero. Era buena gente y siempre se preocupó del bienestar de todos los que estaban a su cargo. A Guillermo le daba pena irse, pero tenía la decisión tomada. No quería mentirles más, ni verse en el trance de tener que seguir disimulando para ocultar su secreto a sus compañeros. Desde la soledad lo evitaría. Sin duda.

Informe médico n.º 717
Centro Médico de Samos (Lugo)
Paciente: Guillermo Díaz Barbeito
Profesión: Sacerdote
Edad: 42 años
Dirección: Monasterio de Samos
N.º de la Seguridad Social: No lo aporta

Doctora Sofía Blanco Gómez
Colegiado Número: 11.174

15 de enero de 2017

CUARTA PARTE DE LA TRANSCRIPCIÓN

(El paciente ha permanecido en silencio durante más de dos minutos en un estado de abatimiento profundo después de que hubiese relatado lo que, según él, había sido el sueño premonitorio de la muerte de su novia.)

DOCTORA: ¿Quiere un poco de agua?
PACIENTE: Sí, se lo agradecería.
DOCTORA: ¿Desea continuar?
PACIENTE: Creo que debo hacerlo. Tengo que descartar ante mí mismo que esté completamente chiflado.
DOCTORA: No es mi especialidad. Pero no me lo parece. Muestra usted síntomas de haber sufrido algún shock en su vida que le pudo haber dejado huellas anímicas. ¿Ha oído hablar del trastorno por estrés postraumático?
PACIENTE: Lo he visto en las películas.
DOCTORA: Se trata de un cambio en la capacidad para responder emocionalmente ante una situación, provocado por un hecho traumático anterior.
PACIENTE: Quizá lo tenga, no le digo que no. Pero lo mío es diferente, o no es solo eso. Los sueños son reales, no tenga la menor duda. Y lo que sucede después también lo es.

DOCTORA: Debe dejar la puerta abierta a que sea una interpretación suya. En ocasiones los sueños tienen componentes abstractos que podemos explicar de muy diferentes maneras. La perspectiva la marca muchas veces el estado anímico.

PACIENTE: Hay cosas abstractas a las que uno puede dar un significado condicionado por una experiencia previa. Sí, es posible. Pero el accidente mortal de María no admite demasiadas interpretaciones, ¿no cree? Después de que sucediera me recluí en un monasterio. Acabé en Samos porque mis padres son de San Xil, una aldea cercana a Samos.

DOCTORA: La conozco. No olvide que trabajo en el centro médico de la zona.

PACIENTE: Durante esa época tuve varios sueños que, de forma similar, venían a decirme lo mismo: desconfía de Rafael. En algún sueño hablaba mal de mí a mis espaldas. Pero el que me quedó grabado en la memoria fue otro. Yo había ido a visitar a María. Era fin de semana y sus padres tenían una casa de campo cercana a la costa de Dexo. Decidimos ir a pasear por ella. Hacía una tarde preciosa y aquel lugar, para cualquier enamorado de la naturaleza, era un paraíso. Cuando estábamos al borde de un acantilado miré en dirección a la cara de María y ya no estaba. Era Rafael. Yo estaba sorprendido y él sonreía, como si hubiese hecho una chiquillada. Pensé que sería una sorpresa y que María seguiría allí. Giré la cabeza para buscar a María y de repente sentí un empujón en la espalda que me precipitó al vacío. Tardé en caer, y durante todo el tiempo oía la risa de Rafa.

DOCTORA: Al menos ese no se ha hecho realidad. Está aquí con nosotros.

PACIENTE: Lo que me ha hecho Rafael es peor que matarme.

21

A Coruña, 11 de noviembre de 2016
277 días para el nacimiento

Permanecía sentado en su cama junto al equipaje. Llevaba más de media hora en aquella posición y parecía más el rostro de quien planea atracar un banco que el del que piensa en su nueva casa. Guillermo lo planificaba todo y, por supuesto, su nueva vivienda no iba a ser una excepción. Dónde sería el lugar adecuado. Qué tipo de casa. Cuánto sería el importe máximo que podría pagar...

Pensó en Maianca, una pequeña aldea boscosa cercana a la capital coruñesa. Recordó un cartel en una casita que se ofrecía en alquiler desde hacía tiempo. ¡Esa sería perfecta! Estaba situada junto al bosque y a menos de quince minutos andando de la playa de Mera, un lugar muy cotizado para vivir. Sabía que los dueños de aquella pequeña vivienda llevaban varios años intentando venderla o alquilarla y no lo habían logrado. ¿El motivo? Era conocida como la casita del cementerio.

Se trataba de una vivienda de estilo rústico, totalmente construida en piedra, sin lujos, pero hermosa, rodeada por una finca llena de árboles ornamentales de buen tamaño, con zonas ajardinadas que mantenían gran parte de su antiguo esplendor. Con un poco de cuidado aquello recuperaría su lustre sin demasiado esfuerzo.

La casita estaba separada del cementerio por un camino de

tierra de tres metros de ancho. Ni un centímetro más. Se podía decir que sus habitantes vivían entre crucifijos, flores y tumbas, junto a centenares de ataúdes reposando en sus nichos. Sus propietarios se acostumbraron a ver, mientras hacían sus barbacoas con sus pantalones cortos y sus cervezas, como cada cierto tiempo aparecía una comitiva fúnebre para proceder a un entierro. Es cierto que ellos ni se alteraban, pero para alguien nuevo era, cuando menos, chocante. Guillermo supuso que por ese motivo tendría un alquiler asequible que podría encajar en su modesto presupuesto.

Se dirigió a coger el autobús al centro de la ciudad cargado de ilusión y con su equipaje. Viajó más de media hora hasta que se bajó del bus a poco más de doscientos metros de la iglesia de Maianca. Caminó unos minutos y pudo comprobar que el anuncio de alquiler seguía allí. Sus grandes números rojos habían empezado a desgastarse, pero todavía se podía leer el número de teléfono. Sacó su viejo Nokia del bolsillo y marcó sin dejar de caminar. Una anciana contestó al otro lado.

—Dígame.

—Buenos días. Soy el padre Guillermo Díaz Barbeito.

—¿El padre? ¿El padre de quién?

«No va a ser fácil», pensó. La edad y el oído llevan caminos divergentes en la vida, y cuando una sube el otro baja.

—Verá, señora, llamaba para interesarme por la casita que tienen en alquiler.

—¡Ah! Espere, que le paso con mi hija.

Al instante, una voz similar, pero con treinta años menos, continuó la conversación.

—Hola, buenos días. Me dice mi madre que está interesado en la casita de Maianca. ¿Es así?

—Sí, si puedo permitírmela...

—Bueno, antes de nada, ¿sabe dónde está?

—Sí, claro.

—En otras ocasiones nos ha llamado gente que no sabía muy bien dónde estaba y al ver la ubicación perdía todo tipo de interés.

—Pues no es mi caso. Si me puedo permitir el precio, estaría encantado de vivir en ella. Es una zona preciosa que me trae muy buenos recuerdos.

La propietaria estaba realmente sorprendida. Excepto ellos mismos, nadie había hablado con tanta ilusión sobre su casa.

—Pedimos doscientos euros al mes y tres meses por anticipado de depósito. Pero solo la alquilaríamos a gente que nos dé confianza.

—Bueno, espero ser digno de ella. Puede preguntar por mí al padre Lucas, que es el párroco de Maianca. Estuve cubriendo su ausencia durante una baja por enfermedad que lo tuvo casi un año en cama.

—Entonces, ¿es usted sacerdote?

—Lo soy. —Pensó que de lo contrario hubiese sido difícil haber sido párroco suplente, pero reprimió el sarcasmo. «El sarcasmo es hijo de la arrogancia y la vanidad», solía decir, corrigiéndolos, el padre Agustín—. Espero que eso no sea un problema...

—Al contrario. Resulta un alivio. Es una casa a la que estamos muy apegados emocionalmente. Para otros será la casita del cementerio, pero para nosotros es nuestra *casiña*. No es gran cosa y sabemos bien que está donde está. Pero pasamos allí parte de nuestra infancia, muchos buenos momentos.

Guillermo colgó lleno de energía positiva. Al parecer, ya tenía casa y en una zona que le encantaba. Había pasado muchos buenos momentos por aquellos lugares, tanto en sus playas como en sus bosques. Allí habían tenido el chalé sus padres, y a poco más de media hora andando, los padres de María. Además, la proximidad al camposanto lejos de intimidarlo parecía reconfortarlo.

Miró en dirección a las pequeñas torretas de los panteones del cementerio. Todas acababan en un crucifijo y circundaban simétricamente el perímetro del recinto de la iglesia. Sabía que aquella visión pudiera resultar algo tétrica para la mayoría de la gente. Pero para él era hermosa. No. No le asustaba la muerte. Le asustaba la vida. Especialmente la de un niño que pronto nacería.

22

A Coruña, 1 de diciembre de 2016
257 días para el nacimiento

Se presentó en la casita a las nueve de la mañana del día 1 de diciembre, justo cuando entraba en vigor el contrato que había formalizado con sus nuevos caseros. Guillermo estaba ansioso. Había alquilado la casa sin haberla visto antes por dentro. No hacía falta. Al fin y al cabo, la conocía bien por fuera y seguro que tenía más de lo que necesitaba. No la hubiese rechazado por nada del mundo.

Lo primero que hizo al llegar fue inspeccionarla. Pronto se dio cuenta de que la planta de la casa tenía forma de una especie de letra hache gruesa. En una de sus hendiduras estaba metida la puerta principal. En la otra había una pequeña construcción de madera que hacía de pequeño taller y de leñera. Nada más abrir la puerta se accedía a un salón de buen tamaño con una chimenea de hierro entre las puertas que daban a las habitaciones. Cada uno de los aposentos tenía su propio cuarto de baño. Era mucho mejor de lo que había imaginado.

«Con el fuego encendido esto será otra cosa», se dijo al comprobar que la casa estaba helada. Aquel hogar pedía a gritos un fuego que lo calentase. Echó a suertes con cuál de las dos habitaciones se quedaba y al final optó por la de la izquierda.

Se puso a deshacer el equipaje. Mientras lo colgaba en el armario, le pareció ver una sombra cruzando por delante de una de las ventanas laterales. Algo fugaz. Fue apenas un instante. Pero estaba seguro de que la había visto. Se asomó con timidez desde el porche y echó un vistazo. Todo parecía estar tranquilo.

Volvió a la casa y se imaginó todo aquello cobrando vida, regresando a sus mejores tiempos. Era un entorno rústico lleno de encanto y buen gusto. Sin duda, la señora Joaquina —así se llamaba la octogenaria que le había cogido el teléfono la primera vez— y su marido habían hecho un buen trabajo. Guillermo se imaginó el esfuerzo y la ilusión que habrían puesto para levantar aquello y poder disfrutarlo. Le parecía injusto que los demás despreciasen aquel hogar por la fúnebre compañía.

Quedaba poca leña. Necesitaría ir a por más.

«Aguantaré un poco el frío y lo haré mañana», se dijo, a pesar de que no era de los que dejaban para mañana lo que pudiesen hacer hoy. Al contrario. Pero no le apetecía salir de casa en ese momento. Tenía una extraña sensación desde que había llegado, como si lo observasen. Sentía una mirada clavada en la espalda vigilándolo sin cesar.

«¿Quién va a querer espiar a un pobre sacerdote?», pensó con una sonrisa.

Encendió el fuego. Pasó un paño para limpiar el abundante polvo que tenían todos los muebles de la casa. Pensó en ir trayendo algunas cosas para decorarla a su manera. Imaginaba lo que ganaría la casita con una luz arcaica, que la hiciese viajar en el tiempo, hacia épocas en las que la luz eléctrica no desvelaba todos los misterios. Fueron los minutos más tranquilos desde que había oído el anuncio del infame sacrilegio.

«El mayor que nadie pudiera imaginar», se repitió.

Llegó la noche.

Se sentó en el porche y oyó el silencio del bosque, que era todo menos silencio. Sonidos que mezclaban el ulular de las aves nocturnas con los silbidos del viento y los crujidos de los árboles. Parecían quejidos que se mezclaban con el canto constante de los insectos nocturnos. Veía, desde su silla de madera, la pequeña iglesia que se perfilaba entre la oscuridad. Por la torre del campanario se colaba algún destello de luces lejanas que se fundía con la tenue claridad de un antiguo poste del alumbrado público.

«La muerte», pensó para sí sonriendo, como entendiendo que la gente la temiese. Sin embargo, resultaba tan tentadora para él... Era la paz. Dejar de sufrir.

Un ligero escalofrío recorrió su espalda cuando sintió que aquella sombra volvía a cruzar entre los árboles de la finca, ocultándose tras uno de ellos. Estaba oscuro. No se veía bien lo que podía ser. Tendría que ir a echar un vistazo. Cargándose de valor se levantó y, cuando apenas se había puesto en pie, algo salió corriendo entre las ramas.

«Era muy rápido —determinó—. Quizá fuese un animal.»

23

A Coruña, 5 de diciembre de 2016
253 días para el nacimiento

El padre Guillermo llevaba ya unos días en su nueva casa. Todavía se sorprendía por lo oscuras e intimidantes que eran las noches del lugar. «Un sacerdote no debe tener nunca miedo», se reprochó. Era cierto. Aquella intensa oscuridad se prestaba a imágenes confusas: caras que parecían asomar tras los árboles, susurros que resultaban ser lechuzas... Y cuando brillaba la luna, lejos de arreglar las cosas, las empeoraba, pues proyectaba sombras que parecían moverse de un lado a otro.

«Es normal, por muy sacerdote que seas.»

Confió en su disciplina para acostumbrarse al nuevo hogar. Madrugaba, cogía el transporte público, iba a su colegio a dar clase, acudía a su iglesia, daba sus misas... «¡La santa rutina!» Ella lo ayudaría a digerir la noticia que le había dado su amigo. Cuando se dio cuenta, estaba feliz redecorando la casa, intentando personalizar aquel ambiente, dándole su toque personal: imágenes de santos, una colección de crucifijos y velas, sobre todo velas. De distintos colores y de diferentes tamaños...; tenía tantos cirios que podrían dar servicio a un vecindario entero. Se sentía como un niño que a la menor oportunidad pega póster tras póster en su habitación, llenándola de ídolos deportivos y estrellas de cine.

Los días discurrían monótonos. Guillermo tuvo ganas de hacer cosas nuevas. «Empezaré a escribir», se propuso. Siempre lo había relajado. De niño se pasaba horas con su libreta anotándolo todo: lo que había hecho, lo que iba a hacer, lo que no... Iniciaría un «Cuaderno de a bordo» y le contaría sus planes; sus experiencias; sería su confidente. «Así podré tener a alguien con quien hablar», se dijo satisfecho.

Cerca de su colegio había una papelería con un gran surtido en material escolar. Tenía libretas de todo tipo. «Entre ellas encontraré la mía.» Estaba seguro de que cuando viese el ejemplar que deseaba llamaría su atención de inmediato. Destacaría sobre los demás. Así fue. Cuando entró en la librería oyó los cantos de sirena que le enviaba un grueso volumen encuadernado con tapas de cartón *craft*. Estaba algo sobada. Parecía que llevaba allí años. «Una reliquia», pensó mientras la sostenía entre las manos. La añadió a su cesta junto con un par de bolígrafos negros, tres lápices de dibujo, varios rotuladores de distintos colores y la pluma estilográfica más barata que encontró. Estaba deseando empezar.

«Escribir un diario es algo muy íntimo. Hay que hacerlo con sinceridad y transparencia», pensó. Aunque sentía el gusanillo de poder abrir su corazón ante aquellas páginas, aquello le causaba intranquilidad. «La intimidad es una de las pocas cosas que le quedan a un religioso.»

Regresaba del colegio caminando apresuradamente hacia casa. Quería sentarse ante su cuaderno de a bordo y contar todo lo que se le había ocurrido durante el día. No esperaba ver a nadie dentro de su finca. Pero allí estaba. Un hombre extraño, tosco, con una ligera capa de suciedad blanquecina sobre su cuerpo que lo hacía parecer borroso, como si estuviese mal enfocado por una óptica fotográfica.

En ningún momento se había planteado ocultar su diario. Lo dejaba en un lateral de la mesa del comedor sin recogerlo. Era más cómodo, pero no había sido buena idea. Al ver allí a aquel desconocido temió que aquellos escritos íntimos pudiesen ser vistos por un desconocido.

—Hola —saludó el hombre manchado de blanco—, entré para saber si iba a querer que le dejase pan diariamente.

Aquel extraño resultó ser el panadero. El propietario de una de esas empresas que en las zonas rurales reparten el pan de casa en casa con una furgoneta.

—Entré porque no vi a nadie y como el portalón estaba abierto...

—Menos mal que no lo vio el perro —advirtió Guillermo, visiblemente incómodo.

—¡Ah!, pero ¿tiene perro?

El panadero miró en todas direcciones intentando encontrar rastros del can.

—Tráigame una barra pequeña todos los días, por favor.

—¿Pequeña?

—Vivo solo.

—Pida una de las grandes y lo que sobre se lo da al perro —comentó con retranca el panadero.

«Una experiencia enriquecedora —pensó Guillermo instantes después de que el hombre manchado de harina abandonase su finca—. A partir de ahora mantendré mis secretos mejor guardados... y comeré pan fresco.»

24

Maianca, 6 de diciembre de 2016
252 días para el nacimiento

Detrás de su armario. Guillermo decidió que ocultaría allí su diario manuscrito para evitar sobresaltos como el episodio del panadero.

La tarea no iba a resultar fácil. La casa era de piedra, con las paredes de muro de carga, como las de antes, aunque las paredes interiores estaban enlucidas con cemento y pintura, como las modernas. Apartó el mueble y escarbó hasta desconchar el revoque de la pared y dejar una piedra a la vista. Por fortuna, enseguida encontró una de tamaño moderado que le serviría para crear el alojamiento de su preciado cuaderno de a bordo, lo que evitó que el destrozo fuese más grande aún de lo que estaba siendo.

«Aquí no te verá nadie. Descansarás como los buenos vinos, en la oscuridad y en silencio. Mejorarás con los años», bromeó Guillermo para sus adentros mientras dejaba el cuaderno en su nuevo escondrijo.

Estaba contento. Era una buena solución, a pesar de que cada día tendría que realizar toda la operación completa: mover el mueble, sacar la piedra que tapaba la guarida, coger el manuscrito, para luego hacer el proceso inverso una vez que hubiese acabado de escribir. Era una tarea farragosa, sí, y complicada para quien tiene prisa, cierto, pero no tanto si lo que le sobra a uno es tiempo, como era su caso. Pensaba que solo sería íntimo y personal, que solo se atrevería a escribir lo que de verdad pasaba por su mente, si tenía la seguridad de que nadie iba a leerlo.

Todo marchaba a la perfección. Se podría decir que aquel ritual del diario y su escondrijo le inspiraban. Escribió de todo y sobre todo. Meditó sobre las cosas que debería hacer en aquella encrucijada en la que lo había colocado la vida y en la que había pensado cosas horribles, como matar y segar vidas de criaturas inocentes.

«¿Acabar con el niño antes de que nazca? Dios mío, qué contrasentido. Eso es un aborto.» Aquellas tentaciones suyas solo se podían justificar por el temor a las desgracias que podría acarrear aquel nacimiento a toda la humanidad. ¿Era una cuestión de responsabilidad? ¿Tendría que elegir el menor de los males? ¿Eso lo justificaba?

«El final de los tiempos tal y como los conocemos.» Todas las alternativas consistían en matar, y no se creía capaz de hacerlo.

Empezó a darle más valor a la sugerencia de Tomé. Quizá debería acudir a aquel grupo que había llamado la Congregación. Quizá ellos se pudiesen hacer cargo de aquella situación. Pero eso no le eximiría de culpa. Simplemente, dejaría de ser autor para convertirse en el inductor de aquellos crímenes. Porque acabar con el niño suponía, sin duda, acabar también con la madre y, quizá, quién sabe, con los que la habían fecundado, tal vez con el resto del equipo...

«¿Con Rafael? Eso no, nunca.»

Era jueves por la tarde. Llegó a casa después de dar una de las tres horas semanales de clase de religión que impartía en el colegio. Había sido uno de esos días agotadores en los que todo sale mal: los niños se portaron fatal; el director del colegio lo había reprendido por su falta de carácter para evitar que el ruido de su clase molestase a las demás; el conductor del autobús que lo llevaba hasta Maianca había protestado por no pagarle con monedas; luego, un accidente de tráfico bloqueó la carretera y le había hecho perder otra media hora. Nada le apetecía más que regresar a casa y tumbarse en su cama.

Entró por el portalón, recorrió el camino del jardín, abrió la puerta de la vivienda y entró en su habitación como quien corre a tirarse a una piscina un día de calor.

Algo no cuadraba. El armario. Estaba movido. Esperó quieto, sin atreverse a entrar en la habitación, temiendo que hubiese un intruso dentro de ella. La casa parecía estar en calma. En la habitación, la tenue luz que entraba por la ventana iluminaba las partículas de polvo que flotaban en el aire. Era como una proyección mágica y tensa, la antesala a la oscuridad que se cernía detrás del aparador.

«Hay espacio suficiente para que se esconda alguien detrás», calibró.

Se acercó sin hacer ruido. Fue entonces cuando oyó una respiración sutil, profunda y contenida. El aire entraba y salía de sus pulmones solapándose con los de aquella persona. Ambos estaban nerviosos. El corazón del individuo que se ocultaba tras el mueble y el de Guillermo latían a la vez, llenos de temor, aunque por distintos motivos. Las motas de polvo continuaban bailando suavemente en aquel cono de luz que se clavaba en la cama. El padre Guillermo permaneció inmóvil, intentando pensar, buscando la mejor opción y el coraje suficiente para enfrentarse con quienquiera que fuese el que se escondía tras el armario. Se le ocurrió agacharse para corroborar la presencia que intuía. Lentamente, bajó la cabeza hasta que su mirada estuvo casi al nivel del suelo.

Allí estaba.

Vio tan solo unos zapatos negros con algo de barro en las suelas. Siguió observándolos unos instantes apenas sin tragar saliva. Necesitaba encontrar en su mente algo que lo ayudase en aquella situación. Aquellos zapatos... no eran muy grandes. Su propietario no sería un tipo muy corpulento. Le haría frente. Se levantó sin hacer apenas ruido. Dio tres pasos prácticamente sin respirar hasta acceder a la parte trasera del armario. Había alguien en una postura incómoda, hojeando su diario, pasando páginas a toda prisa al saberse descubierto.

Guillermo se asomó y aquel hombre encapuchado saltó como un felino abalanzándose sobre él. Forcejearon. El sacerdote acabó en el suelo sin haber logrado ver nada más que una túnica oscura y unas manos fuertes con las venas marcadas. En ningún momento pudo verle el rostro completo, que parecía tapado por una especie de tela, una gasa, uno de esos parapetos que llevan sobre el rostro los apicultores, pero de color negro.

El intruso pasó por encima de la cama, corrió hasta la puerta y en tres zancadas había logrado salir de la casa. En su huida había perdido el cuaderno. Guillermo se arrastró hacia la libreta y la recogió del suelo, apretándola contra su cuerpo, como si hubiese liberado a un rehén y quisiese protegerlo. Se repuso y decidió seguirlo. Pudo llegar a la puerta principal tan solo para ver cómo aquel individuo se esfumaba por el camino rural que bordeaba su casa. Intentó seguirlo con la mirada, con la esperanza de obtener alguna información para saber quién podría ser ese extraño.

—Era un hombre joven —señaló hablando en voz alta, como si estuviese acusándolo ante alguien—. Sería más o menos de mi estatura, quizá algo más alto. Llevaba una especie de capucha y algo que le ocultaba la cara..., un velo negro, como los velos de las viudas..., no pude ver su rostro. Fue todo muy rápido. Me tiró al suelo con demasiada facilidad. Era más fuerte de lo que me parecía.

El padre Guillermo presumía de ser, mejor dicho, de haber sido, un atleta. Por eso se vio sorprendido al ser arrollado por la energía de aquel hombre que con su ímpetu lo hizo caer al suelo.

—¿Cómo sabía dónde estaba el diario? —se preguntó visiblemente alterado mientras caminaba en círculos por los espacios vacíos del salón—. ¿Qué interés podría tener en él? ¿Por qué arriesgarse por algo con tan poco valor?

El susto, lejos de ir a menos, crecía por momentos.

—Era la sombra que vi el primer día —aventuró—. Tuvo

que ver cómo hacía el escondite para la libreta y cómo la metía detrás del armario —continuó elucubrando en voz alta—, y eso solo se puede ver desde la ventana de la habitación y hasta ahí... ¡solo puede llegarse desde dentro de la finca! ¡Han estado entrando en mi finca desde hace días! ¡Llevan todo este tiempo observándome!

Sentía un malestar profundo. Su estómago parecía haber montado en una endiablada montaña rusa. Estaba a punto de vomitar y le faltaba el aire. Cogió una bolsa de papel que tenía en la cocina y empezó a respirar dentro de ella intentando luchar contra la hiperventilación. Entre inhalación y exhalación, la angustiosa sensación de ahogo fue desapareciendo.

Puso agua a hervir para prepararse un té. Aquel ritual siempre lo relajaba. Era de los pocos vicios que se permitía: disfrutar de infusiones de cierta calidad, así que sacó uno de sus botes herméticos de la alacena, se sirvió una cucharada en un filtro desechable de papel y vertió sobre él agua humeante, que nada más salir empezó a provocar la calma y el sosiego que esperaba. Cuando logró tranquilizarse no pudo evitar seguir hablando en voz alta, lloroso y entristecido. La sensación de los primeros días de que alguien lo observaba se había hecho realidad.

—Pero, María, ¿quién podría tener interés en leer lo que escribe un humilde sacerdote en su diario? ¿Quién?

La palabra «congregación» asaltó su mente. Oía la voz de Tomé pronunciarla con su voz quebrada y débil.

—¿Serían ellos? —preguntó de nuevo a la siempre presente María—. ¿Tomé les habrá contado algo de lo que le dije? ¿Querrán saber lo que sé?

Salió de casa. El jardín reclamaba su cuidado. «Las plantas son justas —pensó—. Si las cuidas son agradecidas y si no lo haces te castigan con su deprimente aspecto.» Tenía que pensar más en ellas y menos en sí mismo. Aquellos arbustos lo merecían. Habían resistido el olvido de los propietarios y a pesar del abandono tenían un hermoso porte. Era un jardín planificado con buen gusto en el que las especies habían crecido demasiado, lo que hacía que ahora pareciese umbrío y triste.

Fue a por las herramientas y se puso a podar a un ritmo frenético. Las ramas dañadas de una enorme adelfa de flores blancas fue su primer objetivo. Luego, la higuerilla de grandes hojas rojas pagó su irritación. Por último, dio forma al rododendro de flores fucsias. Retiró los restos de la poda y los amontonó para quemarlos en cuanto tuviese autorización municipal para hacerlo.

El trabajo en el jardín lo ayudó a expulsar sus demonios. Cuando volvió a entrar en casa era ya el sacerdote sosegado y tranquilo de siempre. Saboreó la seguridad del hogar. Se asomó al porche. Se sentó con una de sus infusiones en la mano. Anochecía. Desde lejos, abriéndose paso entre los rumores del bosque, le llegó un grito desgarrado, como un lamento.

—¡Hasta cuándo!

Un violento escalofrío sacudió su espalda.

—¡Hasta cuándo! —Volvió a oír aquel grito, retumbando en la bóveda de la noche.

25

Mansión Foster-Binney
Palo Alto (California), 9 de diciembre de 2016

Su teléfono empezó a vibrar y Moses valoró no contestar. La pantalla anunciaba a François Metternich y, por la hora que era, estaba convencido de que sería para derramar una tonelada de problemas sobre su almuerzo.

—¡François! Buenos días. Siempre llamas a la hora del desayuno.

—Tu desayuno, Moses, es mi cena.

—La Tierra debería haber sido plana y así se hubiesen evitado estas incómodas diferencias horarias.

—Las diferencias son maravillosas, Moses.

—¡Eh! Esa frase es mía.

—Por eso te la recuerdo.

—Me has salvado de un enfado monumental. Estaba leyendo unos informes que me estaban sacando un poco de mis casillas.

—¿Eres un ser humano? ¿Sufres? ¿Te alteras?

—François... ¿Estás tomando vino en la cena?

—No tengo nada que celebrar. Precisamente de eso te quería hablar.

El tono de voz de François cambió, lo que disparó las alarmas de Moses.

—Rafael no quiere que esto siga...

—¿Esto? —censuró Moses.

—... le tuve que contar cosas, Moses. Le avancé que el interés de la investigación por parte del patrocinador no se centraba precisamente en las reliquias. Se incomodó. Mucho.

«Maldito suizo capullo de mierda. Maldito bocazas.»

—¿Qué hay de lo de «no te preocupes, Moses»?

—Lo sé. Sé que te lo dije. Pero creí que sería capaz de apaciguarlo. Lo del mail terminó de estropearlo todo.

—¿Lo del mail?

El estuco de las paredes pareció arrugarse. Moses ya pensaba en cómo arreglar aquello mientras escuchaba a François sin perder de vista el informe de Tyson Tabares. Adiós al *mindfulness*.

—Leyó algo que lo alertó. Un hilo de la conversación en un mail que iba remitido a mí. Una colaboradora cometió la torpeza de enviárselo a Vázquez en copia.

—¡Ah! Solo iba en copia.

El tono burlón de Moses quedó eclipsado por los nervios de François.

—Exacto. En él se me pedía el material para la clonación. Llegó a sus manos y lo leyó.

—Tiene lógica. Si le llega un mail...

«Maldita suiza capulla de mierda... ¡Maldita bocazas!»

—¿Y qué hacía una colaboradora con esa información? —preguntó Moses en un tono mesurado y tranquilo, como la última ola suave del mar retirándose antes de que empiece el maremoto. Esta vez François detectó la ira contenida y decidió defenderse atacando.

—¡Pues nada más y nada menos que ayudarme en mi trabajo! No creerás que lo hago yo todo solo, ¿verdad? ¿Crees que también limpio yo las clínicas? Es un miembro de mi equipo con la que llevo colaborando desde hace años, tanto en reproducción asistida como en clonación terapéutica. Muy buena profesional, con varios cursos de especialización...

—¡François, por favor! No se te ocurra contarme el puto currículum de tu gente después de haberla cagado de esa forma.

Los modales volaron hacia el cielo de Palo Alto buscando las sugerentes aguas del Pacífico.

—No hagas nada —ordenó Moses.

—El caso es que Rafael está hecho una furia.

—Espera instrucciones.

—Pero...

—Es-pe-ra-ins-truc-cio-nes.

—Ok. *C'est ce que je vais faire...*

Foster-Binney salió a la terraza contigua al comedor y allí buscó uno de sus momentos de paz e inspiración.

«La tensión va incluida en el salario —se dijo—. Eres el CEO de una de las empresas más importantes de Estados Unidos.»

Aquel refuerzo de la autoestima habría funcionado si después de aquella frase no hubiese acudido a su mente, inoportunamente, la palabra «todavía».

—Maldita sea —exclamó cuando decidió despedir a su sonriente monitor de meditación y autocontrol. Estaba claro que sus clases no le servían de mucho. «Respira bien...» «Siéntate cómodo...» «La espalda recta...» «Medita...» «Llena tus pulmones de positividad...» «Sin tensiones...»—. ¿Sin tensiones? A la puta calle. Despedido.

Pensaba que aquel monitor era uno más de los que engañaban a Catherine con sus memeces. Su mujer se derretía con todo lo que oliese a incienso y costase más de quinientos dólares la hora.

«¡Vividor! Vete a engañar a otros. ¡Cabrón!»

Meditaría. Por supuesto que meditaría... en cómo ganar a todos los que intentaban joderlo. En Rafael Vázquez. Meditaría en Tyson Tabares. Se vería con ellos. Cara a cara. Había llegado el momento de pararlos en seco.

26

Maianca, 16 de diciembre de 2016
242 días para el nacimiento

Guillermo había salido a caminar después de cenar. «Es bueno para bajar la cena.» El frío se presentó sin avisar acompañado de una neblina que poco a poco se iba espesando, lo que incrementaba a cada paso la incómoda sensación de aquel anochecer. Ese cambio brusco de temperatura hizo que echase de menos un abrigo y quizá también una linterna. Pensó en dar la vuelta, pero decidió continuar. «Guillermo, has paseado por estos senderos en otras ocasiones.» Aunque quizá no los conocía lo suficiente como para mostrar aquella confianza. Su empecinamiento lo obligó a seguir.

La niebla absorbía la poca claridad que llegaba desde las luces encendidas de la casa. Intentó buscar un palo en el que apoyarse. Cualquier rama gruesa que le sirviese de cayado para mantener el equilibrio por las zonas más complicadas, o poder estar a salvo de algún perro con malas pulgas de los que se encuentran a veces por esos caminos que surcan los montes. No halló ninguno.

—Que no os engañe esta humilde sotana. ¡No vais a poder con este atleta! —dijo sonriendo, retando a la densa oscuridad de la noche.

Llegó hasta una bifurcación que ofrecía dos senderos: el de la derecha, que llevaba al recinto de la necrópolis, y el de la izquierda, que se adentraba entre los árboles. Se decidió por el del bosque. Sería el más apropiado.

Anduvo despacio, con cautela, sin perder de vista el suelo, en busca de un rayo de luz con el que orientarse. Curiosamente, a pesar de lo poco acogedor que estaba el bosque, aquellos viejos robles lo estaban ayudando a encontrar la paz que tanto deseaba.

Cuando llevaba poco más de veinte minutos de paseo algo lo interrumpió. Notó que sus pies tropezaban contra un objeto de gran tamaño. No contaba con un obstáculo como aquel. Quizá sí con alguna piedra, alguna rama, pero nunca algo de las dimensiones de lo que estuvo a punto de hacerlo caer.

—¡Dios mío! —gritó.

Un bulto, cubierto por unos jirones de tela desordenados, permanecía inmóvil a sus pies. Era una persona. Se agachó para intentar socorrerla, pero enseguida se dio cuenta de que aquello no tenía vida. Despedía un hedor desagradable. Intentó moverlo. Tenía la rigidez propia de un avanzado estado de descomposición. No sabía cómo, pero había un cadáver delante de él. Un harapiento cuerpo sin vida descansaba en medio del camino.

Logró dominarse. Se persignó a toda prisa, y casi de manera instintiva empezó a rezar por el difunto parte de los ritos aprendidos para la extremaunción.

—Señor, ten misericordia... Santa María, ruega por él. Todos los santos, ángeles y arcángeles, rogad por él... —recitó, intentando auxiliar al cadáver y exorcizar sus propios miedos.

Se fijó en la cara del muerto. Las cuencas vacías de aquellos ojos lo miraron fijamente. Se quedó inmóvil. La putrefacción había puesto en aquel rostro un grito mudo, un rictus de dolor que lo amenazaba, entre la bruma y la oscuridad. Era la primera vez, desde que era sacerdote, que sentía temor ante la muerte. Quiso huir, pero logró sobreponerse. Le echó coraje y se dispuso a trasladar el cadáver y sacarlo del camino.

—Santas vírgenes y viudas, interceded por él... Sele propicio, perdónalo, Señor. Sele propicio, líbralo, Señor... —continuó su oración con la voz entrecortada por el esfuerzo.

Un grito como un aullido rompió el silencio de la noche.

—¡Hasta cuándo!

Era la misma voz desgarrada y dramática que había escuchado la otra vez desde su casa. Ahora se sentía más cercana.

—¡Hasta cuándo! —retumbó de nuevo ese bramido, dejando el aire lleno de tensión mientras todo alrededor de Guillermo se hacía más hostil. El frío y el miedo habían conseguido que su integridad se desmoronase. Empezó a temblar.

Notó una mano sobre él.

Aquel tacto hizo descargar toda su tensión en un fuerte grito de temor. Era una mano fría que se posó sobre su hombro e hizo que Guillermo diese un salto sin saber muy bien hacia dónde y sin saber muy bien por qué. Estuvo a punto de caer al borde de un inmenso charco de agua provocado por las lluvias recientes. Consiguió mantener el equilibrio y evitó hundir el pie en aquellos lodos. En la superficie de la lámina de agua, a través de las luces que se filtraban entre las nubes bajas de la niebla, pudo ver, a su espalda, una cara que lo miraba.

—¿Estás robando? —preguntó aquel individuo con una voz ronca y cavernosa.

El padre Guillermo seguía viéndolo a través del reflejo en el agua, casi sin atreverse a mirarlo de frente ni a responderle.

—¿Estás robando? —insistió el extraño—. Los cuerpos siempre tienen dos propietarios: el que fue y el que es.

Guillermo se dio la vuelta y vio como aquel hombre se agachaba a recoger el cadáver con la misma parsimonia con la que hablaba.

—Al menos apártelo. Para que él no moleste, ni él sea molestado —le censuró con aire solemne, intentando ser respetuoso con el difunto.

Su indumentaria oscura se fusionaba con la oscuridad. Lo veía tan solo por momentos, cuando algún rayo de luz le rozaba el rostro. Guillermo tuvo la sensación de que aquel hombre conocía al muerto. Que lo tocaba como si se tratase de algo valioso, soportando su hedor, mimando las podridas partes de su cuerpo.

—Deshazte del peso de la muerte con el que cargas —ordenó el extraño.

—No sé lo que quiere decir —respondió Guillermo desconcertado.

—Llevas muerte en tu interior. Lo noto en tu mirada.

—Déjeme, por favor. Yo no he hecho nada —suplicó Guillermo.

—Saber cosas tiene consecuencias.

—¿Qué quiere decir?

—Deshazte del peso de la muerte con el que cargas —insistió el desconocido antes de perderse en la oscuridad arrastrando el cadáver.

—Un momento —dijo Guillermo.

El sacerdote seguía acorralado entre los matorrales y el enorme charco de barro.

—Este muerto es mío. Tú tendrás que esperar por los tuyos —dijo el extraño, y desapareció entre los árboles.

Guillermo echó a correr sin mirar atrás, huyendo con todas sus fuerzas. Tanto, que la sotana se enganchó con los restos de unas ramas que obstaculizaban el camino, lo que hizo que cayera con estrépito.

Llegó a casa. Cerró y pasó el pestillo. Se quedó unos momentos apoyado contra la puerta haciendo fuerza para evitar que nadie pudiese entrar.

«Tres personas en el mismo momento y en el mismo lugar de ese sendero.» Era demasiada casualidad, y lo sabía. Al menos ya estaba en casa, con la puerta cerrada a su espalda y la sensación de seguridad que eso le producía. Entre los jadeos de su respiración, todavía agitada, pudo oír cómo alguien hablaba detrás de la puerta, a escasos centímetros de él.

—¡Hasta cuándo! —susurró amenazante.

Parecía que el corazón se le iba a salir por la boca. Su respiración era ensordecedora. Se apartó de la puerta e intentó reforzarla con el sillón en el que solía descansar.

—¡Déjame! ¡Vete!

Se oyeron unos pasos. Pasaron unos segundos y el grito se volvió a oír a lo lejos.

—¡Hasta cuándo!

27

Cabaña de Tyson Tabares
Point Dume (Malibú), 17 de diciembre de 2016

Tan solo se oía un ligero sonido procedente de las aspas del ventilador que colgaba del techo. La temperatura era muy elevada para diciembre. Casi treinta grados. Estaba seguro de que acabaría lloviendo.

La cabaña de Tyson Tabares estaba presidida por un salón en cuyo centro se encontraba un magnífico sofá en forma de ele. Desde su ya desgastada *chaise longue*, a través del amplio ventanal que se incrustaba en la madera de la vivienda, se podía ver el infinito horizonte de los mares del Pacífico.

Leía tranquilo. Tumbado sobre un montón de cojines de piel con aire étnico hechos por los indios nativos californianos: los hupa, los maidu, los yana... Le gustaba sentirse rodeado de aquellas artesanías. Lo hacían sentirse doblemente cómodo: ayudaba a que las tribus se ganasen la vida y disfrutaba del confort de sus manufacturas. Sentía una conexión especial con aquella gente. Si no conociese bien sus orígenes, Tyson Tabares habría sospechado que tenía algo en sus genes procedente de aquellos pueblos indígenas.

El timbre de su casa podría haber estado meses averiado y él no se hubiese dado cuenta. Lo oía sonar en tan pocas ocasiones que ni siquiera recordaba bien el tipo de sonido que emitía.

Leonor, su asistenta, tenía llave. Las compras del supermercado solían llegar cuando ella estaba y por principios nunca compraba nada online. De ahí su sorpresa al oír el sonido de aquella trompeta chillona.

Se levantó y fue a abrir la puerta. Esperaba que fuese un empleado del servicio postal que trajese una carta certificada de la Corte Superior del condado de Los Ángeles. Llevaba meses esperando la citación de la demanda de Foster-Binney y no había llegado. Se sentía como esos capitanes de submarino que aguardan en silencio a que se desaten las hostilidades. Verla en sus manos sería una buena noticia. Significaría un *touché* en toda regla y acabaría con aquella larga espera.

Su intuición falló. Ni era un empleado del servicio de correos ni una citación judicial. Se trataba de un personaje pálido, con aspecto de ser uno de esos meritorios flacos y medio nazis que pululaban por decenas en las oficinas de Cerebrus. Llevaba un sobre blanco de papel lujoso en las manos.

—¿Señor Tabares?

—No. No es apellido.

—¿Disculpe?

—Que no es apellido... Tyson Tabares es mi nombre de pila. Por lo tanto, debería decir don Tyson Tabares o bien señor Fernandes o señor Fernandes y Roca.

La mirada del joven estaba más cercana al terror que a la comprensión.

—En fin, déjelo —se compadeció el detective—. ¿Qué desea?

—Le traigo una invitación. Me dijeron que le diga..., que le dijese..., quiero informarle...

Aquel chico no había captado el ofrecimiento de paz de Tyson Tabares y se estaba empezando a liar de nuevo.

—Es..., es una invitación para reunirse con el señor Foster-Binney en sus oficinas. Una especie de acto de conciliación privado.

«¿Un mensajero? ¿Enviado a mi casa? ¿Conciliación? Tiene humor ese malnacido.»

—¿Sabe qué? Llévese su conciliación. Dígale al señor Foster-Binney que busque un lugar íntimo por dónde metérsela. Y que si quiere invitarme a algo que lo haga él en persona.

Haber despachado rápidamente al emisario del Tercer Reich le había dejado una agradable sensación de alivio. Aquella ruidosa estrategia suya, que todavía, meses más tarde, generaba decenas de miles de visualizaciones en YouTube, había dado, por fin, sus frutos. Foster-Binney había movido ficha. Sonrió y volvió a sumergirse en el mullido mundo de la artesanía indígena californiana para continuar con su lectura. Estaba disfrutando. Era un libro único. *La vida de Pi*, de Yann Martel. «El libro que lo tiene todo.» Pensó que de haber escrito una novela, esa sería la que le hubiese gustado escribir.

La interrupción del mensajero de Foster-Binney le hizo imposible volver a concentrarse. Sabía que se habían desatado las hostilidades. El juicio se acercaba. ¿Estaba preparado? Creía que ese era un cabo que no había atado lo suficiente. Trabajaba con Jackson & Abrahams, un modesto despacho de abogados que tenía sus oficinas en el 22809 de la Pacific Coast. Estaban cerca, y tenían solvencia suficiente para abordar los temas que les encargaba. Duncan Jackson, su jurista de cabecera, era una persona bien preparada, pero quizá tuviese la cabeza más ocupada en cuestiones fiscales que en los delitos de injurias y calumnias contra líderes de grandes corporaciones. No era suficiente. Necesitaba más experiencia a su lado. Cavilando cuál sería el perfil más adecuado le vino a la mente Esmeralda Estévez, una brillante penalista muy popular en todo el estado. Decían de ella que «nunca pierde y, cuando pierde, empata». Eran viejos conocidos. Habían coincidido en algunos casos, casi todos en bandos opuestos. Tyson Tabares ayudaba a poner a buen recaudo a alguna pieza descarriada y ella sacaba su verborrea ante su señoría y los ponía en la calle con una fianza ridícula. La letrada Estévez era una de esas mujeres cuyo aspecto físico constituía su primera baza. Lejos de esos arquetipos con caras afiladas, con falda de tubo y escote sexy, que aparentaban ser un torbellino profesional, Esmeralda era como esas chicas del instituto que se recuerdan siempre con una enorme sonrisa. Era buena gente. Tenía una capacidad innata para liderar el grupo, sin estridencias, con su tono de voz pausado, su dulzura, su mirada llena de ideales y un talento tan grande que no cabía en todo su edificio de oficinas. Seguía igual de guapa, igual de rellenita, con la misma mirada serena y el volumen de voz siempre bajito. Tan solo habían volado los ideales de aquella mirada. Ahora, era una brillante abogada consciente de su talento, una penalista poderosa que había decidido que su momento había llegado y que el dinero sería una buena medida para su éxito.

Tyson Tabares se identificaba con ella, con su cinismo maravilloso y rebelde. Se permitía seguir defendiendo los derechos de las mujeres más humildes ofreciendo sus servicios *pro bono* en su página web con una inspiradora cita de Emily Dickinson: «La esperanza es esa cosa con plumas que se posa en el alma». Mientras, ganaba fortunas trabajando para narcotraficantes, defraudadores, ladrones de grandes golpes...; siempre delitos que no tuviesen que ver con la sangre. Si Esmeralda Estévez los acogía en su regazo, sus posibilidades de salir airosos se multiplicaban de inmediato. Parecía sentir un placer especial doblegando a aquellos abogados y abogadas *fitness*, repeinados, con sus trajes entallados, que intentaban desesperadamente representar el papel de un guion que alguien había escrito para ellos.

Esmeralda tenía a su favor la confianza de ser una vieja conocida suya. Y su arrollador porcentaje de casos ganados. En su contra, que estaba muy relacionada con la delincuencia de alto poder adquisitivo: «Es el típico abogado que contratas si eres culpable».

Debía encontrar a otro jurista. Fuera quien fuese, sabía que tendría que ser un gran profesional independiente e íntegro. Los tentáculos de Cerebrus llegaban más lejos que las humildes manos de Tyson Tabares. Aquella lucha empezaba a entrar en otra dimensión y tenía que estar preparado. Sabía que sería muy difícil ganar a Moses Foster-Binney y que se jugaba su libertad.

Recordó a Johnny y a Ferdy. También sus memorias le exigían no perder. Debería intentarlo con todas sus fuerzas. Sí. Definitivamente, contrataría a Esmeralda Estévez.

28

Maianca, 19 de diciembre de 2016
239 días para el nacimiento

Cuando bajó del autobús, Guillermo observó como un grupo de ancianas lo miraba con descaro. Los cuchicheos que escuchó al pasar delante de ellas no eran una excepción. Eran las mismas que le habían dedicado un recibimiento un tanto frío desde que se había mudado. Lo saludaban con educación, sí, pero siempre manteniendo las distancias. «Tienes que ser comprensivo. ¡Las ancianas son nuestras mejores clientas!», bromeó para sus adentros.

Habían pasado tres días después del incidente con el cadáver. Guillermo esperaba haber oído alguna noticia relacionada con el muerto del bosque. Algo que le sirviese para decir: «Yo también lo vi», y sumarse a la conversación sin necesidad de ser él quien la arrancase. No fue así. Ningún comentario, ningún cotilleo de vecinos. Nada. Ni rastro del cadáver ni del misterioso individuo. Empezaba a arrepentirse de no haber acudido inmediatamente a la policía.

«No creo que desaparezca muy a menudo un cadáver por estos lugares.»

Lo cierto es que no oyó ningún comentario ni nada que pudiese darle la sensación de que alguien más sabía lo que había pasado aquella noche.

«Ojalá hubiese sido tan solo un sueño. Pero desgraciadamente ha sido algo muy real.»

Decidió volver al sendero de aquella noche. Quería inspeccionarlo a plena luz del día. Confiaba en encontrar algo, un trozo de tela, quizá un pequeño resto del cuerpo muerto, algo con lo que poder acudir a la policía sin tener que dar explicaciones de por qué había tardado varios días en denunciarlo.

«No voy a llegar allí y decir: "Verá, agente, es que entre mi terror y mi sospecha de que ese ladrón de cadáveres fuese parte de una congregación de fanáticos religiosos que me está vigilando, decidí ser prudente y dejar pasar un poco de tiempo".»

Cuando llegó al lugar en el que habían ocurrido los hechos se dio cuenta de que lo recordaba mejor de lo que esperaba. Aquel enorme charco donde estuvo a punto de caerse seguía allí. Cuando exploró un poco la zona comprobó, en efecto, que la gravilla del camino mostraba marcas, como de algo que pudo haber sido arrastrado por el suelo unos cuantos metros. Pero nada lo suficientemente concluyente para poder informar a la policía. Las marcas eran tan confusas que podían deberse a cualquier cosa.

Decepcionado, se dirigió hacia la iglesia, con la esperanza de encontrarse con un viejo conocido: Ernesto, el diácono. Lo halló en el atrio pasando un paño para limpiar las piedras de la fachada.

—¡Siempre trabajando! —dijo Guillermo a modo de saludo.

—Buenas tardes, don Guillermo —saludó el diácono sin demasiado entusiasmo. Seguía siendo el mismo anciano malencarado con el que había tenido que colaborar durante su etapa de párroco suplente en aquella misma iglesia. Nunca lo había llegado a entender. No sabía si estaba intentando ser amable o descortés, si quería ayudarlo o fastidiarlo. Hablar con Ernesto se había convertido para él en una actividad de riesgo. Siempre que podía hacía comentarios paternalistas sobre su desempeño, recalcando su inexperiencia o remarcando su falta de solvencia profesional como párroco. No, aquel hombre no era santo de su devoción. A su lado se sentía torpe.

«Si quiere usted ser sacerdote, debería haber ido al seminario», acabó por decirle airadamente Guillermo, lo que hizo nacer en Ernesto un rencor que parecía no haber curado. Sin embargo, el diácono lo recibió con cortesía.

—¿Qué le trae por aquí?

Fue tan sutil al preguntarlo que apenas se notaba el recelo con el que había hecho la pregunta.

—Me he venido a vivir al pueblo. Vivo ahí —dijo señalándole la casita. Estaba tan cerca que casi podía tocarla.

—Me alegra que no siga siendo usted uno de esos curas de ciudad —señaló Ernesto, haciendo gala de la inmensa diplomacia con la que había logrado ir vaciando, semana tras semana, la afluencia a los oficios de su iglesia.

—¿Se lo parecía? ¿En serio? Pero si siempre fui un poco asilvestrado.

—¿Qué le trae por aquí? —Ahora Ernesto repitió la pregunta, pero con un tono agrio y seco que confirmó las sospechas de Guillermo dejando la cordialidad del recibimiento en un mero espejismo.

—¿Ha habido últimamente algún problema en el cementerio? —preguntó el sacerdote.

—¿Problema? No sé a qué se refiere.

—A si ha tenido noticia de algo fuera de lo corriente, algún incidente —añadió con un tono que intentaba quitarle importancia—. ¿Alguna... profanación de tumbas?

—¿Profanación de tumbas? Todo eso son habladurías.

—Entonces, ¿las ha habido? ¿Hubo recientemente alguna sustracción de cadáveres?

—¿Usted también hablando de eso? Son cosas que cuentan las viejas. Habladurías. No se meta ahí. No sea como ellas. No deje que eso lo manche, don Guillermo —intentó zanjar Ernesto.

El cruce de miradas entre ambos hizo que finalmente Guillermo volviese a hablar.

—¿Por qué habría de mancharme?

—Un sacerdote no anda cotilleando como una anciana...

—¿Qué es lo que sabe, Ernesto?

La firmeza de Guillermo hizo titubear al diácono.

—Aparecieron algunas cosas... —confesó Ernesto—. Alguna tumba... abierta... Hace poco... Pero no había nada que robar. Los restos estaban tan deteriorados que eran prácticamente polvo. ¿Quién podría ser acusado por eso? Nadie. No remueva más ese asunto, padre, no le conviene a nadie. Ya sabe: polvo somos...

—Y en polvo nos convertiremos —respondió Guillermo, resignándose a no obtener más información del anciano diácono.

Se despidieron.

De regreso a casa, Guillermo no podía dejar de pensar en aquel suceso. «¿Sería aquel ladrón de cadáveres el mismo hombre que intentó robar mi diario? Poco probable. Aquel era un hombre todavía joven y el que se llevó el cuerpo parecía tener más edad.» Entró en la casita. Mientras intentaba buscar en su mente la imagen de ambos para compararla, se dedicó a ordenar el salón. Recolocó las velas. Repasó las notas biográficas que había puesto al pie de los recuerdos de los santos. No recordaba bien a aquellos hombres. Casi no había luz. «Quizá me pareciese viejo por lo cavernoso de su voz. Aunque pudo haberla fingido. Apenas alcancé a ver nada de su cuerpo», siguió pensando, desconcertado y lleno de preocupación.

Que un chiflado retirase restos de una sepultura no era más que un desagradable incidente. La profanación de tumbas constituía un delito y era un pecado. Ya lo castigaría la ley de los hombres y, si no, la de Dios. Lo que realmente lo inquietaba era que aquel hombre tuviese algo que ver con la Congregación de la que le había hablado Tomé.

«Deshazte del peso de la muerte con el que cargas», le había dicho enigmático aquel hombre. ¿Qué habría querido decir? ¿Se referiría a su secreto? ¿Sabrían ya lo de la sacrílega clonación?

«Llevas muerte en tu interior. Lo noto en tu mirada», le había espetado aquel hombre siniestro.

Lo que no entendía muy bien era el significado de todo

aquello. ¿Muertos? ¿Saliendo de su tumba? ¿Secretos saliendo de su interior? No era capaz de descifrar el enigma. Quizá estaba sacando conclusiones precipitadas. Quizá era tan solo una casualidad, una negra burla del destino: dos personas y un cadáver coincidiendo en el mismo lugar, la misma noche.

«El momento justo en el lugar inadecuado.»

29

Cabaña de Tyson Tabares
Point Dume (Malibú), 20 de diciembre de 2016

Le molestaba más que le ganasen que el hecho mismo de perder. Cuando contestó aquella llamada y comprobó quién era su interlocutor supo que Binney había cogido una cierta delantera.

—Buenos días, señor Tabares, soy Moses Foster-Binney.

Era él mismo. Binney en persona. No una peripuesta secretaria con voz dulce para prepararle el terreno al mandamás. No. Era él.

—Tyson Tabares —contestó, antes de apretar los dientes.

La contrariedad hacía que su cuello no encontrase acomodo dentro de su camisa. No le gustaba tener que jugar con negras y esperar un fallo de Binney para atacar.

—Parece extrañado —observó Moses.

—Pocas cosas me pueden extrañar de usted.

—Sigo sus instrucciones.

Mientras hablaba, el detective caminó hacia la pared de su salón, donde un tomahawk colgaba sugerente:

—Estoy interesado en que tengamos una conversación a solas. Usted y yo —dijo el neurólogo.

—¿Me está pidiendo una cita?

—Como puede imaginar, no es usted mi tipo. Pero estoy

convencido de que la reunión le va a interesar tanto o más que a mí...

—Permítame que lo dude.

—Las malas compañías ocasionan problemas.

Tyson Tabares tardó un instante en contestar, intentando descifrar lo que acababa de oír.

—¿Se refiere a la suya? ¿Qué es lo que quiere?

—Ya se lo he dicho. Verlo. En persona.

—Binney, estoy muy ocupado. Hay una cueva de delincuentes a los que quiero joder. Neurociencias. Ya sabe.

Con una mano, el detective apretaba más fuerte de lo normal su terminal telefónico. Con la otra, acariciaba el tomahawk de la pared.

—Tabares, estoy seguro de que podrá. No querrá perderse la información que puedo darle.

—Dejémonos de perder el tiempo. Dígame cuándo y dónde.

—Cuanto antes y, si no le importa, preferiría en mis oficinas.

—¿Esta tarde?

—Por qué no.

—Estaré allí a las cinco en punto.

—Lo estaremos esperando.

Eran poco más de las ocho de la mañana. Para llegar a Palo Alto tendría que coger un vuelo desde Los Ángeles. O bien... Pocas personas se plantean acudir en su coche a una reunión a más de cinco horas de distancia. Menos aún, si tienen previsto regresar el mismo día. Claro que pocas personas tenían un Cadillac Eldorado de 1960 para disfrutar de aquel viaje por la costa californiana.

Se puso en marcha. Quería salir temprano. Lo esperaban unos seiscientos kilómetros de viaje. La Federal 101 es la carretera más larga de California y tenía muchos buenos lugares en los que parar para tomar un buen café. Cuando estuvo a la altura de Santa Bárbara se desvió para visitar el bar de su amigo Fabriccio Lupi, hermano de otro expolicía de Los Ángeles caído en acto de servicio.

—¡Hazme uno de tus *ristrettos*, Fabriccio!

Su voz resonó en la pequeña cafetería sin que la oyese nadie más que Fabriccio. Estaba solo, limpiando meticulosamente su brillante máquina de café expreso.

—¡Tyson Tabares!

—¿Cómo estás, hermano?

—Luchando amigo. Luchando.

—En eso estamos todos. Voy camino de Palo Alto. A luchar.

—Tú siempre en combate. ¡Te queda un buen trecho amigo!

—Sabes que el amor hace cortas las distancias... y Eldorado es mi gran amor.

A Fabriccio le gustaban los coches clásicos y el humor del detective, por lo que celebró con ostentosas carcajadas la declaración de amor de su amigo. Instantes después se perdió tras una puerta que daba a una zona no visible al público y salió llevando en las manos, como quien lleva una esmeralda de tres kilos, una lata de café de acero pulido.

—Vas a saborear uno de los mejores cafés del mundo. Lo guardaba para una ocasión especial. Me lo mandan directamente desde Jamaica.

Mientras preparaba los *ristrettos* Fabriccio puso al día a Tyson Tabares de la situación en la que había quedado la viuda de su hermano.

—Está buscando empleo. De camarera o de lo que sea. No consigue encontrar un trabajo estable. Desde la muerte de mi hermano no levanta cabeza. Si sabes de algo...

—La ayudaremos. Buscaremos un lugar donde pueda trabajar.

—Tiene dos bocas que alimentar.

—Lo sé. Aparecerá algo. Seguro. —Quería ayudar a aquella familia. Esa solidaridad entre compañeros del Cuerpo no se pierde nunca. Son parte de ti para siempre—. ¿Tu número sigue siendo el mismo?

—Sin cambios —dijo Fabriccio mientras servía los *ristrettos*.

Tras dar el primer sorbo, el detective pronunció un largo «hummm».

—Fabriccio, está realmente delicioso.

—Si es bueno, lo tiene Fabriccio —presumió el italoamericano mientras se disponía a preparar el segundo.

La charla fue como el café: corta, intensa y amarga. Se fundieron en un fuerte abrazo y Tyson Tabares continuó su ruta hacia Palo Alto pensando en el dolor que dejan los crímenes en las familias de las víctimas. Carlo Lupi había sido un buen policía. Un agente de esos que siempre cumplían las reglas, honrado y eficiente. Un día se acercó a identificar a un par de chiquillos que iban conduciendo un coche cuya matrícula coincidía con la de un vehículo sustraído en Beverly Hills. Fue cauto, amable, se acercó a ellos confiado. El que iba al volante le sacó un 44 Magnum y le voló la cabeza. Menores. Trece años cada uno. Entre los dos harían un buen hijo puta mayor de edad capaz de cumplir una cadena perpetua. Pero no. Saldrían de la cárcel alegando circunstancias alrededor del delito: pobreza, violencia doméstica... Algún día andarían por la calle mientras su amigo criaba malvas y su mujer se desesperaba por sacar a dos criaturas adelante.

Volvió al volante decidido a ponerse en contacto con Esmeralda Estévez. Hubiese preferido que la primera conversación fuese en persona, pero aquella inesperada cita con Binney le había trastocado sus planes. Buscó su número entre sus contactos y el sistema *bluetooth* del audio de su Cadillac lanzó los tonos de llamada por los altavoces. Era otra de las concesiones a la comodidad que se había permitido en la restauración de aquel coche. Quizá no venía a cuento. Quizá realmente aquel chico del restaurante tenía razón y debería haberse comprado un coche eléctrico. O al menos un híbrido, pero de verdad.

—Esmeralda, soy Tyson Tabares.

—¡Tyson Tabares!, me preocupa oírte.

—Creí que te alegrarías.

—Me alegraría verte. Pero no me llamarías por teléfono desde un coche si no hubiese un problema. Y no sé a cuál de mis clientes estarás jodiendo en este momento.

—Te llamo porque esta vez el cliente voy a ser yo. Si me aceptas, claro.

—¿En qué lío te has metido?

El detective le relató los últimos acontecimientos de su pugna con Foster-Binney. Esmeralda tardó unos segundos en contestar. El desafío era de los grandes: tendría que enfrentarse a una megaestructura capaz de pagar a centenares de abogados que la sepultarían en toneladas de papeleo.

—De acuerdo. Acepto tu caso. Iremos a por él. La mejor defensa es un buen ataque. ¿Cuándo estarás de vuelta?

—Hoy.

—¿Pero no estás yendo en coche a Palo Alto?

—Por eso volveré hoy. Si fuese en avión regresaría mañana.

El efecto de los dos cafés de Fabriccio le duró hasta Salinas, donde se desvió de nuevo de la 101 en busca de una nueva dosis de cafeína.

«¿Diez cafés diarios me convierten en un drogata?»

Se tomó uno doble. Por nada del mundo quería llegar al castillo de Foster-Binney con aspecto cansado. Apuró el néctar negro y regresó a la carretera hasta que, por fin, a las cinco menos diez entró en el recinto de las oficinas de Cerebrus. Paró junto a una espaciosa garita de control y comprobó que cuando Moses le dijo que lo estarían esperando no era una frase hecha. Al dar su nombre al guardia de seguridad salió a recibirlo un tipo fuerte, bien vestido, con un impecable traje negro, una lujosa camisa blanca y unos relucientes zapatos italianos. Parecía uno de esos atletas retirados que se dedicaban a la seguridad privada al pasar de los treinta.

—Señor Tabares —lo recibió el atleta—. Soy Hector Smith, su asistente en la visita.

—¿Binney me manda un guardaespaldas para tenerme bien controlado?

—¡Por supuesto que no! Soy miembro del equipo de relaciones públicas de Cerebrus. Nuestra misión es ofrecer una experiencia inolvidable a cada visita que recibamos. Aunque me han dicho que usted no dispone de mucho tiempo.

—Estrictamente el necesario.

—Lo invito a que deje su coche aquí.

—Me gustaría ir en él, si no es molestia.

—No me extraña. Tiene usted un coche impresionante. Bonito de verdad.

El detective miró el Cadillac orgulloso, una vez más. Hubiese jurado que el coche le devolvió el guiño emitiendo un destello con sus faros.

—Verá, dentro del recinto solo está permitido circular con coches completamente eléctricos.

Lo de «completamente» le había desbaratado su plan, la coartada de que si era «casi un híbrido», que si no consumía casi nada... Pero aquella exclusión total de la combustión fósil no le daba ninguna posibilidad. Lo acabó aparcando en una de las amplias plazas cubiertas por el infinito tejado de un material técnico transparente y perfiladas por hileras de luces LED. El contraste de las líneas simples de aquel parking futurista y su Eldorado negro reluciente era de una belleza propia de un anuncio de perfume.

—¿Querría acompañarme? —preguntó Hector.

—No lo pierda de vista —dijo Tyson Tabares al encargado de seguridad mientras se disponía a seguir al pomposo miembro del equipo de relaciones públicas.

Se dirigieron hacia un vehículo a medio camino entre un carrito de golf y el coche de Batman. Tenía unas puertas de alas de gaviota que se abrieron automáticamente al notar su proximidad. El detective no contaba con aquello y tuvo que esquivar el rápido ascenso de la puerta de su lado.

—Lanza buenos *uppercuts* —se quejó.

—Sí. Si uno va con un poco de prisa... —concedió Hector sin perder en ningún momento la sonrisa.

Cruzaron entre una hilera de edificios de cristal de cuatro plantas y plazoletas adornadas con fuentes de agua alimentadas por paneles solares de formas artísticas. A lo largo de todos los bajos de los edificios se extendían decenas de pantallas gigantes donde se simulaba todo tipo de ambientes naturales. La ciencia ficción había dejado de ser ficción en Cerebrus.

—¿Qué marca de limpiacristales usan?

—No lo sé. Pero seguro que somos su mejor cliente —dijo Hector mientras sonreía.

—Mire, Smith. ¿Usted sabe quién soy?

—¿El grano en el culo? Discúlpeme la confianza, pero como lo dice usted en todas sus entrevistas...

—Recuerde que no le pagan para que se pase de listo.

Tyson Tabares mantuvo apretados los labios en señal de desagrado, esperando que su cicerone volviese al rictus educado y servicial del principio. Llevaban casi diez minutos de travesía. Es cierto que aquel vehículo no iba a más de treinta kilómetros por hora, pero ese lugar era enorme.

—¿En todos los edificios hay gente?

—Por supuesto. Aquí trabajan más de cinco mil personas, todas ellas de alto nivel de cualificación.

—O sea, que usted es la excepción.

—No lo crea. Tengo un grado en Ciencias de la Sostenibilidad por Harvard.

«¿Ciencias de la Sostenibilidad? ¿Por Harvard?»

Le sorprendía más la universidad que el tipo de estudios por los que se había graduado Hector.

—Aquí es. Acompáñeme.

El viaje en el *buggy* del futuro había terminado. Se dirigieron hacia un enorme vestíbulo con más de mil metros cuadrados de deslumbrante mármol negro. Al instante oyeron unos pasos que se acercaban, como si fuesen el sonido de un diminuto caballo que paseaba sobre el asfalto. Era Ruby Russell, la responsable de relaciones públicas del equipo de Foster-Binney. Ruby siempre vestía con elegancia. Aquel día llevaba una falda de tubo gris y una blusa blanca ligeramente escotada. Al detective le llamó la atención el ligero balanceo de sus brazos mientras caminaba hacia ellos.

—Señor Tabares —saludó Ruby, extendiendo la mano.

—¿Señorita...?

—Russell. Ruby Russell.

—Ruby, estoy encantado de que venga a rescatarme. Ha

sido tan largo el trayecto que pensé que Hector era un pervertido que me había raptado.

Ruby sonrió con discreción. Hector no pudo dejar de hacer lo mismo.

—Así que esta es su jefa —comentó Tyson Tabares.

—Lo es. Ha sido un placer, señor Tabares —se despidió Hector Smith, retirándose discretamente.

«Graduado en hipocresía por Harvard», pensó el detective mientras veía como Ruby Russell cogía el relevo.

—Ha sido usted muy puntual. Lo acompañaré. El señor Foster-Binney lo está esperando.

—La educación y las buenas costumbres son el tesoro de los pobres.

—No tengo entendido que sea usted tan pobre como dice.

Tyson Tabares dejó que el sonido de sus propios pasos se sumase al coro de los tacones de Russell. Sin duda las pisadas de ella estaban afinadas en un tono más agudo.

El ascensor llegó silencioso, imperceptible y totalmente transparente.

—Imagino que procurará subir siempre que no haya nadie abajo —observó el detective mientras comprobaba que también el suelo era de cristal.

—¿Lo dice por la falda? Aquí nadie miraría. Todo el mundo respeta la intimidad y la libertad de ir vestido como uno quiera.

—Entonces, no les molestarán las arrugas de mi traje.

—En absoluto. Está usted muy atractivo con su indumentaria.

«¡Caramba con Ruby!»

Cuando llegaron a la última planta, la luz que se colaba por los ventanales era tan intensa que se agradecía poder mirar hacia dentro del edificio. Anduvieron unos metros por lo que resultó ser la antesala del despacho de Moses Foster-Binney y que bien podía haber sido una cotizada sala de arte moderno. Nada más salir del ascensor uno se tropezaba con una soberbia escultura de Romero Britto. Inmediatamente después salía al paso un inquietante cuadro de Richard Hamilton. A continuación, una de las rubias de póster de Roy Lichtenstein junto a un lienzo de Jasper Johns. Ya casi junto a la puerta del despacho colgaba una colorida serigrafía de Warhol.

Ruby abrió la puerta y se adentraron en un descomunal despacho. Lo más llamativo, lo que lo hacía aún más lujoso, era la sensación de estar prácticamente vacío. Metros y metros cuadrados en los que tan solo lucía el noble tono marrón claro de la tarima de madera. Lo primero que podía verse era una larga mesa de acero inoxidable rodeada de doce sillones Eames de piel negra, en la que presumiblemente se sentaría el consejo de administración de Cerebrus. Al fondo, a una distancia más que considerable, una enorme mesa de cristal con patas de titanio que parecía ser el lugar de trabajo de Moses. El sillón era de una madera rojiza con vetas negras que parecía ser palisandro brasileño. Tenía los brazos tallados asimétricamente, lo que le daba un aspecto áspero y escultural, tan solo mitigado por el cuero negro del respaldo del asiento. Una obra de arte. En el lado opuesto de la sala, un mármol griego de tonos grises azulados forraba una pared en la que parecía incrustarse un gigantesco cubo de acero Corten que albergaba el hogar de una chimenea.

«Es capaz de subir el aire acondicionado para poder encenderla», pensó Tyson Tabares.

Delante del fuego lucían tres grandes sillones de piel blanca dispuestos en forma de U. En uno de ellos estaba sentado Moses Foster-Binney leyendo distraídamente un informe. Al verlos entrar se levantó y los saludó haciendo gala de unos modales exquisitos.

—Señor Tabares.

—Binney.

—Me alegra que haya aceptado mi invitación. —continuó Foster-Binney con el mismo tono protocolario.

—¿El fuego de la chimenea es real?

—Como todo lo demás.

—¿Ruby también es real? —siguió bromeando el detective. Al momento fue consciente de que había sido injusto con la señorita Russell.

—Espero no haberle parecido artificial por ningún motivo especial —protestó la impecable ayudante, haciendo ademán de marcharse.

—Gracias, Ruby —zanjó Moses.

—Señorita Russell —se despidió el detective con elegancia, intentando disculparse con su mirada por su torpeza anterior.

—Tome asiento, si es tan amable.

Moses le ofreció el sillón que quedaba enfrente del suyo, el de la parte más cercana a la chimenea. Era una distancia considerable.

«Toda esta pulcritud es para que te sientas como un paleto», pensó Tyson Tabares antes de iniciar la conversación.

—Vayamos al grano. ¿Qué quiere, Binney?

¿Binney? A Moses no le gustaba que lo llamasen así. Era el apellido de soltera de su madre, pero lo había unido al paterno para que ambos conviviesen y se inmortalizasen juntos. Foster a secas le parecía poco distinguido y Binney, menos aún. El detective parecía haberlo intuido y le restregaba, cada vez que podía, un Binney por aquí, Binney por allá.

—Quiero que sepa que no me gusta usted —advirtió Moses, volviendo a tomar la delantera.

—Esto mejora. Ya tenemos algo en común.

—No me gusta cómo gana su dinero.

Mientras hablaba, Moses se levantó y fue hacia su mesa para recoger un gran sobre de cartón.

—Ni a mí cómo gana usted el suyo —replicó Tyson Tabares.

Antes de volver a sentarse en su sitio, Moses entregó el sobre al detective.

—Creo que debe ver esto.

Tyson Tabares lo abrió sin darle demasiada importancia. Eran unas fotos de tamaño folio en las que se lo veía charlando en la cafetería con Gareth Padiani.

—¿Me vigila?

—El cazador cazado.

—¿Cazado? Ese tipo es un cliente mío.

—Me consta. Un alto cargo de una importante empresa tecnológica.

—No tengo por qué hablar de mis clientes con usted.

—¿Sabe quién es el propietario de WorldTech Industries?

—No me diga más. ¿Un famoso delincuente de bata blanca llamado Binney? —dijo el detective entrelazando los dedos con fuerza.

—Moses Foster-Binney, para ser más exactos.

—Pues gracias por sus donativos, Binney. Los usaré para joderlo bien jodido.

—No tan rápido. Siga viendo el resto de las fotos, por favor.

Tyson Tabares gesticulaba con desinterés, pero en su interior estaba impaciente por conocer de qué se trataba, cuáles eran las cartas que Binney guardaba bajo la manga. Quería saber por qué tenía aquel color encendido en su rostro que le daba un aspecto eufórico tan molesto. Allí estaba él. En el Tentera Coffee. Cogiendo un fajo de billetes de cien dólares de manos de Gareth Padiani.

«Una imprudencia. ¡Un fallo de principiante!», se reprochó el detective.

—No creo que a todos sus seguidores les haga mucha gracia ver cómo se lleva dinero de empresas relacionadas conmigo. Después de tanta agresividad, tanta persecución, el tipo puro y limpio... ¡recibiendo pasta de Cerebrus!

—Esa no era pasta de Cerebrus.

—Explíquelo usted por internet... a todos... En poco tiempo nuestros equipos habrán hecho tres *trending topics* al día con descalificaciones hacia su persona. Está usted acabado, Tabares.

—¿Eso es todo?

—Deje de jodernos. Deje de acudir a nuestros eventos para hacer sus payasadas. Deje de realizar acusaciones falsas sobre nosotros en sus patéticas ruedas de prensa. Y nadie verá nunca esas fotos.

—¿Sabe, Binney? Estuve yendo a clases de autocontrol durante mi época de inspector de policía. Se me iba la mano con frecuencia, la verdad. Mal asunto. Qué paradoja, ¿no le parece? Posiblemente uno de los tipos con más estudios que haya pasado por el Cuerpo y a la vez el más descerebrado y violento. Los cursos los impartía una psicóloga. Excelente profesional. He de reconocer que consiguió que controlase mi ira. Pero no era tan buena, Binney. No era ni la mitad de buena de lo que haría falta para que no le abra esa cabeza luminosa suya y mire dentro a ver cómo cojones puede caber ahí tanta mierda.

Su voz retumbó en los quinientos metros cuadrados de despacho. Sin embargo, nadie la oyó. Ni siquiera Moses, que se mostraba impermeable ante la predecible ira de su invitado.

—Verá, señor Tabares. Ha llegado la hora de que cada uno siga su camino. ¡Ah! Dos cosas más. Tengo un testimonio firmado de una prostituta..., ¿cómo se llamaba? ¡Satine! Jura que usted la ha agredido e intentó violarla. Los que abusan tampoco tienen mucho futuro en las redes sociales, ¿no le parece?

Tyson Tabares estaba llevándose una buena paliza. Tenía que sonar la campana para poder irse al rincón.

—Olvídese del caso del divorcio de Padiani. Es un soltero empedernido.

El detective tampoco aceptó con deportividad que aquel tipejo se la hubiese jugado.

—Puede llevarse las fotos —ofreció Moses—. Obviamente, son una copia. ¡Ah! Una última cosa: muchas gracias.

La mirada de Tyson Tabares dejó traslucir cierto interés por el enigmático agradecimiento de Moses.

—Su topo en Cerebrus. Hemos dado con él siguiendo su receta. Buscamos a un empleado que gastaba más de lo que ingresaba. Ya sabe...: fulanas..., juego... No cuente con él durante una larga temporada. Digamos que ha pedido un traslado a una de nuestras filiales.

—Si le ha hecho algo, pagará por ello —dijo el detective poniéndose en pie.

—¡Por favor, señor Tabares! Cálmese. Nosotros somos gente civilizada. No hace falta usar la violencia para que alguien deje de molestar.

—No podrá esconderse.

—Todos queremos la paz, señor Tabares.

Ni siquiera se despidieron. Moses le abrió la puerta y el detective la cruzó sin mirarlo. Junto al ascensor estaba Ruby esperándolo entre las obras de arte. Con la misma sonrisa, el mismo protocolo y los mismos modales refinados que cuando llegó.

El silencio del regreso fue incómodo. No cruzó palabra ni con la señorita Russell ni con Hector en todo el trayecto. Se limitó a recoger su Cadillac Eldorado y salir de allí pisando a fondo.

«Tyson pega y Tabares nunca besa la lona», se recordó mientras la frustración se iba apoderando de él. Moses le había ganado aquel asalto. Lo había dejado grogui con una trampa simple en la que nunca hubiese pensado que iba a caer. Pero aquello no había acabado. Solo necesitaría irse a la esquina y tomar aire.

Su rincón, cuando estaba verdaderamente dolorido, era el Katty's. Si no se entretenía estaría en Hermosa Beach antes de la medianoche. Necesitaba la magia de su cantante de jazz preferida.

Conducía muy por encima del límite de velocidad. El pedal del acelerador estaba pagando su ira y cada vez que la cara de Binney le venía a la mente lo apretaba aún más. Solo dejó de hacerlo cuando pudo hablar con su nueva abogada.

—Esmeralda, tengo un problema mayor del que creía.

—Espera un momento. Voy a por una grabadora.

—¿Por qué? Tan solo...

—Quiero que me contrates oficialmente como tu abogado. Solo así podremos tener el privilegio del secreto profesional. De lo contrario estaríamos expuestos.

Al instante puso el manos libres de su terminal y le preguntó:

—Son las seis de la tarde del 20 de diciembre de 2016. ¿Tyson Tabares, acepta usted mi propuesta de honorarios para contratarme?

—Esmeralda Estévez, sí, los acepto. A partir de ahora es usted oficialmente mi abogada.

Intentaba acertar con las palabras adecuadas para aquel contrato sonoro, aunque la habían sonado a enlace matrimonial.

La abogada pulsó la tecla de pausa de su dictáfono.

—Te has extendido un poco, pero nos vale. Cuéntame, qué ha pasado.

—Me ha tendido una trampa. Tiene fotos mías aceptando dinero suyo.

—¿Aceptaste dinero de Foster-Binney?

—¡No! Era otro cliente, WorldTech Industries. No reparé en que podía ser parte de su entramado empresarial. Lo cierto es que al pagarme los honorarios por la investigación de un caso de espionaje industrial me sacaron esas fotos.

—¿Tienes documentos que acrediten esa contratación?

—No.

—¿No firmas un contrato cuando empiezas un trabajo?

—No siempre. Lo sé, fue un descuido imperdonable.

—Fue más que eso.

—Amenaza con publicar las fotos en Twitter. Sabe que sería difícil de explicar...

—No te hubiese enseñado las fotos si no quisiese un pacto. Cambiaremos de estrategia. Esperaremos su próximo movimiento.

«Hace tan solo unas horas que la he llamado y ya va por la segunda estrategia —pensó el detective—. El motor de Esmeralda tiene más caballos que el de mi coche.»

Llegó a la entrada del Katty's. Su impaciencia le hizo dejar el Cadillac sobre la acera. Nada más entrar en el bar, la señorita Ellis supo que Tyson Tabares la necesitaba.

30

Malibú, 21 de diciembre de 2016

Arrancó un antiguo jeep militar que habían reconstruido para él. El compañero de garaje de Eldorado. Notó como aquel vehículo le contagiaba parte del coraje que había acumulado con los años. Decidió dirigirse a los arenales de la playa de Zuma con la intención de llegar a las tres horas caminando. Si hubiese podido, Tyson Tabares habría recorrido la costa de Malibú entera. La habría devorado buscando respuestas. Si no acumulase el cansancio de haber conducido el día anterior más de diez horas. Si no hubiese tomado aquella madrugada la mayor parte de la botella de Johnnie Walker Etiqueta Azul con la que Katty había acudido en su ayuda.

Eran poco más de las nueve de la mañana. La playa estaba prácticamente vacía salvo por un par de surfistas madrugadores que luchaban con las primeras olas del día. Estaba bloqueado. Con un temor a ser derrotado como hacía tiempo que no sentía. Necesitaba salitre y el sonido del mar para encontrar la manera de devolverle el golpe a aquel fanfarrón colorado.

Caminó. Caminó para dejar atrás su error y mitigar su ira por haberlo cometido. Caminó para responder a la pregunta que Katty le había hecho entre trago y trago: ¿y si Padiani cambiase de bando? Si aquel cabrón no era digno de crédito, fuese cual fuese el motivo, esas fotos no tendrían el mismo valor. Si consiguiese una grabación de Padiani diciendo que Moses lo había extorsionado para hacerle esa encerrona, las cosas cambiarían. Si ese testimonio se hiciese público antes, desactivaría toda la artillería *fake* que había montado Binney. Tenía que ir a por él. Forzarlo a hacer aquella declaración.

Siguió caminando para intentar asumir lo que significaba la solución que tenía en mente. Era una extorsión. Una jugada demasiado arriesgada. Para ganar estaba obligado a cometer un delito amenazando a Gareth Padiani. Pero la clave para volver a dominar la pelea era hacer que aquel chupatintas que lo había engañado con el cuento de su mujer y de sus cuernos cambiase de bando.

«El muy hijo de puta ni siquiera está casado.»

Foster-Binney reaccionaría. Sin duda. Por eso tendría que hacer las cosas muy bien. Sin testigos, sin huellas...

Era la primera vez que traspasaba la línea roja. Al menos de una manera planificada y grave. No se sentía cómodo con lo que pensaba. Hasta ahora su ventaja sobre Binney era esa: la ley. Mientras que él la respetaba, Moses la violaba una y otra vez. Si hacía aquello perdería su ventaja y quedaría expuesto. Pero ya no tenía opciones.

Se acercaba el mediodía. El sol estaba en lo más alto y la brisa era más fuerte.

«Voy a darte lo tuyo, Gareth.»

31

Maianca, 24 de diciembre de 2016
234 días para el nacimiento

La Nochebuena era el día preferido de Guillermo. La celebración de la noche en que nació el Mesías. La cena familiar y los regalos habían sido sustituidos ese año por escalofríos y preocupación. Ahora aquellas fechas significaban para él más de lo que nunca habían significado. Había otro niño, gestándose en algún vientre, en algún lugar.

Se dispuso a preparar una buena cena. Era su forma de desafiar a los problemas que lo acechaban. Sacó de la nevera la pequeña pularda que había comprado el día anterior en el supermercado del pueblo. Después de adobarla, dejó reposar el ave y se puso a preparar un helado de turrón, su postre preferido.

—De estas fechas me gusta todo, María. Los villancicos, la decoración, la comida, los regalos...

Mientras hablaba, iba colocando en la mesa la decoración para el banquete. Tuvo la tentación de poner dos servicios, pero finalmente colocó uno solo. Lo acompañó de suficientes elementos decorativos como para eliminar el carácter melancólico de la soledad: un centro de piñas recogidas por el campo combinado con algunas de sus innumerables velas, cintas doradas de diferentes formas y algunas viejas bolas de Navidad de las que habían sobrado en el colegio.

La nostalgia de las Navidades pasadas lo sumió en una profunda melancolía. La niñez vino a su mente. Aquellos días... Rafael... Se levantó y se sirvió una copita de vino de Oporto, aunque todavía no hubiese empezado a cenar. Se disculpó diciéndose: «Es Navidad».

—María, a veces pienso que me gustaría haber sido Rafael. Creo que su vida, entregada a la investigación y a la ciencia, debería haber sido la mía. Contigo a mi lado, por supuesto. Ahora es un médico eminente y reputado. El hombre que siempre hizo todo bien...

«Hasta el día en que se involucró con esa clonación sacrílega.»

El sacerdote siguió cocinando y hablando con María hasta que, de pronto, le pareció oír un ruido sutil y cadenciado. ¿Alguien estaba pisando su jardín? Se dio cuenta de que estaba prácticamente a oscuras y se levantó a encender algunas velas para llenar de luz el salón. La casa se iluminó como una bombilla antigua, resplandeciendo sin demasiada potencia, pero dejando ver con nitidez lo que ocurría dentro. Si había un extraño mirando, aquella luz le había facilitado el trabajo.

—Cada etapa de la vida tiene su encanto —continuó reflexionando Guillermo—; pero, María, la levedad de la niñez..., volvería a ella sin dudarlo.

El sacerdote notó como el ruido se trasladaba a la parte trasera de la casa. A pesar del miedo trató de ignorarlo. «No pueden alterar mi vida cada vez que les dé la gana.» Siguió con su ensimismada charla mientras acababa los preparativos de la cena.

El sonido difuso se convirtió en un tintineo de herramientas chocando unas contra las otras. Imaginó que alguien podría estar manipulándolas en su taller. El ruido se acercaba poco a poco a la puerta de la casa.

—¿Te estoy aburriendo? —preguntó con la voz temblorosa—. ¡Añoranzas, María! La añoranza es el castigo para el que tuvo mucho en algún momento de su vida.

Sacó del horno el ave asada, hizo el ademán de presentarla a unos inexistentes comensales y la apoyó meticulosamente en la mesa sobre un salvamanteles metálico.

Siguió oyendo aquellos ruidos en el exterior de la casa. Sus piernas le flaquearon. A pesar de ello, abrió la puerta y salió al porche. Hacía frío. Tenía miedo. Pero se sentía invadido por un extraño coraje, dispuesto a desafiar al peligro que había estado ignorando hasta entonces, afrontando todo lo que pudiese pasarle ahí fuera. «Se hará la voluntad del Señor.»

—¡Feliz Nochebuena, don Guillermo!

Era Ernesto. El viejo diácono estaba asomado entre las barras del portalón de la finca saludando con alegría.

—¡Ernesto! ¿Trabajando hasta estas horas? —dijo el sacerdote, sintiendo el alivio de su presencia.

—Quise dejar impecable la iglesia como tributo al Niño Jesús.

—El mundo necesita más gente como usted —dijo el padre Guillermo.

—¡No exagere! Que pase una buena noche. Y mañana, una feliz Navidad.

—Igualmente, Ernesto. Que Dios lo bendiga.

Tras despedirlo, el sacerdote volvió a meterse en casa. Empezó la celebración de la Nochebuena oficiando para sí mismo una pequeña misa del gallo, en un altar improvisado en el que no faltaba un crucifijo, una humilde copa con vino a modo de cáliz y un trozo de pan, con lo que pudo llevar a cabo la eucaristía preceptiva en las vísperas de Navidad.

Después se sirvió la cena.

Todo transcurrió como era de esperar. Disfrutó de la comida que había preparado, de su delicioso postre y de los dulces propios de la Navidad. Comió y bebió en abundancia. «Demasiado», se reprochó. Arrepentido, recogió la mesa y se fue para la cama.

32

Maianca, 25 de diciembre de 2016
233 días para el nacimiento

Algo despertó a Guillermo en medio de la silenciosa noche de paz. Oía un sonido leve. Rac, rac, rac, rac. Abrió los ojos lentamente, casi sin moverse. Le pareció ver algo sobre las viejas maderas del suelo de la casita. Rac, rac, rac, rac. Un objeto rascaba el suelo produciendo un leve crujido constante y cadencioso que se oía cada vez más cerca.

Habitualmente dormía boca abajo. Sin cambiar de postura asomó la cabeza al borde del colchón, y pudo ver aquello. Rac, rac, rac, rac. Un dedo recorría el suelo de su habitación. Un dedo que iba hacia él reptando como un gusano, plegándose a duras penas en el esfuerzo por avanzar. El miedo provocado por aquella imagen lo acorraló en su cama. Se encogió entre las mantas, en busca de amparo. El dedo cada vez se acercaba más.

Intentó levantarse, ignorando la visión y armándose de valor. Cuando apoyó un pie desnudo en el suelo, el dedo estaba demasiado cerca y alcanzó a arañarlo, haciéndole una herida y provocándole una pequeña hemorragia a la altura del talón. Dio un brinco, voló a la cama y de allí pegó un salto hacia la puerta que conectaba con el salón, esperando dejar atrás aquella horrenda imagen.

Tras cruzar la puerta de su habitación se encontró con que la claridad que proyectaba la chimenea se mezclada con la luz azulada de la luna, iluminando el salón por completo. Se quedó paralizado. Había trozos de cadáveres humanos por todos los lados: calaveras, trozos de esqueleto, pieles secas, manos amputadas, y un intenso hedor a tumba. ¿Qué era todo aquello? Tenía que escapar de allí. En un arranque de valor, dio dos grandes zancadas. Cuando apoyó el pie, resbaló, se cayó y se golpeó la cabeza contra el suelo. Perdió el conocimiento. Todo fundió a negro.

Volvió a abrir los ojos sin saber cuánto tiempo había pasado inconsciente. Seguía siendo de noche. No había nada. Ni rastro de aquel espantoso espectáculo que había visto.

Nada.

Seguía desasosegado. Recorrió la habitación de esquina a esquina, inspeccionándola a conciencia para cerciorarse de que, en efecto, allí no había nada y de que todo había sido un delirante sueño nocturno.

Algo lo amenazaba bajo el colchón.

Tenía que acometer de nuevo la empresa de averiguar qué era aquello. Solo que esta vez estaba despierto. Decidió agacharse. «Acabemos con esto cuanto antes», se dijo envalentonado. Miró debajo de la cama. El pánico volvió. Había algo cilíndrico bajo el colchón. No pudo distinguirlo. El susto hizo que saliese disparado hacia atrás, apartándose todo lo deprisa que pudo, tropezando con los muebles, sin perder de vista el lugar por donde la cosa podría aparecer de nuevo.

Después de observar unos segundos, estalló en una carcajada. Era algo tan prosaico como uno de sus bolígrafos rodeado de pelusas de polvo. Tan solo eso. Fue a por la escoba y limpió todo aquello.

Finalmente se despertó.

Parecía como si un camión le hubiese pasado por encima durante la noche. Estaba destrozado. Un picor en un pie le hizo reparar en que tenía un pequeño corte, como un arañazo, a la altura del talón y un hilillo de sangre que había manchado su zapatilla. «¿Estaría aquí antes de haberme ido a dormir?»

Mientras estaba desayunando se dio cuenta de que no tenía ningún regalo esperándolo.

«¡Vamos, pide un deseo y será tu regalo navideño!», se animó.

Se quedó pensativo unos segundos. Deseaba que Rafa no le hubiese dicho nada. Eso habría sido lo mejor que hubieran podido regalarle. Pero sabía que era imposible.

—Iré a Samos a ver a Tomé. Ese será mi regalo.

Se acercaba el mediodía. Pensó que un paseo le vendría bien antes de escuchar por radio la misa de Navidad que el Papa celebraría a las doce y media.

Se disponía a salir cuando vio que la puerta estaba completamente abierta. Guillermo se detuvo. Un hombre tapado con una capucha y un velo negro lo observaba amenazante. Tenía la vieja guadaña en la mano. A pesar de que el contraluz le dificultaba la visión, era la primera vez que Guillermo veía con tanta nitidez a aquel individuo.

—Sé quién eres. Sé quién te manda. Sé que eres un enviado de la Congregación. No os tengo miedo. Si algo me pasase, una valiosa información llegaría a manos de la policía —dijo Guillermo con serenidad, pensando en su diario—. Hágase según su voluntad.

El sacerdote cerró los ojos resignándose a morir a manos del intruso, esperando un golpe de gracia que no llegó. Estuvo con los ojos cerrados cerca de un minuto. No sucedió nada. Cuando los volvió a abrir el individuo había desaparecido.

33

Los Ángeles (California), 2 de enero de 2017

Cuando el resto de los abogados de California se dieron cuenta, Esmeralda Estévez ya era mejor que ellos. Habían pasado por alto sus buenas calificaciones en la universidad («pero no era de Harvard»), la sucesión de juicios ganados («una buena racha la tiene cualquiera») y su capacidad de persuasión ante jueces y jurados («le falta carisma, parece que te va a hacer unas galletitas de mantequilla»). Todo era cierto. Lo que no significaba que fuese un obstáculo para convertirse en la número uno. Así lo hizo. El libre mercado, normalmente poco atento a los prejuicios, la ubicó en la cima y los grandes clientes de las causas penales del Estado —siempre sin delitos de sangre— la elegían prioritariamente a ella.

Había un dicho que decía «abogado caro, abogado de culpables». Tyson Tabares lo conocía bien y eso le hacía no tenerlas todas consigo. Sí, la había llamado. Sí, la había confirmado. Pero aun así seguía teniendo sus dudas de cómo afectaría eso a su imagen. Comoquiera que fuese, era el día 2 de enero. Había empezado el año con los mejores propósitos y darle a Binney lo suyo era uno de los más destacados.

Caminaba por la Séptima avenida en busca de su intersección con South Figueroa Street. Tardó en recordar que era en el número 660 donde se encontraban las oficinas de Esmeralda Estévez. No había apuntado la dirección y se había fiado de su memoria, lo que hizo que el paseo fuese más largo y circular de lo previsto. Cuando por fin entró en el despacho de la abogada tenía la sensación de ser un hámster que había dado vueltas a la misma rueda una y otra vez.

—Feliz año, Esmeralda ¡Este será el año en el que tumbemos definitivamente a Binney!

—Feliz año, Tyson Tabares. Eso será cosa tuya. Yo bastante tengo con dejarte a ti en pie —dijo la abogada con su voz sedosa y su ligero acento puertorriqueño que mantenía a pesar de llevar casi toda su vida en Los Ángeles.

La abogada invitó al detective a tomar asiento. Su despacho era un lugar atiborrado de libros, carpetas y legajos de todo tipo. Sin embargo, a pesar del abigarramiento, se podía percibir un orden dentro de aquel desorden, una peculiar pauta de organización imperaba en todo aquel vórtice que parecía retorcerse en espiral en torno al asiento de Estévez.

—Ayuda a la serendipia —dijo la abogada al ver como el detective no podía dejar de mirar el torbellino de papeles y carpetas que estaba desatado en aquel despacho.

—Supongo que ese es tu secreto.

—Uno de ellos.

—Te seré sincero. He dudado antes de contratarte como abogada.

—No te preocupes, también yo dudé antes de aceptarte como cliente.

—Eres la mejor, pero temía que contar contigo me hiciese parecer culpable.

—¿Crees que solo me contratan los culpables?

Tyson Tabares sonrió.

—¿Conoces aquello de la presunción de inocencia?

—Te conozco a ti, por eso estoy aquí.

—Lo que hiciste en aquella rueda de prensa tiene mala pinta.

—Lo sé. Aunque todo lo que dije es completamente cierto.

—Sí, pero ¿cómo obtuviste esa información? Es pública y notoria tu animadversión hacia Foster-Binney. Cualquier abogado podría conseguir que viesen *animus iniuriandi* en tu conducta.

—¿Lo que supone?

—Que como mínimo habrías cometido un delito de difamación verbal con una condena de hasta doce meses más indemnización económica.

—Repito, lo que dije es cierto.

—Eso te ayudará, pero no es suficiente. Para que una declaración se considere difamación no debe tener privilegios. El primer argumento de defensa sería intentar que se considerase privilegiada. Y eso solo lo podemos hacer si la persona que te dio esa información está actuando dentro de los supuestos que marca la ley.

—¿Un empleado que actúa por motivos morales?

—Podríamos retorcerlo hasta que entrase en algunos de los supuestos. Si no tenemos otra cosa, es una opción.

Esmeralda miró a Tyson Tabares con cierta sorpresa e instinto de protección. ¡Aquel tipo duro estaba en sus manos! Que hubiese acudido a ella la motivaba. A pesar de su planta, de su traje y sus ademanes, Estévez sabía que estaba pasando un mal momento.

—¿Sabes? Tenemos mucho en común —dijo Esmeralda relajada—: nuestros orígenes familiares, los dos somos de barrios difíciles, los dos somos luchadores, los dos teníamos gustos culturales, digamos que poco habituales; a los dos nos parecen todos esos ricos estirados de la sociedad de Los Ángeles unos auténticos comemierdas aburridos... Lo que no entiendo es que con esos antecedentes hayas necesitado crear ese personaje de hombretón que lleva coches llamativos y ropas caras...

—¿No lo entiendes de verdad? —preguntó Tyson Tabares mientras parecía transportarla con la mirada a su niñez.

Esmeralda no pudo evitar recordar cómo en su barrio los niños giraban la cabeza cada vez que pasaba uno de aquellos lujosos automóviles antes de recordar la maldición de los chicos de barrio:

—Odiaremos el dinero... Pero nos encantarán las cosas que puede comprar —dijo Esmeralda.

—Supongo que es nuestro destino. El barrio siempre estará ahí dentro —dijo el detective.

—Pero de una forma diferente para cada uno. El destino arrastra solo a los que se dejan arrastrar —añadió la abogada antes de que se despidiesen.

QUINTA PARTE

34

Samos, 15 de enero de 2017
212 días para el nacimiento

El día había amanecido como si hubiese estado toda la noche esperando para entrar en acción. Guillermo estaba exultante. Tenía la sensación de que las cosas empezarían a ir bien. Iba a ver a Tomé y eso siempre era un motivo de alegría para él.

Había preparado todo con un ansia impropia de un adulto. Quería llegar en aquella fecha: el día 15 de enero. Ni un día antes, ni un día después. Era una especie de sorpresa. Un homenaje. Ese día se celebraba la memoria litúrgica de Pablo de Tebas, el que pasaba por ser el primer monje, uno de los padres del desierto. No podía regalarle nada material. Tomé no lo hubiese aceptado. Pero aquello le gustaría, sin duda. Deseaba reencontrarse con él, visitar de nuevo aquella hermosa abadía. Incluso había sentido el regusto de volver a ver las reliquias que albergaba el viejo monasterio.

Llegó a Samos. La puerta se abrió de par en par. A Guillermo le pareció que el edificio se alegraba de verlo. El hermano Antonio lo recibió como quien recibe a un hijo al que llevase años sin ver. La imagen era enternecedora. El monje de puntillas, con su oronda barriga, intentando abrazar como podía a un atlético Guillermo que se agachaba para facilitarle la tarea.

—¡Guillermo!, el joven Guillermo —dijo sin dejar de abrazarlo—. Buenos ojos te vean, hermano.

—Hermano Antonio, ¡qué contento estoy de verlo!

Pronto los ademanes entre ambos pasaron a ser menos ceremoniosos y más propios de quienes han convivido durante mucho tiempo.

—Desde que llamaste sabía que vendrías. ¡Era una cuestión de días! Tengo una habitación lista para ti —dijo Antonio mientras se adentraban en el vetusto edificio.

—¡Es usted mejor adivino que cocinero!

Antonio observó decepcionado cómo Guillermo rechazaba la alcoba que le había preparado.

—Prefiero la mía, la de siempre. Si no le importa y si está libre, claro.

Era un sitio importante para Guillermo. Por sus recuerdos. Por su padre. Porque en aquella habitación había conocido a Tomé. Volver a encontrarse allí con él tendría una carga simbólica, un aliciente más para el encuentro.

El monje parecía contrariado.

—Por supuesto que está libre. Casi todas están libres. Ahora somos pocos los que habitamos aquí.

—Se lo agradezco —dijo Guillermo con el tono más amable que pudo.

—Pero esta es más grande —añadió Antonio con la esperanza de que su invitado aceptase la celda contigua que con tanto cariño había preparado.

—Me gustaría volver a la misma, si no le parece mal.

—No se hable más. Tu antigua celda también está lista.

—Me gustaría entrar solo, si no es mucho pedir —solicitó Guillermo, intentando saborear por completo aquel momento.

—Hijo, estás en tu casa —concedió el monje, todavía contrariado.

Entró lentamente por aquella pequeña puerta que no tendría más de un metro setenta de alto. Aquellas habitaciones no estaban hechas para turistas. El rigor que irradiaban empezaba por la necesidad de entrar agachando la cabeza, en un acto de respeto y humildad.

Respiró el aroma húmedo de la abadía y se sintió como en

casa. Se reencontró con la simplicidad de su celda: cuatro paredes de piedra, una sencilla cama de madera, un reclinatorio individual y un crucifijo del mismo material colgado de la pared.

Se sentó en la cama sin deshacer la bolsa. Había sido invitado por Antonio, pero esperaba que formalmente lo hiciese de nuevo Tomé. Miró por la ventana de la celda, desde la que se veía el patio central de la abadía. Seguía en silencio y lleno de vegetación. Continuó asomado hasta que oyó que el pomo de la puerta crujía y esta se abría lentamente. Permaneció de espaldas, en una especie de juego para que el encuentro fuese aún más mágico. Esperaba oír la voz del Santo para darse la vuelta. Cuando la puerta se cerró decidió no esperar más y se giró por completo.

Allí, en medio de la estancia, estaba Tomé. Guillermo contuvo las ganas de abrazarlo y se quedó quieto con una enorme sonrisa de felicidad. El padre Tomé le extendió los brazos y, por fin, se fundieron en un fuerte abrazo.

—No le debes dar estas alegrías a este viejo corazón, a no ser que quieras que me reúna cuanto antes con el Altísimo.

—No exagere, padre Tomé. Siempre ha tenido usted una salud de hierro.

—Nadie tiene siempre una salud de hierro.

—¡Qué alegría verlo! ¿Sabe qué día es hoy, padre? 15 de enero: la celebración de Pablo de Tebas. —Tomé no había escuchado nada que no supiese—. ¿Se acuerda de que yo siempre lo llamaba a usted así, Pablo el Ermitaño?

El anciano sonrió mientras examinaba el aspecto físico de su discípulo.

—Me tienes en demasiada estima. Pablo de Tebas es un gigante y yo, un humilde grano de arena.

El rostro de Tomé relucía sobre aquel hábito, que debía de tener tantos años o más que él. Guillermo estaba saboreando el momento, a pesar de que sentía la urgencia de contarle al padre Tomé todos sus problemas. El monje percibió la tensión que acumulaba su discípulo.

—Sé que te alegras de verme, como tú sabes que yo me alegro al verte de nuevo. Pero percibo que en tu cara hay preocupación, Guillermo. ¿Quieres hablar de los problemas que te inquietan?

Guillermo agradeció la sensibilidad del anciano.

—Empezaré por lo menos importante. Me han estado vigilando. Han intentado amedrentarme.

—¿Quién ha hecho eso, hijo?

—Padre... ¿Llegó a contactar usted con esa Congregación de la que me habló el día de mi llamada?

—Sí, sí lo hice. ¿No debería haberlo hecho? —confesó pesaroso el anciano.

—Le pedí que no lo hiciese. Al menos de momento —reprochó con sutileza a su mentor—. No me gustan ese tipo de grupos ni los métodos que emplean. Creía que a usted tampoco.

—Y creías bien, hijo. A mí tampoco me gustan.

—Tengo motivos para pensar que los extraños individuos que me han estado intimidando están vinculados con ellos. Intentaron robar mi diario. Ahora imagino que ya sabrán lo que yo no quería que se supiese hasta que el Señor me marcase un camino.

—Lo siento mucho, hijo. Lo siento mucho. Me preocupé por ti, por la Iglesia, por el mundo. Sé que tú no me hubieras alertado si el asunto no fuese realmente grave. Quizá mi torpeza...

—No se preocupe, padre. Dios escribe recto con renglones torcidos. Estoy aquí. Estamos a tiempo.

—¿A tiempo de qué? —preguntó el monje.

—De actuar.

—¿Qué está pasando?

—Algo muy grave. Muy muy grave. Desde que oí la noticia, he querido hablar con usted, apoyarme en su buen juicio y en su bondad.

—Dime, hijo, dime. ¿Qué noticia?

—Han clonado a Cristo, padre. ¡Han clonado a Cristo!

La gravedad de Guillermo contrastaba con el desconcierto de Tomé.

—Hijo, no alcanzo a entender lo que me dices.

—Padre, ¿usted conoce las técnicas de clonación?

—No. ¿Debería?

Guillermo dedicó unos minutos a que el padre Tomé saliese del limbo propio de un hombre mayor entregado a la vida monacal y llegase de golpe al año 2017. Se dispuso a explicarle, de la manera más sencilla posible, lo que era la genética, lo que era la ciencia biomédica y lo que era la manipulación de genes y sus usos.

—El ADN es una especie de semilla que todos llevamos en nuestras células con toda la información de nuestro cuerpo. Una vez que alguien lo tiene, puede duplicar a un ser vivo, una y otra vez. ¿Recuerda la oveja Dolly?

No la recordaba. Ni siquiera sabía si había tenido alguna vez noticia suya. Tomé permanecía de pie con las manos juntas a la altura del pecho, intentando rezar para aliviar lo que estaba escuchando.

—Dios Nuestro Señor. ¿Quieres decir que han hecho una copia de Jesús?

Guillermo asintió.

—Pero ¿por qué? ¡Es algo demoníaco! —dijo Tomé, clavando en el suelo su mirada de decepción mientras un vahído lo hacía tambalearse. Guillermo pudo aguantarlo por los hombros y evitar su caída.

—¿Cómo te has enterado de todo eso? ¿No estarás en un error? —preguntó el anciano.

—Por desgracia no, padre. Fue mi amigo Rafael el que me lo respondió.

—¿Tu amigo de la infancia? —dijo Tomé, recordando las conversaciones con su discípulo en las que una y otra vez salía aquel nombre a colación.

—Sí. Mi amigo...

—¿No será una broma, hijo?

Guillermo se sentó en la cama y apoyó la cabeza en sus manos. Hubiese deseado tanto que fuese así... Una broma. Una horrorosa y desafortunada broma.

—Rafael formaba parte del equipo investigador que llevó a

cabo la clonación. Es doctor en Genética. Trabajaba en un proyecto financiado con una beca internacional.

—¿Beca? ¿Dan becas para eso? Dios nos coja confesados.

Los tambaleos del padre Tomé eran cada vez más ostensibles. Estaba sobrepasado. La escasa luz de la estancia hacía que su hábito oscuro se mimetizase con el entorno. Parecía que desaparecía cada vez que bajaba la mirada. Su voz se hacía más quebradiza y Guillermo empezaba a creer que no había sido buena idea ponerlo al corriente.

—Si nace, padre Tomé, pueden pasar cosas terribles —añadió Guillermo—. Por eso estoy aquí. Sé que hay que hacer algo, pero no sé qué.

Tomé lo abrazó. Permanecieron unos segundos en silencio compartiendo la misma decepción, las mismas ganas de borrar aquella información de su mente. Apretaban los párpados cerrando los ojos con fuerza, albergando la esperanza de que al abrirlos todo hubiese desaparecido.

—Las Escrituras hablan de la segunda venida de Cristo, aunque dudo que sea de esta forma, hijo.

—Lo sé, padre Tomé —contestó apesadumbrado Guillermo—. Si nace, tendría que crecer en un mundo como el de hoy... Sería difícil que se le respetase como al Mesías, ¿no cree, padre? Acabarían con él.

—Cuánta razón tienes, hijo mío. Veo que has pensado mucho en este asunto.

—Si nace, ¿tendremos que cuidar al hijo clonado de Dios? Puede ser la parusía, padre, o el inicio de una guerra santa que acabaría con nuestra civilización tal y como la conocemos.

A Tomé le costaba respirar.

—En mi interior he oído una voz que me ha dicho algo horrible.

—Dios habla con nosotros de mil maneras. ¿Qué te ha dicho, hijo mío?

—Que hay otra opción.

—¿Qué quieres decir?

—Que la otra opción es... que no nazca, padre. Que ese fruto del pecado, inspirado por la ambición y la falta de escrúpulos, desaparezca de la faz de la Tierra.

—¿Un aborto? Eso condenaría nuestras almas —dijo Tomé a punto de sufrir un desvanecimiento—. No me encuentro bien, Guillermo. No me encuentro bien.

Guillermo lo sostuvo agarrándolo de nuevo por los hombros.

—Por favor, tráeme una infusión de manzanilla —dijo el anciano, recostándose sobre la cama.

«No debí haberlo hecho», se censuró Guillermo mientras cubría al anciano con una de las mantas de repuesto que había en la habitación. Parecía que estaba hecha con el mismo paño que los hábitos de los monjes, por lo que cuando tapó al anciano apenas alcanzó a ver un rostro pálido difuminado entre un mar de tela oscura. «Parece una mortaja», pensó. Sacudido por aquella visión se dispuso a actuar de inmediato.

Recorrió los pasillos del monasterio a toda prisa, pero sin correr. Deslizaba los pies por el suelo de piedra con delicadeza, intentando que sus tacones no hiciesen demasiado ruido. No quería alertar a los demás monjes y que aquello se le fuese de las manos.

«No nos deje ahora, padre Tomé. Ahora no.»

Entró en la cocina y vinieron a su mente centenares de recuerdos. Había trabajado en ella muchas horas en su anterior etapa en el monasterio, primero como pinche del hermano Antonio, luego como cocinero ayudante. Todo estaba prácticamente igual que hacía años, cuando esas instalaciones daban de comer a más de cien personas diariamente: una enorme cocina de leña, decenas de cacerolas y sartenes colgadas de la pared y centenares de frascos con plantas aromáticas y especies en las estanterías de madera.

Localizó un aparato con cuatro quemadores que funcionaba a gas. Supuso que sería el que usarían en la actualidad al haber tan poca gente allí hospedada. Tan pronto consiguió el agua hirviendo, cogió una bolsita de hierbas y se dirigió de nuevo a la habitación.

En todo el camino de vuelta no se cruzó con ningún monje. No había nadie por los pasillos. Todo estaba en silencio. Podía oír los sonidos de sus pisadas mezclarse con los fuertes latidos de su corazón retumbando en su cavidad torácica.

Se acercó a la puerta de la habitación y oyó una voz enérgica. Supuso que sería la de cualquier hermano dando instrucciones desde una estancia próxima. Pero a medida que se aproximaba era más fácil adivinar su procedencia. Venía de su habitación. Alguien hablaba en su interior. Conocía aquella voz. Se acercó con sigilo aguzando el oído. Escuchó durante unos instantes desconcertado. Era su voz. Era el padre Tomé.

—Avisad al padre Pío y al padre Ignacio —decía el monje con autoridad mientras Guillermo aplastaba su oreja contra la puerta para poder escuchar con más nitidez—. Martín, tu hombre no fue capaz ni de intimidarlo ni de sacarle la información. Pero me lo ha contado todo a mí. Ahora ya sabemos lo que es y que se trata de algo realmente grave. Tenemos que actuar de inmediato.

Guillermo no daba crédito a lo que estaba oyendo. Tras un largo silencio en el que parecía que Tomé escuchaba, este volvió a hablar.

—Hay gente que debe morir —sentenció el anciano.

Ya no parecía el viejo mareado, casi agonizante, que hacía unos minutos le había solicitado una infusión. Ya no tenía el débil hilo de voz con el que lo había dejado postrado en la cama. La confusión bloqueó a Guillermo. Lo que estaba escuchando... ¿Era el padre Tomé el que decía todo aquello? ¿El padre Tomé?

Su pulso se volvió inestable y la infusión estuvo a punto de acabar en el suelo, pero logró evitarlo.

—Mabus está a punto de nacer y no podemos permitirlo. Alertad a toda la Congregación. Tiene que reunirse. No podemos permitirlo.

«¿Mabus? ¿Un sacerdote haciendo uso del término de un adivino seglar como Nostradamus?» Ya no había bondad en su voz. Se había vuelto metálica y firme. Guillermo se tocó la cicatriz que tenía en la frente. Aquello no podía estar pasando.

Tomé no era quien él había creído. En realidad era el líder de aquel grupo de fanáticos. Su retiro espiritual ¿sería una fachada? ¿Dirigía la Congregación desde allí? Guillermo oía a Tomé dando órdenes, como si fuese un militar que activase el estado de emergencia llamando a sus generales. Y lo peor de todo: aquel grupo parecía obedecerlo.

—No pueden seguir en este mundo —dijo Tomé—. Tenemos que eliminarlos... A todos... Sin tardanza y con discreción... No debe saberlo nadie más...

Guillermo echó mano al pomo de la puerta para entrar, pero se detuvo al oír su nombre.

—¿Guillermo? Será el último..., pero también habrá que sacrificarlo.

«Maldito viejo desagradecido.»

Tenía que entrar. Se cargó de valor y abrió con naturalidad la puerta. Tomé permanecía en el centro de la habitación, gesticulando con un teléfono móvil en las manos.

—Vaya, veo que no está usted tan arcaico como había creído —dijo Guillermo, irrumpiendo de golpe en la estancia.

El padre Tomé se volvió sobresaltado. Su expresión corporal cambió. De la firmeza que mostraba instantes atrás pasó de nuevo a la frágil estampa que Guillermo había dejado metida en la cama.

—Qué rápido te han hecho la manzanilla —dijo Tomé.

—Me alegro de que esté mejor, padre. ¿La manzanilla? La he hecho yo mismo. Fui cocinero antes que monje, ¿recuerda? Ayudante de cocina del hermano Antonio —recalcó—. Sigue todo en los mismos sitios. Es un hombre meticuloso y ordenado.

Mientras apoyaba la infusión en la mesita de noche, Guillermo se giró con sutileza y preguntó:

—¿Y ese teléfono?

—El celular del padre Pedro —respondió Tomé, mostrando el aparato y con el tono dulce de anciano inofensivo que había tenido hasta la fecha en la mente de Guillermo—. A veces nos lo presta para llevarlo encima por si nos encontramos mal. Como creí que ibas a tardar, pensé en usarlo.

—«Celular.» Sí, así se le denomina en América Latina. Aquí, le decimos simplemente «móvil». —Guillermo respondió lo primero que se le vino a la mente. Quería continuar la conversación como fuese, aparentando normalidad. No lo consiguió.

—Móvil es también aquello que mueve a alguien a hacer algo —dijo Tomé mientras escrutaba los ojos de Guillermo intentando indagar qué era lo que sabía su discípulo.

La decepción y el temor competían en el corazón de Guillermo. Se había destrozado su mito. Se esfumó la bonhomía del Santo. Ahora, el miedo a su implacable mirada lo desconcertaba. Había descubierto en su interior algo siniestro. El Santo se había convertido, en unos instantes, en un hombre severo y vengativo.

—Quiero retirarme a mi celda. Necesito descansar y asimilar todo lo que me has contado —dijo Tomé con aspereza mientras salía de la habitación.

«¡Mi guía espiritual mirándome con desconfianza! ¡Tomé y yo en bandos opuestos!»

Guillermo se sintió como un juguete roto. Todas las decepciones de su vida aparecieron de golpe en su cabeza. No entendía por qué tenía que estar siempre llena de sobresaltos y dolor. «¡Dame un respiro!», solicitó mirando al cielo.

En aquel momento lo supo. Sus dudas desaparecieron. No. No quería matar a nadie. Ni que nadie muriese. Ni que algo que podía ser hermoso, como el nacimiento de un niño, un hijo de Dios, se volviese grotesco, maligno y sanguinario. Si tenía que enfrentarse a su mentor, lo haría.

Miró para la manzanilla. Todavía echaba humo. «Ni siquiera se ha tomado la infusión.» Empezó a reírse. Primero discretamente. Luego con más intensidad. Cuando estaba riéndose a carcajadas sintió que era incapaz de parar y supo que algo no iba bien. El ataque de nervios había comenzado.

Guillermo tardó más de una hora en serenarse lo suficiente como para salir del monasterio en busca de ayuda médica.

Caminó por la acera de la calle Compostela mirando para todos los lados. Ya no confiaba en nadie. Ahora sabía que lo observaban y que había vidas en juego. Incluyendo la suya. Quería llamar a Rafael, pero sin dejar rastro en su móvil.

A poca distancia —todo en Samos estaba a poca distancia— encontró un rótulo del Servicio Gallego de Salud y se dirigió a él. Entró con timidez y al instante una profesional sanitaria con bata blanca salió a recibirlo.

—Buenas tardes. Soy la doctora Sofía Blanco. La auxiliar ha salido un momento —se disculpó—, como no hay ninguna cita concertada... Claro, es domingo... El caso es que la autoricé a ir hasta su casa un momento.

Guillermo agradeció la amabilidad y todas aquellas explicaciones, aunque le resultasen superfluas. Quería que lo ayudasen cuanto antes.

—Estamos de guardia solo para emergencias, aunque si llama alguien pidiendo cita... lo atendemos. Son las ventajas de una pequeña población rural, ¿verdad? Hay pocos pacientes. Con este mal tiempo, ¡ni siquiera tenemos peregrinos! Y en este pueblo están todos sanos como una roca —dijo la doctora en un tono que parecía lamentar que la salud de la población no le permitiese entrar más a menudo en acción.

Su aspecto pulcro e inteligente transmitía una imagen de profesional muy cualificada, perfeccionista en su trabajo y, a juzgar por cómo tenía su consulta, con una clara obsesión por el orden.

—Dígame, ¿qué le pasa?

—Estoy muy alterado. Tendría que darme algo para tranquilizarme —dijo Guillermo.

—¿Qué síntomas tiene?

Ese tipo de pregunta se puede contestar de muchas maneras. Guillermo eligió la más extensa de todas y eso pareció contar con el aplauso y la atención de Sofía Blanco.

—Parece que tiene usted una fuerte crisis de ansiedad. Aunque no es mi especialidad, creo que debe contarme qué le ha producido esta situación. Intentaré hacer un buen informe para que lo pueda valorar otro facultativo especializado en la materia. ¿Le importa que lo grave? Tiene que autorizarme explícitamente para poder cumplir los preceptos de la ley de protección de datos. Luego transcribiré los informes y serán de utilidad, sin duda, para quien haga el posterior seguimiento.

Durante muchos minutos fueron dos partes que encajaron a la perfección. Guillermo hablaba y la doctora escuchaba.

35

Mansión Foster-Binney
Palo Alto (California), 15 de enero de 2017

Moses cogía pocas veces un teléfono que no estuviese sonando. Llamaba a casi todo el mundo a través de Susan, su secretaria, aunque fuese fin de semana. Solo se hacía con el terminal o pulsaba el botón de manos libres cuando ella le pasaba la llamada. Pero aquel día prefirió hacerlo él mismo, como un chico mayor. Marcó el número internacional de François (no tenía mucho mérito; Susan, su secretaria, lo había memorizado previamente en su agenda de contactos) y esperó impaciente a que su colaborador contestase.

—Qué extraño que llames tú mismo —dijo François.

—Sé hacer más cosas de las que imaginas.

—¡Has frotado la lámpara y ha salido el genio! ¿Qué desea, amo y señor?

El humor de François. Siempre el humor de François.

—¿Genio? ¿Tú? Te queda grande, François...

La falta de humor de Moses. Siempre la falta de humor de Moses.

—¿Crees que hay un ser más fabuloso que yo?

—Ha llegado el momento de verme con Rafael Vázquez. Organízalo todo para reunirnos en mi casa. De esa forma podría agasajarlo adecuadamente...

—¿En California? Sería contraproducente. No es muy dado a los lujos.

—A todo el mundo le gusta el lujo —interrumpió Moses—. Solo hay que dar con el apropiado.

—No lo dudo, pero en este caso sería perjudicial.

«¿No es un lujo hacer una investigación de millones de dólares para comprobar si unas reliquias son verdaderas o no?», se preguntó Moses.

—Creo que será mejor que vengas a Europa. Esto está que arde.

—¿Ha empeorado?

—Lo cierto es que involucré en el experimento a Loto Li... —dijo François.

—¿Loto Li? —interrumpió Moses.

—La pareja de Rafael. Lo hice sin que ella supiese que su doctor Vázquez no estaba al tanto de la clonación. No le mentí, pero tampoco la informé de toda la verdad. Pensé que su presencia suavizaría la eventual reacción negativa de Vázquez. Pero ha sido al revés. Eso lo ha desquiciado. Han roto su relación. Está muy furioso. Llevo varias semanas intentando calmarlo. Soy incapaz.

—En eso último estamos de acuerdo. Yo también creo que eres incapaz —dijo Moses, rebosando acritud.

—Creo que si le informas tú mismo de la situación será más eficaz. Lo más acertado es que le hagas ver lo que puede ganar y lo que perdería si todo este asunto sale a la luz. A ti te hará caso. A mí no me cree tan malvado.

«Una curiosa forma de halagar a un jefe», pensó Moses.

—De acuerdo. Iré a Madrid. Dime cuándo podremos vernos.

Ir a Europa supondría para Moses madrugar o dormir en su avión.

«Maldito cambio horario de mierda.»

36

Samos, 15 de enero de 2017
212 días para el nacimiento

Había empezado a llover. «Cuatro gotas», pensó Guillermo mientras cruzaba la calle y se acercaba a una fuente de piedra que se ofrecía sugerente al otro lado de la calle. Bebió su agua fresca y le supo a gloria. Estaba más tranquilo. La conversación con la doctora y el medicamento que le había suministrado lo habían conseguido. Las dos pastillas de Valium que llevaba en el bolsillo también ayudaban. Le había costado que se las diese, pero al final se había salido con la suya.

Caminaba por la calle alternando la mirada a ambos lados. Examinando todo a conciencia. Buscaba un teléfono público. A lo lejos vio un albergue. Pensó que era probable que en un sitio así tuviesen servicio telefónico.

Entró en el establecimiento. Se encontró con un pequeño mostrador tras el que estaba la encargada de recepción mascando chicle de una forma que le resultó divertida.

—¿Un teléfono público? —preguntó la recepcionista—. Ya no hay esas cosas. Todo el mundo tiene un móvil. ¿Usted no tiene?

—Averiado —mintió Guillermo.

—Si quiere le dejo el mío.

Guillermo se preguntó hasta qué punto el hecho de ir con la

sotana habría influido en la sorprendente generosidad de aquella chica.

—Se lo agradezco mucho. Pero preferiría encontrar una solución para no tener que andar molestando.

—Un poco más adelante hay una cabina de teléfono. De esas de monedas. No sé si funcionará. Siempre que la veo me parece un resto arqueológico. ¿Quiere cambio?

—Sí, lo necesitaré —dijo Guillermo, dándole los dos billetes de cinco euros que llevaba encima. «Deben de llevar ahí meses», pensó.

—¿Todo? —se sorprendió—. Con cambiar un billete sería suficiente. Supongo que con un euro podrá hablar una hora...

Guillermo insistió. Salió del albergue con el bolsillo lleno de monedas en busca de la cabina. A los pocos minutos se encontró con una especie de seta en medio de la acera. Era un poste del que colgaba un teléfono metálico con una pequeña visera circular encima para resguardarse. Seguía lloviendo. «¿Cuatro gotas?» Se introdujo bajo el parapeto y coló una de sus monedas por la ranura. Marcó el número de teléfono. El de Rafa era de los pocos que todavía recordaba de memoria. Tardó en contestar.

—Rafa. —Al sacerdote le costó pronunciar aquel nombre.

—Guillermo, ¿dónde estás? —dijo Rafael.

—Por el mundo adelante —contestó Guillermo sin querer dar demasiada información a su amigo.

—Vale, acepto la evasiva...

Guillermo estaba incómodo. A pesar de la lluvia había gente por la calle paseando. Podrían ser ellos. Podrían oírlo.

—No tengo a nadie con quien hablar. Por eso te llamo —dijo el sacerdote, dejando claro que aún no lo había perdonado.

—Sabes que siempre me tendrás a tu lado.

—No creo que sepas lo que significa la palabra «siempre».

—Guillermo, yo desconocía esos planes.

—Fuera como fuese, no pudisteis hacer nada peor.

—Lo sé, amigo. Estoy desolado. Asqueado. Pero voy a solucionar todo esto.

»Hablaré con François Metternich, el científico suizo con el que... colaboraba en el..., bueno..., en la investigación que...

—Sé a qué te estás refiriendo.

Guillermo repetía mentalmente lo que le decía su amigo mientras se santiguaba y negaba con la cabeza

—Los obligaré a venir a Madrid. Él y Moses Foster-Binney, el presidente de la fundación que me dio la beca.

—¿Te sigues tratando con esa gente? No creo que sean buenas compañías...

—El próximo miércoles tengo unos asuntos que resolver en Madrid. Los citaré allí a los dos. En el Madrizleño.

Guillermo volvió a santiguarse. Tenía las manos húmedas. La lluvia le estaba mojando el medio cuerpo que le quedaba sin el amparo de la pequeña cabina.

—Ya sabes lo que pienso: con buena comida y buena bebida todo es más fácil. Me ayudará a convencerlos de que paren todo esto. De uno u otro modo.

«De uno u otro modo», repitió para sí Guillermo pensativo.

Rafael sabía lo que suponía para Guillermo coquetear con la posibilidad de interrumpir un embarazo. El teléfono empezó a pitar y el sacerdote introdujo otra moneda de euro, lo que le daría unos minutos más de conversación. «¿Así que con un euro podría hablar una hora?», pensó el sacerdote, recordando a la chica del albergue.

—Tengo que contarte algo. Te va a parecer una locura.

Guillermo le contó la existencia de la Congregación y la posibilidad de que esta se hubiese involucrado en el caso de la clonación. En ningún momento citó el nombre de Tomé. Quería que permaneciese en secreto.

—¿Un grupo de religiosos dispuestos a usar la fuerza para salvar el mundo? ¿Estás seguro?

—Los oí con la misma nitidez que te estoy escuchando a ti ahora.

Guillermo intentaba parapetar el auricular con su cuerpo para protegerlo del viento, cada vez más intenso.

—Vuelve a casa con tus padres. No te compliques la vida —le dijo Rafael.

—Ya no vivo con mis padres ni en la residencia —replicó Guillermo con orgullo—. Alquilé una casa, aunque todavía no pienso volver a ella. Pasaré unos días en el monasterio.

—No creo que sea buena idea, Guillermo.

—Sé cuál es mi deber.

El viento arreciaba y su rumor se colaba por el auricular dificultando la escucha.

—Yo me encargaré —dijo el sacerdote—. Me ocuparé de que la Congregación no se salga con la suya. Hay una persona en ella a la que quiero mucho. Tanto o más que a ti. Cuando alguien quiere a alguien tiene que evitar que se equivoque. Ser su enemigo será salvarlo y dejarle abiertas las puertas del cielo.

—Pero tú no tienes experiencia. No tienes...

—Os protegeré, Rafa. A todos. También a ti, amigo.

Rafael recibió con angustia saber que una de las vidas que corría peligro era la suya. Un pitido en el teléfono anunció el final del saldo. Esta vez Guillermo no insertó una nueva moneda. Se sentía liberado. Su mansedumbre y sus proverbiales dudas se habían convertido en la antesala de una conducta fuerte y determinada. Desde aquel 8 de noviembre, Guillermo se había transformado en otra persona.

«Ser su enemigo y vencerlo será la manera de dejarle abiertas las puertas del cielo», pensó el sacerdote.

Cuando llegó a la abadía saludó uno por uno a los monjes antes de cenar. Ni rastro de Tomé.

37

Samos, 16 de enero de 2017
211 días para el nacimiento

A las cinco de la mañana ya estaba despierto. Esperó en la cama hasta las seis y media, hora preceptiva en el monasterio para levantarse. Le gustaba ajustarse a sus horarios. Lo hacían sentirse mejor. Se agarraría a ellos como tabla de salvación en esos momentos de confusión y tristeza. Durante esa hora y media reconstruyó, una y otra vez, segundo a segundo, su conversación con el padre Tomé.

Se aseó.

A las siete en punto empezó su oración personal en la celda. Abrió su biblia y comenzó a leer. La *lectio divina* siempre llenaba su alma. Eligió el Evangelio de san Mateo y se detuvo en algunas de las Bienaventuranzas del Sermón de la Montaña:

«Dichosos los que están tristes, porque Dios los consolará... Dichosos los que construyen la paz, porque Dios los llamará sus hijos... Dichosos seréis cuando os injurien y os persigan... Alegraos y regocijaos, porque será grande vuestra recompensa en los cielos...».

A las ocho y media comenzaban los laudes que lo obligaban a dar gracias a Dios.

«¿Dar gracias? ¿Por cargarme con una responsabilidad como esa?»

Su rebeldía se detuvo y agradeció haber encontrado el coraje suficiente para enfrentarse a aquel grupo de fanáticos.

A las nueve y cuarto entró en el comedor a desayunar. Tampoco vio a Tomé entre los asistentes. «Se habrá vuelto a aislar en su celda.»

Durante todo el día cumplió a rajatabla con el horario de la comunidad monacal. Albergaba la esperanza de encontrarse en algún momento con su mentor espiritual. No lo consiguió hasta que a las siete y media de la tarde entró en la iglesia del monasterio para escuchar la santa misa. Lo vio al fondo del grupo, discretamente ubicado. Cuando concluyó el oficio, el anciano fue el primero en retirarse. Guillermo cortésmente salió el último. Confiaba en haber actuado con suficiente naturalidad para no haber provocado más sospechas en Tomé.

Acudió a la cocina para ayudar a los monjes con la cena. Los hermanos Antonio y Julián deshuesaban dos enormes jamones frescos.

—Hoy la cena será abundante —dijo Guillermo bromeando.

—Son para preparar embutidos, así que no te relamas. La cena será sopa y huevos fritos.

Con aquellos jamones no podía ayudarlos. Era una operación que requería una destreza con el cuchillo que él no tenía. Decidió ir hasta la celda de Tomé. Cuando se acercaba a ella ralentizó el paso con la esperanza de volver a escuchar algo comprometedor. Se acercó furtivamente a la puerta y pudo oír aquella voz de nuevo. No era capaz de distinguirla con suficiente nitidez, pero algunas frases las entendía a la perfección.

—¿Hasta cuándo soportar este infame sacrilegio? ¡Hasta cuándo! —bramaba Tomé.

Guillermo buscó alguna rendija a través de la que poder mirar. No la encontró.

—¡Reunamos a la Congregación para que el anticristo no nazca! —La voz del anciano continuaba dando órdenes con firmeza—. Ignacio, *Manu dei*. Captarás a un soldado de Dios. Joven, fuerte, capaz de cumplir su misión sin dejar rastro y morir si fuese necesario.

Silencio. La oreja de Guillermo notaba la fría madera de la puerta de Tomé.

—Pío, *Oculi Domini*. Los contactos de tu orden por todo el mundo serán nuestros ojos.

Otro silencio. «Se tratará de una especie de ceremonia», pensó.

—Martín, *Mens Deum*. De tu imaginación y sabiduría dependerá todo. Tendrás que encontrar la forma de hacerlo.

Guillermo había sido capaz de escuchar el plan: las manos, los ojos y la mente de Dios para matar. Pero no sabía ni cuándo, ni dónde.

—*Culina Dei, cibum et mortis...*

«La cocina de Dios..., comida y muerte...», traducía Guillermo para sí.

—*Laudate dominum* —pronunciaron todas las voces a la vez.

—Alabemos al señor —dijo Guillermo, haciéndose la señal de la cruz.

Tenía que hacer algo rápido. Alguien iba a morir y él no estaba dispuesto a permitirlo.

Corrió hacia la cabina telefónica del pueblo.

—Vamos, Rafa, coge el teléfono. Coge el teléfono. ¡Vamos Rafa! ¡Vamos, Rafa! —dijo Guillermo elevando la voz.

El auricular contestaba con los tonos de llamada.

No era habitual ver a un sacerdote gritando en medio de la calle. Por eso le pareció comprensible la mirada de sorpresa que le dedicó un matrimonio mayor que pasaba junto a la cabina telefónica.

—Es por el tenista, por Rafa Nadal —dijo Guillermo, intentando disimular ante los ancianos—. Está a punto de ganar un partido y me lo están contando —se justificó como pudo delante de la pareja, pero, a juzgar por sus caras, tan solo empeoró las cosas.

Colgó y retiró la moneda. Empezó a caminar intentando empujar las agujas del reloj con sus piernas. Amplió sus pasos con el deseo infantil de que el tiempo hiciese lo mismo. Subió por la calle de la Torre y siguió caminando por los senderos que bordeaban la carretera general, deteniéndose a la salida del pueblo. Samos era una población hermosa, pero cuando paseabas por ella, la sobrepasabas.

Al rato volvió a intentarlo. Nada. Desesperado, cogió su moneda y regresó a la abadía. La vida de su amigo seguía estando en peligro.

38

Santiago de Compostela, 16 de enero de 2017
211 días para el nacimiento

Rafael miraba el centro geométrico de la superficie de su taza de café. Estaba sentado en el «sofá de la abuela», el sillón principal de la casa al que Guillermo había bautizado así. Era un mueble con ese toque retro de los años setenta lleno de curvas mullidas que aparentaba más comodidad de la que daba realmente. Planeaba cómo acabar con todo aquello y buscaba la inspiración y la fuerza necesarias para conseguirlo. Una parte de él le daba órdenes que la otra parte no se atrevía a cumplir.

«Primero tendrás que hacerlos venir a Madrid.»

Desde que vivía solo en ese piso había hecho pocos cambios. Volvió a pintar la casa y lo hizo en un tono similar al que tenía. Se había limitado a atiborrar el apartamento con cientos de libros superando, por mucho, la capacidad de las estanterías de la casa. Había ejemplares apilados por todos los lados. Lo único diferente eran las cuatro alfombras y los seis estores de estilo moderno que había añadido a la decoración y que no tenían nada que ver con ningún elemento de la casa. Chocaban especialmente con los tiradores dorados de las puertas, que serían de la época en la que empezaban los Bee Gees.

«Luego tendrás que visitar a la madre.»

La única estancia en la que había algo relacionado con aquellos nuevos retoques decorativos era la antigua habitación de Guillermo. Rafael había dejado allí el futón japonés de cartón que su amigo había traído desde Tokio. Tenía mucho mérito. Recibir aquello por correo en una época en la que no había comercio electrónico no era una tarea sencilla. Todavía recordaba sus conversaciones telefónicas con la fábrica hablando en una mezcla de inglés, japonés y español... Guillermo tenía facilidad para los idiomas... y para conseguir todo lo que se proponía. Por aquella época era decidido, charlatán y simpático.

«Tendrás que persuadirla de que no siga adelante con el embarazo.»

Rafael se levantó e hizo un recorrido por la casa recordando a su amigo. Entró en la que había sido su habitación y apretó con fuerza uno de los trozos de cinta adhesiva que todavía fijaba a la pared un enorme póster de Bob Marley. En él, el ídolo musical de Guillermo exhalaba humo por la boca dibujando en el aire la frase «*None but ourselves can free our minds*» (nadie más que nosotros puede liberar nuestra mente). Eran los gustos de un sacerdote... en su juventud.

«Le tendrás que explicar que ha habido un error en el esperma utilizado en la fecundación.»

Como en otras ocasiones a lo largo de su vida, ante una situación difícil, Rafael se preguntaba: «¿Qué hubiese hecho Guillermo? ¿Cómo lo haría? ¿Qué pensaría?». Se refería al primer Guillermo. Al seglar. A su amigo. No es que ahora no lo fuese, pero no era lo mismo. Aquel Guillermo sí era un hombre de acción. No como él, que era tan solo un científico que se acobardaba a las primeras de cambio.

Notó que el café ya estaba frío, pero siguió bebiéndolo a pequeños sorbos, tanteando su superficie con los labios, intentando averiguar si le resultaría o no agradable. Eso era lo que sabía hacer. Experimentar. Pensó que de lo único que podía presumir de verdad era de su curiosidad. Quizá también de una gran tenacidad para llevar a cabo su trabajo, pero no de tener la agresividad suficiente para zanjar asuntos por las bravas.

«Tendrás que convencerla de que no siga adelante, o las consecuencias podrían ser catastróficas.»

La curiosidad lo había empujado a lanzarse tras una pista científica como esos deportistas de salto base que, solo con un traje, desafían la gravedad deslizándose por el aire como los aviones de papel.

La curiosidad le había abierto las puertas de los departamentos de investigación de la facultad de Medicina de la Universidad de Santiago de Compostela.

La curiosidad fue la que hizo que saltase la chispa en aquella conversación con Guillermo cuando valoró la posibilidad de autentificar las reliquias a través de los restos de ADN.

«La convencerás de que lo mejor para ella es que inicie otro proceso de fecundación *in vitro*.»

La curiosidad lo llevó a contactar con el Instituto Tecnológico de Massachusetts para buscar información que mejorase sus herramientas de detección y recolección de muestras biológicas.

La curiosidad lo hizo llegar a la Universidad de Hong Kong y encontrar allí a Loto Li, una brillante investigadora médica, que acabó siendo su gran amor.

La curiosidad lo llevó, muy a su pesar, a leer el hilo de mails dentro de aquel mensaje para François Metternich. El maldito correo en el que solicitaban material para poder empezar con la clonación.

«Si no acepta tendrás que encontrar la forma de hacerlo en contra de su voluntad.»

Tiró la taza contra el suelo. El café se expandió con los restos de la cerámica rota por toda la alfombra.

Cogió su teléfono y marcó el número de Metternich. Nada más descolgar, el suizo tuvo que escuchar las amenazas del doctor Vázquez.

—Rafael, tranquilízate. *Pas de problème*.

—Quiero que nos veamos el día 18 en Madrid. Los tres —dijo Rafael con firmeza—. Cenaremos en el Madrizleño. A las nueve y media.

—D'accord. D'accord... Pas de problème.

Una vez más, Rafael Vázquez le hacía el trabajo al suizo y le solucionaba la papeleta ante Moses. Se había comprometido con el americano a organizar la reunión e iba a cumplir de inmediato. Y lo mejor de todo era que él no había tenido que hacer nada.

Rafael colgó, airado, y decidió llamar a Guillermo de inmediato.

—Ya he cerrado la cita con ellos en el Madrizleño. No les he dado opción. Te dije que iba a arreglarlo y lo haré.

—Que Dios te ayude —zanjó el sacerdote.

39

Samos, 17 de enero de 2017
210 días para el nacimiento

Guillermo, tumbado en la cama de su habitación, seguía escuchando aquellas palabras: «*Culina Deus... Cibum et mortis...*».

De todas las órdenes que había escuchado en boca de Tomé, aquella era la única cuyo significado no entendía.

«*Culina Deus... Cibum et mortis...*», se repetía.

La cocina de Dios... comida y muerte...

¡Era la cena! Era la cena de Rafael. ¡Iban a intentar envenenarlos!

No quería perder a su amigo.

«Tengo que evitarlo.»

40

Santiago de Compostela-Madrid, 18 de enero de 2017
209 días para el nacimiento

Había planificado salir de su casa a las diez de la mañana. Pero la llamada que acababa de recibir, anulando su reunión de las cuatro, le daba un margen mayor para el viaje. Iría con tranquilidad. Al fin y al cabo, hasta la cena no tendría nada que hacer.

A las doce en punto, Rafael estaba arrancando su coche destino Madrid. Cuando llevaba poco más de hora y media conduciendo decidió desviarse en Cacabelos para comer en La Moncloa de San Lázaro. Era una de sus paradas rituales de viaje a la capital española. A pesar de los nervios, Rafael nunca perdía su apetito. A lo largo de su vida, su gusto por la buena gastronomía había ido creciendo y en parte se lo debía a Guillermo. Ambos eran aficionados a la buena mesa, pero con resultados muy distintos: mientras el sacerdote se mantenía prácticamente en la misma talla, a Rafael se le habían ido pegando los kilos —al menos uno cada año—, granjeándole un sobrepeso que intentaba llevar con dignidad. Se podía decir que comer era la forma que Rafael tenía de enfrentarse a sus problemas.

Al terminar la comida, se dirigió hacia los viñedos de la zona, una de las mejores productoras de vino del mundo, con la intención de dar un largo paseo. «Estos campos tienen hechas unas trenzas africanas», observó al imaginar que las cepas viejas eran como el pelo anudado sobre las tierras rojizas llenas de surcos, peinadas por el arado. Una belleza ordenada y simétrica que contrastaba con las zonas boscosas colindantes.

Llegó a Madrid como quien acude a un duelo con la sensación de ir en desventaja. No era él el que había elegido las armas. Tan solo se había atrevido a imponer el lugar y la hora.

Se dirigió a la calle Juan de Mena. Allí estaba: el Madrizleño, el templo gastronómico preferido del doctor Vázquez. En él cocinaba un antiguo cineasta que un buen día cambió la cámara por los fogones y que había trasladado a sus platos el arte de contar historias. Ahora narraba para el paladar.

Cuando entró estaba tan nervioso que no esperó a que la jefa de sala lo atendiese. Ella, con delicadeza, captó su atención y le informó de que sus invitados aún no habían llegado. Decidió esperarlos en la pequeña barra de la entrada tomando un aperitivo. Desde allí se veía el exterior. Podría estar vigilando todo el tiempo.

Al rato bajaron de un enorme coche negro dos personas con aire de ser miembros de una cumbre internacional. Uno era François. Lo conocía desde hacía años, aunque nunca había visto en él aquel halo de infamia y falsedad. Creía que tenía un amigo en Suiza y se había equivocado. El otro era un personaje elegante, bien peinado y con aspecto de haberse pasado demasiadas horas tomando el sol sin protección. Era Foster-Binney, no había duda. Había buscado fotos suyas en internet y le resultó chocante que la luminosidad de su rostro no fuese algo propio de las fotos y se mantuviese en la vida real. Cuando entraron en el restaurante, Rafael se estremeció. Moses tenía una mirada penetrante y una sonrisa tan falsa que parecía que iba a sacar una metralleta y acribillarlo allí mismo.

François hizo las presentaciones y en los siguientes minutos se demandaron información sobre cómo habían ido los viajes de cada uno de ellos y todas esas cosas de las que se habla para que el hielo se rompa. Aunque esta vez, no se rompió.

El local no era muy grande. Tenía unas seis mesas en la planta de la entrada y otras doce en el semisótano, al que se dirigieron. Rafael había solicitado la que estaba más al fondo. Quería tener la tranquilidad de hablar sin ser escuchado.

—Rafael Ambrosio Vázquez Pita —dijo Foster-Binney.

—Hacía tiempo que no oía mi nombre completo.

Foster-Binney quiso enseñar pronto su poder y exhibir la información que poseía era la mejor forma de conseguirlo. Lo sabía casi todo sobre Rafael Vázquez, incluyendo el Ambrosio, la parte de su nombre que tan poco le gustaba y que tanto había intentado ocultar desde su niñez.

—Doctor Vázquez, ¿cree que ha sido fácil? —dijo Moses hablando un español con un acento angelino que resultaba simpático a los oídos de Rafael—. ¿Realmente cree que ha sido fácil? ¿Todo ese dinero? ¿Conseguir todos esos permisos para que usted pudiese hacer sus pruebas?

Rafael era consciente de que había recibido un colosal apoyo con el que nunca hubiese soñado.

Hicieron una pequeña pausa mientras el camarero les servía unos abundantes aperitivos que acompañaron con el godello de Terra de Preguntas que siempre pedía Rafael.

—Usted conocía desde el principio que mi interés se centraba en la obtención de ADN válido de restos recogidos en prendas.

No. No lo sabía. Ni siquiera conocía a Moses. Solo había oído hablar de un benefactor judío de Los Ángeles.

—Moses —medió François—, Rafael no conocía esa información. Yo no se la di. No era relevante. Él conocía ligeramente la actividad de la FB Foundation. Fue hace poco cuando le insinué que nuestro interés no se agotaba con el peritaje de las reliquias...

—Bien, pues ya lo sabe. Solo me interesan sus métodos, sus herramientas y sus procesos para aplicarlas a algunas de las investigaciones que estamos llevando a cabo. Como se puede imaginar, no creo mucho en eso de las reliquias.

A Vázquez le resultó ofensivo aquel comentario. Cuando

alguien menosprecia algo de tu entorno cultural, aunque no creas en él, es tan intolerable como que te insulten a un hermano aunque lo hayas hecho tú mismo decenas de veces. La cara de Rafael expresó indignación ante las palabras de Moses, pero de una forma tan comedida que el magnate no le prestó ni la más mínima atención.

—¿La clonación? No, no era el plan inicial —admitió Moses—. Le reconozco que lo decidí en el momento, sin meditarlo previamente. ¿Sabe *Vásques*? Creo que ha sido un gran acierto.

La silla de Rafael parecía agrandarse mientras él se hacía cada vez más pequeño.

—No he llegado hasta aquí por no hacerle caso a mis intuiciones, ¿no cree? Sí, un chispazo que surgió por inspiración divina.

La broma resultó de mal gusto incluso para François.

—Algo que se me ocurrió en el momento para que no le quedase otro remedio que seguir —se vanaglorió autosuficiente el neurólogo.

—¿Para que no me quedase otro remedio que seguir? Pues se ha equivocado, señor Foster —se plantó Rafael, apoyando con firmeza ambas manos sobre la mesa.

—Verá, *Vásques*, es Foster-Binney, si no le importa. Mi madre no perdonaría ese olvido.

—Lo entiendo. Pues ya que estamos, tengo que decirle que es Váz-quez, VÁZ-QUEZ —replicó de inmediato Rafael, como un niño pequeño que tiene la venganza a su alcance.

—*Vásquez*... *Vázques*... —intentó decir Moses.

¿Dos zetas? Misión imposible para un californiano.

—Y quiero que sepa que... —dijo el doctor Vázquez.

—Rafael —interrumpió Moses—, he invertido mucho dinero y casi toda mi vida en este proyecto. He pagado lo que ha requerido y, a pesar de ello, noto una actitud amenazante por su parte. ¿Quiere usted pasar a la historia por esto, por este, cómo lo llamaría, «singular» acontecimiento? ¿Ser recordado como el Oppenheimer español? ¿Que esto lo persiga toda su vida?

Aquella pregunta atravesó la garganta de Rafael impidiéndole hablar.

Cuando llegó el chef a ofrecer las sugerencias fuera de carta, prácticamente ninguno le prestó atención. Era famoso por explicar la retahíla de platos con un tono actoral, haciendo inflexiones más propias de un poema que de una carta de restaurante.

—Ismael, estamos en tus manos —dijo Rafael, sugiriendo que el chef eligiese la degustación.

Sabía que lo que decía Moses era cierto. Aquello pesaría como una losa sobre su reputación. Él, sin duda, lo había hecho posible. El Robert Oppenheimer español..., el creador de una bomba aún más destructiva que la atómica. No. Bajo ningún concepto querría que se asociase su nombre a aquello ni un segundo, y menos toda su vida.

—Rafael, *let the river run!* —La desfachatez de Moses habitualmente narcotizaba a sus víctimas—. Si realmente ese niño es el hijo de Dios, tendrá quien lo proteja, ¿no cree? Pero no se baje del carro, continúe con nosotros.

El último ruego de Foster-Binney había paralizado a Rafael, ante la atenta mirada de François. Presa de la frustración, Vázquez apenas si podía ver más allá de un montón de hipotéticos titulares de prensa en los que se lo acusaría de las cosas más terribles. Ya no podría bajarse de aquel barco. Hacía tiempo que había zarpado y él formaba parte de su tripulación, lo quisiese o no.

Casi por educación siguieron degustando el exquisito menú. La escasa conversación se fue convirtiendo, fruto de la cortesía y del vino, en una animada charla que guardaba las apariencias. Pronto saldrían los temas triviales para suavizar el ambiente: que si los atardeceres de California competían con los suizos y con los gallegos, que si el fútbol americano era más intenso que el europeo, que si el arte era ahora cosa de americanos, que si Europa mostraba signos de decrepitud, que si el vino de California, que si el español... Por supuesto, acabaron hablando de gastronomía, desde dónde estaban los mejores chefs hasta las particularidades de los sabores sugeridos por el menú que estaban tomando.

—¡Hummm! ¡Excelente! Mil sabores del mar en un solo plato. Incluso esas notas amargas del final le quedan extraordinariamente bien —afirmó Moses sobre una bola helada de ostras que era una de las estrellas de la carta.

—A los americanos todo lo que no lleve kilos de azúcar os sabe amargo —dijo François sin compartir aquella valoración sobre los matices que el paladar de Moses había encontrado. Rafael estuvo de acuerdo con el suizo.

La comida y la bebida son un buen territorio común si los comensales son buenos aficionados. Los tres lo eran. Siguieron charlando como si nada hubiese pasado. Incluso cuando oyeron unas voces en el piso de arriba que parecían ser un forcejeo a la entrada del restaurante.

Ante lo excepcional de aquel ruido, la jefa de sala pasó, mesa por mesa, a aclarar el incidente.

—¿Qué ha pasado? —preguntó Rafael.

—Nada. Alguien que no encajó demasiado bien que no le pudiésemos dar mesa para hoy mismo —contestó la chica con serenidad y simpatía—. Disculpen las molestias y espero que sigan disfrutando la cena.

Lo cierto era que sí había mesas disponibles. A ninguno de los tres le había quedado muy claro si estaba bromeando o era cierto lo que había dicho aquella excelente profesional.

—El precio del éxito —sentenció Moses, que no pudo evitar mirarle las piernas mientras la jefa de sala se alejaba.

Siguieron conversando hasta que llegó la hora de partir. Cuando terminaron el último licor se despidieron educadamente sin volver a tocar el asunto. No hacía falta.

Rafael no tomaría conciencia de su verdadera posición hasta que regresó a su casa. Ahora era un colaborador de un ambicioso científico en un misterioso proyecto y además una especie de creyente. Y ambas cosas a la fuerza.

41

Madrid, 18 de enero de 2017
209 días para el nacimiento

Moses dio la misión por cumplida. Las cosas habían salido según lo previsto y *Vásques* estaba controlado. Tan solo había una cosa que le había dicho el científico español que le había causado interés. Durante la cena del Madrizleño, Rafael había picado su curiosidad hablándole del milenario Camino de Santiago, de las maravillas de su catedral y de la inigualable plaza del Obradoiro.

Cogió su exclusiva tableta de titanio y se puso a buscar fotos de aquella plaza. Las encontró majestuosas y sugerentes. Aquellas piedras grises que envolvían el lugar tenían, en efecto, ese algo especial de lo que tanto había presumido Rafael. Cuantas más fotos veía, más intriga le producía aquel sitio al que durante más de mil años la gente había acudido andando, a veces durante años, con el único objetivo de postrarse ante el Apóstol.

Los rasos brocados en oro, las bambulas y los damascos de la suite presidencial del Ritz resultaron ser, de repente, el impulso definitivo para que el americano aceptase la invitación de Rafael y decidiese ir a ver aquello en persona.

«¿Por qué no?», se dijo mientras llamaba a James Michelakis, el capitán de su avión privado.

—James, disculpa por las horas, aunque sé que tú nunca

duermes. Querría salir mañana temprano con destino a Santiago de Compostela. Una visita fugaz. Medio día. Por la tarde volaríamos a Los Ángeles.

Michelakis era un piloto experimentado, un viejo zorro que había servido en la Fuerza Aérea americana durante treinta años. Ahora, con casi sesenta, le divertía estar a la orden de un millonario caprichoso como Foster-Binney y cumplirle alguno de sus antojos.

—Enseguida hago todos los preparativos y le confirmo la hora de salida.

—Disculpa este cambio de planes.

—Es mi trabajo. Me gusta volar.

«Este tipo de cosas son por las que vale la pena ser millonario», se dijo Moses.

No alcanzaba a comprender por qué aquel viaje le resultaba tan atrayente. Descartó que fuese por motivos espirituales. Moses era un ateo que solo creía en la ciencia y en su dinero. Además, aquel era un templo católico y él era judío.

Antes de dormir recibió un mensaje de Michelakis: «Todo en orden. Despegaremos mañana a las 7.00 hacia Santiago de Compostela».

La salida del hotel Ritz fue un ejemplo de organización. Se podría decir que antes de que Moses acabase de ducharse ya estaba hecho el *check out* y su maleta dentro del sedán Mercedes negro que lo recogió para llevarlo al aeropuerto Adolfo Suárez Madrid-Barajas. La terminal 4 es moderna y ágil, pero tan grande que Moses agradeció que el recorrido VIP le permitiese saltarse las largas colas de pasajeros. Que te recoja una furgoneta especial para llevarte a tu jet privado es, digámoslo así, una experiencia distinta. En un aeropuerto el dinero sí da la felicidad.

Despegaron a la hora programada. En poco más de setenta minutos estaba en el aeródromo compostelano montando en otro Mercedes negro camino de la catedral de Santiago.

Todavía no eran las nueve de la mañana y caían algunas gotas. Llovía lo suficiente como para dar a la piedra ese toque brillante y oscuro con que expresaba todo su esplendor. El cielo rebosante de nubes negruzcas aportaba severidad y grandeza al entorno. Llegar con lluvia a la plaza del Obradoiro es un privilegio más del que iba a disfrutar Foster-Binney, aunque este no entraba dentro del trato VIP contratado en el aeropuerto.

El conductor, que era un experto cultivador de propinas, entró con el coche hasta el centro de la plaza, a pesar de que estaba prohibido. Sabía que permitirle a su cliente bajarse allí, en el medio de aquel cielo de piedra, y poder dar una vuelta en redondo admirando aquella belleza seguro que valía una buena gratificación.

Moses miraba para todos los lados sin poder cerrar la boca. Un silencio propio de un día de tormenta se incorporó a la experiencia. Tan solo podía oírse a lo lejos un leve sonido de una gaita gallega que algún músico tocaba en la calle para recaudar algunas monedas de los turistas. A Moses le sorprendieron las ganas que tenía de entrar en aquel templo. Él veía aquella fachada como un inmenso trampantojo que llevaba siglos adornando una hermosa película para crédulos y devotos. Pero tenía que reconocer que imponía. Aquellas dos torres de más de setenta metros infundían ese respeto que solo las cosas muy antiguas provocan. A medida que se acercaba a ellas, sus prejuicios parecían ir quedando atrás.

Se plantó ante las inmensas puertas verde oscuro de la fachada oeste del edificio. Miró hacia arriba casi sin alcanzar a ver el final de las agujas caladas que coronaban los chapiteles.

«Si se podía hacer esto hace tantos siglos, a lo mejor unos cuantos rascacielos no son para tanto», pensó.

Decidió entrar en la catedral. El interior le pareció cálido, algo impropio de un edificio de semejante tamaño. Lo achacó a la lluvia y la ligera brisa del exterior. No había gente. Tan solo un coro de mujeres francesas dispuesto a ambos lados del altar mayor, cantando música sacra acompañadas por el órgano de la catedral. Su espalda se movió rápidamente al notar una repentina sensación de frío mientras el vello de sus brazos se erizaba.

Tanto el organista como el coro femenino hubiesen hecho las delicias de cualquiera que tuviese la oportunidad de escucharlos por separado. Pero poder oírlos juntos, acariciándose en el aire, era sencillamente sublime.

Se trataba del tributo al Apóstol que hacía aquel coro después de haber hecho el Camino de Santiago durante más de un mes. Interpretaban una pieza que, por supuesto, Moses no conocía. Intrigado, se animó a preguntar a un anciano solitario que escuchaba con atención sentado en un banco cercano al altar.

—Es la *Cantique de Jean Racine* —le susurró el anciano al oído, respetando el silencio de la interpretación— de Gabriel Fauré.

Moses continuó escuchando. Se estremeció. Notó un nuevo temblor junto a un intenso calor. Sentía como el corazón se le encogía y se tuvo que sentar. No se encontraba bien. «¿Me habrá sentado mal algo?»

Una fuerte molestia en el abdomen iba y venía. Cuando el dolor agudo pasaba sentía una especie de sensación placentera. Un nuevo latigazo hizo que se echase las manos al vientre y apoyase las rodillas en el reclinatorio mientras exhalaba un leve quejido. Con el cuerpo doblado dejó escapar una risilla seca, como de compromiso. Se sentía avergonzado. El dolor comenzaba de nuevo.

Sin entender muy bien lo que estaba pasando desencogió el gesto y levantó la mirada hacia el altar. En ese momento el dolor volvió a desaparecer. «Qué casualidad», pensó. El coro volvía a tener ese efecto balsámico que había notado al entrar en el templo. Se sorprendió a sí mismo viéndose de rodillas apoyado en el reclinatorio de su banco y mirando para el altar en medio de una majestuosa catedral católica.

El coro femenino continuaba interpretando su repertorio, con sus notas largas y sus sostenidos mezclándose con todos aquellos tipos de luz: el intenso resplandor que emanaba desde la figura del Apóstol, los colores fulgurantes de las vidrieras, el parpadeo de las velas que bañaban los laterales... Jamás había oído aquel tipo de belleza. Sintió como si todo aquello lo elevase. Su cabeza empezó a flotar mientras una fuerte sudoración apareció en su frente. Podía volar sobre todas aquellas personas. Podía oírlas desde la cúpula mientras las voces de aquellas mujeres seguían pronunciando sutilmente su canto. ¿Era una alucinación? Estaba claro que algo extraño le pasaba. «Esto es más que un simple retortijón de estómago», pensó. La presión del avión a veces produce esas cosas. Era algo irreal. Pasaba del dolor insoportable a sentirse excepcionalmente bien. «¿Me habrá sentado mal algo?», se repitió.

Si no estuviese allí habría pensado de otro modo. Pero estaba allí. Sintiendo todas aquellas sensaciones contradictorias que lo desconcertaban, haciendo que pasase del dolor a una especie de fascinación. ¿Sería un éxtasis musical? ¿Podría ser lo que llamaban «síndrome de Stendhal»? Había oído hablar de esa reacción a la belleza que provocaba síntomas descontrolados, pero, sinceramente, siempre le había parecido una memez.

Permaneció arrodillado. Estaba confuso. Sentía como si las sutiles notas del órgano dialogando con las bellas voces de aquellas mujeres lo invitasen a quedarse. Creyó oír una voz que lo llamaba.

Si no estuviese allí le hubiese parecido un delirio.

Pero estaba allí.

A pesar de que intentaba controlar la situación, su piel se estremeció y sus ojos se abrían como si estuviesen buscando una explicación a todo aquello. Su mente no era capaz de aceptar lo que su corazón le decía. ¿Alguien se estaba comunicando con él? ¿Un mensaje? ¿Sería posible que él, Moses Foster-Binney, estuviese dando pábulo a todas aquellas ideas que hasta hacía unos minutos consideraba engaños y supercherías?

«Te estás autosugestionando.»

Se marcharía y acabaría con todo aquello. Se levantó dispuesto a irse, pero se detuvo. Su estómago sufrió una nueva sacudida y esta vez el dolor fue aún mayor. Solo cuando estaba reclinado y encogido, aquellas molestias remitían. Humillado, ante un altar que antes de entrar hubiese visto como cualquiera de los decorados de los casinos de Las Vegas, Moses experimentaba ahora un escalofriante presentimiento: algo estaba haciendo que todo aquello sucediese. Una voluntad ajena a él lo obligaba a postrarse sin dejarlo ir. Una inteligencia lo estaba castigando. Creía que había alguien que le estaba apretando las tuercas y que le ofrecía el bálsamo de aquellas voces celestiales junto a las estremecedoras notas del órgano, en tanto en cuanto permaneciese de rodillas. ¿Un pacto? Era una locura. No solo estaba pensando que ese Dios, del que tanto había oído hablar, podía existir realmente. Es que empezaba a experimentar la sensación de hablar con él. «Definitivamente, debí de tomar algo que me sentó mal.» Quería evitarlo, pero no podía. Lo oía. Estaba seguro de que lo oía.

—Perdón —dijo Moses con la voz entrecortada—. Perdóname.

La pieza musical concluyó. Un silencio sepulcral invadió el templo antes de que Moses se pusiese de pie y volviese a caminar con normalidad.

«Esto es una locura.»

Se levantó con brusquedad rescatándose a sí mismo de aquel trance. Se sentía incómodo y avergonzado; despreciable y egoísta. Se retiró del recinto religioso asediado por una pregunta, que aquella voz parecía repetirle: ¿Por qué lo has hecho?

Salió huyendo del templo. Quería regresar a su casa. Quería olvidar aquel momento. Se introdujo en el sedán negro y pidió al conductor que saliese de inmediato hacia el aeropuerto mientras él llamaba a Michelakis.

—James, ¿podemos salir antes de lo previsto? Un asunto urgente me reclama.

—Lo arreglamos. No creo que haya problema.

—Voy para ahí.

Cuando estuvo de regreso en la cabina del avión se dirigió a su flamante sillón sin apenas saludar a la tripulación.

—Buenos días de nuevo, señor Foster-Binney.

—Helen, ¿podrías traerme un té verde? —solicitó Moses, que en esa ocasión no miró el trasero de la azafata.

Buscó información sobre Fauré, el autor de la *cantique* que interpretaba el coro femenino. Parecía querer encontrar algo como: «Fauré, compositor de temas que trastornan el juicio y roban el alma. "*Warning*"».

Reparó en una estrofa de la letra de la canción: «Difunde por nosotros el fuego de tu Gracia».

¿Era eso lo que sentía en sus entrañas? ¿El fuego de su Gracia?

Siguió buscando en internet, saltando de entrada en entrada, hasta que llegó a la leyenda de san Ambrosio. «Rafael Ambrosio Vázquez Pita», pensó. Que aquella letra estuviese relacionada con alguien llamado Ambrosio le hizo pensar, una vez más, que detrás de todo lo que había sucedido había una inteligencia, una voluntad que se comunicaba con él.

Mientras tomaba el té humeante que Helen había preparado para él, leyó en alguna página la leyenda de san Ambrosio. Este, estando en casa de un afortunado y rico personaje, le preguntó a su anfitrión qué tal le iba la vida. «Siempre bien —respondió el acaudalado propietario de la casa—. En este hogar no se conoce la adversidad.» La leyenda contaba que san Ambrosio abandonó de inmediato la vivienda. Acto seguido, esta se hundió con sus propietarios dentro. Cuando preguntaron a Ambrosio por qué la había abandonado, respondió: «Porque allí no se respetaba a Dios».

Aquello le resultaba familiar. «Ambrosio... Un ser bueno que quiere salir de un lugar en el que no se respetaba a Dios...»

¿Se estaría volviendo loco?

Dicen que creer puede llevarlo a uno a encontrar extrañas relaciones entre una cosa y otra, buscar interpretaciones que escapan a la lógica. Pero el hecho de que fuese Vázquez quien insistiese en que visitase la catedral. Que sonase aquella pieza cuando entraba en ella. Que experimentase aquel tipo de sensaciones. Él, que tenía una sensibilidad artística que solo se estimulaba sabiendo la cifra en la que estaba tasada una obra de arte o conociendo lo difícil que había sido conseguir las entradas para un concierto. De repente dice: «Por qué no», y viaja a Compostela... y una vez allí oye aquello... y conoce el fuego de la Gracia y la historia de Ambrosio... y empieza a sentir un dolor que solo remitía arrodillándose y mirando al altar...

Las fuertes molestias volvieron a su estómago. Cada vez creía con mayor firmeza que lo que estaba experimentando no era de este mundo. ¿Sería una especie de revelación? Recordaba haber leído que eran frecuentes en grades personajes de la historia. El propio Bob Dylan, judío de nacimiento como él, había tenido una reconversión religiosa. Eso lo tranquilizó.

«Esto no podré contárselo ni a Catherine.»

Estaba avergonzado y aturdido. Deseaba que nadie notase nada, que nadie sospechase que era uno de esos tipos creyentes a los que tanto había despreciado. ¿Seguiría su vida siendo igual a partir de aquello?

El avión había despegado. Querría volver a casa siendo el mismo ateo materialista que había cogido su jet privado en Los Ángeles. Volver a la normalidad.

Pasaba del «Me habrá sentado algo mal» al «¡Qué hice!», mientras el dolor le seguía estrujando el estómago.

¿Dios lo había llamado? ¿Pero por qué? ¿Para qué?

Su respuesta no tardó en hundirlo definitivamente: «Para castigarme».

Empezaba a temer que lo hubiese llamado para que pagase sus culpas, para que sintiese en toda su dimensión la magnitud del daño que había provocado con aquella frivolidad suya.

«Si me sentó algo mal, lo superaré.» «Si es una alucinación, desaparecerá.» «Si es una revelación, sabré estar a la altura», se decía dispuesto a soportarlo todo.

Era un luchador. Sabía que podía superarlo. Deseaba empezar algo nuevo. Junto a su familia.

Informe médico n.º 717
Centro Médico de Samos (Lugo)
Paciente: Guillermo Díaz Barbeito
Profesión: Sacerdote
Edad: 42 años
Dirección: Monasterio de Samos
N.º de la Seguridad Social: No lo aporta

Doctora Sofía Blanco Gómez
Colegiado Número: 11.174

15 de enero de 2017

(De forma espontánea, y por su cuenta, el paciente ha hecho lo que parecían ser unos ejercicios de autocontrol, modulando su respiración, lo que me lleva a pensar que ha tenido este tipo de episodios con anterioridad.)

QUINTA PARTE DE LA TRANSCRIPCIÓN

DOCTORA: ¿Quiere más agua?
PACIENTE: No, muchas gracias.
DOCTORA: Cuando le apetezca no tiene más que pedírmela.
PACIENTE: En otra ocasión soñé con María. Ocurría en una casa desconocida. Ella estaba frente a mí, en un sillón, extraordinariamente delgada. Sus ojos me miraban como petrificados, parecía que no paraban de observarme. Era María, no había duda. Pero era como si ya no fuese ella. De pronto me invadió la idea de que había salido de su tumba para castigarme. Para recriminarme mi cobardía. Pero yo no sabía bien qué es lo que había hecho mal. Quería llamar a mi madre. A mi padre. A alguien que pudiese sacarme de allí. Empecé a ver cosas horribles. Estaba solo, rodeado de cadáveres por todos lados.
DOCTORA: ¡Caramba! Esta sí que es una pesadilla en toda regla.
PACIENTE: ¿Sabe dónde vivo ahora? En la casa del cementerio. Rodeado de cadáveres.

DOCTORA: ¿Qué quiere decir con eso?

PACIENTE: Vivo en una casa junto a un cementerio. Prácticamente pegada a él. Vivo rodeado de cadáveres. El sueño me anticipó algo que sucedería, una vez más.

DOCTORA: Pero eso no quiere decir que viva usted «rodeado de cadáveres». Los cementerios tienen que ubicarse en algún lugar. Siempre habrá viviendas más o menos cercanas a él. Aquí cerca, en Triacastela, tengo unos amigos en un caso parecido al suyo.

PACIENTE: Pero seguro que no soñaron con eso años antes de ir a vivir allí.

42

Mansión Foster-Binney
Palo Alto (California), 19 de enero de 2017

A juzgar por los coches que trasladaban a Moses Foster-Binney, todos los lugares del mundo serían el mismo. Sitios poblados por enormes Mercedes negros con lunas tintadas y llantas relucientes. El último de ellos, un modelo limusina, lo estaba dejando frente a la puerta de casa. El chófer ayudó a bajar el equipaje y el personal de servicio de la mansión se hizo cargo de él, haciéndolo desaparecer como cuando las hormigas hambrientas encuentran migas de pan en el suelo.

El cambio horario le había hecho retroceder en el tiempo y llegar para disfrutar de una soleada tarde californiana. Seguía sintiendo aquella desazón que no lo había abandonado en todo el viaje de vuelta. Se sobrepuso y entró en casa como un general dispuesto a inspeccionar a sus tropas.

Moses tenía ganas de encontrarse con un cálido recibimiento. Tenía ganas de hablar. Había regresado a California queriendo empezar una nueva etapa con su familia. Recuperar la relación con su mujer, con sus amigos... (¡Quiénes eran sus amigos!) Le gustaría sentirse de nuevo como en los viejos tiempos.

—¡Ya estoy en casa! —gritó con la esperanza de que su hija y su hijo acudiesen a la entrada sonrientes y con ganas de abrazarlo.

Las tropas no acudieron.

—Hola, papá —respondió George desde su sillón sin levantar la mirada de la pantalla de su iPad.

—¡Hola, George! —respondió Moses, albergando todavía alguna esperanza de que su hijo abandonase el estado letárgico. Pero pedirle a un chico de quince años que suelte la tableta y se levante del sillón para acudir a abrazar a su padre sin que lo obligue la policía militar es algo demasiado exigente.

—¡Catherine! ¡Jennifer! —insistió.

Tampoco contestaron.

Su hija Jennifer estaba con unos enormes auriculares blancos escuchando música en una sala de estar contigua al salón principal de la casa. Se hallaba literalmente rodeada de plantas. Tumbada en aquella posición parecía que se había caído de lo alto de un árbol en medio de la selva. El volumen de sus auriculares estaba tan fuerte que la música se oía sin dificultad desde el vestíbulo de la casa.

Su esposa charlaba en el jardín de la piscina con una visita, interpretando el papel de mujer de millonario a la que, de pronto, a pesar de sus estudios de sociología, le importan más los chismes y cotilleos del corazón hollywoodiense que los comportamientos de la sociedad actual.

Moses caminó hasta ella pasando entre las plantas, dejando atrás a Jennifer. Su hija siguió imperturbable escuchando su música electrónica.

—¿No hay nadie en la casa? —gritó finalmente muy cerca de Catherine para que el ansiado reencuentro se produjese.

—¡Moses! Cariño.

Catherine se levantó, lo abrazó y lo besó.

«Por fin un poco de calor», pensó el CEO de Cerebrus.

—Tenía muchas ganas de que volvieses —dijo Catherine sin demasiada convicción.

—Yo también tenía muchas ganas de volver —respondió Moses sin dejar de abrazarla.

En ese momento volvió a sentir aquel fuerte dolor abdominal.

—Mira, amor, te presento a mi amiga Amelia.

—¿Tu amiga Amelia? —repitió Moses, sorprendido de la familiaridad con la que Catherine le presentaba a aquella mujer que, al menos por lo que él recordaba, no conocía antes de su viaje a España.

Se dieron la mano educadamente.

—Amelia trabaja como *freelance* para varios medios de comunicación —informó Catherine—. En la sección de cotilleos. No te importa que emplee ese término, ¿verdad?

—Soy periodista, Catherine. Podrías respetar un poco más mi trabajo —cortó bruscamente Amelia con gesto serio y de desagrado.

La cara de sorpresa de Catherine solo fue superada por la del propio Moses.

—¡Es broma! —rio Amelia—. ¡Soy una zorra cotilla!

Moses y su mujer se sumaron, aliviados, a las risas. Tanto que las carcajadas estuvieron a punto de ser escuchadas por su pequeña Jennifer, a pesar de la inundación de *deep house* que sufrían sus oídos.

—Os dejo que sigáis «cotilleando» —dijo Moses marcando con los dedos unas comillas en el aire mientras sus tripas hacían un estruendoso ruido. Se sintió ridículo. Abochornado, decidió volver a entrar en casa.

No se encontraba bien. Llevaba con náuseas y sensación de mareo desde que había bajado del avión, a lo que se añadía la necesidad de acudir al váter constantemente. Aguas mayores. Una y otra vez.

En el avión había tomado un té y dos manzanillas, hasta que una de las azafatas le había dado unos comprimidos de un preparado homeopático para recuperar la flora intestinal. «Esto lo dejará como nuevo, señor», le garantizó la hermosa asistente de vuelo. Aquella belleza le había dado el arrojo suficiente para afirmar, pasado un rato, que ya se encontraba mucho mejor. Pero no era verdad. Cada vez se encontraba peor.

—¡Uau! —gritó Moses detrás de su hija mientras le sacaba los auriculares para darle un susto—. Sorpresa.

—¡Papá! —le reprochó Jennifer sonriente mientras le golpeaba el pecho con la mano—. ¡Qué susto me has dado!

Lo abrazó con mucho amor. Adoraba a su padre. El susto-sorpresa era un juego entre ellos desde que era niña y la forma a la que más frecuentemente acudía Moses para hacerla reír. Las tripas de papá rugieron de manera inoportuna.

—Perdona, Jennifer. Debí de comer algo que no me sentó bien.

—Es que la comida en España es muy picante.

—Eso es en México, cariño. España está en Europa. Te puedo garantizar que se come de maravilla y nada nada picante.

Acudió con prisa al inodoro y allí estuvo casi un cuarto de hora sentado, entre retortijón y retortijón. Cuando tenía un momento de alivio, justo después del dolor abdominal más intenso, lo invadía de nuevo la sensación de culpa. Cada vez que notaba aquel dolor de estómago, aquellos furibundos cólicos, dudaba de si sería Dios el que estaba ajustando cuentas con él. Tenía que aguantar, tenía que soportar aquello con dignidad. Conectó su iPhone al *bluetooth* del cuarto de baño y decidió buscar alguna lista de música clásica que lo acompañase en aquellos momentos de apuro y que eclipsase los sonidos que salían de su vientre. Quería subir el volumen lo suficiente para que no se oyesen sus estruendosas flatulencias ni las quejas que seguían saliendo de su boca cada vez que su abdomen se endurecía de golpe. Sudaba cada vez más.

—Cariño, ¿te encuentras bien? —gritó Catherine al otro lado de la puerta del cuarto de baño.

—Sí. Salgo ahora —contestó con un hilo de voz casi inaudible.

Después de tres cuartos de hora, demacrado y sudoroso, salió del cuarto de baño pensando en dar alguna explicación ingeniosa. Como cuando hacía una de sus aclamadas presentaciones de PowerPoint. Pero no hizo falta. Ni Catherine, ni Jennifer, ni su hijo estaban ya en casa.

Decepcionado, se retiró a su dormitorio.

Durante todo el día siguiente permaneció en su cuarto, a pesar de la insistencia de Catherine de que saliese a respirar aire puro «porque hacía un día maravilloso». Moses se negó. Una y otra vez. Preocupada, su mujer le propuso llamar a un médico.

—Yo soy médico —contestó Moses mientras le pasaba por debajo de la puerta un papel con una receta suya escrita de puño y letra donde tan solo ponía una palabra: «Loperamida»—. Trae mucha.

—¿Cuánto es mucha?

—Cinco cajas.

—¿No será peligroso?

—Catherine, por favor. Soy médico. —Moses sabía que aquello, fuera lo que fuese, pasaría. Si era su castigo, tendría que soportarlo con resignación. Tenía la convicción de que solo así sería perdonado. Aquellos síntomas los sobrellevaría con algo de ayuda farmacológica.

Durante toda la mañana alternó el inodoro con una posición fetal sobre la cama que lo mostraba frágil y casi infantil. No quería que nadie lo viese así. Aquello pasaría. Estaba seguro.

A mediodía, el servicio le dejó delante de su puerta una bandeja con un poco de consomé de ave, un sándwich de queso y las cinco cajas de Loperamida. Tan solo pudo darle un par de sorbos al caldo, suficientes para tomar un par de píldoras y sentir algo de fuerza para sentarse en su escritorio y trazar en un folio una lista de acciones para salir de aquella situación. Era un gran aficionado a las *check list*. Las escribía a mano. Como neurólogo sabía que eso activaba más partes del cerebro, y por lo tanto, la actividad intelectual era más completa. Listas para analizar. Listas para no olvidar nada. Listas para ser eficiente. A veces incluso hacía listas de las listas que tendría que hacer.

Se lamentaba de haber tenido éxito en su viaje a Madrid. Habría preferido que el resultado fuese otro. Que François y Rafael no se hubiesen plegado tan dócilmente a sus órdenes y que no se mostrasen tan dispuestos a dejar que aquella locura siguiese su curso. ¿Cómo parar ahora todo eso? ¿Cómo hacerlo sin levantar demasiada polvareda? ¿Quién podría ayudarlo a deshacer lo que había hecho? Fue entonces cuando escribió la última línea de su lista. Lo hizo con letras mayúsculas: TYSON TABARES. Trazó un círculo sobre aquel nombre mientras pensaba: «Nadie como él para destruir mi obra».

Su mente seguía funcionando. Continuaba siendo el hombre brillante con recursos para todo tipo de situaciones. Se dispuso a dar orden de que contactasen con él. Intentaría que el investigador fuese a su casa. Le explicaría lo que le había pasado. Pero le asaltaron las dudas. Tendría que contárselo todo. Sabría lo de la clonación. Si lo rechazaba, podría tener mucha información con la que podría hacerle daño. Demasiado daño. Tenía que pensar en Catherine y en los niños. No quería un deshonor así para su familia. No. No era el momento de llamar a su enemigo.

En las horas siguientes la cama se convirtió en su hábitat y las píldoras, en su alimento principal. La posición fetal y los 39 °C de fiebre eran ya una costumbre. Los dolores infernales también. A pesar de todo conseguía resistir sin alertar demasiado a su familia.

Catherine acudió por la noche a la habitación e intentó entrar con discreción. Cuando notó aquel fuerte olor retrocedió y tropezó con la puerta haciendo un ruido que la delató. Cariacontecida, puso una sonrisa incómoda que provocó la respuesta de Moses:

—Te he pedido que me dejes solo. No entres en la habitación, por favor.

—Estamos muy preocupados. Los niños y yo.

—Pasará. Tranquilos. Sé lo que digo.

—¿Y si aviso a Donald? —dijo Catherine, aludiendo a Donald McEntire, un excelente médico internista amigo de la familia.

—No quiero que venga ni Donald ni nadie.

—Tan solo para tener otra opinión. Tú mismo dices que...

—Déjame, por favor.

Catherine, resignada, lo dejó solo, envuelto en aquel olor ácido y desagradable, mientras acudía a tranquilizar a sus hijos.

—Sigue mal. Dice que no es nada grave. Seguramente fue el picante de la comida española.

—Mamá, esa es la comida mexicana —corrigió Jennifer, poniendo los ojos en blanco—, España está en Europa.

Al día siguiente, tras pasar toda la noche sin poder dormir, Moses llamó a su mujer. Los síntomas físicos no remitían a pesar de las altas dosis de medicación a las que se había sometido. Catherine se alarmó cuando al entrar en la habitación se encontró con varias cajas vacías de Loperamida tiradas alrededor de la cama.

—Quiero que hagas algo por mí. Y que lo hagas bien. Sin titubeos. Localiza a Tyson Tabares y consigue que venga a verme. Necesito hablar con él. Dile que, si viene, el asunto que tenemos entre manos se resolverá favorablemente para sus intereses. Él sabrá lo que quiero decir —dijo Moses hablándole a su mujer con firmeza y desdén, tal y como solía hacerlo en el pasado.

«Es buena señal», pensó Catherine. No entendía qué podía aportar la persona elegida por su marido para verlo en aquellas circunstancias, pero al menos ya estaba dando órdenes como de costumbre. Se retiró discretamente al comedor del jardín y desde allí empezó a hacer llamadas para contactar con Tyson Tabares. Cuando por fin logró hablar con él, sintió una especie de vergüenza repentina que hizo que tardase en poder hablar.

—Buenos días, señor Tabares. Soy Catherine Foster-Binney. Lo llamo de parte de mi marido.

—¿No es un poco temprano para hacer bromitas? ¿Se le ha ido la mano con el alcohol?

—Entiendo su sorpresa —respondió Catherine, sobreponiéndose al bloqueo inicial—. Es cierto que es temprano todavía. Pero mi marido... está..., está muy enfermo. No quiere ver a nadie. Solo quiere verlo a usted. Le agradeceríamos mucho que viniese hasta aquí. Será muy positivo para él, sin duda.

El detective descartó que fuese una broma. Aquella voz era de verdad.

—Esto es un poco... ¿Tiene idea de lo que desea? —dijo Tyson Tabares.

—Solo me ha pedido que le diga que el asunto que tienen entre manos se resolverá favorablemente para usted. Espero que usted entienda el significado.

—¿Pero para ello...?

—... tendrá que venir a nuestra casa.

—¿A su casa? No creo que...

—Señor Tabares, se lo ruego.

«¿Me lo ruega?» ¿Lo estaba imaginando o la mujer de Binney le estaba suplicando que fuese hasta su casa? A Tyson Tabares no le gustaba oír suplicar a ninguna mujer, ni siquiera a la de Binney. Algo extraño estaba pasando. No perdería nada acercándose hasta allí a echar un vistazo.

—De acuerdo. Iré.

Desde el momento en que Catherine le dio la dirección de su casa, el detective estuvo barajando el dilema de cómo viajar hasta allí: o ir hasta Los Ángeles y coger un vuelo a Palo Alto, o volver a hacer el recorrido con su adorado coche por la autopista del Pacífico. Ya no aguantaba los kilómetros como antes.

«Tyson Tabares, ¿qué pregunta era esa?»

Fue al garaje, pasó una bayeta a su Cadillac y lo dejó listo para arrancar a la mañana siguiente temprano hacia la mansión de su enemigo.

Conducía a noventa preguntas por hora. La curiosidad hacía que su pie apretase demasiado el pedal del acelerador. Tanto que provocó que un coche de la policía se le acercase haciéndole señas e invitándolo a parar en el arcén. Los agentes pidieron a Tyson Tabares que bajase del vehículo por la megafonía del automóvil. Lo hizo con las manos bien altas y la lentitud que requiere un contacto con la policía en todo el estado de California (si uno desea salir vivo del trance).

Los agentes lo reconocieron nada más verlo. Un expolicía exitoso y peleón siempre tiene buena prensa entre la mayoría de los servidores del orden público. Las caras serias se tornaron en rostros sonrientes y, tras unos minutos de charla, el detective se libró de la multa pero no del consejo:

—Tyson Tabares —le dijo el policía más veterano—. Esa velocidad no es buena ni para ti ni para el coche.

A pesar de la recomendación, cuando los perdió de vista volvió a pisar a fondo.

«¿Qué demonios querrá?», no paró de preguntarse en todo el trayecto.

El desconcierto no desapareció hasta que llegó, horas más tarde, a la residencia Foster-Binney. Un hombre uniformado acudió a abrirle la puerta del coche con un gesto serio y circunspecto. «No estará muy bien pagado», aventuró. Después de la cara de aquel tipo, toparse con el rostro desencajado de la mujer de Moses le hizo pensar a Tyson Tabares que realmente en aquel sitio no era bien recibido. No imaginaba que aquella seriedad era la que el momento exigía.

La mujer apretó su mano casi sin fuerza mientras le daba la noticia.

—Ha muerto. Hace dos horas.

—¿Muerto? ¿Es una broma?

—¿Una broma? Le parece que alguien puede bromear con algo así. No sé a qué casa cree que ha venido, señor Tabares. Pero aquí nadie bromea con la muerte de mi marido.

La irritación de la señora Binney hizo que se disipasen las dudas sobre la veracidad de la noticia, pero disparó las conjeturas sobre su muerte: «¿Lo habrán asesinado? ¿Quién puede haber sido? ¿Algún paciente? ¿Sería de eso de lo que quería hablarme?». Pero, sobre todo, había una pregunta que se repetía insistentemente: «¿Qué hago yo aquí?».

—Disculpe mi torpeza. Reciba mis respetos, señora.

Se preocupó de evitar un «lo siento» o un «le acompaño en el sentimiento» o cualquier otro tipo de pésame que supusiese insinuar un aprecio por el fallecido.

—Se lo agradezco —contestó Catherine mientras hacía un gesto invitándolo a pasar.

¿Quería entrar? ¿Qué iba a hacer él allí? ¿No sería mejor volver a su Cadillac y evitar aquella situación?

«Además huele endemoniadamente mal», pensó mientras permanecía inmóvil en el hall de la casa.

Catherine conocía las disputas de su marido con Tyson Tabares. Ella había sido la primera sorprendida por la petición de Moses. Pero estaba acostumbrada a que, en el mundo de los negocios, el que hoy era enemigo mañana fuese amigo.

—Por favor, pase usted —insistió.

El detective aceptó la invitación a regañadientes e intentó ver el lado positivo de aquel trance. Podría saber más de aquella misteriosa llamada y de su inesperado desenlace. Al entrar se encontró con una multitud vestida con trajes oscuros, todos con un vaso en la mano. «¡Qué rápido vuelan aquí los cuervos!», se dijo.

En aquel salón se encontraba una nutrida representación de la más alta sociedad californiana: importantes personajes del mundo de los negocios, de la medicina, de la política, gente del espectáculo... Un nutrido grupo al que se le seguía sumando gente. Catherine tuvo que dejar solo a Tyson Tabares durante unos instantes para recibir a un par de fornidos deportistas que, estos sí, la abrazaron diciéndole que sentían mucho la muerte de «un héroe nacional». El volumen de voz era moderado, sin embargo, había caras sonrientes mezcladas con otras llenas de pesar. «Podría ser una boda», pensó, apostando a que llevarían bastante rato allí. Las personas en grupo no aguantan el rictus fúnebre más de media hora.

«Por lo menos intentaré obtener algo de información», se dijo, disponiéndose a unirse a alguno de los corrillos que se habían formado de manera espontánea. No fue necesario, puesto que Catherine regresó gentilmente a su lado, a buen seguro convencida de que el detective era la única persona que desentonaba en aquella reunión.

—¿De qué murió? —preguntó Tyson Tabares.

—Según el diagnóstico de Donald..., el doctor McEntire..., lo que le provocó finalmente la muerte fue una fuerte hemorragia intestinal. Pero cree que sufría una encefalopatía hepática, lo que pudo provocarle esos cambios de comportamiento y de personalidad. Explicaría esa especie de resistencia a ser tratado que mostró durante su convalecencia y el estado de coma en que cayó al final. Cuando llegué a la habitación todavía estaba vivo. Se estaba desangrando...

Catherine empezó a llorar. Eran lágrimas reales que asomaban en un rostro entrenado para contener los sentimientos. Tyson Tabares salió en su ayuda continuando la conversación:

—Esa enfermedad..., ¿había tenido síntomas con anterioridad?

—No. Claro que no. Si no, habríamos reaccionado antes. Donald afirma que la cantidad de Loperamida que tomó pudo provocar esa reacción. Moses tenía una hepatitis crónica a la que no prestaba demasiada atención. Al parecer, ese medicamento unido a los problemas de su hígado provocaron el deterioro de la función cerebral. Y el deterioro, créame, era muy grande. Al final no era él. No dejaba ni que me acercase a verlo.

—¿Cómo no llamaron al médico? Veo que tienen confianza con ese Donald...

—Estaba obcecado. Cada vez que se lo propuse su respuesta fue la misma: «Yo soy médico». ¿Quién podía discutirle eso?

—Si estaba tan confuso... quizá no deberían haberle hecho mucho caso...

—Usted no sabe lo tajante que era Moses cuando quería.

Sí, sí lo sabía.

—¿No pensaron en llamar a un psiquiatra? —preguntó Tyson Tabares con toda la falta de tacto de alguien al que le importa menos el difunto que el hecho de obtener información. Tampoco sintió remordimientos. A pesar de las muestras de dolor, Catherine tenía la sospechosa calma que da saber que durante su viudedad no iba a tener ningún tipo de privación económica.

—No —contestó la señora Foster-Binney con cierta aspereza—, se nos fue enseguida. Solo llevaba en casa tres días desde que llegó de viaje.

—¿Adónde había ido?

—Pensé que usted lo sabría.

—¿Yo? ¿Por qué habría de saberlo?

—¿De qué tenían que hablar? —preguntó Catherine.

Ahora era la mujer de Moses la que necesitaba respuestas.

—Supongo que de temas profesionales —contestó el detective con la primera evasiva que le vino a la mente—. Le preguntaba por el destino del viaje porque en ocasiones uno se encuentra con enfermedades tropicales fulminantes.

—No es el caso. Tuvo una reunión de negocios en Madrid. Viajaba a Europa con frecuencia. No pudo haber sido nada relacionado con enfermedades exóticas.

«Joder, cómo huele esta casa», pensó Tyson Tabares. Tan mal que le resultaba difícil concentrarse en la conversación. Se preguntaba si todos aquellos famosos y ricachones también estarían oliendo lo mismo que él.

—Está bien. Los dejo. Tendrán cosas que hacer. Supongo que esperarán el informe del forense —dijo el detective, intentando dar por acabada la charla.

—No. No creemos que sea necesario. No ha sido una muerte violenta. Tenemos el diagnóstico del doctor McEntire.

En ese momento, Tyson Tabares hubiese apostado a que la prima del seguro era mayor si se trataba de una muerte natural.

—Si recuerda algo, este es mi teléfono.

—Sé que usted no era amigo de mi marido —dijo Catherine.

—A veces en la vida uno camina por la otra orilla del río.

—En realidad todo el mundo era enemigo de Moses. Pensé que llamarlo a usted en plena enfermedad era una de sus jugadas. Él siempre ganaba. Siempre repetía que había perdido todo el tiempo que tenía que perder en su vida, refiriéndose a una etapa que, sin embargo, para mí fue lo más maravilloso que vivimos. Seguro que sería incapaz de imaginar cómo era Moses a los veinte años.

—Quizá...

—Mi marido y yo llevábamos más de veinticinco años juntos. Veintidós de casados. Cuando lo conocí en la universidad era un chico tímido, taciturno, prácticamente tuve que acercarme a hablar con él, quién lo diría, ¿verdad?

—Difícil de imaginar.

—Creo que era tan reservado que cuando se puso a hablar ya no hubo quien lo parase.

Tyson Tabares asumió que tendría que encajar educadamente el panegírico sobre Binney que su mujer estaba a punto de hacer. «¡Qué demonios! Acaba de perder al padre de sus hijos.»

—Moses era un chico brillante, inteligente, tímido. Seguro que le sorprenderá saber que en su día fue una persona muy espiritual y un gran creyente.

—Entenderá que me cueste imaginarlo de esa forma.

—Sus padres eran judíos, aunque no eran demasiado religiosos. Sin embargo, él, desde el colegio, había mostrado un interés especial por la religión en general y por la suya en particular.

—Bueno —dijo el detective sin saber muy bien qué pensar—. Todos tenemos un pasado...

—Las personas cambian... Cuando nos casamos, vivimos en un pequeño apartamento de alquiler durante dos años. No teníamos cocina. Usábamos un pequeño hornillo de esos de camping para poder hacernos un té o un café de vez en cuando. Pero éramos muy felices. Cuando empezó a destacar, cuando sus investigaciones empezaron a lograr reconocimiento, nos mudamos a un piso más grande en Los Ángeles. Y luego fuimos a otro aún más grande. Después a una casa en Beverly Hills y más tarde vinimos a esta inmensa mansión. Cada vez que nuestra vivienda crecía, nuestro amor se hacía más pequeño. Cuanto más dinero ganaba, menos complicidad teníamos, menos comunicación... Se volvió un científico eminente y sorprendentemente presumía de creer solo en la ciencia. Adiós a su fe. Dijo adiós a todo lo que fuimos.

El llanto de la señora Foster-Binney era sincero. Tyson Tabares permaneció en silencio, ofreciéndole algo de consuelo apoyando la mano en su espalda.

—Por eso quizá le sorprenda mi entereza. Yo enterré hace años a mi Moses. Ahora tendré que enterrar a otra persona.

Antes de marcharse, no pudo evitar volver a preguntar:

—¿No puede hacerse una idea de qué querría?

—No. Ya le dije que pensaba que usted lo sabría.

—Supongo que ya no lo sabremos nunca —se lamentó el detective, despidiéndose con educación.

«Algo huele mal», se volvió a decir mientras recogía su coche, aunque esta vez por motivos completamente diferentes.

Conducir por la autopista del Pacífico en completa soledad puede ser como el diván de un psicoanalista. Para Tyson Tabares esa capacidad se multiplicaba si el lugar de destino era Hermosa Beach. Ver a su amiga Katty se había convertido en una necesidad desde que salió de la mansión de Foster-Binney. Quería contarle todo lo sucedido. En persona. Viendo aquel parpadeo de ojos y sintiendo su sutil aroma.

Por segunda vez consecutiva en muy poco tiempo, Tyson Tabares volvería a hacer en su Cadillac la ruta Malibú–Palo Alto–Hermosa Beach en la misma jornada.

¿Un golpe de suerte? ¿Salvado por la campana? No sabía qué pensar. Aquello daba un giro importante a su situación. Estaba a punto de irse a la lona. Su rival tenía todas las cartas ganadoras en su poder... y de repente... el destino lo había sacado abruptamente de la partida. Con aquello no contaba. Binney muerto. Como un perro. Entre dolores y gritos.

«Igual que mi amigo Johnny», recordó vengativo.

Estaba claro que aquello le despejaba el panorama. Le evitaría tener que saltarse la ley con el asunto Padiani. Un riesgo grande que estaba dispuesto a correr..., pero mejor evitarlo. Había ganado. Katty tenía que saberlo.

Mientras conducía, recordó la conversación con la mujer de Moses. Sus frases. Sus gestos. Su resignación ante el «no lo sabremos nunca». Su negativa a hacerle la autopsia... Nada encajaba muy bien. Sin duda su cuenta corriente sería la mayor beneficiada por la desaparición de Moses. Pero por alguna extraña razón, no sospechaba de ella. No sabía por qué, pero estaba seguro de que Catherine no tenía nada que ver con el fallecimiento de su esposo. También él mismo sería otro de los principales beneficiados... Su abogada tenía que saberlo.

—¿Esmeralda?

—Tyson Tabares, a juzgar por el sonido de tus llamadas diría que has empezado a trabajar de taxista...

—¿Estás sentada?

—No.

—Agárrate a algún sitio.

—¿Qué quieres?

—Binney. Ha muerto.

—¿Qué me dices?

—Me llamó su mujer. Me pidió que fuese a su casa. Cuando llegué estaba muerto.

—¿Lo mataron?

—Muerte natural. Al menos eso me ha dicho su mujer.

—¿Y fuiste a su casa?

—De allí vengo.

—¿Y no crees que deberías haberlo comentado antes con tu abogada?

El detective no respondió.

—No te relajes —continuó Esmeralda con ese tono de sutil cabreo tan suyo—, tu enemigo sigue siendo Cerebrus.

—Lo sé. Pero también sé que el cincuenta por ciento de esa compañía va a ser enterrado mañana en algún lujoso cementerio de Palo Alto —dijo Tyson Tabares.

¿Habría sido tan solo un golpe de suerte?

Llegó a Hermosa Beach una hora antes de la medianoche. Estaba cansado. De camino hacia el bar se fue encontrando con algunos de esos personajes que solo se ven cuando se pone el sol. Tyson Tabares iba descifrando las imágenes a medida que avanzaba: un par de chicas que intentaban no parecer prostitutas sin conseguirlo. Un grupo de tres chavales sentados en un banco con pinta de ser camellos de poca monta, seguro que con los bolsillos llenos de «meta». Un *runner* maduro con ropa deportiva de hace veinte años. No, esa no era un ave nocturna. Descifrarlo le costó más tiempo. Dedicó unos minutos a adivinar su historia.

«Seguro que ha vuelto a correr hace poco. Su forma de hacerlo y el ritmo que lleva lo delatan. Se acaba de divorciar. Sin duda está atravesando un mal momento económico. Por las horas a las que sale a correr o tiene sobrecarga de trabajo, o quizá haya tenido que aceptar un segundo empleo. Quiere volver a ponerse en forma. Está claro que es un tipo ordenado, de los que guardan todo. Por eso conserva esas prendas. Seguramente todo lo contrario que su exesposa, por eso la cosa no funcionó...»

El detective quiso confirmar el tono del tinte y ralentizó tanto la marcha que el *runner* se dio por aludido. Disimuló como pudo y, tras alejarse, continuó haciendo su imaginario perfil.

«No creo que se tiña tan solo para estar más sexy. Es para parecer joven y con energía. Seguramente tendrá un empleo en alguna empresa en la que gente joven estará optando a su puesto. ¡Amigo!, no has acertado con el color. Demasiado oscuro para pasar por natural.»

Antes de perderlo de vista, el detective apostó a que aquel *runner* iba a conseguirlo. «Con esa voluntad, no tendrá problemas para rehacer su vida.»

En el Katty's todavía no había ningún cliente. Los camareros limpiaban el bar y colocaban botellas poniendo el circo en funcionamiento. Una noche más, Katty parecía Lauren Bacall paseándose por su local.

—Alfred, ponme un bourbon doble —dijo el detective nada más entrar.

Katty se acercó, sorprendida por la elección.

—¿Bourbon solo? ¿No eras tú el que decías que la imaginación está en los cócteles?

—Supongo que hoy es un día para un simple bourbon.

—Conozco esa mirada —dijo preocupada.

Tyson Tabares también conocía aquella voz. Era como una cuna en la que podía sentirse tranquilo.

—Me llamó un tipo.

—Alfred, lo mismo para mí —ordenó Katty con sutileza a su barman más veterano.

—Digamos que era el perro más grande al que he tenido que enfrentarme.

—¿Foster-Binney?

—El muy cabrón se va de viaje a Madrid y cuando vuelve... se muere.

—¿Ha muerto?

—Hoy mismo. Vengo de su casa.

—¿Qué hacías allí?

—Quiso verme. En pleno lecho de muerte se le ocurre llamarme. ¿Le encuentras algún sentido?

—¿Querría hacer las paces? —aventuró Katty.

—No lo creo. No tenía por qué. Iba ganando. Nuestra relación estaba basada en un esquema muy sencillo: él quería joderme a mí y yo quería joderlo a él.

—A veces eso de la testosterona y haceros los duros puede ser un problema para pensar. ¿La muerte fue repentina?

—Al parecer estuvo dos días sufriendo.

—Quería algo de ti. Es evidente. Si sabía que se moría, podría ser algo tan simple como morir en paz.

—¿Arrepentimiento? Ese hombre estaba metido en algo muy gordo y muy grave. Yo estaba a punto de reventarle el negocio. Me había tendido una trampa y me tenía cogido por las pelotas. Nadie que hace eso quiere morir como un *boy scout*.

—Está claro que algo le hizo cambiar.

—Eso parece.

Katty percibió el desconcierto y planteó al detective otra forma de interpretar la situación.

—Las personas a veces admiramos a nuestros enemigos. Si la lucha es buena, aunque no puedas entenderlo, crea lazos. Querría pedirte algo. Es evidente que necesitaba tu ayuda.

Tyson Tabares la miró pensativo. Ella continuó hablando tras darle un generoso trago al Jack Daniel's.

—Busca lo que quería pedirte y en qué podías ayudarlo.

Y seguramente te llevará a Madrid —sentenció Katty, con un tono de voz tan firme que parecía que lo estaba mandando a comprar los billetes para la capital española—. La clave está en Madrid —insistió, arrepintiéndose al instante de lo que acababa de decir.

Todo parecía sencillo pronunciado por la aterciopelada voz de la cantante de jazz.

—Alfred, otra ronda, por favor. Pero esta vez trae la Sinatra Edition —ordenó Katty.

Se trataba de una edición especial de Jack Daniel's, dedicada al célebre artista, que prometía un sabor más intenso y a la vez más suave. Justo lo que la situación requería. Katty fue consciente de que acababa de mandar a Tyson Tabares a Madrid justo cuando se bajaban las barreras entre ellos. Su mirada decía claramente: «¿Por qué lo has hecho, Katty? Con lo mona que estás con la boca cerrada». Ahora aquella ronda parecería un brindis por la despedida. Estaba furiosa consigo misma. Se repetía que era una separación temporal, pero lo cierto es que llegaba en el momento en el que la chispa definitiva parecía haber saltado. Después de años de relación titubeante, de acercarse y alejarse...

Brindaron y el detective aprovechó para cambiar de tema.

—¿Cómo va el negocio, Katty? Cuando vengo por aquí no veo mucha gente.

—Son tiempos duros. Ya no se valora el jazz como lo hacíamos nosotros. Digamos que vivimos de los turistas de fin de semana. ¡Esos sí que vienen! Los chicos les tocan pop, funky, algo parecido al hip hop... y a veces un poco de jazz. Escuchan cualquier cosa con tal de que Henry les prepare sus deliciosas hamburguesas. Están buenísimas, es cierto. Cuando no hay turistas quedan pocos clientes como tú.

—Al menos no tienes que cerrar.

—Es como si ya hubiese cerrado. No compré esto para hacer un parque con una pulsera de todo incluido.

—¿Querías divertirte toda la vida?

—¿Tendría algo de malo?

Mientras tomaban otra ronda, un cuarteto de jazz de jóvenes músicos salió al pequeño escenario del local y empezó a interpretar un clásico: *Ain't Misbehavin*. A Tyson Tabares le sorprendió que aquellos chicos tuviesen a Fats Waller en su repertorio. Era una de sus debilidades. Y de las de Katty. Otra de las cosas que tenían en común. Por un momento las frases de la canción sustituyeron a la conversación mientras el bourbon edición Sinatra continuaba bajando.

«No me porto mal. Estoy guardando mi amor por ti... Estoy harto de coquetear... Es solo en ti en quien estoy pensando.»

Aquella letra estaba poniéndolos en una situación comprometida.

«Vale la pena esperar tus besos, créeme... No vayas a ninguna parte. ¿Y a mí qué me importa? Vale la pena esperar tus besos. Créeme... No me porto mal. Estoy salvando mi amor por ti.»

Ella miraba a los músicos intentando hacerse la distraída. Como si la letra no dijese lo que estaba diciendo.

«¿A qué espero para besarla?», se dijo el detective.

Katty bajó de las nubes lamentándose.

—En otra época, estos tíos serían auténticas estrellas.

—Sois estrellas, Katty. Eso nunca dependerá de quién os mire.

Brindaron de nuevo, esta vez por el destino. El curioso y caprichoso destino que había hecho que ahora fuese él, el «grano en el culo» oficial de Moses, el que tuviese que averiguar qué demonios había pasado para que aquel cabrón hubiese muerto de aquella forma.

Katty dedicaba unos minutos a limpiar la barra siempre que Tyson Tabares se iba de su bar. Era un ritual. Como si mirando su mano deslizarse por aquel mármol viejo, que había servido de apoyo a tantos tragos, pudiese pensar mejor en aquel tipo que la atraía y la repelía a la vez. «Tiene la palabra "problemas" escrita en la frente.»

Katty valoraba mucho su paz después de una vida llena de sobresaltos. Incluidos los amorosos. Pero Tyson Tabares era..., era otra cosa. Entraba en el Katty's con aquellos trajes, con aquel porte, con aquellos ademanes, y su bar se llenaba de luz mientras le subían las pulsaciones. Como si fuese una adolescente. Sabía que con él volvería el sufrimiento. Sabía que la preocupación de esperar a un hombre que vive arriesgadamente no iba a compensarle los buenos ratos que pudiesen pasar juntos. Aquella noche se había caído una capa más del muro que los separaba. Ambos reaccionaron de la misma manera: huyendo. Él en su coche hacia Malibú. Ella refugiándose en su local de Hermosa Beach. Los dos intentando escapar, aunque ambos eran conscientes de que nadie puede huir eternamente de sí mismo.

43

Wall Street (Nueva York), 23 de enero de 2017

Aquel día había comenzado, como de costumbre, con Aiko Nakamura ante los espejos de su sala de meditación y ejercicio. ¿Un gimnasio? Llamarlo así sería para ella una ofensa. Era una especie de *washitsu*, una estancia al estilo tradicional japonés en la que el suelo estaba cubierto de tatamis y que incluía un *dojo* para entrenar kárate y hacer los ejercicios de sus *katas*.

Todos los materiales con los que estaba construido aquel lugar habían sido traídos expresamente para ella desde Tokio y elaborados siguiendo los dictados ancestrales. Las puertas traslúcidas *shoji* eran de papel de arroz y bambú centenario, elaboradas sin pegamentos sintéticos. Los tatamis de fibras de arroz especial lucían un delicado trabajo de brocado artesanal. Todas las maderas de la estancia habían sido tratadas por los carpinteros de forma que le diesen una segunda vida al árbol evitando el uso de clavos o tornillos. Paciencia, conocimiento y filosofía impregnaban hasta el último resquicio de aquella sala en la que se ejercitaba, meditaba y a la vez honraba a su estirpe. Sin embargo, en los *fusuma*, los paneles verticales deslizantes que definían los espacios interiores, había hecho instalar unos grandes espejos en los que se miraba mientras llevaba a cabo sus ejercicios. Era el único toque occidental. Al fin y al cabo, ella era una ególatra muy americana.

Cada mañana repetía la *kata* de las islas Nansei, orgullosa de su forma física y de sus ancestros oriundos de Okinawa, cuna del kárate.

La meditación de aquel día giraba en torno a los pensamientos de Sun Tzu, plasmados en *El arte de la guerra*. Nakamura conocía bien aquellas enseñanzas y había memorizado gran parte de sus aforismos. Era una de sus escasas lecturas, más allá de informes financieros y revistas de negocios. Aunque Sun Tzu era chino, había interiorizado sus enseñanzas convirtiéndolas en una guía de vida. Estaba convencida de que Tzu había sido descendiente de japoneses y que eso había tenido que ver con sus victorias en las guerras de los Reinos Combatientes. «¿Cómo se explica si no tanta sabiduría?», pensaba a menudo. Aiko, como todo supremacista, despreciaba lo suficiente a su interlocutor como para no dudar de que este se tragaría todas sus inventivas sin cuestionarlas. El problema era que, al final, como todo supremacista, se acababa creyendo sus propias patrañas.

«La mejor victoria es vencer sin combatir», se repetía intentando aplacar sus ganas de entrar en acción mientras sus brazos lanzaban al aire una combinación de golpes y bloqueos.

«Utiliza al enemigo para vencer a tu enemigo.»

Sabía que, de un modo u otro, Foster-Binney le brindaría la empresa en bandeja y que ella tan solo tendría que esperar y recogerla. Aun así, le costaba. Su ímpetu todavía le jugaba malas pasadas. Ahora su cuerpo simulaba un barrido y un salto para desarmar a su imaginario contrincante.

«Un buen guerrero nunca sale de su fortaleza.»

Sabía que su etapa en el fondo de inversión White Rock había acabado. ¿Qué horizonte le podía ofrecer? Mantenía el puesto porque no le costaba nada seguir ganando millones una temporada más. Pero estaba más ocupada en ganar mi-les-de-mi-llo-nes durante mucho mucho tiempo. Sus manos volvieron a lanzar golpes al aire simulando hacer alguna luxación a su etéreo rival.

Después de sus ejercicios dedicaba un buen rato a ensayar gestos ante el espejo. Fomentaba su mirada asiática despiadada, coreografiaba sus modales fríos de mafia japonesa, de Yakuza de Wall Street. Potenciaba todo lo que le daba cualquier pincelada intimidatoria, todo lo que podría ser una ventaja ante cualquier rival. Y más ante quien la menospreciase por ser una mujer.

Cuando concluyó la sesión se aseó y acudió al comedor, donde el servicio tenía puntualmente preparado el almuerzo. A juzgar por la abundancia, aquel menú era más propio de un establecimiento hotelero que de una vivienda particular. El ritual del desayuno tradicional japonés era muy importante para Aiko. Lo respetaba siempre que estaba en casa. Le gustaba tomar poca cantidad, pero de muchas cosas. Por eso era frecuente encontrarse cada mañana con su sopa miso, arroz blanco, tortilla tamagoyaki, e incluso, cuando la calidad y la frescura lo aconsejaban, algún pescado ligeramente hecho a la parrilla. Era la comida principal del día para ella y a la que prestaba más atención. El café sin restricciones añadía el toque estadounidense.

Tras el almuerzo se recluyó en su despacho —este sí, completamente occidental—, que parecía una réplica privada del que tenía en la compañía. Dedicaría la mañana a trazar la última etapa de la adquisición de Cerebrus. Tenía la intuición de que el momento iba a llegar, que estaba próximo, y no quería que la cogiese por sorpresa.

«Cuando se está cerca, debe parecer que estás lejos. Cuando estás lejos, debe parecer que estás cerca.»

Su asistente personal abrió la puerta sin llamar y entró sigilosamente en el despacho.

—Señorita Nakamura.

—Fabianne, te pedí que hoy no me interrumpieses.

El tono sosegado de Aiko y su impertinente gesto, seguramente ensayado, le resultó ofensivo a Fabianne.

—Es importante.

—¿A qué llamas importante?

—¿La muerte de Moses Foster-Binney le parece bastante importante?

La sonrisa vengativa de Fabianne contrastaba con la cara de sorpresa de Aiko.

—Oh… Gracias… Sí, ciertamente lo es. Fabianne…, tu interrupción ha sido muy acertada. Muchas gracias. Buen trabajo.

«Que te jodan, Aiko», pensó Fabianne mientras se retiraba sonriente, con gesto agradecido, seis idiomas, un máster MBA y un sueldo que no cobraban muchos directores de empresas. Aun así, no había día que no se preguntase por qué no la mandaba al carajo de una vez para siempre.

Cuando Nakamura miraba al horizonte desde sus ventanas era señal inequívoca de que había ganado. El momento había llegado y el maestro Tzu había tenido razón, una vez más: la mejor victoria era vencer sin combatir.

Con Moses muerto, el control de Cerebrus estaba próximo.

44

Samos, 24 de enero de 2017
203 días para el nacimiento

El hermano Antonio funcionaba como la motorización de las enormes puertas del monasterio, una especie de portero «no automático» que abría especialmente rápido cuando el que llegaba era Guillermo. Venía de Maianca. Había ido a poner a salvo su diario, a esconderlo en el lugar que había preparado tras su armario. Pensaba que si lo tenía con él podría correr peligro y caer en manos de la Congregación. Sin embargo, allí, en la casa, sin estar él, nadie sospecharía.

Tan solo había pasado un par de noches en la casita del cementerio y durante todo el tiempo estuvo esperando que sucediese algo, cualquier cosa que rompiese el silencio que rodeaba el lugar. Pero no ocurrió nada. Había aprovechado los días para dar un repaso al jardín y cuidar sus plantas, podando algunas, abonando otras, recogiendo algunas semillas, adecentando los parterres, recortando la hierba... Antes de regresar a Samos, estuvo echando un vistazo por los alrededores. Maianca había vuelto a ser el sitio tranquilo y apacible que siempre había sido. «Quizá me precipité.» Ahora valoraba la posibilidad de volver a la casita después de que acabase su tarea en el monasterio. Era un paso adelante. Se había marchado huyendo. Queriendo salir de allí para no volver nunca más. «El tiempo coloca todo en su sitio», se animó.

Ante los monjes había puesto su vieja biblia como disculpa. «La había olvidado y no puedo estar tanto tiempo sin ella», les dijo.

—¿Todo bien por tu casa? —preguntó Antonio.

—Todo exactamente como lo dejé. Incluso parte de la ropa interior que me olvidé seguía encima de la cama, donde la había dejado. Y mi biblia, en su sitio.

—¡No podía ser de otra manera! ¡Si no tienes servicio! —observó el monje—. Sabes que podíamos haberte prestado aquí unas Sagradas Escrituras y te hubieses ahorrado el viaje. Pero como eres tan testarudo...

—No me gusta estar sin mi biblia —afirmó sonriente mientras sacaba de la bolsa su viejo y usado ejemplar—. Ya sabe cómo soy, hermano.

—¿Que si lo sé? Anda, anda, cabezota.

Guillermo acudió a sus aposentos y, tras dejar en su armario las prendas que se había traído de Maianca, se dirigió hasta el depósito de libros de la abadía. Para elegir algún volumen con el que distraerse.

Nada más entrar en la biblioteca reparó en un periódico que un monje ojeaba sobre el mostrador.

—¿Le importa? —dijo Guillermo, señalando el diario.

—No. Cógelo. Ya lo he leído tres veces.

Guillermo se sentó en una de las sillas de lectura que se extendían por la cuadriculada estancia.

«Aparece muerto en un basurero municipal de Madrid.»

La preocupación le hizo buscar la noticia en el interior.

«Se trata de un joven de origen dominicano que trabajaba como ayudante de cocina en un conocido restaurante madrileño.»

La compasión de Guillermo se unió a la necesidad de seguir leyendo.

«Su pareja había denunciado su desaparición después de que lo llamasen a casa desde el restaurante para preguntarle los motivos de su ausencia.»

¿Por qué tenía la sensación de que aquello estaba relacionado con lo que él sabía?

«"Era muy cumplidor. No faltaba nunca a nada. Me alerté inmediatamente, por eso lo denuncié", declaraba su pareja, visiblemente afectada a miembros de la redacción de este diario.»

¿Trabajaría en el restaurante al que había ido Rafael? No ponía el nombre del establecimiento. Pero temía que sí. De alguna manera tenía la certeza de que aquello era obra de la Congregación.

45

Point Dume (Malibú), 25 de enero de 2017

Ese día su mente no estaba para tareas rutinarias. Tyson Tabares se resistía a dedicarle tiempo al teclado de su portátil y a pasarse horas delante de una pantalla de ordenador revisando los cientos de mensajes que había recibido.

Hacía días que no controlaba su web ni sus redes sociales. A pesar de que no le apetecía, sabía que era importante hacerlo. Al fin y al cabo, una gran parte de sus ingresos llegaban por aquella vía y había que cuidarla.

«La clave está en Madrid», se recordó a sí mismo. Tendría que visitar la capital española y no le apetecía viajar en ese momento. Temía perderla. Lo mejor de su vida estaba en un bar de jazz de Hermosa Beach. Impulsivamente, hizo una llamada.

—¡Tyson Tabares! Qué sorpresa. ¡Nunca había recibido una llamada tuya! —contestó Katty Ellis desde el teléfono negro de la esquina de la barra, un armatoste que probablemente estuviese allí desde la primera inauguración del local en 1949.

—Tampoco te había invitado nunca a cenar...

—¡Alto, alto, alto! ¿Me estás invitando a cenar? —preguntó Katty.

—Es evidente. Por tu tono de voz, parece que es la primera vez que lo hacen.

—Es la primera vez que lo haces tú... Me llamas por teléfono, me invitas a salir... Alguien podría pensar que me está usted cortejando.

Esperaba la sorpresa de Katty. Aun así, se sintió incómodo.

—A lo mejor no es buena idea.

—Es la mejor que has tenido en mucho tiempo —celebró Katty mientras mentalmente pronunciaba: «Roca insensible».

—¿Paso a recogerte a las siete?

—¿Adónde quieres llevarme?, si no es mucho preguntar.

—¿Te parece bien el Providence?

—Un sitio fino, cariño. Está de moda. No será fácil encontrar mesa.

—La chef me debe algún favor. Si realmente te apetece, reservaré. Ya sabes, platos elegantes, gente arreglada...

—Me viene bien dejar de tomar las hamburguesas del Katty's.

—Ponte guapa. Lo vamos a pasar bien.

—¿Lo dudas?

Decidió poner en orden toda la documentación que había ido recopilando sobre Moses Foster-Binney. No hubiese cabido en todo Point Dume y menos en su cabaña, por grande que fuese. Seleccionó uno de los últimos dosieres que había confeccionado con recortes de noticias de los últimos tiempos. Volvió a sentir esa sensación de vacío desconcertante. Con Binney muerto, gran parte de la energía se había desvanecido. «Es más fácil luchar contra algo si tienes un rostro al que mirar», pensó. Sabía que su enemigo era Cerebrus y no solo el que había sido su líder, que quedaba trabajo por hacer y otras muchas organizaciones a las que pararles los pies. Pero le resultaba extraño, después de tanto tiempo, no tener a Binney enfrente. De alguna manera, había sido él el que lo había metido en el negocio del *crowdfunding*, quien lo había empujado a ser esa especie de activista a sueldo con licencia para tocar las pelotas otorgada por las redes sociales. Había sido Binney, y no otro, el que había dado el pistoletazo de salida.

«No me digas, jodido Tyson Tabares, que lo vas a echar de menos.»

Necesitaba ciudad. Sabía que solo el hormigón y el asfalto podían darle el coraje necesario para aquella situación. Ese día la playa no le valía. Respiraría un poco de la contaminación de Los Ángeles.

Katty Ellis sabía arreglarse. Se había puesto un vestido flojo, de seda color marfil, que acababa a la altura de sus rodillas. Por encima, una chaqueta rockera de piel negra redondeaba un *look* a medio camino entre elegante y gamberro.

—Estás preciosa.

—Tenía ganas de estrenar este vestido. Lo reservaba para algo especial. Y ya ves..., al final no pudo ser.

—Siento estropearle sus planes, milady.

—Todavía estás a tiempo de arreglarlo.

Mientras se dirigían al 5955 de Melrose Avenue, hablaron de jazz..., luego hablaron de jazz; después, de jazz y más tarde, de más jazz. Solo se detuvieron en el momento de entrar en el Providence. Una vez dentro una señorita se ofreció a guardar la chaqueta de Katty. Ella amablemente rechazó la propuesta.

—No me gusta que toda esa gente me vea la espalda.

—¡No me digas que eres tímida!

—¿Fuera de mi bar? Soy un frágil pajarito.

La chef se acercó a saludarlos.

—¡Tyson Tabares! Me alegro de verte por aquí.

—¡Perla! —dijo el detective mientras se daban un efusivo abrazo—. Gracias por la mesa.

—Siempre que quieras está a tu disposición.

A Perla Emerson la vida le había sonreído: una pareja estupenda, un negocio que funcionaba gracias a su talento y a su capacidad de trabajo, siempre rodeada de amigos... Sin embargo, en el pasado, había tenido problemas con uno de sus empleados, Brad Stone. Era una de esas personas con las que te confías. Flaco, rubio y con aspecto algo descuidado, medio hippy, medio budista, que si paz y amor, que si el dinero es la corrupción de la humanidad... y de repente le presenta una denuncia por acoso laboral, reclamándole cien mil dólares por daños morales en un momento en que la economía de Perla no iba muy bien. Aquello la hubiese destruido. No había nada cierto en aquella demanda. Tyson Tabares intervino a tiempo y de forma expeditiva usando con aquel tipo su misma medicina: la mentira. Sabía que Brad Stone era un mujeriego de tres al cuarto. Pidió ayuda a Penny del Toro, una colaboradora suya que tenía fama de ser la investigadora privada más dura de todo Nueva York. Penny viajó hasta Los Ángeles para ganarse la confianza de Brad. En menos de una semana, después de unos cuantos porros juntos y de caminar por la playa de Venice maldiciendo a la sociedad, al dinero y a la burguesía, Brad había soltado la lengua y Penny tan solo tuvo que poner a funcionar su grabadora. El asunto no pasó de ahí. Perla le estaba eternamente agradecida. Había salvado su negocio y quién sabe si su vida.

Entraron en la sala. Sortearon varias mesas ocupadas por gente elegantemente vestida. Tan pronto estuvieron sentados, Katty no pudo evitar interesarse por el caso Perla.

—¡Vaya! Le debiste de lavar mucha ropa sucia a la chef.

—Es mi trabajo. Tú traficas con drogas legales detrás de una barra...

—Tendríamos que cambiar de oficio una temporada —propuso Katty.

—Saldrías ganando.

La noche empezaba bien. Tomaron una cena exquisita a base de mariscos preparados de diferentes formas mientras comentaban cómo había cambiado Los Ángeles en los últimos treinta años.

—Voy a desaparecer una temporada.

—¿En tu casa de Malibú? —preguntó Katty, sabiendo que la palabra «Madrid» estaba a punto de aguarles la cena.

—Ya me gustaría encerrarme allí un par de semanas con una antigua cantante de jazz.

—Veo que la única persona tímida de la mesa es la señorita Ellis.

—Voy a ir a Madrid.

—Así que te vas a Europa.

Aunque resulte llamativo, no era fácil encontrar ciudadanos estadounidenses que situasen España rápidamente en Europa. En su tiempo de esplendor, Katty había dado unos cuantos conciertos por el Viejo Continente, y Madrid era una de sus ciudades preferidas.

—Sí. ¡España! La tierra de mis ancestros.

Parecía contento. En ese momento, Katty consideró dos opciones: sonreírle o golpearle.

—Tú me insinuaste que la clave estaba en Madrid. ¿Recuerdas?

—Claro que lo recuerdo.

No lo iba a olvidar nunca. Tuvo que decir esas palabras justo ahora que todo se había puesto interesante entre ellos.

—Tengo la intuición de que hay algo muy gordo detrás de la muerte de Binney. Y la corazonada de que va a ser más peligroso de lo que parece.

—Pues no lo hagas —se apresuró a aconsejar Katty.

Compartían la copa de helado que estaba en el centro de la mesa. El detective soltó la cucharilla y cogió la mano de la cantante.

—Katty, soy de esas personas absurdas que cuando oyen un: «No lo hagas», inmediatamente dicen: «Lo haré».

—Tampoco es que te viese tan a menudo —contestó Katty.

Tyson Tabares se negó a ser invitado por la propietaria y pagó la cena. A ambos les pareció una cantidad muy razonable. Era un lugar caro, pero se comía muy bien. Se levantaron y se dirigieron a la puerta. Ella salió rebosando estilo mientras los otros clientes de la sala la miraban. Aquel era un local frecuentado por famosos del mundo del cine y el espectáculo y ellos bien podrían ser una pareja de actores en una pausa de algún rodaje.

Volvieron a Hermosa Beach.

Katty vivía en un apartamento que había habilitado sobre el

local. Era su cueva. Un hogar diáfano, totalmente cuadrado de quince por quince metros. En dos de los lados tan solo había puertas. Correspondían al inmenso armario de la señorita Ellis, en el que se juntaban prendas de todos los tipos, de todas las épocas y de todos los precios.

Hacía ya más de tres años que no subía ningún hombre a aquel lugar. Por eso Alfred, el único camarero al que le permitía tomarse confianzas, la había bautizado como «la cueva de Batwoman». Ella había eliminado el Batwoman y había adoptado el sobrenombre para su hogar. Solamente alguien que ha viajado toda su vida de hotel en hotel sabe el valor que tiene la palabra «hogar» y que este se halle siempre en el mismo sitio.

—¿Quieres tomar dos copas? —propuso Katty antes de que parase el coche.

—¿Dos?

—La primera en el bar.

—¿Vas a abrirme tu cueva?

—Todavía lo estoy valorando.

Tyson Tabares enfiló su Cadillac hacia el aparcamiento al aire libre que había detrás del Katty's. Era un lugar en el que un viejo exboxeador solía vigilar los vehículos a cambio de la propina. No estaba. O no iba a venir, o no había llegado aún. Al detective no le hacía ninguna gracia dejar el coche sin vigilancia y menos cuando vio a cuatro chicos que charlaban y fumaban apoyados en un coche verde chillón, lleno de extravagantes dibujos de dragones hechos con purpurina plateada. Era difícil decidir qué daba más miedo, si el aspecto de aquellos cuatro individuos o la espantosa decoración del vehículo. Por si fuera poco, la indumentaria de los personajes impulsó al detective a hacerle un comentario a Katty:

—Los Village People...

Uno de ellos lo oyó. El de más edad, un hombre blanco, moreno, de unos treinta años, vestido con pantalón y chaqueta roquera de piel negra. Un chuletilla de esos que juguetean todo el tiempo con un palillo en la boca, quizá pensando que le ayudaba a dar una imagen de tipo duro. «No aguantará más de dos golpes», calibró el detective. Según iba avanzando recordó el título de una canción que Katty tenía en su repertorio: *The clothes don't make the man*. Dos jóvenes afroamericanos iban vestidos de paramilitares con las mismas prendas varias tallas superiores a las suyas, ofreciendo resultados estéticos dispares. El primero parecía un niñato que le robaba la ropa a papá. El segundo parecía un marine que exhibía su musculatura entre las ropas holgadas. «Este será el hueso duro de roer», pensó Tyson Tabares.

Completaba el cuarteto un chico rubio que parecía recién sacado de una plantación de maíz. Seguramente era el más joven de todos, aunque lucía un mostacho de un estilo extemporáneo, más propio de un hombre de setenta años que de una persona de su edad. Era tan anacrónico que el pelo parecía no corresponderse con la piel fina de una cara que había olvidado el acné hacía poco. Una camisa de cuadros negros y rojos completaba su aspecto de agricultor a punto de disputar una carrera de segadoras. Lo único que tenían en común los cuatro eran los tatuajes. Funcionaban en su *look* como la lechuga en la ensalada: eran abundantes y estaban por todos lados.

Katty se rio por el comentario, aunque sabía que se avecinaba tormenta. La noche estaba empezando y se oían los sonidos propios de la hora: el rumor lejano del mar, el batir de las hojas de las palmeras mecidas por el viento, coches acelerando, alguna discusión a lo lejos y la intermitente sirena de la policía que, en un momento u otro, siempre hacía acto de presencia. Katty temió que aquella noche la iba a tener que escuchar muy de cerca.

Los chicos ya se habían movilizado para amargarles la velada. Deshicieron el círculo en el que estaban charlando, abriéndose en formación de a cuatro mirándolos de forma hostil.

Tyson Tabares echó un último vistazo para comprobar que su preciado coche quedaba a salvo y echó mano de un pequeño cilindro de acero que siempre llevaba en el bolsillo de la chaqueta; lo usaba para rellenar su puño y poder golpear con más fuerza y menos dolor en sus metacarpos. Siguió avanzando, simulando estar ajeno a la provocación de los Village People. Reparó en que estaban fumando algo que podría ser desde marihuana hasta un chino de caballo o de metanfetamina.

«Según lo que sea, la pelea durará más o menos», pensó.

Deseó que fuese *juanita*. Aunque, salvo uno de ellos, no parecían muy fuertes, mejor que estuviesen un poco adormecidos cuando empezase la pelea.

—¿Es tuyo el coche? ¡Carroza! —dijo el de la chaqueta roquera.

El detective se detuvo, los miró uno por uno y contestó:

—Buenas noches.

—Vaya, un tipo educado —dijo uno de los dos paramilitares.

Katty se mantuvo a cierta distancia.

—Cuando hay una dama, la gente debe mostrar respeto —precisó Tyson Tabares, apretando con fuerza el cilindro de metal.

—Me importa una mierda quién esté delante. Si te pasas de listo te vamos a dar tu merecido. ¡Danos la pasta!

«¿Era eso? ¿Son unos vulgares atracadores?», pensó el detective decepcionado.

El viejo exboxeador se acercaba para hacerse cargo de su particular puesto de trabajo. Había elegido mal día para llegar tarde. Katty le hizo un gesto y enseguida pareció darse cuenta de que algo iba mal y que aquello se iba a poner feo. Dio media vuelta y se dirigió a pedir ayuda al portero del Katty's por si tenía que entrar en acción.

Nadie pudo ver de dónde salió el puño que impactó como un meteorito en la mandíbula del afroamericano de la ropa caqui. Curiosamente, era uno de los que no habían abierto la boca. Su cara de sorpresa duró una milésima de segundo mientras se iba al suelo y el puño de Tyson Tabares golpeaba la nariz del hombre de cuero.

Katty estaba acostumbrada a las peleas y sabía quién de los cinco iba a quedar en pie cuando aquello terminase. El detective lanzó una patada al estómago del rubio con bigote, y cuando este se encogió lo remató con un potente *uppercut*.

«Definitivamente, era *juanita*.»

El más flaco de todos se había acercado al coche y allí echó mano de una Smith & Wesson calibre 9 milímetros con la que ahora apuntaba al detective.

—Ahora qué, tío duro. ¡Qué cojones pasa ahora! ¡Qué! ¡¡¡Eh!!! Te vas a cagar, cabrón. Ponte de rodillas.

Tyson Tabares levantó las manos para tranquilizarlo. Por cómo cogía el arma sabía que era suficientemente inexperto como para que se le pudiese disparar el revólver de manera accidental en cualquier momento.

El primero en caer al suelo, el colega fuerte de la ropa militar, se había recuperado y al ver a Tyson Tabares con las manos en alto le asestó una patada en la entrepierna que el detective soportó sin caer, aunque tenía sobrados motivos para hacerlo.

El portero del Katty's se acercaba con el vigilante del parking y unos bates de béisbol en las manos. Katty, que hasta ese momento se había mantenido en un segundo plano, tomó la iniciativa cuando vio llegar a su particular séptimo de caballería, haciéndoles una seña para que le lanzasen un bate de los que llevaban.

Tyson Tabares recibió un fuerte directo en el pómulo derecho que resistió sin caer al suelo. «Este sabe pegar», pensó.

La señorita Ellis golpeó con fuerza la espalda del chico de la pistola, haciéndolo caer de rodillas. El portero aprovechó el dolor del chico para arrebatarle el arma y poner unas bridas plásticas en las muñecas. Repitió la misma operación con el resto del grupo, a la espera de que llegase la policía.

—¿Estás bien, Roberto? —preguntó Katty a su portero.

—Por supuesto. Yo me encargaré. Que estos pringados no os interrumpan más la noche.

Todo había acabado.

—Estoy bien —contestó Tyson Tabares con ironía a una pregunta que nadie le había hecho.

—Eso tengo que comprobarlo personalmente. Tendremos que tomar las dos copas arriba.

—¿Me dejarás fumar?

—Después.

Todavía se resentía de la violenta patada que había recibido en la entrepierna. Katty lo ayudó a subir a su cueva. Preparó un par de copas, puso una interminable lista de jazz mientras devolvía su ropa a su también interminable armario. Sin ninguna prenda sobre su piel, inspeccionó personalmente las lesiones que la pelea había dejado a su compañero.

Hicieron el amor como si fuese de cristal. Con cada beso el dolor se hacía más llevadero.

Tyson Tabares encendió un cigarrillo. En ese momento sonó un tema de The Hot Sardines: *Sweet Pea*.

—Sweet Pea, me alegro de que hayas subido —dijo Katty.

Era la primera vez que lo llamaba así, a lo que Tyson Tabares, curiosamente, no puso ninguna objeción.

—Y yo de haberlo hecho.

Hacía tiempo que ambos no tenían aquella agradable sensación en su vida. Para él era un día importante. No había duda. Era la primera vez que lo llamaban «Sweet Pea».

46

Madrid, 1 de febrero de 2017
195 días para el nacimiento

«En Los Ángeles todo el mundo es culpable hasta que demuestre lo contrario», se dijo Tyson Tabares mientras veía la fluidez y la amabilidad policial del aeropuerto madrileño. Aquella positividad era impensable en su ciudad. Los Ángeles y Madrid eran dos lugares de un tamaño similar y, sin embargo, la diferencia de tasa de criminalidad entre ellas era la misma que entre la superficie de un continente y la de una isla caribeña.

—Perdone —preguntó a un joven del mostrador de información—, ¿dónde podría tomar un taxi?

—Siga recto y a la derecha verá una puerta principal. Allí mismo lo encuentra —contestó el empleado.

Todavía sorprendido por el extraño acento que tenía el español en España, se colocó durante unos instantes en una organizada fila de clientes que iban subiendo a otra organizada hilera de taxis. Nadie se le había acercado a ofrecerle transporte, como en Los Ángeles. No había conductores al acecho del pasajero perdido. Le agradó esa sensación de orden y de respeto por las normas.

Entró en el taxi.

—A la plaza Alonso Martínez, por favor —dijo el detective mientras sacaba su teléfono para llamar a Katty. Calculó la hora que sería en Hermosa Beach: las diez de la mañana. Imaginó que sería temprano para el horario que ella solía llevar. Pero no habían vuelto a hablar desde aquella noche.

—¿Tyson Tabares? —dijo Katty desde la cama—. Llamas en el momento justo. Porque estaba a punto de acordarme de todos los antepasados de un tipo que el otro día durmió en mi cama y no me ha llamado en dos días.

Al detective le resultó divertido aquel numerito. A pesar del reproche y de que acababa de despertarla se notaba que en realidad no estaba enfadada.

—Creí que tú eras de las que llamaban.

«Eso es jugar sucio, Tyson Tabares», pensó la señorita Ellis.

—¿Qué tal el viaje?

—He podido dormir. Aunque no todo lo que esperaba. A mi lado venía un belga con pinta de tener un puesto importante. Lo tuve que despertar varias veces. ¡Cómo roncaba el cabronazo!

—Imagino que no dudaste mucho en hacerlo.

—No. La verdad es que no —dijo el detective riendo—. Intenté informarlo civilizadamente de que tenía un problema y que quizá no era buena idea, ni justo, que el resto tuviésemos que sufrirlo mientras él dormía a pierna suelta.

—¡Menudo impertinente! —le recriminó Katty.

—¿Te lo parece?

—A nadie que ronca le gusta admitirlo.

—Pero no hablemos más de ese tipejo ruidoso y maleducado. ¿Cómo estás tú?

—Medio dormida... y salvando el detalle de la espera de la llamada...

—He pensado mucho en ti durante todo el viaje. Lo del otro día fue algo muy especial para mí.

Katty no esperaba de Tyson Tabares una confesión tan directa, por lo que abandonó el juego del perro y el gato.

—También lo fue para mí. Y no sigas poniéndote en plan encantador porque ya te digo desde este momento que me niego a enamorarme de un tipo como tú.

Sus edades sumadas se acercaban a los cien años. Y, sin embargo, allí estaban, como dos adolescentes emocionados con cada palabra, con cada silencio.

—Intentaré acabar cuanto antes lo que me ha traído a Madrid y discutiremos este asunto personalmente.

—Me gustará hacerlo.

—Quiero volver pronto a esa cueva donde nos conocimos...

—¿Porque se puede fumar?

—Más bien por la música.

—Cuídate, Sweet Pea.

—Lo haré.

Cuando acabó la conversación estaba casi a la altura del hotel donde iba a hospedarse en Madrid. La chica de la agencia de viajes le había recomendado el Sardinero, un hotelito en la plaza de Alonso Martínez en pleno barrio de Chamberí, una de las zonas más emblemáticas de la ciudad. Le había conseguido, por un precio muy razonable, una confortable suite con terraza exterior que tenía unas vistas magníficas al viejo Madrid. «Esas cosas no te las hace ningún servicio online», se dijo.

Ya en la entrada del hotel, dio una generosa propina al taxista, que lo ayudó con la maleta. El personal del hotel dio la bienvenida e hizo el *check-in* con agilidad. El detective se dirigió de inmediato a su habitación y al entrar en ella soltó la maleta, lanzó su abrigo a la cama y salió al balcón de la terraza de su suite a respirar aire puro. Acababa de anochecer y la ciudad se había convertido en un cuadro de Pollock inundado de destellos amarillos. Respiró. El aire era de una calidad aceptable. Estaba en la tierra de sus antepasados. Le resultaba maravilloso que en un mundo en el que solo miramos nuestro ombligo todavía necesitásemos tener raíces. «Será algo genético», pensó.

La «genética» lo llevaba siempre a un nombre propio: Moses Foster-Binney. No tenía ninguna información de con quién había estado Binney, ni sabía por dónde empezar, aunque estaba persuadido de que no sería difícil encontrar el rastro de un millonario presumido que viajaba por el mundo como un millonario presumido.

Utilizaría una argucia que ya había usado en otras ocasiones: la del objeto perdido. Se trataba de llamar a los hoteles interesándose por una prenda olvidada. Curiosamente, nadie preguntaba quién eras, ni por qué llamas tú y no el afectado. El entrenamiento profesional que reciben los chicos y las chicas de los establecimientos hoteleros hace que enseguida se pongan a la tarea de localizar el objeto extraviado.

Empezaría por los dos más emblemáticos, el Palace y el Ritz. Seguro que en uno de ellos se había alojado Binney. Si no, seguiría por el Orfila, el Palacio de los Duques o el Fénix. Estaba seguro de que en alguno de ellos hallaría el recuerdo del luminoso y encendido rostro de Binney.

Primer intento: el Palace.

—Disculpe, querría saber si habían encontrado el sombrero de mister Foster-Binney. Estuvo alojado ahí hace unos días. Lo tenía en gran estima.

Tras un par de minutos de espera la recepcionista contestó:

—Lo sentimos, señor. No tenemos constancia de nadie alojado en las últimas semanas con ese nombre.

Segundo intento: el Ritz.

—Señor, tendremos que consultarlo con la gobernanta. Nos extraña que no haya aparecido. Han pasado varios días desde que el señor Foster-Binney dejó el hotel.

«Tyson Tabares, mueve tu culo al Ritz.»

Sabía que la agresividad con las propinas de los estadounidenses no siempre es bien recibida en Europa. Aunque pensaba que, como muchas cosas en la vida, no solo depende del qué, sino del cómo y del cuánto. Tyson Tabares se dirigió a uno de los porteros del lujoso hotel metiéndole cien euros en la mano. El profesional recibió con sorpresa el billete, lo que no fue obstáculo para que se lo embolsase mientras le preguntaba:

—¿En qué puedo ayudarlo, señor?

—El señor Foster-Binney estuvo hospedado aquí hará unos quince días.

—Sé de quién me habla. Se trata de un empresario muy famoso.

—Necesito saber qué hizo, con quién estuvo...

—No puedo dar esa información de un cliente, señor. ¿Ha pasado algo malo?

—Sí, ha muerto.

—Lo siento mucho, señor. ¿Entiendo que era amigo suyo?

—Teníamos una relación muy intensa.

—Lo siento —repitió.

El detective no estaba dispuesto a que se ganase la propina tan solo con las condolencias.

El portero estaba incómodo. A pesar de que ser servicial formaba parte de su trabajo, no era normal hablar tanto tiempo con un cliente en la puerta de entrada. Más bien su obligación consistía en poner cara sonriente y mostrar cortesía a todo el que pasase.

—Intentaré conseguirle la información. ¿Dónde puedo llamarlo?

—Le dejaré el número de mi teléfono móvil —ofreció Tyson Tabares pronunciando las últimas palabras con retintín. Para él no era más que un *selular*. Le divertía aquel acento. Aquellas palabras. Lo fuerte que los españoles pronunciaban las zetas y las jotas, lo rápido que desaparecían las eses...

Antes de salir del Ritz, tomó dos ejemplares de periódico de la recepción. Se los llevó con la conciencia tranquila: un periódico vale mucho por la mañana y nada por la noche.

Se tumbó en la cama de su habitación y hojeó por internet la prensa de Los Ángeles. Todavía duraban los ecos del shock de la muerte de Binney. «Un líder.» «El célebre científico.» «El genio de las neurociencias.» Así se las gastaban los periódicos para hacer la pelota a Moses Foster-Binney y a su jugosa inversión publicitaria. ¡Columnas enteras dedicadas a loar al personaje!

«Parece que estáis hablando de la madre Teresa de Calcuta», protestó para sus adentros.

Revisó los mensajes acumulados en la bandeja de entrada de su cuenta de correo. Vio como algunos de sus seguidores le proponían retos y desafíos que, de haber tenido tiempo, hubiese aceptado sin dudarlo. Especialmente uno: 2Biig, una prometedora *start up* informática que había quintuplicado su tamaño en solo seis meses, estaba poniendo en marcha aplicaciones en las que el usuario, al aceptar las condiciones (sin leerlas, por supuesto), autorizaba a conectar su micrófono para ser monitorizado con fines comerciales. Se trataba de escuchar sus conversaciones para luego ofertarles productos relacionados con las palabras de mayor frecuencia de uso. «¡Centro comercial El Espía!», sentenció mientras pensaba en las profecías de George Orwell en *1984* y cómo su «gran hermano» se estaba convirtiendo en un relato de actualidad. Le interesaba aquel caso. Esperaría el momento para poder dedicar su tiempo a luchar contra 2Biig y hacer que se metiesen su *big data* por uno de los dos extremos de su conducto digestivo, excluyendo la boca.

Otro asunto que reclamó su atención fue el gran negocio de una multinacional rusa dedicada a la producción de alimentos transgénicos «para paliar el hambre en el mundo» y que, al parecer, debía sus buenos resultados al tráfico de armas... «Tendré que dedicarle tiempo en el futuro.»

Varios correos expresaban su preocupación por cómo y en dónde pagan sus impuestos las multinacionales globalizadas.

«Chicos, estoy totalmente de acuerdo con vosotros. Es triste, pero lo hacen cumpliendo la ley. Recordad eso al votar.»

El mundo seguía generando mierda a toneladas. Seguían escribiendo para contar con los servicios de Tyson Tabares como niños que piden un tren eléctrico a Papá Noel. En cualquier otro momento podría haber aportado su granito de arena en todos y cada uno de los retos que le lanzaban. Pero hoy por hoy, no podía. Se vio obligado a responder educadamente a cada seguidor, disculpándose por estar «tan absorbido por un par de casos que me impiden dedicarle ni un minuto a estos preocupantes asuntos».

«Si en unos meses no habéis encontrado otra forma de resolverlo, contad conmigo. Hasta entonces, salud y paz.»

«Salud y paz», ese era el saludo de despedida que había elegido cuando escribía a sus seguidores. Era un tanto artificial, lo reconocía. Pero le parecía lo suficientemente personal para no ser frío y lo bastante *cool* como para no parecerle a esa gente un jodido carcamal.

Hojeando la prensa local que había sustraído en el Ritz descubrió que esa noche jugaba en la ciudad el Real Madrid de baloncesto contra el CSKA de Moscú. «De lo mejor que puedes ver sin ser NBA.» Contactó con recepción para preguntarles si podían ayudarlo a conseguir una entrada para el partido.

—Querría una buena localidad.

—Lo intentaremos, señor Tabares, le informaré enseguida.

Antes de acabar su conversación con la relaciones públicas del hotel, su iPhone comenzó a vibrar.

—¿Tyson Tabares? Soy Alfonso, el portero del Ritz.

—Alfonso, me alegra oírlo. —Los profesionales de los hoteles eran, junto con los taxistas y los empleados de los aeropuertos, la única gente que uno llega a conocer realmente cuando viaja a un país extranjero.

—Tengo alguna información sobre lo que me pidió.

El detective echó mano del cuadernillo y del pequeño bolígrafo que estaban entre los objetos de cortesía del hotel.

—Continúe.

—Se reunió en un par de ocasiones con otro huésped del hotel, el señor François Metternich. —Se lo deletreó—. Un día salieron juntos por la noche. Habían reservado una mesa en el restaurante Madrizleño, uno de los mejores de Madrid.

«Una zeta..., una eñe... Espero que sea más fácil disfrutar de su comida que pronunciar su nombre.»

—De momento no he podido enterarme de nada más.

—Gracias, Alfonso. Si hay novedades no dude en volver a llamarme. Pasaré por ahí para agradecérselo en persona.

—Pero no en público, señor. Al menos no de esa forma... El encargado de recepción me recriminó que estuviese hablando tanto tiempo con usted.

—Veo que hay capullos en todos los sitios.

—¡Crecen como las setas! —convino Alfonso.

Adiós al partido de básquet.

Tenía la información que necesitaba para empezar a tirar del hilo. Eran poco más de las nueve. Estaba a tiempo. Pidió un taxi y se plantó en el Madrizleño. En menos de veinte minutos estaba hablando con Carmen, la jefa de sala, a la que aplicó la misma medicina que al portero del Ritz.

—Buenas noches, señor —dijo Carmen sonriente y, sin dejar de mirar a los ojos del detective, guardó los cien euros en el discreto bolsillo de su falda.

—Muy buenas noches. Me han hablado mucho de este sitio.

—Espero que los comentarios hayan sido buenos.

—De lo contrario no estaría aquí.

Ella sonrió.

—¿Tienen una mesa para mí?

—Lo siento, señor. Estamos completos.

Tyson Tabares sacó parsimoniosamente otro billete de cien euros. La miró a la cara y lo acompañó de otros dos. Los depositó con elegancia en la mano de Carmen sin dejar de mirarla. Ella se sonrojó mientras los metía en el mismo sitio que el billete anterior.

—Veré qué puedo hacer.

Entró en la cocina y a los pocos minutos volvió sonriente con buenas noticias.

—Cenará usted en la mesa de la cocina. Es un sitio privilegiado al que solo acceden personalidades y amistades del chef.

—Y de vez en cuando alguna suya, por lo que veo...

—He dicho que era usted pariente mío, que ha venido de América por sorpresa. Así que ¡no me delate!

—Soy el tío americano, cariño —dijo bromeando y extendiendo la mano para presentarse—. Tyson Tabares...

—Yo soy Carmen Suárez —le dijo, dándose oficialmente por presentada.

—¡Qué obsesión tienen ustedes aquí con las zetas...!

—Supongo que la misma que tienen ustedes con las eses... —respondió Carmen mientras caminaba hacia la cocina—. Venga por aquí, por favor, tío Tyson...

Simpática, lista, atractiva... Aquella chica hubiese tenido el perfil perfecto de haberla conocido en otro momento. Antes de ser Sweet Pea...

—Pequeña, cómo me alegro de volver a verte —sobreactuó el americano mientras se dirigía a la cocina ante la curiosa mirada del resto de los clientes—. Veo que todos ponen cara de estar disfrutando de la comida.

Era un guiri. Su acento lo delataba. Los clientes disculparon aquella euforia y aquellos modales de mejor gana que si se hubiese tratado de un lugareño, al que sin duda habrían calificado de fanfarrón o de chiflado.

En el momento en el que se abrió la doble puerta entraron en algo que se parecía más al parquet de un mercado bursátil que a una cocina. Gente yendo y viniendo apresurada, tipos dando voces, varias personas con pinzas que colocaban con extrema meticulosidad porciones de productos en los platos tal y como se haría en un taller suizo cuando ponen las piezas en sus valiosos relojes. La mesa que le había conseguido Carmen estaba al fondo de la cocina y virtualmente rodeada de gente.

—Es un privilegio comer aquí, tío Tyson.

—Gracias, Carmen —dijo el detective con naturalidad.

Al poco rato se acercó el jefe de cocina y se presentó con tono militar.

—Me llamo Brais. Hoy me toca estar al mando. El chef no está con nosotros.

—Encantado, Brais. Mi nombre es Tyson Tabares..., como dos célebres boxeadores...

—Vamos a intentar que tenga una experiencia gastronómica inolvidable —dijo Brais interrumpiendo, como si también la cortesía tuviese un tiempo tasado en aquella cocina.

—¿Pondremos el menú largo?

—Por supuesto —contestó el detective sin saber a lo que se exponía.

—Pues vamos a empezar con...

Los siguientes minutos fueron una profusión de palabras, sabores, maridajes de platos con diferentes vinos. Eran cosas sensacionales. Para su sorpresa, no reconocía prácticamente ningún sabor... y, sin embargo, todos le gustaban. «Había vida más allá del *fresh-mex* angelino», pensó a pesar de que en su tierra también solía frecuentar buenos restaurantes de vez en cuando.

A lo largo de todo el menú fue entablando una buena relación con los dos camareros que lo atendían. Había llegado el momento de deslizar las primeras preguntas.

—¿Saben? No hace mucho estuvo aquí un viejo conocido mío. Un americano que vino acompañado de otras personas.

—No recuerdo a todos los clientes —protestó Marina.

—¡Me habló tan bien de su comida! Me gustaría saber si era este menú —continuó Tyson Tabares todavía sorprendido por la energía que emanaba aquella camarera.

—Por aquí viene mucha gente. ¿Qué día fue? Para saber quién estaba de servicio en ese momento.

—Un miércoles. Hace un par de semanas.

—¡Jaime! —gritó Marina llamando a uno de sus compañeros—, el señor pregunta por un cliente americano que estuvo un miércoles con nosotros. Hará unos quince días. ¿Recuerdas a alguien?

El joven camarero se paró en seco.

—¿El científico ese tan importante que murió?

Los dos camareros siguieron hablando entre sí.

—¿Murió? —dijo Marina sin dejar de trabajar—. ¿El que decías que era el Steve Jobs de las neurociencias?

Tyson Tabares se vio obligado a intervenir.

—Falleció hace unos días.

Brais se acercó para pedirles un poco más de actividad. Todavía no había parado el aluvión de peticiones de platos en la sala. No era el momento de perder la concentración en el trabajo.

—Disculpe —dijo Jaime, alejándose—. El señor Foster-Binney acudió a cenar con Rafael Vázquez y otra persona, que también era extranjero.

Mientras se alejaba Jaime, Marina volvió a acercarse.

—El señor Vázquez es un cliente habitual de la casa —informó Marina—. De los que vienen muy a menudo. En alguna ocasión cenó en la misma mesa donde lo está haciendo usted esta noche.

Pocos pueden hacerlo —añadió, confirmando que aquello era realmente el privilegio que le había vendido Carmen en la entrada.

Marina recogió dos platos y salió corriendo, despedida por la puerta de la cocina al espacio exterior.

—Rafael Vázquez —musitó pensativo el americano, intentando pronunciar adecuadamente las zetas mientras continuaba degustando su tercer postre.

«Tendré que caminar días enteros para compensar todo esto.»

Cuando terminó el banquete, Tyson Tabares felicitó, uno por uno, a todos los cocineros y camareros y se dispuso a recoger su gabán en la entrada.

—Carmen, muchas gracias por todo.

—Espero que hayas disfrutado, tío Tyson.

A Carmen le divertía aquella situación y se atrevió a coquetear un poco.

—Rafael Vázquez.

—¿Está aquí? —se sorprendió Carmen.

—No. Pregunto qué sabes de él.

—Es un buen cliente. De la universidad. Suele venir varias veces al año acompañado de otros médicos y científicos. Congresos, cursos..., ya sabe.

El detective recogió el abrigo y extendió su mano hacia Carmen.

—¿Volveremos a vernos? —preguntó la jefa de sala, seductora.

—Sería un honor para mí. Pero hay alguien en Los Ángeles esperándome.

Tenía lo que había ido a buscar. Le había costado tener que atiborrarse de manjares «pero no se puede decir que haya sido un sacrificio...». Daría un largo paseo por la ciudad antes de meterse en la cama del hotel.

«Señor Rafael Vázquez, tendrá usted muy pronto una visita procedente de Los Ángeles.»

Se sumergió entre las luces madrileñas a un ritmo lento, seducido por la sucesión de cosas bellas que la ciudad iba mostrándole. Mientras, en su imaginación, sonaba *Harlem Nocturne*. La versión de Illinois Jacquet. Nunca otra.

47

Ginebra (Suiza), 2 de febrero de 2017
194 días para el nacimiento

François no había ido a dormir a casa. Llevaba toda la noche en su despacho del hospital cinco estrellas del que era propietario. Desde su ventana se podía ver el río Ródano ensanchándose para juntarse con el lago Lemán. Unas vistas agradables que, aquella noche, se habían convertido en un motivo para sentir temor. Nadie que no conozca bien el lago Lemán es capaz de imaginar la violencia de sus tormentas cuando se abren paso entre las montañas de los Alpes. Nadie sería capaz de imaginar que aquellas aguas, habitualmente tranquilas, se puedan convertir en pocas horas en un infierno para navegantes y turistas, y hacer oscilar con violencia los palos de los veleros amarrados en los puertos deportivos sometidos a los más de sesenta nudos de sus vientos, provocando destrozos y accidentes.

El sonido del vendaval, el aparato eléctrico y los golpes del granizo en los cristales hacían imaginar a François cómo estaría la superficie del lago en esos momentos y lo hacía sentirse más a gusto encerrado en su despacho tomando su coñac centenario. Se sentía como lord Byron y sus amigos en la Villa Diodati «el año en que no hubo verano» y en el que aquel grupo de talentos disfrutó de la hospitalidad ginebrina. Solo con tormentas así uno es capaz de imaginar vampiros y monstruos como el de *Frankenstein*.

Quería pasar sus temores en soledad, sin que lo viese su mujer. La había llamado para comunicarle su ausencia alegando una repentina carga de trabajo. La mujer no puso ninguna objeción. No era la primera vez. Tampoco había niños que lo esperasen para darles el beso de buenas noches. Afortunadamente, pensó. En ese momento solo podía pensar en el niño que Asifa, su paciente, llevaba en el vientre y le hacía aborrecer todo lo que tuviese que ver con el hecho de que una criatura naciese. ¿Cómo había podido traicionarla?, se recriminaba. Era una mujer dulce, educada, entusiasmada con la idea de ser madre. Se sentía más despreciable cada vez que a su memoria venían aquellos ojos negros. ¿Qué habían hecho? ¿Cómo pudo obedecer aquella orden? «*Clone it.*» «*Clone it.*» Solo podía escuchar la voz de Moses ordenando aquella aberración. ¿Por qué obedeció? Sabía que era una locura desde el momento en que la oyó. Podría haberlo engañado, simular que lo hacía y seguir haciendo sus inseminaciones como de costumbre. Moses no se hubiese enterado ¿Cómo iba a comprobarlo? No tenía forma alguna de hacerlo. Sin embargo, no lo había hecho. No podía engañarse a sí mismo. Sabía que desde que había oído aquello le había parecido atrayente. Hacer algo así, ser él, François Metternich, el que iluminase al nuevo mesías, pasar a la historia... En aquel momento le había parecido una genial ocurrencia, aunque ahora le pareciese patético y lo atormentase. Era un temor a algo de lo que no se podía esconder. Temía a un Dios en el que no creía. Que no existía. Era absurdo, lo sabía. Pero Moses estaba muerto. Muerto. Era un hombre sano. Brillante. ¿Qué lo mató? ¿Cómo fue su muerte? ¿Se habría arrepentido? ¿Cuáles serían sus últimos pensamientos? ¿Qué sentiría al irse de este mundo con algo así en su conciencia?

Allí, en su despacho, refugiado junto a su botella de Paradise Imperial, mirando el lujoso cristal austríaco de su copa mientras acariciaba un viejo libro que había sacado de la biblioteca de su despacho, sintió la necesidad urgente de hablar con alguien de todo aquello. Solo había una persona en el mundo con la que podía hablar sin tener la sensación de estar empeorando las cosas: Rafael. Su amigo español. ¿Su amigo? Si fuese su amigo no lo hubiese traicionado. Lo sabía. Pero ahora lo necesitaba. ¿Era demasiado temprano para llamar? Ya habían pasado las ocho de la mañana. Sabía que Rafael era madrugador. No creía que fuese a importunarlo. Pero estaba suficientemente embriagado como para que se le notase al hablar y no quería dar aquella imagen. Tenía que llamarlo. Si no hablaba con alguien se iba a volver loco. Miró el reloj. Eran las ocho y media de la mañana. Lo llamaría. Cuando intentó utilizar su teléfono se dio cuenta de que tenía las manos llenas de sudor, por lo que la pantalla de su *smartphone* no obedecía sus órdenes. Se levantó y fue al aseo de su despacho para secarse las manos y, de paso, las gotas de sudor que perlaban su frente. Por fin, con las manos secas, pudo transmitir sus órdenes al terminal y efectuó la llamada.

El doctor Vázquez revisaba un examen con uno de sus alumnos antes de empezar su clase de las nueve. Había desconectado el timbre de su teléfono y su redoble intermitente le pasó desapercibido hasta que acabó la reunión.

—¿François?

—Rafael, ¿has pensado en la muerte?

—Es muy temprano para eso, François.

—Desde que empezó todo esto yo no puedo dejar de hacerlo.

—¿Te encuentras bien? Noto algo extraño en tu voz.

—Nada grave. Quizá un poco de coñac...

—¿Me llamas temprano... y borracho?

—*Bien sûr que non*. Yo no he estado borracho nunca, amigo mío. Simplemente, he estado pensando y bebiendo.

—¿Pensando en la muerte?

—Entre otras cosas. Tú, cuando piensas en la muerte, en qué piensas. ¿Qué imaginas que hay después?

Estaba claro que los ritmos y las conexiones mentales de una persona bebida no son los normales. Rafael decidió, aun sin estar demasiado convencido, continuar por los derroteros propuestos por François.

—No pienso en la muerte como tal.

—¿No te asusta?

—No. Sinceramente, no.

—¿De verdad? Desaparecer, entrar en otra dimensión... —insistía François.

—Me asusta el cómo morir. Me asusta el dolor. La agonía.

—¿Y lo que hay después?

—No. Sencillamente, porque creo que no hay nada.

—Qué suerte.

—¿Suerte?

—Yo temo que haya algo. Llevo toda la noche intentando refugiarme de lo que puede haber después de cruzar el umbral. Nadie sabe nada de eso.

—No hay nada.

—Nadie puede demostrarlo. Ni tampoco lo contrario. ¿Realmente nunca has pensado en esto?

Rafael no encontraba ninguna explicación a la necesidad de ser sincero con un individuo borracho al que despreciaba. Sin embargo, quería responderle, decirle que sí, que se hacía esas preguntas, que llevaba días atosigado por la falta de respuestas.

—Bueno. Todos hemos pensado sobre eso en algún momento —concedió Rafael.

—Supongo que conoces «la apuesta de Pascal».

—He oído hablar de ella.

—Estoy delante de un ejemplar de un libro suyo: *Pensamientos*. ¿Me permites que te lea algo?

—No tengo mucho tiempo. Empiezo las clases en unos minutos.

François no hizo caso a la objeción de Rafael y empezó a leer:

—«Si apostáis a que Dios existe, si ganáis, ganáis todo. Si perdéis no perdéis nada. Optad, pues, por que exista sin vacilar.»

—Él mismo lo dice. Es una apuesta.

—Pero si apostamos a que no existe y luego sí..., nos condenamos.

La voz de François se quebró.

—François, estás bebido. Es muy temprano.

—He apostado mal. He apostado a que no existía y ahora

me atormenta. Pascal me atormenta. Veo a Moses ardiendo en el infierno. No puedo dormir. Creo que hemos hecho algo muy grave y algo nos lo va a hacer pagar. A Moses se lo llevó alguien. Es una venganza.

—Moses murió de una enfermedad.

—Su muerte... Fíjate cómo murió. En tan poco tiempo. Un hombre sano y rico con el acceso a la mejor medicina del mundo... y, sin embargo, murió sin que nada remediase su dolor. Su mujer me contó que se fue como un perro, con vómitos, diarrea, dolores... Moses no quiso llamar a otro médico, no aceptó que nadie lo atendiese.

—Es frecuente que la fiebre haga delirar a las personas.

—Es posible. Su mujer piensa lo mismo. Pero la realidad es que murió de una forma horrible. Tengo miedo, Rafael. Creo que algo quiere hacernos pagar lo que hicimos.

—¿Hicimos? Yo no he hecho nada —se desmarcó Rafael.

—Es cierto. Tú no sabías nada, pero yo sí. Manipulé la inseminación de Asifa.

—¿Asifa?

—Asifa Washington es mi paciente en la clínica de Londres. Es..., es... la madre en la que insertamos el embrión fecundado con la información genética. La madre del clon.

Rafael hubiese preferido no oír aquellas palabras. Mientras François continuaba relatándole los pormenores del proceso de inseminación, pensó que aquello era aún peor de lo que había imaginado.

—¿Esa mujer sabe algo?

—¡Claro que no! Sería mi ruina. Es una clienta, una profesora de la London School of Economics. Su marido, Clement Washington, es un viejo e influyente profesor de economía en la misma universidad. Un hombre con mucho predicamento en las altas instancias políticas. Le lleva casi treinta años. Por motivos médicos no puede engendrar hijos. Ella quería tener un niño. Vinieron a mí y les hice..., les hice esto...

Esperaba encontrar en las palabras de Rafael algo que le aliviase la carga de la responsabilidad. Esa comprensión no llegó.

—François, ¿por qué ella?

—Alguien tenía que ser. Podía haber sido cualquiera de nuestras pacientes. Viendo los historiales me encontré con Asifa Koofi, una chica anglopakistaní cuya familia es de origen pastún. En aquel momento me pareció que el que alguien oriundo de una de las cunas del fundamentalismo islámico llevase en su vientre la clonación del mesías de otra religión era algo..., algo poético.

—¿Poético? —interrumpió Rafael.

—*Je sais, je sais*..., solo digo que en aquel momento me lo pareció. Tenía que ser alguna de mis pacientes y ella buscaba un donante de esperma, todo la señalaba y decidí hacerlo.

—¿Has intentado decírselo?

—No puedo. Sería el fin de mi carrera. Posiblemente también de la tuya, Rafael. Quizá también de nuestra vida.

La preocupación y el miedo de François viajó miles de kilómetros en un segundo, alcanzando de lleno al doctor Vázquez.

—Nos hemos condenado. Todos —repetía François.

—Te has condenado tú y ese millonario sin escrúpulos. No me metas a mí en todo esto. Yo soy un científico, ¿lo entiendes? Un científico. No soy como vosotros. No tengo yates, ni mansiones, ni millones en el banco...; yo a lo largo de toda mi vida solo he tenido dos cosas: curiosidad y principios. No voy a renunciar a ninguno de ellos por vuestra culpa.

—Tengo miedo.

—Te voy a ser sincero: nada me gustaría más que recibieseis un castigo ejemplar. Que ese Dios del que hablas os diese vuestro merecido. Pero desgraciadamente eso no va a ocurrir porque creo que no existe. Puedes estar tranquilo.

Quizá por aquella tranquilidad repentina o quizá porque la tolerancia al coñac había llegado a su límite, François colgó sin despedirse.

48

Los Ángeles (California), 2 de febrero de 2017

Desde el 660 de South Figueroa Street hasta el 333 de South Hope Street hay poco más de media milla y más de tres mil millones de dólares de distancia. Esmeralda Estévez salió de su despacho con zapatillas deportivas dispuesta a ir andando hasta las oficinas de los representantes legales de Cerebrus y de Moses Foster-Binney: Stonely, Spencer & Madison, la mayor firma de abogados de Estados Unidos. Solo su despacho de Los Ángeles era cincuenta veces más grande que el de ella, por lo que decidió no ponerse los zapatos de tacón que llevaba en el bolso y entrar a la reunión con las Nike «todocamino» que llevaba puestas.

Salió del ascensor, se dirigió a recepción y se encontró con una administrativa que llevaba un traje más caro que el de ella. Aquella altísima chica la acompañó a través de unos interminables pasillos acristalados hasta llegar a una lujosa sala de reuniones. La invitó a sentarse en uno de los laterales de la mesa donde habían colocado dos cuadernos de papel reciclado y unos lapiceros completamente nuevos. Una cámara de vídeo con un pequeño trípode estaba apuntando hacia ella, colocada junto a otras dos libretas que marcaban los lugares donde se sentarían sus rivales. Por lo que se podía ver, contaban con que fuese acompañada por Tyson Tabares.

Durante la espera, Esmeralda pudo visualizar a un buen número de abogados con un aire común. «Parece que estamos ante el excomité de redacción de la *Harvard Law Review*», se dijo. La *HLR* era una publicación de un grupo independiente de estudiantes de la facultad de Harvard y cualquiera diría que se había convertido en un requisito indispensable para formar parte de aquella prestigiosa firma de abogados.

Los pasantes parecían pasantes de abogados de Harvard.

Las secretarias, secretarias de abogados de Harvard.

Aquel sitio respiraba Harvard por los cuatro costados.

«Lo siento chicos, os va a ganar una que solo pudo estudiar en UCLA.»

Al poco rato entraron presentándose a sí mismos Mitchel Wilson y Adele Namath, los dos abogados que representarían a la firma en la reunión.

Llevaban puesto la versión masculina y femenina del uniforme: traje de alpaca gris, camisa blanca de algodón, pelo corto o pegado a ambos lados de la cara... A Esmeralda le dieron ganas de decir: «¿Un dónut?», para que aquellos dos se escandalizasen nada más empezar.

—Tenéis que perdonarme, pero he venido sin maquillar.

—¿Disculpe? —pregunto Mitchel.

—La cámara. No sé a qué viene.

—La costumbre. La secretaria debió de pensar que sería necesaria.

—Bien, pues podéis llamarla y decirle que la retire.

Mitchel se levantó y se la llevó con cara de pocos amigos.

—Adele, ¿sabes que tienes tus derechos?

—¿Disculpe?

—No pueden secuestrarte y esclavizarte de esta manera.

La ironía de Estévez incomodó a la señorita Namath, que sonrió de una forma despreciativa y se mantuvo en silencio, intentando no perder la compostura, hasta que regresó Mitchel.

—Esperábamos que viniese con usted el señor Tabares —dijo por fin Adele.

—El señor Fernandes y Roca. Tyson Tabares es un nombre.

—Tenía entendido que...

—Para eso estamos los colegas —dijo Esmeralda con campechanía—, para ayudarnos en los malentendidos.

—Pues el señor Fenandes...

—Y Roca. El señor Fernandes y Roca.

Mitchel Wilson se dio cuenta de la estrategia de Esmeralda y se dispuso a salir en ayuda de su compañera.

—A partir de ahora lo llamaremos el demandado, si no le importa.

—¿Crees necesario intervenir para ayudar a una mujer?

—Disculpe, abogada.

—¡Mitch!, ese mundo ya ha pasado. Olvida ese halo protector. Adele se sabe defender solita.

Wilson y Namath fruncieron el ceño sin perder los nervios.

—Su cliente sabe que tenemos todo a nuestro favor. El hecho de querer propiciar un acuerdo forma parte del estilo de esta firma —puntualizó Adele Namath, intentando llevar aquella conversación a un territorio que les fuese propicio.

—Veréis, os diré lo que vamos a hacer. Vamos a valorar los daños que la empresa a la que representáis ha producido a lo largo de todos estos años. La distanasia no es legal en este estado, ¿lo sabíais? —les dijo Esmeralda sin dejar de sonreír.

—Ni en este ni en ningún lugar del mundo —contestó Wilson.

—Que estéis familiarizados con la palabra es, en sí mismo, un buen comienzo. Sabréis de lo que estoy hablando.

—Señorita Estévez, sé perfectamente a qué está jugando —interrumpió Adele— y qué pretende. Nosotros preparamos los casos a fondo y, según lo que estoy escuchando, no tengo tan claro que usted haga lo mismo.

—Mil millones de dólares.

Los dos abogados de Harvard se mantuvieron impertérritos.

—Esa es la cifra para poder llegar a un acuerdo y que mi cliente se retracte. Esos mil millones irán a cada una de las familias de las personas con las que vuestro cliente se ha ensañado terapéuticamente todos estos años.

Esmeralda sacó dos gruesos dosieres de su bolsa y los colocó con delicadeza frente a cada uno de sus contrincantes, limpiándoles las motitas de polvo antes de retirar su mano.

—Aquí tenéis antecedentes legales en casos similares en contra de empresas biotecnológicas y médicas. ¡Ah! También incluye un pequeño dosier... que no es ni la mitad de la información que tiene mi cliente.

—No querrá usted participar en una extorsión, ¿no? —amenazó Wilson.

—Yo solo quiero nuestros mil millones. Retirad las demandas contra mi cliente y empezaremos a negociar cómo hacerlos efectivos. Entiendo que no los llevéis encima en este momento.

Esmeralda se levantó. Adele, sin apenas flexionar el cuello, bajó la mirada hasta ver las zapatillas deportivas de su rival.

—UCLA uno, Harvard cero —dijo Esmeralda antes de levantarse y salir caminando por los interminables pasillos de cristal.

Cuando estaba a la altura de la Biblioteca Pública de Los Ángeles comprobó que su reloj marcaba las diez en punto de la mañana. «Esto significa que en Madrid serán las siete de la tarde», calculó antes de llamar a su cliente.

Apagado o fuera de cobertura en ese momento.

—Tyson Tabares —dijo Esmeralda dejando un mensaje en su buzón de voz—, el juego ha comenzado. Estarán entretenidos unos días. Les he pedido una cantidad... digamos que importante. Sé que tú no piensas en el dinero en todo esto. Pero ellos sí. Creo que esas querellas contra ti van a estar pronto en el destructor de papeles de Stonely, Spencer & Madison. Disfruta de tu estancia en Madrid. ¡Y no dejes de probar los churros!

49

Madrid, 3 de febrero de 2017
193 días para el nacimiento

Una bandeja con zumo de naranja, café, huevos fritos y cruasanes esperaba a Tyson Tabares sobre la mesa de la terraza de su habitación. Todos los colores posibles se juntaron alrededor de aquel momento lleno de buenas vibraciones matutinas. Después de haber escuchado el mensaje de Esmeralda Estévez, había dormido tan bien que ese día le parecía como si Madrid entero brillase igual que una enorme joya. Un resplandor que se abría paso entre los tejados rojizos y el azul intenso del cielo.

Desayunó con tranquilidad mientras rastreaba por internet el nombre de Rafael Vázquez. Ojeó lentamente los primeros de los más de treinta mil resultados que le había ofrecido el buscador en menos de un segundo. Eran tan heterogéneos como cabía esperar de un nombre tan común, así que decidió añadir la palabra «Cerebrus» a la búsqueda. No apareció nada relevante, excepto una noticia de un diario online poco conocido:

> La FB FOUNDATION, vinculada al presidente y fundador de CEREBRUS Moses Foster-Binney, otorga una importante beca de investigación a Rafael Vázquez Pita para su proyecto sobre autenticaciones de reliquias a través del estudio del ADN...

De esa noticia saltó a otra que el buscador le sugería.

> El departamento de genética de la facultad de Medicina de Santiago celebra la aportación de una importante inyección económica para sus proyectos de la mano de la FB FOUNDATION, organización estadounidense sin ánimo de lucro...

Aquel era el Rafael Vázquez que buscaba. Ahora solo tenía que atraerlo con sutileza. Si ese Vázquez no era un mal bicho, la brusquedad podría espantarlo.

Disfrutó un rato más de la luminosidad del día. Se asomó por la barandilla de la terraza y miró al horizonte confirmando que hay cosas que son iguales en todos los lugares del mundo. En cada sitio donde había estado siempre observó esa energía abrupta que tiene una ciudad cuando arranca la jornada. La intensidad rebosante de sus gentes que, con un café o un té en las venas, van dispuestos a comerse el día para pagar las facturas y sacar a sus familias adelante.

«No hay nada más emocionante que la honestidad», afirmó para sí mientras daba por concluida la meditación de aquella mañana.

Sabía que pronto tendría a Vázquez comiendo de su mano y contándole muchas cosas. Dedicaría la jornada a intentar contactar con él y, si todo iba bien, por la tarde disfrutaría de la ciudad. Katty le había insistido en que no dejase de visitar el Museo del Prado.

—Facultad de Medicina USC. Buenos días, ¿en qué puedo ayudarlo? —respondió una voz aguda desprovista de cualquier tipo de entonación.

—Quería hablar con Rafael Vázquez Pita.

—¿Se refiere al doctor Vázquez?

—Supongo que sí.

El teléfono sonó durante un buen rato. Tyson Tabares estaba a punto de colgar cuando una voz pausada y con un timbre juvenil le contestó al otro lado.

—¿Hablo con Rafael Vázquez?

—Sí, ¿quién es?

—Doctor Vázquez, me gustaría hablar con usted sobre la muerte de Moses Foster-Binney.

«Bien, Tyson Tabares, a eso es a lo que yo le llamo ir poco a poco», se reprochó de inmediato. Lo había dejado fuera de combate con el primer golpe.

—No sé quién es usted.

—Tan solo quiero hacerle unas preguntas. Supongo que está enterado de su muerte...

—Sí, pero yo no tengo nada que ver. Yo ni siquiera lo conocía hasta hace unos días —se apresuró a decir Rafael.

—¿Qué tipo de relación tenían? —preguntó el detective, intentando averiguar por qué aquel hombre estaba tan nervioso.

—Ya le he dicho que lo acababa de conocer... y..., bueno..., tuvimos nuestros más y nuestros menos. Por... cuestiones de trabajo.

Tyson Tabares decidió ayudar poniendo algunas cartas boca arriba.

—Tranquilícese. Estoy de su parte. Sé qué tipo de persona era Binney.

Moses, allá en su tumba, se volvería a retorcer al oír cómo el detective usaba, una vez más, el cincuenta por ciento de su apellido.

—Me gustaría verlo y charlar un rato.

—No tengo nada que ocultar.

—Lo imagino. No quiero causarle problemas.

—Pásese por aquí.

—Hay un pequeño problema. Estoy en Madrid. Podría estar ahí mañana. Cogería uno de los primeros vuelos disponibles.

—Si lo prefiere, la semana que viene tendré que desplazarme a Madrid. Podríamos vernos en ese momento.

—No pienso estar tanto tiempo en España.

Cuando inició el viaje, había calculado una estancia de cuatro o cinco días.

«Si quieres ver cómo Dios se ríe, cuéntale tus planes», pensó.

No hacía mucho que había amanecido. La luz iba graduando la luminosidad de la terminal 4 del aeropuerto de Madrid, ayudada por la escala de colores con la que estaban pintadas sus columnas.

Se dirigió a la puerta de embarque A17, de donde saldría el avión que lo llevaría a Santiago de Compostela. Tyson Tabares caminaba sonriente, a pasos largos y tranquilos, sin ningún tipo de equipaje en la mano, ninguna charla por el móvil, dejando pasar cortésmente a otras personas en las escaleras mecánicas y en las puertas... La gente lo miraba. Era extraño ver a alguien tan relajado a aquellas horas en aquel edificio.

Mientras esperaba en la cola de embarque, el detective miró con interés por los ventanales. Era una imagen ya vista, repetida en todos los aeropuertos del mundo. Pistas y aviones que se unían a los rostros cansados de los pasajeros... «¿Esto era el futuro?», se preguntó, dejando la respuesta en el aire antes de despegar.

Había sido relativamente fácil localizar a Rafael Vázquez. La gente piensa que encontrar a alguien es complicado, pero no es así. En realidad, para un profesional es una tarea rutinaria: tirar de un hilo, este te llevaba a otro, luego a otro... y pronto tienes delante de ti al personaje que andas buscando.

«Las personas dejamos más rastro que la baba de un caracol.»

No siempre resultaba tan sencillo. A veces uno se encuentra con alguno que sabe esconderse. Personajes escurridizos. De esos que es difícil meterles mano y llevarlos ante su señoría con pruebas suficientes. Quizá Binney se topó con uno de ellos. Un cabrón que le quitó la vida. La posibilidad de que el neurólogo hubiese muerto asesinado se había instalado en su cabeza desde el momento en que se enteró de la noticia. Tenía que descartar que Rafael Vázquez fuese aquel tipo.

Entró en el avión y se dirigió a los confortables asientos de *business*. Lo precipitado de la decisión de volar hizo que no pudiese encontrar otro billete que no fuese de primera clase. Cómodamente sentado, solo y sin ronquidos a su alrededor se dispuso a dormir un rato. «El karma me debía una.»

Despertó cuando el avión tomaba tierra. Fue el primero en bajar del avión y el primero en subirse a un taxi que lo llevó hasta la facultad de Medicina de Santiago de Compostela. Al llegar, se encontró con una construcción de algo más de un siglo que se unía a la majestuosidad de la zona vieja de la ciudad.

Subió la escalera y preguntó por el departamento de genética. El funcionario supo darle las indicaciones adecuadas para que llegase a su destino. Los estudiantes miraban con curiosidad al americano mientras subía, parsimonioso, al siguiente piso. Se detuvo frente a un cartel que indicaba: DEPARTAMENTO DE GENÉTICA.

Tocó con los nudillos educadamente, aunque la puerta estaba abierta. Entró en un pequeño distribuidor en el que desembocaban cuatro despachos. Apostó mentalmente diez a uno a que el de la esquina izquierda era el de Vázquez.

—Llega usted un poco antes de lo previsto.

—¿Lo interrumpo?

—No, por favor. ¿Le apetece un café?

El detective asintió, deseando disfrutar de una buena dosis de cafeína.

—¿Quiere tomarlo aquí, rodeado de estudiantes, o nos vamos al Hostal de los Reyes Católicos?

—La oferta no plantea ningún tipo de duda —dijo Tyson Tabares—. Pero no estoy hospedado allí.

—No es necesario. El servicio de cafetería se puede disfrutar independientemente.

Salieron caminando hacia un edificio que, hace quinientos años, empezó siendo un hospital de peregrinos; una de las primeras grandes construcciones de la humanidad pensadas íntegramente como servicio público, para que fuese disfrutado por ciudadanos de todo el mundo que llegaban a Santiago. Durante siglos esa fue su función. Hoy es un establecimiento hotelero de cinco estrellas y todos sus clientes gozan de muy buena salud, incluyendo la de sus carteras. Sin embargo, es posible acceder a sus instalaciones por el modesto precio de una consumición y disfrutar de ese halo salvífico que a uno le hace pensar que el cielo está cerca y que alguien gobierna en las alturas.

«Poca chusma por la calle y Rafael parece de fiar...», se dijo el detective mientras examinaba cada detalle de la ropa y la anatomía de Vázquez.

—Parece una ciudad tranquila —dijo el americano.

—Lo es —contestó Vázquez.

Entraron en aquella especie de palacio y se dirigieron a un salón lleno de lujosos muebles de época. «¡Nunca me hubiese atrevido a sentarme aquí a tomar un café!», pensó el detective. La estancia tenía innumerables obras de arte al alcance de la mano. Una exhibición de confianza inconcebible para un expolicía de Los Ángeles. Era evidente que venía de un mundo completamente diferente. Llevaba menos de una hora en la ciudad y ya había calibrado la cantidad de chorizos y pensado en quién podría robar aquellas obras de arte.

—Así que fue usted policía de Los Ángeles. Estuve curioseando en su web —se disculpó Rafael.

—Así es. O, mejor dicho, así fue.

—Debe de ser duro vivir en Los Ángeles.

—Vivir es vivir...

—Yo no sé si podría...; soy un yonqui de la naturaleza. Creo que las grandes ciudades son un error, dicho sea con todo el respeto. En algún momento a alguien le pareció buena idea crear islas de asfalto llenas de hormigón... y de hormiguitas.

Tyson Tabares se recostó sobre su butaca dispuesto a escuchar a un hombre que era capaz de mostrar aquella agudeza en el comentario y a la vez hacer un juego de palabras tan infantil.

—Sin ánimo de ofender —insistió en disculparse Rafael—. Soy un gran admirador de Estados Unidos. De hecho, de niño soñaba con haber vivido en una gran ciudad como Nueva York.

—¿No le hubiese parecido más atractivo algo más al sur?

—Los Ángeles tampoco hubiese estado mal... Pero había visto más películas sobre Nueva York.

Rafael empezaba a sentirse cómodo.

—Crecí en un barrio coruñés que no tenía un nombre definido: urbanización Soto... Luego Soto...

—Siento compasión por aquellos carteros...

—Digamos que era un nombre que evolucionaba. Yo lo llamaba Brooklyn, porque para llegar a él había que cruzar el río Monelos. Era pequeño, no se crea, y discurría soterrado debajo de las calles y de los edificios. Pero yo fantaseaba con la idea de que era nuestro río Hudson. Me fascinaba Nueva York.

Cada vez que Vázquez elogiaba la gran ciudad del Atlántico, Tyson Tabares se revolvía en la silla defendiendo las metrópolis del Pacífico.

—Me gustaba todo lo americano en general. Tenía endiosados a las actrices y a los actores americanos. Le parecerá una tontería, pero me resultaba imposible imaginarlos haciendo cosas cotidianas...: a Woody Allen cortándose las uñas de los pies, por ejemplo..., o que Harrison Ford necesitase echarse crema en la entrepierna porque le había irritado un calzoncillo. Ya sabe, esas cosas que hacemos la gente normal.

Aquello hizo reír de verdad a Tyson Tabares.

—Era como si no fuesen humanos. Aquellos coches gigantescos... Aquellos lugares... Aquellos detectives de amplios abrigos.

—Con lo que ganaban, ¡nunca hubiesen podido llevar ropa tan elegante!

El encuentro estaba yendo mejor de lo que el americano hubiese previsto. Aquel médico parecía un buen hombre y era un gran conversador, de eso no había duda.

—Para mí, aquellas historias que veía en la televisión eran, en realidad, el territorio de mi niñez —continuó Rafael—. Siempre digo que mi folclore eran las bandas sonoras de las películas del Oeste. Lo que veíamos era la cultura que compartíamos... Nada me hacía sentir más feliz que la sintonía de *Los siete magníficos*, o la banda sonora de *Un hombre tranquilo*. La infancia es un lugar, ¿no le parece?

—Comparto lo que dice.

—Yo crecí queriendo montar mi propio caballo para ir a trabajar con el ganado. Y deseando poder decir alguna vez: «Tócala otra vez». O charlar con un desconocido sentado en la barra de un bar mirando hacia delante. ¿Sabe? Eso aquí sería inconcebible. Se interpretaría como un menosprecio. Pero en las pelis americanas las personas reflexionan delante de su copa mirando al frente, ante la mirada atenta de un discreto camarero...

—... que siempre escucha la conversación... —añadió el detective, y ambos se echaron a reír.

—¡Ah! Y decir: «Ponme otra. Doble».

—¿Eso no puede decirlo aquí?

—¿Aquí? En este país cargamos las copas muuucho más. Aquí si pides una doble, no cabe en el vaso.

A pesar de que estaba siendo un momento agradable, Tyson Tabares decidió volver al trabajo. Vázquez tenía una información que él necesitaba.

—¿Cómo conoció a Binney?

Rafael se rascó la parte trasera de la cabeza ante el incómodo giro de la conversación.

—En realidad, lo conocí hace tan solo unos días. Un poco antes de su muerte... Pero eso no significa que esté relacionado con ella.

—Vázquez, ya se lo he dicho. Estoy de su parte. Binney era un mal bicho.

—Supongo que debería haberme preocupado por conocerlo mejor antes.

El detective cruzó las piernas y se mantuvo en silencio.

—¿Usted sabe en qué lío nos metió ese hombre? —preguntó Rafael.

—Esperaba que me lo dijese usted.

—Yo soy un especialista en genética, ¿sabe?

—Lo imaginaba. Acabo de ir a buscarlo a un sitio donde podía leerse bien grande: DEPARTAMENTO DE GENÉTICA.

—Soy biólogo, además de médico. Durante años desarrollé, junto con mi equipo, una serie de procesos, herramientas, maquinaria y técnicas que permitían discernir de forma categórica los restos de material genético presente en las reliquias para poder descartar, por comparación con otras, si se trataba de la misma persona, si lo imputado a una mujer era realmente una mujer, etcétera.

Lo había explicado bien. Tyson Tabares le seguía sin dificultad. Vázquez era de esos científicos que tenían una capacidad pedagógica innata y planteaba las cosas con una enorme sencillez.

—No era un proyecto que pareciese tener grandes aplicaciones prácticas, por lo que durante mucho tiempo me costó encontrar financiación, tanto pública como privada. Hasta que un día me llamó François.

—¿François?

—El doctor Metternich, un colega suizo con el que coincidí en varios congresos internacionales. El día que me llamó diciendo que una fundación podía hacer una donación para mi proyecto, la alegría fue tan grande que no tuve ojos para otra cosa que no fuera el día del comienzo del trabajo.

Un camarero llevó a la mesa unas pequeñas fuentes con abundantes trozos de pastel.

—No lo oí pedir el pastel —observó el americano.

—El bizcocho es un detalle de la casa. Lo ponen gratuitamente con el café. ¿Le sorprende?

—Demasiados Starbucks para asimilar que alguien pueda tener un detalle y servirte algo que no has pagado previamente.

—Esto es Galicia, señor Tabares. Un sitio distinto. Aquí la comida es una religión.

—Pues oremos —dijo, echando mano a un trozo del suculento bizcocho—. Hummm. ¿Seguro que es gratis?

Rafael continuó hablando.

—Me sumergí en la investigación. Todo marchaba a las mil maravillas. Estábamos obteniendo unos resultados asombrosamente buenos. Rescatamos material genético de restos con cientos y cientos de años. Yo trabajaba con la seguridad de que todas esas espinas de la corona de Cristo eran *fakes*, pura superchería.

—¿Y no lo son? —ironizó el detective.

Rafael sonrió.

—Me temo que no. O al menos no todas. Hay algo de cierto en esas reliquias y, créame, yo era el primero en pensar que no eran más que un fraude tras otro acumulados a lo largo de los siglos. ¿Es usted creyente?

—Digamos que no diferencio al Gran Espíritu Manitú de ninguno de los dioses de cualquier otra religión del mundo.

—Vamos, que cree a su manera en algo superior.

—Puede decirlo así, si le sirve para algo.

—Yo era un ateo convencido. No creía en nada que no fuese la ciencia. Para mí, el Big Bang era el principio y sería el final.

—Habla usted en pasado.

—Digamos que ahora, por el motivo que sea, no lo soy. Al menos no del todo. Es una larga historia que empieza por mi amigo sacerdote.

Tyson Tabares asintió sin dar importancia a la profesión del amigo de Vázquez.

—Todo iba bien hasta que las pruebas ratificaron la autenticidad...

Rafael se detuvo. Había investigado a Tyson Tabares, y le inspiraba confianza. Todo lo que internet ponía sobre él le gustaba. Era un pendenciero, cierto, pero contra los más fuertes. Aun así, ¿contarle todo? Tenía que ir con pies de plomo.

—¿Sabe quién soy? ¿A qué me dedico?

—Ya le dije que he mirado algo en la red.

—Verá, posiblemente Binney fuese el hombre al que más he detestado en mi vida. Lucho contra Cerebrus desde hace años.

Era el turno del detective y el momento de compartir con Vázquez su historia.

—No investigo la muerte de Binney para honrar su memoria. La investigo para joderlo.

Aquello pareció tranquilizar a Vázquez.

—Sospecho que no ha sido una muerte natural. Hay muchas cosas que no me encajan en cómo murió, ni en cómo se desarrollaron los acontecimientos. Rafael, debe usted ser sincero conmigo. Sé que apenas nos conocemos. Pero igual que yo he llegado hasta usted, puede llegar cualquier otro investigador. El del seguro de vida de Binney, cualquier policía eficiente, o, lo que es, peor, algún personaje con peores intenciones. Antes o después se sospechará de las circunstancias de su muerte. Un viaje a España. Una cita con usted... Investigarán, si no lo están haciendo ya. Está usted metido en un lío.

Rafael sintió tal angustia que hizo que se preguntase: ¿por qué no confiar en él? El detective le había hablado claro. Necesitaba poder hablar con alguien.

—Yo había firmado un contrato en el que cedía, tras mi investigación, la totalidad de la propiedad de las herramientas y procesos utilizados a la FB FOUNDATION.

—El diablo siempre cobra sus préstamos.

—Un día vi un correo electrónico. Un mail con una información terrible. Se hablaba de una clonación.

La atención del detective subió de nivel.

—Cuando leí la palabra «clonación» llamé inmediatamente a François para saber qué estaba pasando. Quería confirmar que aquello no era cierto. Que era yo el que me había equivocado. Una clonación relacionada con mi investigación. ¡Dios mío! No podía ser cierto.

Tyson Tabares apoyó las dos manos sobre los brazos de su butaca. Empezaba a hacerse una idea de la dimensión del asunto que le explicaba Vázquez.

—Amenacé a François. «No te preocupes», me dijo. Insistí. Y la respuesta era la misma. El 8 de noviembre del año pasado recibí una llamada.

La pausa fue tan prolongada que incluso a un maestro del silencio como Tyson Tabares se le había hecho larga. Rafael se apretaba las manos una y otra vez.

—¡Lo habían clonado! Habían clonado a Cristo. Habían utilizado mi material y lo habían introducido en un embrión.

—*Oh, my God!* —exclamó el americano sin preocuparse de traducirlo—. Ese hijo de puta era una mierda aún más grande de lo que creía.

—¿Se da cuenta de lo que eso supone?

—Joder. Qué puta locura. ¿Está hablando en serio?

El abatimiento de Rafael contestó por sí mismo.

—Por supuesto, quise que pararan todo inmediatamente. Que interrumpiesen el proceso, estuviera en el estado que estuviese. Amenacé a François y fue cuando apareció en escena Moses.

—La cena.

—Exacto. Me presionó con la amenaza de manchar mi nombre de por vida, haciéndome ver cómo quedaría estigmatizado por todo este asunto. ¿Sabe lo que eso significa? Ser el científico chiflado que lo hizo posible. «Si es el hijo de Dios, sabrá qué hacer», me dijo Foster-Binney. Y decidí callar. Luego François me informó de su muerte. Estaba como loco. Cree que fue por causas sobrenaturales. Y luego me llamó usted.

Ambos se miraron conscientes de que las personas no siempre decidimos lo correcto.

—Lo que me ha contado es algo muy grave. Incluso viniendo de Binney es algo difícil de creer.

—Pues créame. Todo es cierto.

—Verá, Vázquez, solo hay dos alternativas que expliquen esa muerte.

—¿A qué se refiere?

—A que la muerte hubiese sido por causas naturales, o no. Incluyo en el supuesto de muerte natural el hecho nada probable de que sea un castigo divino... —dijo Tyson Tabares mientras pensaba: «Lo tendría bien merecido».

—Pero si no es así, es que alguien lo hizo. Lo que nos obliga a averiguar quién ha sido.

A Rafael le produjo un cierto alivio escuchar al detective hablando en plural. Tomó aquel «tendremos que averiguar» como una confirmación de que él no estaba entre los sospechosos.

—¿Sabe alguien más lo que me ha contado?

—Ya le hablé de mi amigo de la infancia, el sacerdote. El mismo día que me llamó François no pude evitar decírselo. Y él se lo contó a alguien —dijo Rafael, reacio a darle más información al americano.

—¿A alguien? Es importante que me lo cuente todo.

Aquella última frase sonó a una orden dada en alerta máxima. Rafael decidió seguir hablando.

—Un viejo monje: el padre Tomé, el referente espiritual de mi amigo. Un anciano asceta con voto de silencio. La información no irá más lejos de las paredes de ese monasterio.

—Eso espero. No me gustaría encontrarme con la Iglesia entera involucrada en este asunto.

Rafael pidió la cuenta mientras valoraba la oportunidad de contarle al detective todo lo que Guillermo había escuchado en boca de Tomé y todo aquel asunto de la Congregación. No quería meter en más líos a su amigo.

Pagó y decidió callarse.

50

Ginebra (Suiza), 3 de febrero de 2017
193 días para el nacimiento

La resaca de la noche anterior todavía reclamaba su cuota de protagonismo en el cuerpo de François. Seguía sintiendo vergüenza y que alguien trataba de demoler paredes dentro de su cabeza mientras removía cemento dentro de su estómago.

—Jasmin, por favor, ¿podrías conseguirme una píldora de paracetamol? —dijo François a su secretaria antes de dar los buenos días.

Desde que Foster-Binney había muerto, la única actividad de Metternich era la de aislarse en su despacho. Llegaba, se encerraba, recibía a su secretaria, anulaba compromisos, ojeaba informes, leía algún *paper* de investigaciones médicas... Todo lo que no tuviese necesidad de contactar con otras personas.

Aquel día, a pesar de la jaqueca, François volvió a sentir una pizca de optimismo. Pasaría. Todo pasa. A lo mejor no era tan importante que ese niño naciese. A lo mejor ni siquiera era un clon del propio Jesucristo. A lo mejor lo que había hecho era un favor a la sociedad haciendo que volviese un líder con ese talento. «Lo que sucede conviene.» Esa había sido siempre su filosofía. El destino había querido que fuese así. ¿Quién era él para ignorarlo?

La secretaria entró en su despacho sigilosamente, pisando

con la punta de los zapatos sin apoyar los tacones de sus Jimmy Choo, haciendo ver que se había dado cuenta del dolor de cabeza de su jefe.

—Doctor Metternich.

—Dime, Jasmin.

—Tengo una llamada para usted.

—Preferiría no atender llamadas en un rato.

—Es de parte de Moses Foster-Binney.

—Pásamela.

François no dejó sonar más que una vez el timbre antes de coger el teléfono.

—*Bon giorno* —dijo una voz débil y afónica que parecía susurrar.

—¿En qué puedo ayudarlo?

—Moses Foster-Binney me dejó encomendado que hablase con usted.

—¿Moses? Hablábamos con relativa frecuencia...

—De lo que yo tengo que hablar con usted no. Era algo que no llegó a decirle. Tengo instrucciones que podrían..., cómo lo diría..., salvarle la vida.

—Me alerta usted. ¿Qué relación tenía con Moses?

—Acudió a mí por algo que hizo. Solicitando ayuda.

La subida de tensión hizo que el dolor de cabeza de François desapareciese.

—Quiso ayudarlo. Por eso estoy aquí, en Ginebra. Para verlo.

—De acuerdo. Pase por mi despacho...

—Nooo. No, no, no.

La voz del desconocido era ya casi inaudible.

—Tenemos que vernos en un lugar discreto. Hay gente que puede estar siguiéndolo a usted. O a mí.

—Vuelve usted a alertarme.

—Es normal. Está metido en un lío. Yo lo ayudaré. Mejor dicho, Moses lo ayudará.

—¿Dónde quiere que nos veamos?

—Un hombre de su posición tendrá su propio yate.

—Afortunadamente sí.

—E imagino que lo sabrá pilotar usted mismo.

—Soy patrón desde los dieciocho años.

—Vaya a las dos de la madrugada de la noche del sábado al domingo a las siguientes coordenadas, en grados decimales: 46.244971 y 6.187876.

La retahíla de números correspondían a un lugar del lago Lemán.

—Vaya solo. Fondee allí y espéreme. Yo acudiré en una embarcación a remo.

—¿Es necesario algo tan complicado? Tengo una casa en Chamonix cerca del Mont-Blanc que a lo mejor...

—En el lago Lemán. En esas coordenadas. A las dos de la madrugada.

François introdujo los datos que le había proporcionado aquel hombre y se encontró con que era un punto situado cerca de Collonge-Bellerive, frente al camping de Vésenaz.

Un sitio extraño.

No las tenía todas consigo, pero iría. Moses había dejado ese consejo para él.

51

Santiago de Compostela, 3 de febrero de 2017
193 días para el nacimiento

Rafael estaba lejos de ser un nomofóbico. Sin embargo, cuando llegó a su piso corrió a enchufar su teléfono como si fuese un adolescente en un fin de semana.

Desde su conversación con el americano las cosas habían cambiado. Ahora, estar sin batería sí suponía un problema. Sabía que estaba en peligro.

Intentó hacerse algo de cenar mientras el aparato se recuperaba y fuese posible volver a encenderlo. Se acercó a la nevera, la abrió y comprobó que estaba rebosante de comida, como de costumbre. Sin embargo, algo extraño en él, no tenía apetito.

El teléfono resucitó y le pidió su número Pin. Tan pronto como pudo activarlo, vio con sorpresa que en su pantalla se agolpaban varios mensajes de llamada perdida. Doce avisos. Todos de un número largo y desconocido. Alertado, devolvió la llamada de inmediato.

—Hola, tengo varias llamadas de...

—¿Rafa? —interrumpió Guillermo.

—¡Guillermo! ¡Eras tú! Muy tuyo eso de insistir hasta conseguir lo que te propones.

—He leído los periódicos. Leí lo de la muerte del médico americano con el que habías ido a cenar.

—Sí. Algo muy desagradable.

—Debes saber una cosa —confesó Guillermo—. El otro día, cuando me hablaste de tu reunión en Madrid con esa gente... tuve una corazonada.

Rafael sabía la importancia que le daba.

—El día de tu cena fui a Madrid. Intenté entrar en el restaurante en el que estabas y evitar que te mezclases con esa gente. Sentía que no deberías estar con ellos. No me dejaron. Me echaron como si fuese un vulgar ratero.

—¿En el Madrizleño? ¿Entonces eras tú el que organizó aquel follón?

—Supongo que sí.

—Oímos un alboroto. Nos dijeron que era un cliente que no aceptaba quedarse sin mesa esa noche.

—Veo que fueron ingeniosos. Me alegro. Menos bochornoso para mí.

—¿Qué se supone que hubieses hecho?

—Implorarles. Suplicarles. Arrodillarme ante ellos para que parasen todo y te dejasen en paz. Pero me puse agresivo con el personal del restaurante y se montó un buen follón. Qué vergüenza, Rafa. Temía que fueseis envenenados.

—¿Envenenados? ¿Quién iba a envenenarnos? —dijo Rafael, tratando de quitar importancia a pesar del temor que estaba sintiendo.

—La Congregación. ¡Son unos fanáticos, Rafa! Serían..., serían capaces de cualquier cosa. Cuánto me alegro de que estés vivo.

Rafael se pasó la mano por el pelo mientras sentía como si se hubiese salvado después de que una bomba cayese cerca de él. Nadie sabe lo que impresiona que alguien se alegre de que estés vivo hasta que lo oye.

—Es imposible, Guillermo. No podrían saber dónde estábamos.

—Los oí... Hablaban de la comida y de la muerte. Ellos tienen mucho poder. Son muchos. Están en todas partes.

—No lo creo —siguió negando Vázquez.

—Tienen contactos en todas partes. Tienes que estar protegido.

—He estado hablando con un investigador.

—¿Un policía? —preguntó Guillermo.

—No. Un investigador privado. Es americano, alguien experimentado. Está investigando todo lo relacionado con la muerte de Foster-Binney.

—Eso es bueno. Que te proteja. Cuéntale la gravedad del tema sin decírselo todo. Así te podrá ayudar y mantendremos el secreto.

Vázquez guardó silencio.

—Tienes que protegerte, Rafa.

—Tú también. Vete de ese monasterio. Vuelve con tus padres una temporada.

—Puede que tengas razón... Lo importante es que tú estés bien... Quizá deberías avisar a tu amigo.

—A quién te refieres.

—Al otro comensal de la cena.

—¿Al suizo? ¿A François Metternich? Está perfectamente. No hace mucho que he hablado con él.

Guillermo respiró aliviado.

—Estaba muy impresionado por la muerte de Moses. Te parecerá increíble, pero cree que ha sido un castigo divino.

—¿Increíble? ¿Por qué había de parecérmelo? Soy sacerdote, ¿recuerdas?

—A veces lo olvido.

—¿Es creyente?

—Es suizo. Supongo que todos tienen algo de calvinistas...

—Si participó en la clonación, de calvinista tendría poco.

—Es un niño bien de Ginebra. Lo veo más preocupado por navegar en el lago que por cuestiones religiosas.

—¿En el lago Lemán? ¿En Ginebra?

—Sí.

»La última vez que hablé con él estaba realmente impresionado. Decía que nos habíamos condenado todos... Me contó detalles del asunto que prefería no saber...: quién era la receptora de la clonación..., cómo la había elegido...; era patético, Guillermo. Pretendía que yo lo disculpase.

—El remordimiento a veces acaba con uno. Le costará encontrar el perdón...

—El mío va a ser difícil que lo encuentre.

—¿Y quién es la receptora? —preguntó Guillermo, dejándose llevar por la curiosidad. Al fin y al cabo podría ser la nueva madre del Mesías.

—Prefiero no decírtelo, Guillermo. Esa mujer merece privacidad y respeto. No te preocupes, de verdad; yo lo arreglaré.

—Me tranquiliza oírte. Yo haré mi parte y le pararé los pies a la Congregación. Rafa, no van a matar a nadie más.

—Deja de decir eso. Acabarás creyéndotelo. Moses ha muerto por causas naturales. Tienes que descansar. Insisto, vete una temporada con tus padres.

—Me iré del monasterio, pero no con mis padres. He pensado que esto solo puede tener una solución. Intentaré hablar con el Santo Padre. Iré a Roma.

—¿Con el Papa? —preguntó Vázquez.

—Este asunto es lo suficientemente importante como para que lo ponga en su conocimiento. Solo él puede saber cómo actuar en esta situación. Sabrá qué hacer con el niño y cómo gestionar los planes de Tomé y la maldita Congregación...

—¿Vas a poner el pie en la puerta...? —le dijo Rafael bromeando, recordando una vieja expresión que utilizaban de jóvenes cuando iban a presionar a algún profesor para obtener una subida de puntuaciones, o un cambio de fechas, o cualquier cosa que necesitase de una obstinada insistencia.

—Sabes lo tenaz que llego a ser cuando me lo propongo.

—¿Que si lo sé? Lo he sufrido muchos años —dijo Rafael—. Te llamaré.

—Prefiero llamarte yo. No me fío de esa gente. Puede que me vigilen. Y más aún si abandono el monasterio. Buscaré un teléfono en Roma y te llamaré. Mucha suerte, Rafael.

—Buen viaje y que logres lo que te propones.

—Espero que Dios, de una vez para siempre, esté de mi parte.

Rafael también pensó que un poco más de ayuda no vendría mal para superar aquella locura.

52

Madrid, 5 de febrero de 2017
191 días para el nacimiento

«¿Cuándo se apaga una estrella?», fue el pensamiento que Tyson Tabares había elegido aquella mañana para meditar. Repasaba los actores, escritores, artistas y deportistas de todo tipo que habían tocado la gloria y que de pronto habían desaparecido de su *hall of fame* particular. Sus carreras se habían apagado bien porque su progresión se cortó de forma natural, o bien porque las lesiones se habían encargado de ello. «O porque el tiempo pasa.» Un detalle, una centésima o un milímetro los había expulsado del olimpo. Recordaba algunos casos tan dramáticos que le parecía imposible que no los hubiese planeado una inteligencia superior. «Caprichos de la diosa Fortuna.» Cuando pensó que en algún momento su estrella también se apagaría, decidió dar por concluida su meditación matutina.

Llamó a recepción.

—Querría prolongar mi estancia en Madrid.

—El tiempo que necesite, señor —le respondió la recepcionista.

Colgó convencido de que si se paga la tarifa completa, cambiar de planes resulta bastante más sencillo.

Llevaba un par de días sin avanzar. Hasta entonces tan solo había llegado a dos conclusiones: el caso en el que trabajaba no le gustaba. La ciudad sí. Le agradaban los españoles. En líneas generales era gente educada, preparada, que sabía disfrutar de la vida y que veía en la alegría y la espontaneidad una forma de relacionarse. Los genes tiraban y esos días se sintió como pez en el agua haciendo algo de turismo en Madrid.

El teléfono sonó.

—Soy Rafael Vázquez. ¿Sigue usted en España?

—Sí, sigo aquí. Un tanto estancado en mi investigación pero haciendo un repaso a todo el arte y la gastronomía de la zona. ¡Qué grandes vinos tienen ustedes aquí!

—Me alegro de que le guste el país, señor Tabares —dijo apresurado—. Lo llamo para darle una noticia importante.

El detective apretó la mandíbula como si fuese a recibir un golpe.

—François ha muerto. Apareció flotando en el lago de Ginebra esta mañana.

—¿Cómo se ha enterado?

—Por una alerta de Google. Las suelo activar sobre todas las personas con las que colaboro. La noticia sale en la prensa ginebrina.

El detective se sorprendió por la eficiencia del sencillo método de Vázquez.

—¿Me puede deletrear su apellido?

Mientras hablaban, Tyson Tabares tecleó en su buscador el nombre de François Metternich para verificar lo que Vázquez le había contado. Seguía hablando mientras movía el cursor entre los resultados. Finalmente encontró la noticia y por la descripción, «extraño suceso», «la policía sigue investigando», comprendió que alguien estaba liquidando al grupo de científicos envueltos en aquella lamentable clonación.

—Vázquez, no hable con nadie. El siguiente de la lista es usted.

Rafael supo que había llegado el momento de compartir más información.

—¿Recuerda que le hablé del padre Tomé, el líder espiritual de mi amigo? Pues hay algo que no le dije... Guillermo asegura que Tomé ha involucrado a otros clérigos... Al parecer son miembros de algo que llaman la Congregación... Guillermo afirma haberles oído amenazar a... los que..., a los que participaron en aquello...

—¿Cómo no me dijo esto antes?

—Tan solo era una teoría de Guillermo. No pensé que tuviese demasiada importancia.

—¿No lo pensó? Está muriendo gente. Creo que es algo que debe asumir.

—Lo siento. Quiero que todo esto pase.

—Intente esconderse y no dar muchos datos de dónde se encuentra. Ni de lo que vayamos descubriendo.

—Solo he hablado de esto con usted y con Guillermo.

—Repito, a nadie.

—Pero...

—Si esa Congregación es un grupo criminal, sabrán cómo sacarle la información a su amigo. Rafael, es importante que no puedan localizarlo. La cosa se está poniendo fea para usted. No hable con nadie. Desaparezca y llámeme de vez en cuando para que yo lo tenga localizado.

Rafael asentía mientras el detective asumía que su viaje a Ginebra era una cuestión de horas.

—Haga lo que le he dicho y salvará el pellejo. Es importante, Vázquez. Ahora ya no está en su territorio. Está en el mío.

53

Madrid, 6 de febrero de 2017
190 días para el nacimiento

Llevaba casi dos horas caminando sin rumbo por las calles del centro de Madrid. Desde la calle Almagro se dirigió hacia Juan Bravo y se sentó un rato en uno de los bancos de su andén central. Allí, bajo unos árboles capaces de resistir día tras día las agresiones de los tubos de escape, trató de encontrar el motivo por el cual aquellos dos hombres que lo tenían todo habían traspasado todos los límites imaginables. ¿Qué ganaban? ¿Dinero? ¿Fama? ¡Ya la tenían! Eran médicos de prestigio. ¿No era suficiente? ¿Ni su posición social? ¿Ni sus familias? Límites. De eso se trata. Una vez que uno los traspasa entra en un espacio en el que nada importa, ni siquiera lo importante.

Empezaba a llover. Decidió regresar al hotel.

Eran las tres de la tarde. Encerrado en su habitación navegaba por la red tratando de buscar alguna referencia a esa Congregación de la que Vázquez le había hablado. Aquel era un giro en la investigación con el que no contaba. Estaba acostumbrado a luchar con grandes instituciones, pero nunca pensó enfrentarse a algo que estuviese relacionado con la religión. No pudo encontrar nada relevante. Tan solo información sobre cofradías, agrupaciones religiosas y eventos culturales. Trató de analizarlas más allá de la primera lectura, buscando capas ocultas donde pudiese hallar un indicio o alguna pista. Sí, era posible encontrar información de grupos criminales, organizaciones secretas y servicios de inteligencia en la red. Lo único que exigía era paciencia y la perspicacia suficiente como para ver donde nadie ve.

Tras varias horas de búsqueda cerró su portátil con fuerza. Cero resultados. O su sagacidad había bajado en Madrid o no había nada de aquella Congregación en internet.

Dejó de llover. Tan pronto lució de nuevo el sol, Tyson Tabares salió de su habitación como los caracoles que buscan sus rayos tras la lluvia.

¿Católicos? ¿Matando? ¿En este siglo? No era fácil de imaginar, pero tampoco algo descartable. «¿Qué pensaría mi madre si supiese esto?», pensó. Lo cierto es que si la Congregación estaba haciendo aquello, tampoco es que se diferenciase demasiado de Binney y de Metternich. Incluso alguien tan creyente como lo era su madre estaría de acuerdo en que, si habían sido ellos los que habían liquidado a Moses y al suizo, por muy miserables que estos fuesen, tendrían que pagar por lo que hicieron.

Nada más dictar sentencia recibió una llamada inesperada.

—¿Señor Tabares? Soy Alfonso, el portero del Ritz.

—He reconocido su voz.

—Ha venido por aquí un hombre haciendo preguntas relacionadas con la misma persona por la que se interesó usted. Pensé que quizá querría saberlo.

—Por supuesto. ¿Qué quería?

—Empezó preguntándome por Foster-Binney, pero tengo la impresión de que era una disculpa para interesarse por un americano que, según dijo, andaba haciendo preguntas sobre su muerte.

—¿Eso dijo?

—Con las mismas palabras que acabo de usar.

—¿Qué aspecto tenía?

—Era un hombre de mediana edad, delgado, no demasiado

alto y con un aspecto juvenil. Llevaba una visera. Tenía acento italiano. Su voz era suave y su aspecto, pulcro, pero había algo extraño en él. No me gustó nada.

—¿Hizo algo sospechoso?

—Era muy educado. Hablaba muy bajo y sonreía todo el tiempo.

—Gracias, Alfonso.

«Está claro que me estoy acercando», se dijo el detective.

Llegó a la Puerta de Alcalá y aquellas confortables terrazas lo invitaron a sentarse. Disfrutó unos minutos de lo animada que estaba aquella enorme acera cuando empezaba la noche. Parecía un club privado de Los Ángeles, pero en medio de la vía pública. A Tyson Tabares todavía le resultaba inconcebible aquella sensación de seguridad en plena calle, lo que hacía que la disfrutase doblemente. Cuando le llevaron su *dry manhattan*, encendió un cigarrillo y marcó el número del Katty's esperando oír una voz aterciopelada y aquella forma de hablar que siempre sonaba bien. Bromeaba bien. Se enfadaba bien. Animaba bien. No era objetivo, lo sabía. Era su chica y, aunque intentase huir infantilmente del verbo amar, tenía que ir haciéndose a la idea.

En el número del bar no contestaba nadie. Probó llamando a su móvil.

—¿Dónde estás? —respondió Katty.

El sonido de fondo era distinto al de otras veces. No se oía el ambiente de su bar.

—En Madrid, ya lo sabes.

—Madrid es muy grande. Quiero imaginarme la escena.

—Estoy en la terraza Ramses, un bonito local en la plaza de la Independencia, frente la Puerta de Alcalá. Me estoy tomando un *dry manhattan* que no le llega a los tuyos ni a la cintura. Acabo de fumarme un cigarro pensando en ti y en tu cueva...

Hablaba como si estuviese junto a ella. Aquella calidez a la que se estaba haciendo adicto lo estaba rodeando virtualmente en medio de las calles madrileñas.

Llevaban ya más de quince minutos de conversación cuando decidió contarle que tenía que hacer un viaje desde Madrid.

—¿A Suiza?, ¿a Ginebra? ¡Eso es a lo que yo llamo unas buenas vacaciones! —protestó Katty.

Tyson Tabares notó algo extraño en su voz.

—Me voy mañana. No sé cuántos días estaré allí. Me gustaría ir contigo. Los sitios bonitos hay que conocerlos con la compañía adecuada.

—Seguro que lo superas —respondió Katty—. Creo que esa Europa te está gustando demasiado...

En ese momento, el detective vio que se detenía un taxi justo enfrente de donde estaba sentado. Vio como se abría su puerta trasera y, para su sorpresa, de él salía una excantante de jazz con un teléfono móvil pegado a la oreja.

Katty caminó hacia él, con una sonrisa que habrían colgado en el Museo del Prado. Cantaba con su suave voz una célebre canción de Marvin Gaye:

—«Listen, baby, ain't no mountain high, ain't no valley low, ain't no river wide enough, baby.»

A medida que se acercaba su voz se hacía más audible para el resto de los clientes de la terraza, que parecían buscar el altavoz del que salía aquel sonido.

—«If you need me, call me, no matter where you are, no matter how far, don't worry, baby. Just call my name, I'll be there in a hurry...»

Cuando Katty estuvo a la altura de Tyson Tabares, se agachó y le dijo al oído:

—Sweet Pea, te echaba de menos.

—¡Katty Ellis estás en Madrid! ¡Qué maravillosa locura!

—Puede que no sea de las que llamen. Pero sí soy de las que decide cuándo besar a su chico.

Se abrazaron y se besaron con tanta intensidad que el resto de los clientes de la terraza estuvieron tentados de aplaudir.

No quisieron tomar nada más.

El amor los esperaba en el hotel.

Pidieron un par de Sándwich Club y una botella de Ribera del Duero al servicio de habitaciones. Lo tomaron sin salir de la cama, en una de esas medias horas que valen media vida. Pospusieron todo lo que pudieron hablar sobre el caso, pero era inevitable que llegase el momento.

—¿Todo este viaje por dos días?

—¿Por qué no? Quería verte. Eso es todo. Y, por lo que veo, va a ser solo una noche juntos...

—Aplazaré el viaje.

—No lo hagas. Estás trabajando. Si las pistas sobre Binney te llevan hasta Ginebra, allí debes estar. Además, cuanto antes acabes antes regresarás a casa.

—Quédate hasta que regrese de Ginebra.

—Soy una empresaria, cariño. Cuatro días es todo lo que mi jefa me ha dado de vacaciones.

—Hablaré con esa jefa. ¿Cómo se llama?

—Doña Maldita Contabilidad.

Tyson Tabares dejó de sonreír.

—Hay otro hombre muerto. El segundo de los tres de la cena de Madrid. Tan solo queda uno.

—Esto se está volviendo peligroso —le dijo Katty preocupada.

—Lo sé, pero es mi trabajo.

Katty Ellis se levantó y llevó las bandejas del desayuno hasta un lugar más seguro.

—¿Y ese Rafael? ¿Has pensado en él?

—¿El doctor Vázquez? No. No ha estado en Ginebra. Yo soy su coartada.

—Todo apunta a aquella noche. Se juntan a cenar y empiezan a morir. Después del lunes viene el martes...

—También barajo la posibilidad de que sea una organización criminal —dijo Tyson Tabares mientras la besaba de nuevo.

—¿Una organización criminal? ¿Pero qué han hecho esos tres?

—Algo muy grave.

—¿La mafia?

—No ese tipo de mafia. Trato de atar cabos sobre cómo obtienen la información.

—No me dejas otro remedio que decirte: «Ten cuidado, Tyson Tabares».

—Lo tendré.

—Estaremos solo un día juntos. Pero valdrá por dos —dijo Katty mientras cerraba las cortinas de la habitación y se lanzaba a la cama abrazándolo de nuevo.

54

Ginebra, 7 de febrero de 2017
189 días para el nacimiento

Apenas habían pasado cuatro horas desde que había dejado a Katty dormida entre las sábanas y ya estaba delante del personal de la recepción del Four Seasons de Quai des Berges en Ginebra.

Se encontró con dos pequeñas colas de tres personas cada una para llevar a cabo el *check-in*. El detective esperó pacientemente su turno. Mientras lo hacía, apostó a que avanzaría más rápido la que atendía la chica de las trenzas que la del rubio repeinado. Perdió. No contaba con que el cliente que estaba delante de él fuese uno de esos que lo preguntan todo una y otra vez.

—Verá, trabajo para una compañía de seguros —dijo Tyson Tabares mientras hacía los trámites de entrada y le daba una de sus múltiples tarjetas falsas al chico de recepción—. Me interesaría cualquier información sobre la muerte de François Metternich.

—Haremos todo lo que podamos, señor. Si quiere le puedo facilitar algunos ejemplares de periódico.

El americano agradeció su implicación y destinó uno de sus billetes de cien a dejárselo claro.

Le asignaron la habitación 117. Le gustó el número. Al entrar vio una elegante decoración con muebles de color crema, techos con molduras, papeles pintados de franjas anchas en dos lujosos tonos de color *nude* que contrastaban con el color verde musgo presente en las cortinas, la alfombra y el sofá. Se acercó a comprobar si las flores de aquel florero repleto —el verdadero rey de aquella decoración— serían naturales. «Esto sí que es un lujo», se dijo cuando comprobó que, en efecto, eran flores frescas. Estuvo tentado de llamar a Katty en ese momento, pero era temprano para ella. En circunstancias normales nunca se despertaba antes de las doce. La dejaría dormir.

Hojeó los ejemplares de los últimos días de *La Tribune de Genève* y *Le Temps*. Su francés del instituto y su dominio del español fueron más que suficientes para que el idioma no fuese un problema.

«Fatal accidente», «Desgraciado suceso»... A diferencia del primer día, los titulares y el enfoque de la noticia iban ahora orientados a considerar la muerte de Metternich como un suceso consecuencia de la mala suerte. Ni rastro de duda, ni indicios de investigación policial alguna. ¿Lo hacían por convicción o es que la Congregación estaba influyendo?

Sacó una libreta de su bolsa en la que fue anotando frases y arrancando las hojas para extenderlas sobre la cama y los muebles de la estancia. En pie, desde el centro de la habitación comenzó a repasar los hechos en voz alta.

—Primero: el cuerpo de Metternich apareció flotando a eso de las diez de la mañana. Fuera lo que fuese, por lo visto había ocurrido en plena noche. Segundo: lo encontró uno de esos barco-taxis amarillos que cruzan constantemente el lago, una *mouette*... los llaman.

Miró el significado de *mouette* en un diccionario online desde su móvil. «¿Gaviota? Más bien parecen plátanos flotantes», se dijo.

—Tercero: el cadáver no mostraba señal alguna de violencia... aunque eso no significaba que no la hubiese habido. Cuarto: localizaron su yate fondeado a la altura del camping de Vésenaz con el *dinamic positioning* conectado. «Tendré que enterarme bien de qué es eso del *dinamic positioning*.» Quinto:

por lo que dicen, es frecuente la navegación nocturna por el lago. Nada sorprendente, al parecer. Sexto: el club en el que fondea su yate está bastante cercano al lugar de fondeo. ¿Para qué sacar el barco a esas horas para una travesía tan corta? ¿Sería algo habitual en Ginebra?

Cogió el último ejemplar de *La Tribune de Genève* y le habló como si fuese un investigador torpe al que coge por las solapas de su chaqueta:

—¡¿Ni una sospecha?! —dijo sin poder dejar de pensar en que la guardia vaticana era suiza...

Quería regresar a Madrid. Sabía que Katty se marcharía al día siguiente y eso le hacía especialmente antipática la estancia en aquella ciudad. Tenía malas sensaciones. Se tumbó en la cama y remoloneó hasta que consiguió sentirse fuerte de nuevo.

Acudió caminando al Quai de Mont-Blanc, el muelle más cercano a su hotel. Al llegar se sentó a observar las embarcaciones taxi que no paraban de zarpar y arribar constantemente. «Realmente parecen gaviotas», pensó, reconsiderando su juicio sobre la falta de imaginación del que las había bautizado así. Se fijó en que algunas personas subían a aquellos barcos con naturalidad, tomaban asiento como si se tratase del autobús o del metro para ir a trabajar o a hacer alguna gestión en la ciudad; otras iban con las cámaras de sus *smartphones* fotografiando todo lo que veían, algo que solo un turista es capaz de hacer con ese entusiasmo. Era una mezcla interesante a la que estaba acostumbrado: Los Ángeles tenía una masa permanente de visitantes que curioseaban por todos los lados.

Le llamó la atención un marinero curtido, entrado en años, que enganchaba un cabo a uno de los noráis del muelle. Lo hacía como distraído, con un cigarrillo en los labios, sin prestar excesiva atención a lo que hacía. Era un ritual que seguramente tenía mecanizado tras haberlo hecho un millón de veces. «Marineros, ¡los últimos fumadores!», pensó.

Se dirigió a él, pero se encontró con que aquel hombre no hablaba bien inglés. Un marinero joven se acercó ofreciéndose a mediar en la conversación.

—¿Puedo ayudarlo?

—Sí. Gracias. Investigo la muerte de François Metternich.

—¿Policía?

—No. Trabajo para una compañía de seguros. Puro trámite. Tengo que hacer un informe, pero procuro hacer bien mi trabajo. Pensé que podrían ayudarme a dar con el marinero que encontró el cadáver. Me han dicho que trabajaba en las «gaviotas amarillas».

El hombre joven tradujo a su compañero lo que acababa de escuchar. Ninguno de los dos estaba muy convencido, pero el viejo le hizo un gesto y el aprendiz se decidió a hablar:

—Lo encontró un compañero en su primer viaje a eso de las siete y media. Así, de buena mañana... Seguro que fue algo muy desagradable. No es el primer muerto por ahogamiento del lago, lo sabemos, pero sí el primero que se encontró Piero.

—¿Piero?

—Sí, Piero Donati.

—¿Es italiano?

—No, suizo, del cantón de Tesino. Aquí en Suiza tenemos una representación de casi todas las lenguas europeas. De niño es un lío estudiar tanto idioma, pero a la larga es una ventaja. Somos políglotas casi sin querer.

—Cómo podría hablar con Piero.

—Durante el turno es muy difícil. Los barcos van lentos, pero no paramos. A no ser que se suba en uno y a él le apetezca charlar. No tiene fama de ser muy amable.

—Cómo puedo saber cuál es su barco.

El joven marinero habló con el mayor, que a pesar de haberse quedado fuera de la conversación aún atendía como si entendiese todo.

—Me dice que está en la M3, la línea Pâquis-Genève-plage / Genève-plage-Pâquis. Puede esperarlo aquí mismo. Pasará por este muelle. Es el barco número 777.

—Muchas gracias...

—André. André Dugés.

Tyson Tabares intentó apretar la mano de André tanto como

pudo. Aun así, la fuerza de aquella anatomía de más de dos metros le resultó imbatible.

—*Mercy*, André —alcanzó a responder el detective mientras se recolocaba los huesos de la mano.

Había pasado menos de una hora cuando vio acercarse un barco con el número 777 en la amura de babor. Esperó a que bajasen diez pasajeros para subir a bordo. Al entrar en la embarcación vio a dos señoras tan cargadas de bolsas, que parecían ser la demostración empírica de que eso del «sexo débil» era una tontería como la copa de un pino.

Nada más zarpar aprovechó para acercarse a la cabina y preguntar:

—¿Piero? ¿Piero Donati?

El marinero que iba al timón silbó a su compañero y este se acercó.

—Piero, parece que quieren hablar contigo.

El marinero miró al detective inexpresivamente.

—Hola, me llamo Tyson Tabares.

—Como el boxeador —dijo Piero.

—Como los boxeadores. Son dos. Mi padre...

—Me encanta el boxeo. Los americanos son muy buenos. Yo estuve un tiempo trabajando en una naviera en Boston. Pero me vine para Suiza. No hay ningún lugar como Suiza para hacerse mayor.

—Supongo que sí —concedió el detective sorprendido de que ese hombre tan locuaz tuviese fama de poco hablador—. Verá, tengo entendido que fue usted el que encontró el cadáver del doctor Metternich.

—Así es. ¿Está investigando?

—Para una compañía de seguros.

—Dicen que se ahogó —dijo Piero.

—¿Dicen?

—Verá, yo no sé nada de eso. Pero creo que se debería investigar más. Un hombre tan importante navegando solo... Por la noche... ¿Qué hacía cerca de la borda para resbalar y caer?

—¿Usted no cree que haya sido un accidente?

—No. Cuando lo encontré me pareció que se había ahogado, sin más. Pero cuando leí que había fondeado su yate junto a Vésenaz pensé... que qué se le perdería a este millonario en Vésenaz. No es un lugar para estar solo. No tiene nada especial.

—¿Lo comentó con la policía?

—No. Cuando hablé con ellos me ceñí a los hechos. Lo que yo le comento a usted son especulaciones mías. Además, supe lo del yate fondeado delante de Vésenaz después, leyendo el periódico.

—¿Y no se le ocurrió poner en conocimiento de la policía sus sospechas?

—Aquí en Suiza somos alérgicos a los escándalos. Por eso procuramos no precipitarnos y esperar a que los hechos estén contrastados. Es lo lógico, ¿no le parece? Intentamos evitar especulaciones. Lo que no quita que cada uno tengamos nuestras propias opiniones.

—Y en su opinión, ¿qué podría estar haciendo allí?

—No querría afirmar nada incorrecto. Pero dicen que cada vez hay más droga en Ginebra. ¡La droga! ¡Acabará con nuestra sociedad!

Dejó de hacer más preguntas. No había más agua en aquel pozo.

—Muchas gracias, Piero.

—*Avec plaisir, yankee!* —respondió el marinero un tanto decepcionado al ver que su teoría del narcotráfico no sorprendía al americano.

El detective volvió satisfecho a su hotel. Tenía una senda para seguir investigando. Sumergido en el impersonal lujo del Four Seasons, consultó los mapas para trazarse una ruta que lo llevase a Vésenaz. La primera parte podría hacerla en los barco-taxi y lo llevaría a La Belotte. Echaría un vistazo por allí e intentaría hacer algunas preguntas en el Yatch Club de la zona a ver si sonaba la flauta. Luego iría en taxi a conocer el camping. Comería por la zona para comprobar si la gastronomía suiza tenía algo más que queso de *fondue*.

La sensación de burbuja segura que lo rodeaba desde que había llegado a Europa se había esfumado. Intentaba pensar con frialdad y eso suponía aceptar la posibilidad de que la muerte fuese accidental. Y que si se trababa de un asesinato podía tener que ver con la muerte de Moses, o no. Pero si fue un asesinato y estaba relacionado con la muerte de Binney... tendría que andarse con mucho cuidado. Quienquiera que fuese el autor del crimen había conseguido hacer que aquella muerte pareciese un accidente, el viejo sueño de todo asesino a sueldo. Esa gente sabía lo que se hacía. Y habían estado por el hotel Ritz preguntando por un americano curioso...

«Tengo que intentar llevarme algo de Suiza.»

Aquel viaje tenía que ayudarle a avanzar. Si había un grupo de fanáticos religiosos detrás de todo aquello debería encontrar, al menos, un hilo del que tirar.

55

Roma, 7 de febrero de 2017
189 días para el nacimiento

Guillermo había amanecido con la cara hinchada, los dientes doloridos, y el corazón agitado. Sin duda se había golpeado durante la noche. Las pesadillas habían vuelto. Ni siquiera en aquella tierra santa lo abandonaban. Allí, lejos, en un Vaticano impermeable a sus deseos, lo único que sentía era cómo lo consumía la ansiedad y el nerviosismo.

Llevaba días intentando ver al Papa, instalado en una residencia religiosa situada muy cerca de la Ciudad del Vaticano. El edificio formaba parte de un conjunto arquitectónico que incluía la iglesia de Santa María de las Gracias, donde el sacerdote pasaba gran parte del día. Cada mañana, tras ser rechazada su solicitud de ver al Sumo Pontífice, regresaba a la iglesia y rezaba durante horas.

Había elegido aquel lugar porque pensó que no tendría que pagar por hospedarse allí. O que el precio sería simbólico. Pero no fue así. Después de hablar durante más de media hora con la *suora* Albertina, al menos pudo beneficiarse de una tarifa reducida —poco más de treinta euros al día— y de la facilidad de poder pagar mediante transferencia cuando volviese a España. No llevaba tanto dinero encima y descartó cualquier método de pago telemático.

El lugar le había parecido perfecto para sus intenciones. Se encontraba a poco más de diez minutos del Vaticano, con lo que podría acudir andando para intentar «poner el pie en la puerta» de algún despacho que le posibilitase ver al Papa. Pero aquella proximidad no estaba sirviendo de nada. Tenía que superar un muro demasiado alto para un humilde cura de vocación tardía.

Tras las primeras tentativas llegó a la conclusión de que aparecer y decir: «Necesito ver al Papa, es urgente», no era una buena carta de presentación. Menos aún cuando añadía: «Lo que tengo que decir, solo puedo contárselo a él». ¡La de veces que habrían oído eso! No parecía un salvoconducto suficientemente persuasivo para un religioso encargado de ser el cordón sanitario del Papa. Al contrario. Lo convertiría en sospechoso de ser un desequilibrado más de los que, semana tras semana, aparecían en las oficinas de gobierno del Palacio del Vaticano intentando abrirse paso hasta el Sumo Pontífice.

Acumulaba el desgaste de las negativas con el mismo abatimiento del que solicita trabajo y no lo encuentra.

Buscó uno de los teléfonos públicos amarillos, habituales en la Ciudad del Vaticano. Encontró uno colgado de un muro cercano al museo. Marcó el número de su amigo mirando a la pared y con el gesto triste, como si fuese un chico castigado.

—Rafael, voy a...

—Guillermo, menos mal que te escucho —contestó Rafael sin dejar hablar a su amigo—, François ha muerto.

—No me creías. Te dije que lo harían.

—No podía creerte.

—Son ellos. Te lo dije. Es la Congregación. Son muy poderosos. La Iglesia tiene contactos en todo el mundo.

—Voy a desaparecer una temporada.

—Hazlo. Y no se lo cuentes a nadie. Te pones en peligro.

—Tú deberías hacer lo mismo. No creo que estar en el Vaticano sea la mejor idea para escapar de un grupo de fanáticos religiosos.

—El Señor es mi pastor. Mi fe me protege.

—Escóndete, Guillermo.

Sería la última mañana de Guillermo en el Vaticano. Dejaría de ver aquel bullicio que mezclaba el trasiego de coches oficiales, personalidades y masas de fieles que exhibían su fervor religioso. Lo único que echaría de menos sería la pizza de Zizza.

Su viaje había sido un fracaso. Quería volver a su casa. A la casita del cementerio. Lo había pasado mal allí, pero era el único lugar que tenía para poder descansar y organizarse.

La Congregación había exhibido su poder. Lo habían acosado a él. Habían asesinado a los científicos sacrílegos. «Y ahora le toca a Rafa», dijo para sí.

Guillermo ya no tenía grandes expectativas sobre su vida. Sentía que nada en ella volvería a ir bien. Pero ayudar a Rafa era un buen motivo para volver.

56

Madrid, 7 de febrero de 2017

En el Museo Reina Sofía, delante del *Guernica* de Picasso, Katty Ellis pensó que el jazz también podía interpretarse con pinceles. Luego, al pasar por la Gran Vía, recordó el Pasapoga, el local donde dio su último concierto en Madrid. Ya no existía. Era una tienda de moda. «Nadie te prepara para esto», pensó mientras la invadía el sentimiento que más temía: la nostalgia. ¡Claro que el momento es lo que cuenta!, ¡esa era su bandera! Pero no podía dejar de sentir el vértigo de mirar atrás y ver cómo los bonitos recuerdos se alejaban, alguno de ellos para siempre. Es la ley de la vida y se imponía de forma implacable.

Recordó que cuando era niña veía mayores a las personas de veintiocho años... Los miraba con una mezcla de respeto y lástima. Creía que les quedaba poco, que se iban a morir pronto. ¡Si se hubiese visto a sí misma, con sus cuarenta y tantos años! (Katty nunca confesaría su edad ni en una sala de torturas.)

Ahora, el respeto y la lástima tenían un camino inverso. La Katty madura miraba con ternura aquellos años, aquel desconocimiento, aquella inconsciencia...

Era feliz y eso le daba miedo. Estaba de vacaciones en una ciudad encantadora, había ido a ver a su nuevo amor, y temía que las cosas no fuesen a salir bien.

Quería que lo suyo con Tyson Tabares funcionase.

«¿Por qué el amor siempre va acompañado de preocupaciones?»

—Tyson Tabares, te dejo este mensaje antes de regresar a casa. Quiero verte allí pronto, ¿me oyes? Sé que nunca menosprecias al rival. Tampoco lo hagas esta vez. Te quiero, Sweet Pea.

57

Ginebra, 8 de febrero de 2017
188 días para el nacimiento

Se levantó temprano dispuesto a encontrar aquel hilo que tanto anhelaba. Era un investigador con suerte. «¿Cómo si no se puede sobrevivir en este oficio?», se dijo. Tenía la convicción de que en el Yacht Club de La Belotte daría un paso definitivo.

Mientras se acercaba a los pantalanes del club, vio a una joven curtida por el sol que ejecutaba con desgana las tareas del puerto. Se movía con unos ademanes que más parecían querer decir «acaba cuanto antes» que mostrar ningún tipo de interés por los asuntos náuticos. Tyson Tabares no confiaba en que aquella chica estuviese al tanto de los sucesos de la ciudad en la que vivía. Pero no había nadie más en todo el recinto portuario, por lo que se decidió a preguntarle por el accidente de Metternich.

—No quiero saber nada de muertes —contestó la marinera sin levantar si quiera la mirada.

El detective se dio la vuelta y la dejó envuelta en un sonido de radar de submarino que salía de su *smartphone*, probablemente anunciándole la llegada de un mensaje tras otro.

Tras el fracaso en La Belotte intentó buscar algún rastro hablando con los empleados de los comercios cercanos, sin obtener ningún resultado. Incluso llegó a parar por la calle a algún lugareño para sondear si por la zona circulaba algún comentario.

Todo el mundo sabía dónde había estado el barco de Metternich, por lo que, si alguien extraño había rondado la zona, tenía que haber visto algo. Desde que sabía lo que era el *dinamic positioning* estaba convencido de que aquel había sido un punto de encuentro. No podía ser tan difícil encontrar algún rastro. Cada intento de encontrar información era sucedido por un nuevo fracaso, por lo que decidió abandonar aquel lugar.

En la entrada del camping de Vésenaz se encontró con un pequeño y desvencijado despacho en el que habitaba Ambroise, el encargado. Era un chico de unos treinta años, grueso, con una calvicie prematura en forma de unas generosas entradas. Cuando entró el detective, miraba distraídamente una pantalla de televisión. Tan solo lo distrajo el vuelo de un billete de cien euros que se acercó a su cara.

—¡Cien euros! Caramba. Es mi semana de suerte.

—Me gusta que lo veas así —dijo Tyson Tabares—. Estoy buscando a alguien que..., no sé exactamente quién es. Es un conocido de un amigo español. Quieren arreglar unos asuntos que los han hecho distanciarse. Disputas y malentendidos, ya sabes. Un negocio en común sale mal... El caso es que mi cliente tiene mucha pasta. Y quiere hablar con él.

—¿Y cree que pudo haber estado aquí?

—Es una posibilidad.

—No ha habido ningún cliente español en el último mes.

—¿Qué tipo de clientes reciben?

—De todo. De todo, de todo. Familias. Parejas. Grupos de amigas —Ambroise sonrió con una malicia infantil—, grupos de amigos..., hasta gente sola.

—¿Gente sola?

—No es habitual, pero a veces ocurre. Sin ir más lejos hace dos semanas llegó un italiano solo. Un cliente muy educado y generoso.

—¿Generoso?

—¡Me regaló un kayak recién estrenado! Lo compró en el

Decathlon de Les Cygnes y pidió que se lo mandasen aquí. Ingenioso, ¿verdad? Así uno no tiene que preocuparse de andar llevando y trayendo. ¡Usar y tirar! —dijo riéndose y mostrando unos dientes a los que era mejor no mirar—. En este caso ¡usar y regalar!

Ambroise volvió a reírse con tanta intensidad que acabó tosiendo sin hacer ningún ademán de taparse la boca con la mano.

—Lo usaba todos los días al atardecer para remar por el lago. Era un deportista de esos excéntricos. A veces remaba hasta bien entrada la noche.

—¿Y dice que no había nadie con él?

—Estaba poco tiempo en el bungaló. Era muy atento con todo el mundo, pero no, no se relacionaba mucho con nadie. Salía y entraba. Dedicaba al lago toda su atención. Nadaba, remaba...

—Las aguas deben de estar frías en estas fechas...

—¡Siempre están frías! —dijo el encargado del camping mientras volvía a reír—. También compró un neopreno. ¡Y de los buenos! Y un cinturón de lastre para buceo. ¡No sé qué querría ver! En el fondo del lago solo debe de haber lodo acumulado durante siglos. El neopreno también me lo regaló.

Ambroise rio de nuevo mientras encogía sus hombros y ponía la palma de sus manos hacia arriba, con cara de no acabar de entender aquella generosidad. Se levantó, se acercó a la taquilla que había en su minúsculo despacho y sacó un neopreno de piel de foca en perfecto estado.

—Me queda un poco ajustado, pero pienso adelgazar. ¡Demasiado tiempo sentado aquí!

—¿Y el cinturón?

—No. Ese no me lo regaló.

—¿Cuándo se marchó?

—Antes de anteayer o... Espere que me hago un lío.

Ambroise era de la vieja escuela. Se levantó y abrió un voluminoso archivador lleno de fichas de registro de huéspedes y fue comprobando, una por una, las salidas de los últimos días.

—Aquí está. ¿Lo ve? Salida el domingo día 5.

El detective intentaba mirar furtivamente la ficha de cliente que el encargado mantenía en la mano. Aquello significaba que aquel hombre del kayak se había ido tan solo unas horas más tarde de que François apareciese muerto.

—¿Cómo se registró?

—Con su nombre. ¿Cómo iba a registrarse? —respondió Ambroise, amenazando con volver a reírse.

—Era una forma de preguntarle por su nombre.

—Alessandro Esposito —le dijo Ambroise mientras le enseñaba la ficha.

Tyson Tabares reparó en que había una corrección en el nombre. La primera ese del apellido estaba tachada.

—¿Las fichas las rellenan los clientes o lo haces tú?

—¡Nooo! Yo no podría. A veces vienen grupos muy numerosos y no me voy a parar a escribir uno por uno. La rellenan los clientes.

—¿Puedo echar un vistazo?

—¡Si ya lo está echando! Lo que puedo hacer es darle la vuelta a la ficha ¡para que no tenga que estirar tanto el cuello! —respondió el encargado riendo y tosiendo.

«Menudo personaje este Ambroise», se dijo el detective mientras analizaba la ficha. Había algo en el nombre manuscrito. Una corrección. Pero no era lo que le había parecido a primera vista. Era la ese la que estaba escrita por encima de algo que podría ser una equis. ¿Expósito? Ese es un apellido español. «Es curioso que alguien se equivoque de idioma al escribir su propio apellido», pensó. Por lo que sabía, ese era el nombre de familia con el que se distinguía a los niños de origen desconocido en los orfanatos. «Parece que quiere jugar.»

—¿Recuerda bien a Alessandro?

—Sandro, para los amigos —matizó el portero del camping—. Al menos así lo llamaba yo. ¿Sabe? Tengo muy buen recuerdo de él. Al principio no me gustaba. Andaba como un rapero. No me gustan los raperos..., además, un rapero con rastas... Demasiadas cosas que no me gustan. Pero luego conectamos bien.

—Porque era muy generoso...

—Eso siempre ayuda.

—¿Por qué le pareció un rapero?

—Sus ademanes. Los raperos caminan con la cabeza baja, mooo, mooo, mooo —dijo, haciendo una especie de caricatura onomatopéyica y gesticulando como lo haría un cantante de rap—. Con su capucha puesta todo el día, mirando al suelo.

—¿Sabe adónde se fue?

—No lo sé. Me dijo que su avión salía a las 14.00. Supongo que volvería a Italia.

Un italiano solitario con un más que probable nombre falso, con un kayak y un neopreno remando por el lago esa misma noche y un cinturón de plomo que seguro estaría haciéndole compañía a las carpas en el fondo del lago. Era el hilo que buscaba. La suerte de Tyson Tabares había vuelto.

—Una última cosa —dijo el detective—. ¿Tiene una copia del documento de identidad?

—No. Lo reviso y lo devuelvo.

—¿Y hay cámaras de seguridad en el camping?

—No. ¡Para eso me tienen a mí!

Fue la última carcajada de Ambroise que el detective tuvo que soportar.

Regresó al Four Seasons. Repasó los vuelos a Italia de ese día e intentó hablar con su chica.

58

Ginebra, 9 de febrero de 2017
187 días para el nacimiento

Tyson Tabares solía dormir bien. Nada era capaz de interrumpir su sueño. Por eso se sorprendió a sí mismo despertándose a las cuatro de la mañana con la cabeza llena de imágenes de cámaras de seguridad. Era como si su inconsciente le hubiese hecho el trabajo sucio durante la noche para encontrar al hombre del kayak. Ahora tenía decenas de cámaras en su mente y todas ellas tenían algo en común: estaban ubicadas en aeropuertos.

Se había quedado dormido vestido y al levantarse se encontró con su ropa llena de arrugas. Se la quitó y la colgó en las perchas de cortesía del hotel, con la esperanza de que la fuerza de la gravedad planchase, de algún modo, su traje.

Se metió en la ducha. Cuando abrió el grifo un torrente de agua caliente disparó otro cargado de preguntas, entre las que destacaba una: ¿cómo conseguir ver las imágenes de las cámaras de seguridad del aeropuerto?

«¿La policía? No, imposible. No conseguiré que se presten a ayudarme. ¿La prensa? Quizá si algún periódico o alguna agencia de noticias solicitasen imágenes para usar en un reportaje..., siempre que se comprometan a mantener la privacidad de la gente... Habrá que intentarlo.»

El cuarto de baño estaba ahora invadido por una densa nube de vapor. Llevaba casi una hora bajo el grifo de la ducha. Cuando salió tenía la piel de los dedos arrugada.

«Si fuese alguien que trabajase en el principal diario de la ciudad tendría más posibilidades de conseguirlo.» Tenía que encontrar un aliado en el periódico local.

A las ocho de la mañana estaba en el vestíbulo del hotel hojeando un ejemplar de *La Tribune*. Buscó el nombre de algún periodista que firmase sus artículos —hacerlo es un estatus dentro del periodismo—. Se topó con un reportaje titulado «Que fait la police?» firmado por un tal Marcel Dugarri. Trataba sobre el aumento de la delincuencia en la ciudad de Ginebra y la aparente pasividad de las fuerzas de orden público.

«Puede ser mi hombre», se dijo, y sin pensárselo dos veces marcó el número que aparecía en la ficha del periódico.

—Quiero hablar con Marcel Dugarri.

Acudía a la cita con la tranquilidad de no tener que desplazarse: había quedado con Dugarri en Le Bar des Bergues, el restaurante del mismo hotel en el que estaba hospedado. No sería difícil vencer sus reticencias: los periodistas son yonquis de información y él podía darle mucha.

Nada más sentarse pidieron la frugal comida del menú del día —ensalada niçoise, carpacho de ternera y profiteroles de postre—, con lo que no perdieron demasiado tiempo atendiendo la carta del restaurante.

—Tengo motivos para pensar que François Metternich ha sido asesinado.

Marcel abrió completamente los ojos mientras seguía llevándose a la boca un pequeño bocado de ternera. Masticaba el último trozo de carpacho cuando preguntó:

—¿Por qué piensa eso?

—Es una larga historia. Pero lo cierto es que creo que el sospechoso se marchó de Ginebra en avión rumbo a Roma el mismo día que encontraron el cadáver. Si pudiésemos acceder a las cámaras de seguridad del aeropuerto... podríamos tener una imagen suya.

Tyson Tabares le contó su idea de la excusa del reportaje de investigación para poder visionarlas.

—Marcel, no tienes nada que perder. Yo te daré toda la historia: la pista, los nombres de las personas clave para haber llegado hasta ese hombre. Pero solo lo haré después de haber visionado las imágenes. *Win, win*.

—Entiendo lo que puedo ganar yo —valoró Dugarri—. Pero no alcanzo a ver qué ganas tú.

—Proteger a un amigo.

«Y a mí mismo», pensó.

—Hay cosas que tendrías que contarme —dijo el periodista.

—De momento tienes más que suficiente siendo el primero que hable del asesinato del famoso doctor ginebrino. Lo demás, ya veremos.

—*D'accord*. Lo intentaré. Confío en tu palabra. He estado curioseando tu nombre en internet. Si un tipo como tú está aquí tras esto, es que hay algo gordo. Solo confío en que ayudes a quien te ayuda.

—Puedes contar con ello. Pero cada cosa a su tiempo.

59

Ginebra, 11 de febrero de 2017
185 días para el nacimiento

Había paseado; había comido; se había hecho fotos; había oído una y otra vez el mensaje que su chica le había dejado desde Madrid; la había llamado; había intentado hablar con Rafael sin conseguirlo... Tan solo le faltaba que una marmota anunciase cuánto tiempo le quedaba a ese invierno ginebrino del que estaba «disfrutando». Los dos días que Marcel Dugarri había tardado en gestionar la autorización para el visionado de las cintas se le habían hecho eternos.

Se presentó en el número 11 de la rue des Rois para recoger a Marcel en la puerta del periódico. Lo estaba esperando.

—Tengo el permiso —dijo Dugarri, satisfecho de dar buenas noticias.

—¡Perfecto! Creí que ya no iba a llegar nunca. Ya no podía hacer más fotos al Jet D'eau.

A Marcel Dugarri le costó imaginar a Tyson Tabares como un turista más, intentando llevarse un giga de recuerdos y extendiendo el brazo constantemente para hacerse selfis.

—Todavía faltan algunos trámites para poder utilizar las imágenes. Ya sabes lo estrictas que son las leyes. Todo uso distinto al de seguridad debe tener una aprobación judicial. Pero podemos ir visionándolas. Así que nos vamos al aeropuerto.

«Por fin un poco de ritmo», celebró el detective.

Las oficinas del Aeropuerto Internacional de Ginebra están situadas en un lateral del edificio principal, por lo que pudieron sortear con facilidad el bullicio de los pasajeros. Entraron en una sala acristalada donde había suficientes pantallas como para controlar cada rincón de cada terminal.

—Venimos al visionado de las cintas —anunció Dugarri a uno de los dos guardias de seguridad que los recibió.

—Vengan conmigo —dijo el que mostraba menos reticencias.

—¿Ahora? ¿No pueden esperar un momento? —se quejó el otro guardia mientras su compañero le echaba una mirada de reproche y le decía con voz amable:

—Acabemos cuanto antes con esto.

Refunfuñando, caminando como si fuesen dos niños pequeños frustrados, dirigieron sus corpulentos cuerpos y sus cabezas totalmente rapadas hacia una sala independiente donde tenían previsto visionar el material grabado.

—Tweedledum y Tweedledee... —dijo Tyson Tabares a un Dugarri al que le costó reprimir la risa.

Los agentes no oyeron el comentario y se limitaron a entrar en la sala y sentarse delante de un monitor que habían llevado ex profeso para mostrarles las imágenes.

—¿Qué quieren ver concretamente? —preguntó Tweedledee.

—Las imágenes de las salas de embarque de los vuelos a Roma del día 5.

Tweedledum buscó el fichero mientras su compañero miraba fijamente a la pantalla fingiendo interés.

En unos minutos empezaron a ver el embarque del vuelo del día 5 a las 14.00 con destino a Roma.

En los primeros minutos de visionado no encontraron nada interesante. Las caras que embarcan en los aeropuertos parecen siempre las mismas: ejecutivos con los mismos trajes y aspecto de esperar el fin de semana para hacer mucho mucho deporte; algún matrimonio de edad; una pareja joven con embarque prioritario porque tienen un hijo de un par de años; algún chico o chica con los auriculares puestos; algún asiático; algún africano; el clásico grupo de amigas maduras. Nada sospechoso.

Cuando la mitad de la cola de embarque ya había pasado hacia el *finger*, vieron como se incorporaba a ella un joven con una sudadera negra *oversize* con una gran capucha puesta. Aunque tenía la mirada fija en el suelo, casi de forma continua, no pudo evitar levantar el mentón al mirar a la azafata en el momento del embarque. Un par de rastas asomaron y con ellas, una pequeña barba en forma de perilla.

—Pare ahí, por favor —solicitó Tyson Tabares.

Tweedledum rebobinó hasta que el americano dio su visto bueno.

—¿Es él? —preguntó Dugarri.

—Creo que sí.

Los dos vigilantes se quedaron absortos mirando al monitor. En ese momento, el detective sacó su *smartphone* y furtivamente hizo una foto a la pantalla. Solo Marcel se percató del hecho.

—Caballeros, muchas gracias —dijo Dugarri a los dos guardias, poniendo fin a la reunión.

Los agentes recibieron la gentileza de Dugarri con la misma frialdad que mantuvieron en toda la reunión.

—Este es nuestro hombre —dijo el detective enseñando la foto al periodista.

Tenía lo que había ido a buscar. El tiempo de Tyson Tabares en Suiza había terminado.

60

Maianca, 12 de febrero de 2017
184 días para el nacimiento

El reencuentro con la casita del cementerio supuso para Guillermo una sinfonía de sensaciones contradictorias. Por un lado, tenía ganas de entrar. De ver sus cosas. De sentirse de nuevo en casa sumergido en aquella singular decoración a la que había dedicado tantas horas. Quería volver a disfrutar de la leña ardiendo y del calor del hogar. Por otro lado..., seguía sintiendo el resquemor, la huella emocional que había dejado su anterior etapa en la casita y no podía dejar de mirar con angustia hacia todos los lados, con una forzada sonrisa de «domino la situación» pero con un ritmo cardíaco que delataba su innegable tensión.

A pesar de todo, la llegada fluyó con apacible armonía. Guillermo agradeció a Dios aquel aterrizaje suave en la casita. Tardó poco en reinstalarse. En cuanto colocó todo en su sitio, se dirigió a recuperar su «cuaderno de a bordo». Allí estaba, en el escondite que le había preparado meses antes tras el armario.

Unos versos de Antonio Machado, su poeta preferido, vinieron a su mente mientras se ponía ropa de faena para trabajar en el jardín: «Converso con el hombre que siempre va conmigo, quien habla solo espera hablar a Dios un día...».

Se miró en el espejo. Sin sotana, con aquel atuendo, hasta a él mismo le pareció otro. Alguien más joven. El sacerdote vio al

Guillermo que había sido y por un instante sintió nostalgia de sí mismo. Se dio cuenta de que ya no dudaba.

«Aprende a dudar y acabarás dudando de tu propia duda; de este modo premia Dios al escéptico y al creyente», se dijo, volviendo a citar a Machado.

Trabajó duro hasta que cayó la noche. Durmió como hacía tiempo que no dormía.

Cuando despertó se asomó a la ventana y miró el jardín. Vio resaltar el verde intenso de los camelios sobre el fondo de las hojas rojizas de la higuerilla, creando entre ambos una estampa realmente pintoresca. Se fijó en que los árboles aún no tenían brotes nuevos. Iban con un poco de retraso. Parecían tener más paciencia que él. Guillermo envidió aquella paz.

«¿Y si el camelio encerrase un puñal en su interior?», se preguntó sin venir a cuento. Aquellos sueños suyos habían conseguido que, en ocasiones, le asaltasen ese tipo de visiones desconcertantes. No se alteró demasiado. Sabía a qué se debía. Estaba preocupado por su amigo Rafa, sabía que corría peligro y que no tenía mucho sentido que él estuviese cómodamente en su casa cuidando su jardín mientras Rafael se jugaba la vida. Tendría que ir tras él. Tendría que apartarlo de todo aquello, ponerlo a salvo. Sabía que algo malo iba a pasarle. Tenía que protegerlo.

61

Madrid, 14 de febrero de 2017
182 días para el nacimiento

A medio camino. Así se sentía Tyson Tabares en su primera mañana tras el regreso de Ginebra, mientras paseaba por el parque del Retiro de Madrid. A medio camino entre la meditación y el relax, entre el aire fresco del parque y los rigores del asfalto urbano. A medio camino entre el éxito y el fracaso en su investigación.

Recordó el pensamiento de Rafael Vázquez: «Las ciudades son un error». Pensó que tenía razón. No alcanzaba a encontrarle el sentido a enjaular a las personas entre rejas de cemento. Un desatino tan solo justificado por la necesidad. Cuando uno descubre un espacio lleno de vegetación en el centro de una gran ciudad tiene la sensación de entrar en un oasis capaz de recordarnos que hay otra forma de vivir.

Paseaba bajo la nutrida arboleda. Se acababa de cruzar con dos chicas asiáticas que caminaban junto a un joven moreno, que les hacía de cicerone. «Parece madrileño», pensó.

—¡Hay esperanza! —les dijo gritando en español con acento de Los Ángeles mientras miraba a las copas de los árboles con sus brazos extendidos.

Los tres chicos se miraron desconcertados, se encogieron de hombros y apretaron el paso mientras el detective reía su broma y llenaba los pulmones de oxígeno recién producido.

Con la ayuda del frescor de la mañana, Tyson Tabares fue atando cabos.

«Un miserable como Moses entra en contacto con un humilde científico, Rafael Vázquez, a través de otro más ambicioso y vividor, François Metternich... Entre los tres cometen una fechoría indigna de alguien con la más mínima moralidad. Algo que solo la malvada mente de Binney pudo imaginar... Posteriormente, Rafael informa a un amigo llamado Guillermo, sacerdote..., quien al poco tiempo le advierte que su mentor espiritual lidera una antigua Congregación... que se dispone a borrar ese sacrilegio de la faz de la Tierra...»

Los trinos de los pájaros permanecían ajenos a crímenes y delitos.

«... Y entonces empiezan las muertes: primero Moses, luego François... Conozco a centenares de personas que despreciaban a Moses, empezando por mí... Pero matarlo...»

Otro grupo de asiáticas se cruzó con él. En esa ocasión era muy numeroso, por lo que le parecieron una bandada de estorninos, manteniendo siempre una distancia similar entre ellas y corrigiendo el rumbo organizadamente mientras seguían a la líder.

Se sentó en un banco aislado, bajo dos grandes castaños de las Indias. Su abrigo se posó, descuidado, sobre un manto de hojas secas que apenas hicieron ruido, como si no quisiesen interrumpir las cavilaciones del detective.

«¿Cómo sabían dónde encontrarlos?» Los minutos pasaban sin que se moviese de su postura inicial. El paso del tiempo tan solo parecía afectar a la temperatura de su piel, cada vez más fría.

«Solo había una persona capaz de tener información sobre aquel grupo y estar en contacto con esa Congregación: Guillermo.» Siempre que se acercaba a una conclusión importante, Tyson Tabares caminaba. Se levantó y arrastró con él un buen puñado de hojas, que se fueron descolgando de su abrigo a medida que aceleraba el paso. «Puede que lo haga inconscientemente. O puede que lo estén obligando a hacerlo.» Estaba claro.

«Es Rafael quien les da la información. Él es el centro del todo.»

Centro Médico de Samos (Lugo)
Paciente: Guillermo Díaz Barbeito
Profesión: Sacerdote
Edad: 42 años
Dirección: Monasterio de Samos
N.º de la Seguridad Social: No lo aporta

Doctora Sofía Blanco Gómez
Colegiado Número: 11.174

15 de enero de 2017

(Solicito al paciente una pausa de unos minutos para poder atender a la única urgencia del día. Se traslada a otra sala de la consulta y permanece sentado en la camilla. Lo encuentro en la misma posición cuando, diez minutos más tarde, vuelvo a por él.)

SEXTA PARTE DE LA TRANSCRIPCIÓN

PACIENTE: Desde hace días tengo sueños que no sé cómo interpretar. No se han hecho realidad, como los otros.

DOCTORA: No debe precipitarse. Si piensa que va a ocurrir, acabará por encontrar alguna interpretación que le dé la razón. Es una distorsión de la mente bastante habitual. Las profecías autocumplidas.

PACIENTE: Entiendo que lo vea así, pero ya le dije que lo mío es otra cosa. Los últimos... son sueños cada vez más complejos, con gente que no conozco, en lugares diferentes. Pero todos tienen algo en común; hay sangre, dolor y muerte.

(Interrumpe la conversación durante unos segundos. Una pausa larga en la que tiene la mirada perdida. No me está viendo. Lo compruebo moviendo la mano ante su rostro y no reacciona más que con un leve parpadeo. Considero que son síntomas compatibles con el petit mal, una crisis de ausencia, lo que me lleva a plantearme la posibilidad de que el paciente sea epiléptico. A los pocos segundos vuelve a hablar sin recordar nada de lo que ha sucedido.)

PACIENTE: ¿Puede ayudarme a encontrarles significado?

DOCTORA: Lo que usted necesite. Quiero que se vaya de aquí tranquilo y relajado. Desahóguese. Hable de lo que usted quiera.

PACIENTE: Todo empieza en un lugar oscuro. Veía un hombre atado. Luego, unos hombres comían en unos platos de los que saltaban serpientes y les mordían su veneno. Una voz gritaba: «Sufrirán la cólera divina», mientras una gran cruz volaba sobre la ciudad.

SEXTA PARTE

62

Santiago de Compostela, 15 de febrero de 2017
181 días para el nacimiento

En los últimos días no había podido hablar con Rafael. A la preocupación del detective se le unió el convencimiento de que lo mejor para su investigación era estar junto al doctor Vázquez. Si es sospechoso tendría que estar cerca de él. Si es inocente sería el próximo objetivo de la Congregación y con Guillermo informándolos, no les iba a resultar complicado acceder a él. Por otro lado, aunque no le gustaba plantearlo de esa manera, sabía que sería el cebo adecuado para atraer a aquellos criminales.

Tenía que irse y estar a su lado.

Para protegerlo y para capturarlos.

Durante su último día en Madrid se ocupó de las tareas de intendencia. Había decidió enviar parte de su equipaje a Malibú a través de una empresa de transportes para, de esa forma, viajar más ligero el tiempo que le quedase en España. Aquella decisión lo animó a ir a la calle Serrano a buscar un detalle para llevarle a su chica de recuerdo. Quería regalarle algo de la moda de España, y encontró tantas opciones que pensaba que le gustarían a Katty que decidió... no decidir. Las compró todas, como quien le compra a su novia el peluche más grande de la feria. Aquel momento *Pretty woman* en solitario tuvo como consecuencia la necesidad de sumar otra gran maleta, llena de sus nuevas adquisiciones, al equipaje que enviaría a Malibú.

Cuando se despidió del personal del hotel Sardinero notó un afecto mutuo que iba más allá de las propinas. «A todos nos gusta que nos traten bien», pensó el detective. Él intentaba hacerlo siempre, y en especial con las personas que sirven «en primera línea de fuego», las que están en contacto real con los clientes para intentar hacerles la vida más fácil.

Nada más llegar a Santiago volvió a llamar a Vázquez y tampoco pudo contactar con él. «Me pasaré por su despacho a husmear un poco», pensó.

En su visita anterior había observado que el doctor Vázquez era de los que tenían la costumbre de escribir mientras hablaba por teléfono. Mucha gente lo hace. Él mismo lo hacía. Por lo general nadie es consciente de los riesgos que eso entraña, y más cuando uno está en una situación complicada. «Lo que escribes, escrito queda.»

Se dirigió a la facultad de Medicina y caminó hacia el despacho de Vázquez. Estaba vacío, por lo que pudo entrar sin dar explicaciones. Sobre la mesa pudo ver su bloc, uno de esos que sirven como protector de escritorio y que tienen las fechas de la semana impresa. Estaba en blanco. Tomó un lapicero y lo frotó suavemente por la superficie de la primera hoja. Poco a poco el grafito fue desvelando las huellas de algunas notas. Entre un montón de dibujos geométricos y garabatos sin sentido, encontró unas iniciales: LHR. A su lado había un número de teléfono: 981 169 191. Tan solo tuvo que llamar y comprobar que el número era el de su agencia de viajes y que las iniciales se referían a «Londres Heathrow».

Su parada en Santiago tenía las horas contadas. «Rafael Vázquez, ¿realmente no quieres que se sepa dónde estás?»

63

Maianca, 15 de febrero de 2017
181 días para el nacimiento

La cabeza de Guillermo estaba a punto de estallar. Voces que retumbaban entre paredes de piedra. Cánticos que respondían a las órdenes de un airado líder.

—*Dies irae, dies illa...*

Sonaban demasiado fuerte como para ser solo cuatro. Había más. Muchos más. Todos cantaban, con voces severas, el día de la ira.

—*Mors stupebit et Natura, cum resurget creatura, iudicanti responsura...*

Quería actuar, pero estaba prisionero por algo que lo retenía en su lecho.

—*Confutatis maledictis, flammis acribus addictis, voca me cum benedictis...*

Un grito salió de su garganta como si fuese un enorme chorro de agua que brotaba tras vencer la fuerza que la retenía.

—¡¡¡Yo os salvaré!!! —gritó el sacerdote, sacando toda la angustia que tenía dentro.

64

Londres, 16 de febrero de 2017
180 días para el nacimiento

Rafael entró en el Sofitel London St James con sensación de familiaridad. Era un hotel lujoso y caro para su economía personal, pero ya lo conocía. Lo había visitado en un par de ocasiones con anterioridad por motivos profesionales: una convención y un congreso. Esta sería la primera vez que su cartera tendría que hacerle frente a la factura, pero prefería estar en un lugar predecible, que le aportase un poco de seguridad.

Las combinaciones de vuelos lo habían obligado a reservar un par de noches en Londres. En realidad, con media hora hubiese bastado. Habría querido aterrizar, hablar con aquella mujer y regresar a casa. ¡Dos noches hasta que llegase el viernes por la tarde! Dos días hasta que pudiese verse con Asifa Washington. Tendría que llenar aquellas interminables horas.

Desde el principio intentó que el viaje tuviese algo de gratificante. Sería una forma de aliviar sus miedos y animar algo la deprimente vida que llevaba en los últimos tiempos. Pero no había nada motivador en aquella visita. «Salvo el hecho de arreglar lo que hemos hecho.»

Salió de su recién enmoquetada habitación decidido a disfrutar de la gran noria londinense. Conocía bien aquellas vistas.

Sabía que tenían algo de hipnótico y más aún siendo de noche. Lo ayudarían a relajarse.

Caminaba por Pall Mall Street cuando empezó a sentir la sensación de que alguien lo seguía. Miró para atrás una y otra vez sin ver nada sospechoso. «Tranquilo, Rafael. Todo va a ir bien. Nadie sabe que estás aquí.» Había *bobbys* por todas partes. No podía estar más seguro.

Continuó hasta Trafalgar Square, donde pudo ver, aparcado junto a la columna de Nelson, un enorme camión blanco con una banda naranja y un rótulo que decía: POLICE HORSES. Se paró a ver los caballos que aguardaban pacientemente en el interior del camión. Miró entre las rejillas de las ventanas, intentando ver la cara de alguno de los ejemplares. El aroma a caballo lo ayudó a continuar. Cuando llegó a Westminster Bridge, todo adquirió el esperado aspecto de un viaje de placer: «A nuestra espalda el Big Ben y de frente el London Eye», se dijo simulando ser su propio guía turístico.

Se encontró con una cola mucho más grande de lo normal para comprar la entrada para la gran noria. «No importa», pensó. No tenía nada mejor que hacer, así que esperaría su turno. Estuvo avanzando lentamente hacia la taquilla durante más de cuarenta minutos en los que se mantuvo en alerta permanente, viendo extraños sospechosos por todas partes, inquietantes movimientos, miradas turbias o con demasiada fijeza. «Rafael, ellos pensarán lo mimo de ti. No paras de mirarlos.»

Subió a uno de aquellos enormes vagones colgantes y pudo empezar a disfrutar del viaje. El cadencioso baile de la noria le proporcionó una extraña sensación de seguridad. Allí no había nadie más, excepto aquellas doce personas con las que compartía el cangilón, y ninguna de ellas parecía prestarle la más mínima atención.

La luz del día empezó a declinar. Disfrutó de la hora bruja, esa en la que las luces artificiales son ya visibles y la luz natural todavía ilumina con fuerza creando maravillosas estampas. Mientras la claridad se esfumaba, Londres entero parecía agarrarse desesperadamente a la línea del río y un manto de oscuridad obraba el milagro de la belleza nocturna. Solo el negro de la noche o el blanco de la nieve hace tan bellas a las ciudades.

Su estado de ánimo subía y bajaba igual que aquel giro vertical que lo elevaba y lo descendía una y otra vez. Se imaginó cómo sería estar frente a aquella mujer y lo absurda que sería su conversación. «¿Cómo vas a empezar, Rafael?» «¿Cómo la vas a convencer de lo que tienes que decirle?» Había puesto su trabajo universitario como disculpa para verla, pero pensaba que no iba a ser capaz de encontrar conexión alguna con la especialidad de la doctora Washington. «¡Derecho del mar! ¡Normas que rigen entre estados ribereños! Harás el ridículo, doctor Vázquez.»

El London Eye concluyó su recorrido. Rafael dio por finalizado su momento turístico y decidió regresar a su hotel. La abundancia de policía en la calle volvió a sosegarlo. «Seguramente habrá un evento público importante», pensó.

Cuando llegó al hotel tomó dos comprimidos de valeriana. Se acordó de Tyson Tabares. ¿Sería buena idea llamarlo? Curiosamente, aquel individuo que conocía desde hacía tan solo unos días era la persona del mundo que más confianza le daba en aquel momento. Seguro que sería buena idea que supiese dónde estaba. Marcó su número, pero no hubo suerte: el teléfono de Tyson Tabares estaba apagado o fuera de cobertura. Insistió mientras hacía el amago de ver la televisión.

«Supongo que le quedará el número de la llamada perdida», se dijo, confiando en haber alcanzado su propósito de dejar una señal indicando dónde se encontraba.

Al poco rato estaba profundamente dormido.

El día había llegado. La reunión con Asifa no sería hasta la tarde, así que decidió consumir la mañana visitando por enésima vez el Museo de Ciencia Natural. Se cepilló los dientes, se vistió y puso rumbo hacia Picadilly caminando a buen ritmo para, a continuación, enfilar hacia el museo.

El titánico esqueleto de dinosaurio que reinaba en la sala central del museo lo dejó inmóvil. Lo miraba con la misma fascinación de siempre y no pudo evitar acordarse de Guillermo. «Lo conseguiré, amigo», se dijo.

Se dirigió a la sala de exposiciones de insectos. Su preferida. Admiró de nuevo aquel arte de exponer que de niños soñaban con emular. Se detuvo en una vitrina. En ella, una sola rama sostenía a cientos de insectos diferentes. «Alucinante», pensó. Se imaginó corriendo por el campo con Guillermo, con sus cazamariposas, capturándolos, disecándolos y presumiendo ante familiares y amigos de aquellos tesoros. Dedicó a cada sala más tiempo que ningún otro visitante. Repasó cada centímetro de la exposición. Cuando se acercaba el mediodía decidió volver al hotel y descansar un poco. La caminata no había sido muy grande; pero si ella le unías el tiempo que había estado de pie en el museo y la ansiedad por conocer a «la madre», la fatiga era comprensible.

Asifa Washington esperaba la llegada del doctor Vázquez con interés. Su llamada había estado llena de balbuceos y su urgencia por verla la había inquietado. Suponía que, en unas horas, cuando Vázquez llegase, se resolvería el enigma que la intrigaba. Mientras tanto, seguiría trabajando relajadamente en su despacho. Tenía que cuidarse. Acababa de cumplir cuarenta años y por fin iba a tener ese hijo que tanto deseaban. Su marido, Clement Washington, un eminente economista catedrático en la misma universidad, pasó a saludarla.

—Señorita Koofi —dijo Clement.

El señor Washington todavía la seguía llamando por su nombre de soltera.

—¿Nerviosa por la visita de su admirador español?

—¡Vete, Clement! Déjame, tú sí que me vas a poner nerviosa.

El doctor Washington era un hombre muy respetado entre las élites económicas británicas. A sus sesenta y cinco años había ocupado en dos ocasiones puestos de responsabilidad en el Ministerio de Economía, a pesar de ser un conocido y díscolo pensador independiente. Había sido compañero de profesión del padre de Asifa, Rafiq Koofi. Aunque era bastante mayor que él, de seguir vivo, no hubiese visto con buenos ojos el romance de Clement con su hija.

Rafiq solía presumir ante el doctor Washington de su origen pastún, y la fortaleza genética que eso implicaba. Ahora el doctor Washington iba a tener un hijo que se lo iba a demostrar.

65

Londres, 17 de febrero de 2017
179 días para el nacimiento

La azafata hacía una especie de «sorteo a toda prisa», apurando para lograr sacar la mayor cantidad de pasta posible a los pasajeros antes de aterrizar en Heathrow. Sonaba como si estuviesen exprimiendo naranjas y las fuesen a tirar a la basura después de usarlas.

Tyson Tabares intentaba buscar una posición en el asiento que le permitiese esquivar aquella visión. Estaba doblemente incómodo. Por viajar teniendo que aguantar aquello y por haber tenido que claudicar comprando el billete a una conocida compañía aérea de bajo coste que le resultaba especialmente sospechosa. No le quedó otro remedio. Era la única opción de vuelo Santiago-Londres que había encontrado. La política de precios imposibles de la compañía aérea consiguió lo que logran todos los gigantes *low cost*: acabar con la competencia. Eran como esas especies invasoras de la naturaleza que engordan a base de comerse todo lo que hay a su alrededor y, cuando se acaba, mueren ellas también por no haber sabido vivir y dejar vivir.

Lo primero que hizo Tyson Tabares al aterrizar en Heathrow fue conectar su iPhone. El aparato tardó unos instantes en seleccionar un operador de telefonía y al momento le informó de las llamadas y mensajes que había perdido durante el vuelo. Tan solo había dos: una de Nick, el hombre que le vigilaba su casa de Los Ángeles, y otra de un número desconocido que parecía ser de Inglaterra. Nick le había enviado también un wasap informándolo de un simple problema de intendencia: habían notificado que la revisión de la instalación de gas se iba a efectuar la semana próxima. Nada de lo que preocuparse. Se centró en la segunda llamada. Pulsó el número y al instante descolgó la recepcionista del Sofitel.

—Hola, tengo una llamada de un amigo mío que está alojado ahí: Rafael Vázquez —dijo el detective a la recepcionista del hotel.

En unos segundos estaba hablando con él.

—No dejar rastro no está entre sus mejores virtudes —dijo Tyson Tabares.

—No se pase de listo. No ha adivinado dónde estoy. Se lo he dicho yo. Quería que le quedase una pista de dónde estaba por si no pudiese hablar con usted antes de...

—Rafael, deje de jugar. Está en peligro y parece no darse cuenta de ello. Esa gente va a por usted.

—Ya me lo ha dicho varias veces.

—No les voy a dejar que maten a mi amigo español.

Rafael intentó mitigar el temblor de su pulso agarrando con las dos manos el terminal telefónico.

A pesar de sus sospechas, Tyson Tabares había dicho lo de amigo en serio. Sentía un afecto real por aquel hombre con pinta de bonachón. Sabía que nada une tanto como la adversidad. Las amistades que surgen en ella eran como el cemento: fraguaban rápido y duraban toda la vida.

—No sabrán dónde estoy —se defendió Rafael con la voz entrecortada.

—¿Sabe desde dónde lo llamo? —dijo el detective, enfocando su teléfono hacia uno de los altavoces de la terminal del aeropuerto de Heathrow. En ese momento daban un mensaje a los pasajeros.

A pesar de la evidencia, Rafael dudó, incrédulo. Estaba seguro de que nadie podía saber dónde estaba. No se lo había dicho a nadie. Pero lo cierto es que el detective se encontraba en el aeropuerto de Londres.

—Acabo de aterrizar en Heathrow. Voy camino del «hotel favorito del señor Vázquez» —dijo, imitando una supuesta voz femenina—, el London St James. Ya se lo dije: las personas dejamos más rastro que la baba de un caracol.

Rafael, abatido, asumió la situación y se sintió indefenso. Había hecho todo con escrupulosa discreción y, sin embargo, allí estaba Tyson Tabares.

—¿Cómo lo averiguó?

—La gente que escribe mientras habla por teléfono no puede tener secretos...

—¿Pasó por mi despacho?

—Por mucho que arrancase la hoja y la tirase, tan solo tuve que pasar un simple lápiz por la superficie del papel. En la agencia me informaron de su tarifa; de que era un vuelo cerrado y de que no podían cambiar las fechas; de las buenas condiciones de su hotel preferido...

—Qué indiscreción por parte de la agencia.

—¿Sabe por qué la gente habla? —dijo el detective.

—¿Porque es poco reservada?

—Porque la gente es buena. No cree que tenga nada que ocultar. No piensa como lo haría un criminal.

—¿Y usted sí?

—Por supuesto. Vivo de eso, doctor Vázquez. Ese es mi doctorado. Por cierto. Encontré más cosas en su bloc de mesa... ¡Estaba escrito por todos lados!... Quizá debería consultar con un especialista que sepa interpretar esos extraños dibujos.

—¿Cuánto tiempo tardará en llegar?

—En una hora estaré por ahí.

Se habían citado en los rojizos salones del hotel St James. Rafael esperó la llegada de Tyson Tabares sentado en uno de aquellos sillones, más pensados para echar una siesta viendo la televisión que para mantener una charla seria.

Cuando llegó, el detective lanzó su *jab* de izquierda sin dejar de observar la reacción de Vázquez.

—Usted es el cebo.

Rafael actuó como si no lo hubiese oído. Se mantuvo tranquilo mientras Tyson Tabares se sentaba en el sillón de enfrente y seguía hablando.

—No dudo de que sus intenciones sean buenas, pero solucionar esto está fuera de su alcance.

Rafael hizo un gesto intentando aparentar que no entendía lo que estaba oyendo.

—Ha venido a ver a la madre.

—¿Cómo sabe usted eso?

Tyson Tabares respiró hondo. O era muy buen actor o era el tipo más inocente con el que se había cruzado.

—¿Ha comentado usted este viaje con Guillermo?

—Guillermo nunca me delataría.

—Su amigo les ha estado dando la información que usted le daba.

—¿Guillermo? —exclamó Rafael.

—Sí. Su amigo.

—Hablé con él. Le dije que estaría fuera una temporada. Pero no adónde iría. Aunque tampoco se lo había dicho a usted...

—No se preocupe por las hojas... —dijo el detective, metiendo la mano en su bolsillo y mostrándole los folios arrancados—, lo que no significa que no puedan averiguarlo de otra manera. Cualquier *hacker* novato sería capaz de rastrear los vuelos de un pasajero.

Rafael decidió contarle sus planes.

—Tenía planeado verme con Asifa en la London School. Luego pensaba ir caminado con ella hasta Green Park y, una vez allí, contarle la realidad de lo que estaba pasando.

—¿Por qué en Green Park? ¿Por qué no en su despacho de la universidad?

—Está embarazada. Busco que tenga el menor impacto posible en su vida. En una zona verde y tranquila... Será más fácil para todos.

A lo mejor era eso lo que Tyson Tabares admiraba de Rafael: su cándida generosidad. Estaba aterrorizado y aun así era capaz de pensar en la salud de una embarazada a la que ni siquiera conocía.

El plan le resultó pintoresco, pero no iba a contradecirlo. ¿Por qué no un parque? Al fin y al cabo, él mismo era un adicto al oxígeno, seguro que podría hacer bien su trabajo en aquel lugar.

—Tenemos que fijar un sitio concreto. Elija un lugar reservado, pero de fácil acceso. Si la cosa se pone fea, es bueno que pueda acudir la policía en un tiempo razonable —sugirió Tyson Tabares.

—¿En el Canadá Memorial? Está apartado, pero cerca de Buckingham Palace. ¿Le parece bien?

—Veo que conoce bien la zona —dijo el detective sorprendido.

—He estado en ella muchas veces. Otros conocen los pubs o las zonas de marcha. Lo mío son los parques, los museos de ciencias, esas cosas.

—Estaré cerca de ustedes. Por favor, no delate mi posición. En el parque debo ser un visitante más.

Se despidieron. Rafael se retiró a descansar a la habitación y el detective se dirigió hacia Green Park. Quería tenerlo todo bajo control.

Tyson Tabares se internó en el parque como un general inspeccionando el campo de batalla antes de que empezase la guerra. Chequeó los largos senderos circundantes, las arboledas, las edificaciones. Intentó revisar todos y cada uno de los recovecos de la zona en los que fuese posible ocultarse. Todo controlado. Todo en orden. Rafael podría hablar con Asifa con un nivel de seguridad razonable.

Regresó al hotel con la mirada fija en un punto lejano, intentando escudriñar el futuro, visualizando lo que iba a pasar. Reconstruía en su mente cómo debería de ser todo, qué pasos daría Rafael, dónde se pondría él, por dónde podría aparecer un potencial asesino.

Ni la ciudad, ni los viandantes que lo miraban, fueron capaces de sacarlo de su aislamiento mental. Solo la insistente vibración de su *smartphone* consiguió que regresase al presente. Había vuelto a conectar las alertas de sus redes sociales al salir del avión. Allí estaban, dando la lata y a un ritmo muy superior al que estaba acostumbrado. Aquel nivel de actividad no auguraba nada bueno.

Paró un instante en medio de la calle. Su enorme abrigo se movió como un telón del que salió su mano para recuperar el teléfono de uno de sus bolsillos. Estaba siendo atacado con intensidad. Las redes sociales le habían dado mucho, pero no lo cobraban barato. Sin una dedicación constante era fácil caer en el olvido o que tuviese un incendio y se extendiese por no estar ahí para pararlo a tiempo.

«Tyson Tabares: un fraude TT.» Así empezaba el primero de los tuits. «Los peores son los que se creen ingeniosos», se dijo el detective, valorando el obvio juego de palabras. A continuación, había un largo hilo en el que, básicamente, ponía a Tyson Tabares a caer de un burro: «Se pega la gran vida a costa de sacarle la pasta a la gente»; «¿Resultados? Todo hubiese ocurrido igual sin su participación»; «Este no es un Robin Hood. Es un Robin Hook».

¿Hechos? Ni uno. ¿Datos? Cero. ¿Afirmaciones de interés? Ninguna. Salvo la descalificación personal, nada de nada. Sin embargo, estaban teniendo un alto nivel de repercusión.

«¿Hijo de puta a sueldo o hijo de puta amateur?», se preguntó el detective al ver actuar a ese trol. Odiaba a esa suerte de matones online que dedican su existencia a machacar a los demás bajo un seudónimo.

«¿Por qué ahora?», se dijo mientras intentaba encontrarle un sentido a aquel ataque. Alguien había empezado una campaña de descrédito contra él, y si no fuese porque estaba muerto, diría que era cosa de Binney.

Apretó el paso para llegar cuanto antes. Cruzó la puerta y se introdujo en el remanso de paz artificial del *lobby* del hotel. Sin perder un segundo se dirigió a su habitación con un único objetivo: desenmascarar a aquel tipo.

Media hora de rastreo más tarde tiraba la toalla. No había encontrado nada sospechoso. «A lo mejor es un detractor, sin más.» Pero la extensión de los comentarios y la intensidad y persistencia del ataque le decían que no. Demasiada energía para gastarla de manera gratuita. Se dejó llevar por su intuición y escribió «Cerebrus» en el buscador. Al instante se encontró con una noticia sorprendente. De alguna forma, Binney sí había vuelto a la vida.

> Aiko Nakamura, nueva presidenta y CEO Cerebrus.
>
> La financiera neoyorquina adquirió recientemente el paquete accionarial más grande de la empresa líder mundial en biotecnología. Con la muerte de Foster-Binney, la sucesión en Cerebrus se llevará a cabo de una forma orgánica, puesto que Nakamura ya representaba en el consejo a un importante grupo de accionistas. «Intentaré llevar el legado de Moses Foster-Binney al más alto nivel. Cerebrus será la empresa más importante del mundo en términos absolutos, no solo en el mercado biotecnológico.» Con estas primeras declaraciones, Nakamura ha enviado un mensaje de tranquilidad y optimismo al mercado y a sus accionistas.

Que hubiese alguien beneficiándose de la muerte de Moses lo hizo dudar. ¿Y si su muerte estuviese relacionada con el ascenso de la bróker neoyorquina? Pronto lo descartó. Había un suizo muerto. Demasiado rocambolesco para una financiera de Wall Street.

Se recostó sobre la cama sin dejar de observar su portátil, sin dejar de mirar en la pantalla la foto de su nueva rival. Cuando llevaba un rato tumbado, su cartera se deslizó de uno de los amplios bolsillos de su pantalón abriéndose ligeramente. Pudo ver su licencia de detective. Era un punto oscuro sobre la ropa de aquella enorme cama con la que la recepcionista del hotel había premiado su galantería. Recogió la acreditación con delicadeza y se preguntó por qué habría entrado en escena en aquel preciso instante mientras miraba la foto de la nueva CEO de Cerebrus.

«Pronto tendré que presentarle mis respetos a la señorita Nakamura.»

66

Londres, 17 de febrero de 2017
179 días para el nacimiento

Rafael caminaba por Houghton Street al encuentro de la London School of Economics. Se podría decir que a lo largo del trayecto pasó por todo tipo de estados de ánimo: la determinación inicial, las dudas, las ganas de dar la vuelta...

Entró en el edificio donde se encontraba la facultad de Asifa Washington. Caminó sumergido en un mar de alumnos y personal docente, intentando abrirse paso entre ellos. Aquello se parecía más a una bulliciosa calle que a un centro universitario (al menos a los que Vázquez estaba acostumbrado). Llegó a la zona donde se encontraba el departamento de derecho internacional. Avanzó por el pasillo examinando cada uno de los innumerables despachos. Encontró a Asifa en un pequeño habitáculo en el que apenas si cabrían dos mesas, una para cada uno de los dos profesores que lo compartían. Estaban dispuestas inteligentemente en forma de ele, y albergaban en su seno una silla giratoria para los visitantes. De esa forma daba servicio a ambas mesas. «Parece que el espacio en Londres es un lujo», pensó Rafael.

Antes de presentarse ante la doctora Washington, Vázquez aprovechó su anonimato y se detuvo a examinarla detenidamente a través de la cristalera de su lugar de trabajo. Sabía que cuando estuviese con ella no sería capaz de mirarla de una forma tan descarada.

En ese momento, Asifa se estaba poniendo en pie para despedir a un compañero y Rafael comprobó que era tal y como esperaba que fuese: ni demasiado alta, ni demasiado guapa, ni demasiado delgada, con un hermoso color de piel aceitunado y una expresión inteligente. Se fijó en su pelo negro y en sus grandes pestañas. Encontró comprensión y sosiego en su mirada. Bajó la vista hacia su barriguita. Todavía no se notaban mucho los cambios físicos propios de la gestación.

—¿Asifa Washington?

—Soy yo. Supongo que usted es el doctor Vázquez —dijo Asifa, pronunciándolo como «vasquisss».

Rafael empezó a hablarle en inglés, pero ella se esforzó en seguir la conversación en español, desempolvando un idioma que no usaba desde su Erasmus en Madrid.

—Encantado de conocerla. ¿Puedo invitarla a un café?

—¡Claro!, no tengo clase en el resto de la mañana. Pero con una condición: que deje de tratarme de usted.

—De acuerdo. Nos tutearemos.

—¡Vamos a por ese café!

—Imagino que tendrá que ser descafeinado. Por tu estado...

Asifa encontró adorable la sutileza del médico español.

—¡Eres observador! Tengo la impresión de que nadie se da cuenta de mi estado si no lo digo. Todavía no se me nota demasiado... —dijo Asifa con cierta decepción.

El doctor Vázquez conocía su embarazo mucho antes de lo que ella creía.

—Siempre lo tomo sin cafeína. Quiero un niño pacifista —dijo Asifa, mostrando su sonrisa luminosa.

Rafael sintió una pequeña sacudida en su espalda cuando oyó la palabra «niño».

Anduvieron hasta el café Plaza, un lugar moderno, lleno de luz, con todas las paredes exteriores de cristal y lo suficientemente cercano a la facultad como para ir a pie. A Rafael le resultó un lugar alegre que sería un buen aliado para que todo fluyese bien entre ellos. Iría ganándose a Asifa y así podría invitarla a pasear por Green Park.

Charlaron sobre sus respectivas universidades: las directrices de la London School of Economics, la importancia de las universidades en general y de la colaboración internacional entre ellas. Asifa sacó a colación el programa Erasmus y aplaudió sus logros; desde su punto de vista había ayudado a construir identidad europea en varias generaciones.

—Durante muchos años sentí a Madrid como mi segunda casa —afirmó Asifa.

Rafael tamborileaba sus dedos contra el vaso de cartón de su café. La inspiración no llegaba. Se esforzaba por encontrar con urgencia una conexión razonable entre la medicina y el derecho marítimo.

—Qué importante es ver las realidades desde diferentes ángulos —respondió Vázquez antes de lanzarse a hablar de la colaboración interdisciplinar entre materias aparentemente dispares.

Asifa deslizaba frases en las que mostraba su perplejidad y su intriga por conocer qué podía aportar una experta en derecho internacional a un investigador médico genético. Rafael se deshacía en explicaciones sobre todo lo que había investigado, esperando que no dejar de hablar sirviese de ayuda para ganar tiempo. Necesitaba encontrar algún nexo común, alguna forma en la que sus mundos se conectasen. Curiosamente, iba a ser ella la que le diese la solución:

—Bien pensado..., ambos trabajamos en el condicionamiento del comportamiento humano. El derecho influye en él mediante normas y la genética, mediante cromosomas, ¿no te parece? —dijo Asifa, tocándose delicadamente su barriguita.

Rafael aprovechó el regalo.

—Cierto. La ley no deja de ser una especie de ADN civil...

—¿De eso va tu trabajo? —preguntó la jurista.

—Algo así. De las diferentes formas de condicionar a un individuo: las biológicas y las sociales.

—Sensacional —aplaudió la doctora Washington.

A medida que la conversación avanzaba, Rafael sentía más pesar por todo lo que estaba a punto de decirle. Iba a borrar de un plumazo aquella felicidad premamá, aquel entusiasmo casi infantil que mostraba por todo.

«Qué ridícula resulta a veces la inocencia», pensó Rafael viéndose a sí mismo como un depredador que sabe adónde tiene que llevar a su presa.

—Supongo que el médico te habrá recomendado caminar.

—¡Lo hago! Más de una hora diaria. Cada vez más despacio, es cierto, pero cumplo con mis obligaciones todos los días. Cuando terminemos nuestra charla pienso dar mi paseo diario.

—¿Te apetece ir ahora? Me encanta caminar.

—Por mí no hay inconveniente.

—Me gustaría ir hacia Green Park. ¿Podrás?

—¡Seguro! Está a media hora de aquí. Es un precioso lugar para seguir nuestra charla. Aunque ya empiezo a ver por dónde puede ir nuestra colaboración, reconozco que me sigues teniendo intrigada.

Se acercaron paseando hasta Green Park. El ritmo de Asifa no era en absoluto lento, lo que revelaba su fortaleza y el entrenamiento diario del que hacía gala.

—Hace tiempo empecé un curioso proyecto. Se trataba de la validación de las reliquias religiosas católicas. ¿Sabes lo que son las reliquias?

—Rafael, en todas las religiones tenemos reliquias de un tipo u otro.

—Era un proyecto ambicioso que pude llevar a cabo gracias a la ayuda privada de una importante fundación mundial...

Vázquez relató los pormenores de su investigación mientras se acercaban al Canadá Memorial. Cuando llegaron, Rafael logró contactar visualmente con Tyson Tabares. El detective paseaba, discreto, por las inmediaciones de la zona acordada. Sin delatarlo, siguió hablando con la doctora Washington de su proyecto.

—¿Te apetece? —preguntó Asifa, ofreciéndole agua de una botella.

—No, muchas gracias.

—Nos tenemos que hidratar.

La doctora Washington desenroscó la tapa del termo y la usó como vaso, sentándose a beber en una de las gradas que rodeaba el conjunto escultórico. Ambos observaron el monumento por un instante.

—¿Qué te parece?

—Un prisma cuadrangular que se hunde por uno de sus lados —respondió Rafael.

—No, te preguntaba si te gusta —dijo Asifa, mostrando cierta decepción ante el comentario de Rafael.

—Sí, mucho. Creí que te referías a...

—Se hizo en homenaje a los canadienses que lucharon con Gran Bretaña en las dos guerras mundiales. El pasillo central que divide la superficie apunta a Escocia, donde combatieron la mayor parte de ellos.

La cara de interés de Vázquez resultó convincente. Por supuesto que lo sabía. Sabía todo lo referente a aquel parque. Pero necesitaba que hablase. Que le diese tiempo para tomar impulso y poder darle la mala noticia.

Mientras Asifa iba señalado los detalles del monumento, él intentaba localizar al detective. Lo había perdido de vista y eso lo inquietaba.

Tyson Tabares había decidido esconderse tras unos árboles en vista de que Rafael no había sido capaz de dejar de mirarlo una y otra vez. Temía que revelase su posición. Continuaría vigilando a una distancia prudencial, a un par de minutos andando más o menos. Lo suficiente como para entrar en acción si hiciese falta, o para permanecer al margen si todo salía bien.

Intentar detectar a un posible asesino en un parque no es una tarea sencilla. Para el detective, aquel sitio se había vuelto un endemoniado enjambre de gente, ramas y laberínticos caminos. Un desorden difícil de controlar y que ponía a prueba todos sus sentidos. No estaba cómodo. Intuía que algo no iba bien. Cuando había entrado en el parque había reparado en un hombre vestido con americana y pantalón negros. Llevaba una visera negra muy calada que le ensombrecía parte del rostro mientras caminaba. Tenía un aire distraído, pero incongruente con el conjunto de gente que paseaba por el parque. Le hubiese gustado acercarse a él, pero cuando pasó tras un puesto de bebidas le perdió el rastro. Ir en su busca e intentar identificarlo hubiese supuesto abandonar la posición y, quizá, perder de vista a Rafael y Asifa durante un buen rato. «Si es él, volveré a verlo», pensó. Había tanta gente singular caminando por aquel parque que no podría pararlos a todos.

El detective recorrió con la mirada el entorno del Canadá Memorial una y otra vez. Todo parecía estar en orden. Una pareja se puso a tontear justo delante de él, tapando su ángulo de visión. «¿Juegos amorosos? ¡Chicos, que estoy trabajando!» Finalmente, los enamorados se tumbaron en la hierba y Tyson Tabares recuperó la visibilidad.

Habían pasado unos minutos cuando apareció de nuevo el tipo de la visera. Iba completamente vestido de negro y tenía un aspecto juvenil. Podría pasar por ser miembro de una tribu urbana tipo *emos*, nuevos románticos o algo así. No era demasiado alto y se movía con la agilidad propia de un deportista. Su forma de actuar le resultó sospechosa. Parecía tener prisa. Los pasos demasiado largos. ¿Iría a algún sitio? «Quién sabe, a lo mejor no tiene nada que ver con todo esto.» Podía ser un tipo normal, en un día normal...

Las sospechas de Tyson Tabares fueron respondidas por el lenguaje corporal del hombre de negro: demasiado tenso, demasiado rígido, demasiado tiempo mirando al suelo como si no le interesase nada del parque, como si no quisiese ver, ni ser visto. Las alertas se encendieron cuando el detective comprobó que aquel hombre avanzaba en dirección al monumento donde estaba Rafael. El americano empezó a caminar hacia él disimuladamente.

El hombre de negro aceleró el paso y sacó algo del ala de su visera. Era una especie de tela negra, como esos tejidos que se usan para que los mosquitos no molesten. El desconocido se tapó el rostro con ella. Cuando desplegó aquel velo, le vino a la mente la imagen del hombre del aeropuerto.

«No tiene rastas, ni perilla... Pero es él.»

El detective aceleró ligeramente el ritmo, abriéndose paso entre decenas de personas completamente ajenas a lo que estaba ocurriendo: caminantes relajados, jóvenes que comían sus sándwiches y echaban migas a los gorriones, ciclistas que pedaleaban a ritmo de tortuga mientras charlaban, palomas sobrevolando la zona a la espera de los ancianos que cada día los obsequiaban con sus bolsitas de maíz...

El hombre de negro pareció captar el movimiento de alerta de Tyson Tabares y empezó a caminar más deprisa, a lo que este respondió avivando de nuevo el paso. El sospechoso apuró cada vez más hasta que empezó a correr, ya sin disimular. El detective esprintó tras él, pero comprobó que no era capaz de alcanzarlo. Aquel tipo era muy rápido y se alejaba de él con facilidad. Mientras ambos corrían, el hombre de la visera empezó a hurgar entre sus prendas y sacó de la pechera un enorme crucifijo que llevaba oculto.

Ya no había duda.

«La Congregación ha enviado a su sicario.»

El individuo intentaba mantener la velocidad mientras se descolgaba el crucifijo del cuello. Jadeando, Tyson Tabares se esforzaba por no perderlo de vista. Todo iba demasiado rápido. En un momento dado, el sospechoso elevó la cruz con la mano izquierda, lo que le hizo perder ritmo permitiendo que el detective se acercase más.

La alerta llegó a su nivel máximo cuando el sicario giró con su mano la parte superior del crucifijo extrayendo, como en una irreal cámara lenta, un fino y largo estilete.

«¡Un esfuerzo más, Tyson Tabares!»

El sospechoso blandía aquella daga con la mano derecha sin aminorar el ritmo en dirección a Rafael y a Asifa. El detective se acercaba cada vez más. No podía permitir que se le escapase. No podía fallar.

El ruido de los choques de los pies contra el suelo, provocados por la carrera de ambos, acabó por alertar a Rafael, que pudo ver como el individuo embozado corría hacia ellos levantando un puñal. Contrariamente a lo que el mismo Rafael hubiese esperado, reaccionó con frialdad. Cogió a Asifa de la mano y bruscamente, sin mediar palabra, la arrastró hacia el pasillo central del monumento esperando que les sirviese de amparo. Ella, sorprendida, tiraba de su mano en sentido contrario, creyendo que Vázquez quería hacerle daño. Sus ojos ya no eran la antesala de la serenidad. Asustada, lanzó un grito que hubiese alertado al mundo entero. Aquel alarido de pánico heló la sangre a toda la gente que deambulaba por el parque. Mientras ambos forcejeaban en el pasillo del conjunto escultórico, el hombre de la visera aprovechó la confusión y se abalanzó sobre ellos con el estilete en alto apuntando al cuerpo de la mujer embarazada. Rafael soltó a Asifa justo a tiempo de parar la puñalada, y logró interponerse en el golpe. Acababa de salvarle la vida. El estilete se clavó en el hombro de Vázquez, deteniéndose en el hueso de su clavícula. No sintió dolor. Mantuvo agarrada la muñeca de aquel hombre, esperando la llegada de Tyson Tabares. Era una lucha a vida o muerte. Rafael levantó la vista y pudo ver, tras aquella tela negra, una mirada que le resultó familiar. Unos ojos que ni siquiera aquel velo podía tapar. Todo sucedía muy rápido. Tyson Tabares se abalanzó sobre el individuo y los tres rodaron por el suelo. Rafael ya no pensaba en otra cosa. Quería ver el rostro de aquel individuo. Extendió su mano y consiguió arrancar la tela. Aquella agresividad... Aquel odio... No. No podía ser. No podía creerlo.

—¡Guillermo! —gritó Rafael, lanzando un grito desgarrado mientras intentaba detener a su amigo.

Guillermo luchaba para zafarse del corpulento abrazo de Tyson Tabares.

—¿Qué haces, Guillermo? Por Dios, ¿qué haces? —seguía gritando Rafael.

El doctor Vázquez intentaba pararlo, pero no era capaz de conseguirlo. Tenía la esperanza de que todo fuese un malentendido. Pero había una daga entre ambos que amenazaba su vida.

Tyson Tabares logró hacer girar a Guillermo, bloqueando la mano que portaba el puñal. El sacerdote resultó ser demasiado rápido para sus cuarenta y siete años. El estilete que viajaba escondido en un inocente crucifijo acabó alojado violentamente en el abdomen del americano. Sintió que su barriga ardía, como si un demonio le hubiese introducido un arpón hirviendo. No tuvo ni tiempo ni fuerzas para emitir más que un breve quejido. Tenía que seguir luchando con todas sus fuerzas.

—¡Guillermo! ¡No! ¡No! —seguía vociferando en vano Rafael mientras se abalanzaba sobre el sacerdote para evitar que le asestase una segunda puñalada al detective.

Asifa se arrastraba por el suelo. Había perdido los zapatos y gritaba pidiendo ayuda. Se había hecho daño en el tobillo, pero con los nervios no sentía dolor. No era capaz de levantarse y aquella barriguita suya no ayudaba precisamente a ponerse de pie. Lo intentó una y otra vez hasta que finalmente optó por salir gateando de aquel tubo mortal en el que se había convertido el monumento a los soldados canadienses.

Tyson Tabares volvió a la carga. Estaba perdiendo sangre. «No es nada», se dijo. Su corpulencia le permitió agarrar por el cuello a Guillermo, que ahora forcejeaba con Vázquez, y empezar a estrangularlo. El sacerdote hizo un esfuerzo y logró poner el puñal apuntando al corazón del detective. Este soltó una mano de la garganta de Guillermo para agarrar su puño e intentar invertir la dirección del estilete. Aquel puñal era ahora una moneda en el aire. Del lado del que cayese favorecería a uno o a otro.

—¡Debe morir! ¡El niño y la madre deben morir! ¡La Congregación lo ha decidido! —gritaba ahora Guillermo con una voz endemoniada que Rafael no alcanzaba a reconocer.

Asifa escuchó aquello y empezó a llorar pidiendo auxilio desesperadamente. ¡Todo aquello era por ella! ¡Ella y su bebé eran las víctimas que aquel asesino buscaba!

El detective había conseguido voltear la mano del sacerdote. Ahora, el estilete apuntaba al corazón de Guillermo, que emitía gritos cada vez más extraños. La suya era una voz desgarrada que profería salvajes alaridos que cada vez sonaban de diferente forma.

Rafael saltó sobre ellos. El puñal se clavó en el pecho de

Guillermo. El sacerdote lanzó un grito de dolor antes de revolverse, lo que obligó a Tyson Tabares a hundir de nuevo la daga en su cuerpo.

Entre vómitos de sangre, Guillermo buscó los ojos de Rafael. La fiera que los había atacado había desaparecido. Ya no tenía aquella mirada malvada. Era la de siempre, la de su amigo, la del niño con el que coleccionaba insectos, la del compañero de piso, la del sacerdote que tanto quería, al que consideraba un hermano... Aquellos ojos imploraban comprensión. Era la mirada de alguien vulnerable.

—Rafa, amigo..., perdóname —dijo el sacerdote entre estertores—. Lo hice por salvarte. Me dijeron que si lo hacía yo, tú te salvarías. Si no, lo harían ellos y todos moriríais.

Rafael estaba atónito. No encontraba ningún sentido a nada de lo que había pasado. ¿Era por salvarlo a él? ¿Su amigo quería decirle que aquella puñalada que le acababa de dar tenía buena intención?

—La Congregación es demasiado poderosa —dijo Guillermo mientras brotaba sangre por su boca.

—No hables ahora. Espera que venga una ambulancia —dijo el doctor Vázquez, consciente de que su amigo se estaba muriendo.

Un soplo de energía permitió a Guillermo seguir hablando:

—Hablé con Tomé, sin saber que él los alertaría. Ese fue mi error. El Santo me falló. Esa gente es peligrosa, Rafael. Me espiaron. Intentaron matarme..., robaron mi diario...

—No hables, descansa —dijo el doctor Vázquez.

Tyson Tabares ayudó a incorporarse a la doctora Washington sin dejar de presionar su propia herida.

—Se enteraron de todo al leer mi diario...: de lo del niño, de quién eras tú... Encuentra mi diario, Rafael. ¡Encuéntralo! Y que nadie lo vea más que tú.

La sangre salía por el pecho de Guillermo empapando su americana negra. Con una mano, Rafael apretaba la de su amigo y con la otra intentaba taponar desesperadamente la herida mortal de Guillermo.

—Habla con el Santo Padre, Rafa. Solo él podrá perdonarnos. Solo él..., lo que hemos hecho... Cuéntale todo lo que ha pasado. Ábreme las puertas del cielo, amigo. Ya he vivido el infierno en la Tierra —dijo el sacerdote.

Su voz se fue apagando. El murmullo de la gente que los rodeaba comenzó a escucharse con más fuerza. Guillermo acababa de morir.

Aunque todo pasó en unos minutos, había sido tiempo suficiente para que los turistas se agolpasen alrededor de la escena y grabasen todo aquello como si de un espectáculo se tratase.

—¡Se han dedicado a grabarlo todo en lugar de ayudar! —refunfuñó el americano mientras presionaba la herida de su abdomen.

El doctor Vázquez acudió en ayuda de Tyson Tabares e intentó contener la hemorragia. El detective se sentó. El suelo cada vez estaba más manchado de sangre.

—*Help! Help!* ¡Ayuda! ¡Ayuda! —gritó Rafael, buscando apoyo en la multitud.

Las luces parpadeantes anunciaban la llegada de la policía. Los agentes bajaron del coche patrulla y se encontraron con un cadáver, un hombre gravemente herido y una mujer embarazada con un ataque de ansiedad, además de numerosos turistas que miraban lo sucedido mientras seguían grabando con sus móviles.

Informe médico n.º 717
Centro Médico de Samos (Lugo)
Paciente: Guillermo Díaz Barbeito
Profesión: Sacerdote
Edad: 42 años
Dirección: Monasterio de Samos
N.º de la Seguridad Social: No lo aporta

Doctora Sofía Blanco Gómez
Colegiado Número: 11.174

15 de enero de 2017

SÉPTIMA PARTE DE LA TRANSCRIPCIÓN

PACIENTE: Este es el sueño más reciente. Lo he tenido varias veces y siempre me despierto viendo esa cara flotando sobre mi cama... El sueño empieza en un lugar costero rodeado de montañas. Estaba oscuro. Yo paseaba en una embarcación remando con energía. Un barco enorme entorpecía mi camino. En él caminaba un hombre elegante. No sabía por qué, pero sabía que era malvado, que quería hacerme daño. Intenté dar la vuelta. Entonces oí la voz: «Deberás saber lo que sabe». No entendía nada, pero seguía acercándome a la embarcación mientras otra voz me ordenaba: «Lleva la verdad al fondo del agua».

(El paciente imita las voces de las personas a las que asegura oír. Una extraña imitación un tanto forzada y teatralizada. He considerado que describir este hecho será de ayuda al facultativo que analice en su momento estos datos.)

PACIENTE: Yo no entendía nada. Luego perdía todo de vista y veía flotando a mi alrededor percas y salvelinos. ¡Vivos! En el aire. Yo era un especialista en especies animales, ¿lo sabía?

DOCTORA: No, ¿cómo había de saberlo?

PACIENTE: Tiene usted una gran paciencia. Eso es un don. ¡Que Dios se lo pague con hijos!

DOCTORA: Entonces, que tarde unos añitos en pagármelo.

PACIENTE: La boca del hombre elegante se hacía cada vez más grande al igual que sus ojos. La voz me decía: «Rezarás para poder respirar». No entendía nada. No sé cómo, pero estaba de nuevo en mi bote. Entonces, un cuerpo emergía lentamente, con la boca abierta, sin vida. Era el hombre elegante, flotando en el agua. Entonces, yo me despertaba y, todavía en mi sueño, veía su cara sobre la mía, a escasos centímetros sobre mi cama. Gritaba, gritaba mucho.

DOCTORA: ¿Gritaba todavía en sueños?

PACIENTE: Sí. Aunque cada vez que se repite esa pesadilla sigo gritando también despierto.

SÉPTIMA PARTE

67

Samos, 25 de febrero de 2017
171 días para el nacimiento

En un bar cualquiera varios clientes ven la televisión con escaso interés. La televisión pública española ofrecía abundante información sobre el caso ya conocido como el del «cura asesino».

Mientras se suceden imágenes con fotografías del fallecido y planos de los lugares mencionados en la noticia, la presentadora habla del asunto con la misma vinculación emocional que si se tratase de la noticia de una leve subida en la bolsa:

«Hoy llegará a España el cadáver del sacerdote Guillermo Díaz Barbeito, fallecido hace unos días en Londres en extrañas circunstancias. Según hemos podido saber de fuentes bien informadas, el conocido como padre Guillermo ha pasado a ser el principal sospechoso de estar involucrado en una serie de asesinatos, entre los que podría encontrarse el del doctor Moses Foster-Binney, genio mundial de las neurociencias. Entre las víctimas también estaría un reconocido científico de nacionalidad suiza y otro ciudadano español. Se sospecha que pueda ser el cadáver encontrado hace unos días en el basurero municipal de Madrid. Al parecer, este último trabajaba en el restaurante donde el doctor Foster-Binney cenó en su última visita a la capital española.

»La consternación se palpa entre los vecinos de A Coruña, ciudad en la que residía, y los de Samos (Lugo), donde será enterrado este domingo. Todavía conmocionados, algunos van aportando tímidamente sus testimonios, entre los que se encuentran manifestaciones de perplejidad y dolor. Las noticias que se van sucediendo en torno al cura asesino sitúan estos acontecimientos en lo más oscuro de la historia negra de este país.»

Durante un par de minutos la gente miró con expectación la pantalla y se sintió sobrecogida por aquella noticia. Al instante llegó la información deportiva. Todo volvía a la normalidad y siguieron tomando sus consumiciones.

68

Samos, 26 de febrero de 2017
170 días para el nacimiento

Acudieron a Samos en busca del padre Tomé. Para Tyson Tabares la visita no tenía ningún otro objetivo. Pero el doctor Vázquez tenía otros planes.

—Iremos a por él a su monasterio. Pero antes enterremos a Guillermo.

Allí estaban. A punto de sumarse a la comitiva fúnebre. Rafael hubiese acudido al entierro en cualquier caso. Al fin y al cabo era su amigo. Pero el detective se preguntaba si realmente quería hacerlo. Si debía estar presente en el sepelio del hombre que, hacía unos días, había intentado quitarle la vida. ¿Tenía algún sentido?

Habían alquilado un jeep Wrangler. Como era un coche lo suficientemente alto, pudieron dejarlo en una zona llena de rocas y hierba aparcado a la sombra. Era la única posibilidad que habían encontrado en los alrededores del cementerio de Samos. El entierro de Guillermo había congregado a mucha gente, casi todos miembros de equipos informativos.

Durante los últimos días, Tyson Tabares se había recuperado lo suficiente de sus heridas como para poder viajar. Nueve días en los que lograron quedar en libertad sin cargos gracias a las imágenes captadas por un turista finlandés que lo grabó absolutamente todo. «Qué paradójico. Al final aquellos mirones sí estaban haciendo algo por nosotros», se dijo el detective, agradeciendo a regañadientes la existencia de aquellas imágenes salvadoras.

Nueve días en los que Rafael Vázquez intentó asimilar lo que había sucedido, sin lograrlo.

Nueve días en los que intentaron contestar algunas preguntas que habían quedado en el aire. Rafael necesitaba creer que todo aquello había acabado. Tyson Tabares no tenía ninguna duda: seguirían intentándolo. Pensaba que Guillermo era un infeliz, una pieza de un engranaje. Tendrían que llegar al fondo de la cuestión cuanto antes.

En el pueblo llamó la atención que los padres de Guillermo hubiesen elegido la incineración. Aunque no hubiera una prohibición expresa de la cremación, todos sabían que la jerarquía eclesiástica prefería la sepultura del cuerpo y que fuese el paso del tiempo el que lo convirtiese en cenizas. No era una forma habitual de inhumar a un religioso. Tampoco era habitual que su familia optase por un cementerio distinto al que albergaba su pequeño panteón familiar. Parecía como si quisiesen alejar aquel deshonor y aquella vergüenza de los restos de sus antepasados y que «el cura asesino» no perturbase su descanso.

El entierro fue un acto sencillo. La familia, algunos allegados del pueblo, algún curioso... y una caterva de periodistas que se agolpaban en la entrada del cementerio contenidos a duras penas por la Policía municipal. Los agentes solicitaban, pacientemente, un poco de respeto ante el dolor de los deudos. La desgracia parecía ser muy fotogénica para las cámaras de alta definición que iban absorbiendo las almas de aquella gente, para luego dispersarlas por todas las cadenas de noticias del mundo.

Rafael y Tyson Tabares se mantuvieron en un discreto segundo plano, lo que no evitó que fuesen objeto de las miradas curiosas de algunos de los vecinos, poco acostumbrados a aquella indumentaria singular con la que el americano transitaba por el mundo. Cuando terminó el sepelio fueron los primeros en retirarse.

Rafael rompió el silencio cuando ya estaban cerca del coche:

—Tercos en los pecados, laxos en los propósitos.

—¿Perdón?

—Versos. De uno de mis poemarios preferidos: *Las flores del mal*.

—Baudelaire.

—¡Vaya! No me tenías pinta de conocer poetas franceses.

—También hago colección de rubias —dijo Tyson Tabares, emulando al Marlowe de Bogart en *El sueño eterno*.

—Todos somos una caja de sorpresas... —sonrió Rafael—. Seguro que le gustó que estuvieses en su entierro. Es como si lo perdonases. Para Guillermo el perdón era algo muy importante.

El detective se mantuvo en silencio. No, no lo perdonaba. Había intentado matarlo. ¡Claro que no lo perdonaba!

—¿No crees que en todo esto ha habido algo así como una mano divina? —dijo Rafael—. Tu herida... debería haber sido mortal y sin embargo la daga no hirió de gravedad ningún órgano principal. Mi herida leve... Esas imágenes del finlandés que estaba grabando y que decidió seguir a Guillermo en cuanto se puso a correr... sin saber nada de lo que iba a hacer... Una grabación providencial... Nos han evitado un problema de los gordos con la justicia británica. No sé. Creo que ha sido demasiada suerte.

Que la mierda no te llegue al cuello y que se quede tan solo en el ombligo estaba lejos de lo que Tyson Tabares consideraba suerte.

—Rafael, ¿llegaste a decirle algo a Asifa?

Vázquez reaccionó como un alumno que no ha terminado la tarea.

—Lo siento. No pude. Estaba tan desconcertada... cuando supo que el objetivo era ella y su hijo. Ni se imagina por qué... Cuando acabe todo, si tiene sentido todavía, se lo diré.

—Sigue en peligro. Lo sabes.

—Le dije que se ocultase. Que se protegiese un tiempo y que más adelante contactaría con ella. Que confiase en nosotros. Que lo resolveríamos todo.

Cogieron el coche y se dirigieron a la abadía.

La forma en la que el hermano Antonio les abrió la puerta no tenía nada que ver con las entusiastas acogidas que hacía a su querido Guillermo en el pasado.

—Buenas tardes. Soy Rafael Vázquez.

Al ver que el monje no reaccionaba, Rafael añadió más información a su saludo:

—Amigo de Guillermo.

Antonio sabía bien quién era Rafael. Guillermo le había hablado de él en infinidad de ocasiones. Aun así, le costaba ser amable con él.

—Rafael, me alegra conocerte. Guillermo me había hablado mucho de ti. Te quería. Eras como un hermano para él.

Antonio seguía serio. Una incomodidad que no sorprendía al detective.

—Padre, le presento a Tyson Tabares. Es un investigador que nos ha ayudado mucho en este asunto. Queremos demostrar que Guillermo no..., que alguien..., que fue manipulado para hacer lo que hizo. Sabemos que él sería incapaz de hacerlo.

«Solo», pensó Tyson Tabares.

Aquello agradó a los oídos del monje. Adoraba a Guillermo. No podía creer que hubiese hecho lo que decían que había hecho. Le dolía ver el trato que el joven sacerdote había recibido de la prensa. «¡El cura asesino!»

—Cómo me alegra escuchar esas palabras... —dijo Antonio.

—¿Querrá colaborar? —preguntó Rafael.

—Si es por Guillermo, los ayudaré en todo lo que pueda. Pero pasen, no estén ahí fuera. Este señor extranjero va a pensar que los monjes gallegos somos poco hospitalarios. —A pesar de la cordialidad de las palabras del religioso, su gesto seguía diciéndoles: «Marchaos de aquí».

Entraron en el monasterio. El americano respiró con respeto el aire frío y húmedo de aquel edificio centenario.

—¿Cómo puedo ayudarlos? —ofreció Antonio.

—Queremos hablar con el padre Tomé —le dijo el doctor Vázquez.

—¿Con el padre Tomé? —repitió el monje sorprendido.

—Tenemos motivos para sospechar que pudo haber influido de forma determinante en Guillermo —añadió Rafael.

La mirada torva de Antonio puso en alerta a Tyson Tabares.

—No. Eso no. No pueden —contestó el religioso.

El monje titubeaba visiblemente incómodo. Fue entonces cuando el detective se vio obligado a intervenir:

—Verá, hermano Antonio. Entendemos que venir aquí, a un sitio tan tranquilo como este, haciendo preguntas y con este acento mío... le haga dudar. Pero es importante que hablemos con el padre Tomé.

—No —insistió el monje con obcecación—. No pueden.

Rafael intentó poner en marcha una nueva ráfaga de argumentos, pero cuando empezó a hablar, Antonio le cortó en seco.

—No pueden... porque aquí no hay nadie que se llame Tomé.

«Se ha fugado», pensaron ambos a la vez.

—¿Cuándo se ha ido? —se apresuró a interrogar Rafael.

—No me entienden. Aquí no hubo nunca nadie que se llamase Tomé.

Vázquez abrió los ojos por completo. El monasterio parecía perder luz volviéndose cada vez más oscuro. El detective vio en los de Antonio un esfuerzo pueril de ayudar a sus compañeros.

—Pero ¿cómo? Guillermo me habló de él. Fue su mentor espiritual aquí, en este mismo monasterio. Y hace poco me habló de su reencuentro —insistió Rafael.

—Nunca. Aquí no hubo nunca nadie llamado Tomé.

Antonio hizo un ademán de acompañarlos a la entrada y dar por acabada la charla. «Aquí pasa algo extraño», pensó Tyson Tabares.

—No puedo ayudarlos —zanjó el religioso.

—Verá, padre. No parece que sea usted consciente de las consecuencias que puede tener su comportamiento.

—¡Alto! ¿Qué quiere decir? —dijo Antonio.

—Que estamos hablando de asesinatos. Y que encubrir a un asesino es un delito en todas las partes del mundo —dijo el detective.

Antonio apoyó una de sus manos en su voluminosa barriga mientras recapacitaba.

—Vengan conmigo —dijo el religioso.

La cara de Antonio, aun siendo menos hostil, mostraba una tensión que se transmitía a sus acompañantes. El silencio de la abadía multiplicaba la sensación de peligro.

Caminaron por los pasillos del claustro, entre la soledad de aquellas piedras solemnes, hasta que se pararon delante de una de las habitaciones.

—Esta es la celda donde se hospedó Guillermo. Las dos veces. Hace años y hace unas semanas. Se encerraba aquí, solo. A veces durante días. Yo le traía la comida y la bebida y retiraba los servicios para que los otros monjes no murmurasen.

La mirada que Tyson Tabares le echó a Rafael fue interceptada rápidamente por Antonio.

—Somos monjes, no santos. Somos imperfectos. Intentamos servir a Dios con humildad, pero eso no significa que no tengamos debilidades. Sí, a veces murmuramos, y que Dios nos perdone por ello.

—Disculpe, padre —intervino Rafael, intentando sacar hierro a la situación—. Nos cuesta creer lo que nos está diciendo.

—Yo lo quería. Era la luz de esta abadía. Quería ayudar a ese joven alegre que mostraba interés por todo lo que yo hacía.

Ambos asistían, silenciosos, a la liberación del alma de Antonio.

—Era un amor fraterno, no vayan a pensar mal —puntualizó el monje.

—No se preocupe, padre. Lo habíamos entendido así —dijo el doctor Vázquez.

—Aquí se encerraba Guillermo —continuó diciendo el religioso mientras abría la puerta de la habitación— y hablaba. Vivía sus fantasías..., pensaba, lloraba...

—¿Vivía sus fantasías? —preguntó Tyson Tabares.

—Sí. No hacía daño a nadie. Hablaba. Hablaba consigo mismo. De todo. De la vida. Del mundo... Guillermo era muy inteligente y leía constantemente. Yo me quedaba escuchando los hermosos pensamientos que a veces salían de su boca.

—¿Nos está diciendo que hablaba solo? —dijo Rafael.

—Sí, no es algo tan excepcional. Muchos niños juegan con sus amigos invisibles...

—¿Quiere decir que tenía un amigo invisible? —preguntó el detective.

—Él creaba sus amigos imaginarios. Cada uno tenía una forma de hablar, una voz... Tomé era uno de ellos. Por eso les dije que no pueden hablar con él, porque Tomé solo existía en la imaginación de Guillermo.

Tyson Tabares tragó saliva lentamente. Hasta para un curtido investigador de Los Ángeles aquella revelación, envuelta en el silencio de la abadía, resultaba desconcertante. No sabía qué pensar. Necesitaba caminar. O bien el monje estaba mintiendo y era uno de ellos intentando encubrir a la Congregación, o bien Guillermo estaba loco.

—Siento no poder serles de más utilidad —dijo el religioso, acompañándolos a la salida—. Sigan intentando ayudar a Guillermo. Era un gran chico.

—Lo haremos —dijo Rafael todavía impresionado—. Muchas gracias, padre.

—No estaba loco —aclaró Antonio—. El médico del pueblo lo había consultado y había dicho que no era nada importante, que sería algo pasajero.

—¿El médico? ¿Qué médico? —preguntó el detective.

—Don Alfredo. Había acudido a él por recomendación mía. Guillermo empezaba a estar preocupado. Creía que sus juegos se le estaban yendo de las manos. Vino a mí y yo le aconsejé que buscase la ayuda de don Alfredo.

—¿Podemos ir a verlo? —dijo Tyson Tabares.

El detective había puesto en aquel médico todo su interés. Si existía y era real que lo había atendido, tendría más fácil aceptar la locura de Guillermo.

—El doctor López murió hace ¿siete años? —dijo Antonio.

El monje se quedó calculando con parsimonia el tiempo que

había pasado desde el fallecimiento de don Alfredo, lo que exasperó al detective.

—Lo sustituyó una médica. Una chica muy competente.

—¿Dónde está? Podemos ir a verla —dijo Rafael.

—En el centro de salud —contestó Antonio.

Casi sin despedirse se dirigieron al centro médico del pueblo. Caminaban aparentando una calma que no tenían, intentando no alarmar demasiado a los vecinos. Mover las piernas hizo que las conexiones neuronales de Tyson Tabares fuesen a toda prisa. «El "cura asesino" ¿un demente?», se preguntó. Pensaba que hacer pasar por loco a Guillermo era una buena jugada para mantener a salvo a la Congregación. Estaba muerto, no podía defenderse... Si era una cortina de humo, tendría que reconocer que aquel grupo de fanáticos sabía cómo hacerlo.

Cuando llegaron al pequeño centro de salud se encontraron con una médica joven que los recibió amablemente y con una enorme sonrisa.

—Muchas gracias por atendernos —dijo Rafael.

—Para eso estamos.

—No venimos por motivos de salud —aclaró Vázquez.

—Lo imagino. Son ustedes la comidilla del pueblo. Ese abrigo suyo tiene más comentarios que los vestidos de la reina —dijo la doctora Blanco, dirigiéndose el americano—. Imagino que vienen a preguntarme por el padre Guillermo.

—Así es —dijo Rafael—. Necesitaríamos información sobre él como paciente.

—Verán..., yo suelo anotarlo todo —dijo la doctora mientras mostraba un buen número de carpetas perfectamente clasificadas en las estanterías de su consulta—. Luego lo archivo por su fecha, por sus nombres. Soy una especie de clasificadora nata. Mis amigas dicen que tengo un trastorno obsesivo compulsivo. Vamos, que soy una maniática del orden. Pero a mí me gusta. Desde la facultad los médicos se peleaban por que fuese yo quien les hiciese los historiales clínicos. ¿Qué quieren saber?

—Toda la información que pueda darnos sobre el padre Guillermo —intervino Tyson Tabares.

—No es tan sencillo. Hay una ley de protección de datos. Usted debería saberlo —dijo la doctora, refiriéndose a Rafael—, tengo entendido que es médico.

—Lo soy. Pero digamos que no tengo experiencia asistencial. Me dedico a la investigación genética. Disculpe si la estamos poniendo en una situación irregular. No es nuestra intención.

Sofía miró a Tyson Tabares de una manera especial. Luego posó su mirada sobre una carpeta de informes que tenía encima de la mesa. Volvió a mirar al detective. Era como si le dijese: «Nada puedo hacer si me lo roban». Una chica tan ordenada con una carpeta fuera de su sitio... Tyson Tabares apostó a que la doctora acababa de poner el informe sobre la mesa.

«Acepto la invitación», se dijo.

—Puedo decirles que hace años hubo un paciente al que don Alfredo López le recetó paliperidona. Quizá fuese el mismo. Son datos muy antiguos. Antes de entrar en vigor la ley de protección de datos. Ya saben, por eso puedo hablar de ello —añadió la doctora, justificando su indiscreción profesional—. ¿Me perdonan? Tengo que ausentarme unos minutos. Enseguida estoy con ustedes.

Salió determinada, como si tuviese que hacer algo importante. Nada más retirarse la médica, el detective echó mano de la carpeta y examinó su contenido. Informe 717 con fecha de 15 enero de 2017. ¿El paciente? Guillermo Díaz Barbeito. Tyson Tabares activó la cámara de su *smartphone* y fotografió cada página del informe mientras Rafael lo miraba sorprendido por su audacia.

«Está claro que la doctora es una chica lista... o trabaja para ellos», se dijo mientras concluía su tarea. Cuando Sofía Blanco regresó todo estaba en orden.

—Siento no poder serles de ayuda —dijo la doctora.

—Otra vez será —dijo el detective esbozando una leve sonrisa e intentando escrutar la reacción de la doctora Blanco mientras se despedían.

Nada más salir, Rafael quiso ver las fotografías que había sacado el americano.

—Parece que mi amigo estaba perturbado.

—Es probable —dijo el detective.

—¿Y la Congregación?

—Puede que hayan organizado todo esto. Todavía nos quedan cabos por atar.

—Guillermo me dijo: «Encuentra mi diario». Puede que nos ayude a aclarar todo esto —informó Rafael.

—Opino lo mismo.

—Por favor, pásame las fotos del informe —solicitó Vázquez—. Se las enviaré a un colega de toda confianza, Luis Sánchez. Es catedrático de Psiquiatría en la misma facultad de Medicina que yo. Nos ayudará. Es un tío en el que se puede confiar.

Rafael había subrayado la discreción de su colega sabiendo que Tyson Tabares no era muy partidario de dar información a personas que no estuviesen involucradas en la investigación. A pesar de las reservas del detective, Rafael llamó por teléfono al psiquiatra.

—¡Luis! Soy Rafael Vázquez.

El doctor Sánchez pareció recibir de buen grado la llamada de su colega.

—Necesito tu criterio. Quiero saber qué ha pasado en un asunto en el que estoy involucrado y me gustaría conocer tu valoración.

—En lo que pueda ayudarte, cuenta conmigo —ofreció el psiquiatra.

—Voy a mandarte las fotografías de unos informes que hemos sustraído de una consulta. No te asustes. Teníamos que hacerlo así. Ya te contaré con más calma. La responsabilidad es totalmente mía. Pondré expresamente en el wasap que es una información que yo he obtenido legalmente. De esa forma estarás cubierto. Tan solo quiero que me des tu opinión profesional. Es urgente.

—De acuerdo —dijo Luis Sánchez.

—Llámame con tus primeras impresiones. ¡Ah! Luis, te debo una.

Rafael reenvió las fotos del informe que le había pasado el detective y se metió de nuevo en el coche. Cuando comprobó que Tyson Tabares se había puesto el cinturón de seguridad, arrancó el jeep rumbo a la casa de Guillermo. Quería encontrar aquel diario en el que tenía puestas todas sus esperanzas, tanto para entender qué había pasado en la cabeza de su amigo, como para saber la forma de llegar a aquella banda de asesinos. Necesitaban atar los últimos cabos y sabían que para eso tenían que ir a Maianca. A la casita del cementerio.

—Dime un hotel en tu ciudad —dijo el detective mientras Rafael conducía.

—¿De qué tipo?

—Del tipo «me importa un carajo el hotel».

—Te recomendaré uno que disfrutarás a pesar de toda esta locura.

Rafael había conducido poco más de dos horas, pero parecía que llevaba todo el día al volante. Estaba agotado. Ya estaba haciéndose de noche así que, antes de llegar a A Coruña, decidió acompañar a Tyson Tabares y hospedarse con él en el hotel Finisterre.

—Reserva otra habitación para mí, por favor.

Cuando llegaron no hubo una sola concesión al interés, ni por la ciudad ni por el hotel. Solo les interesaba la cama y poder descansar como necesitaban.

69

A Coruña, 27 de febrero de 2017
169 días para el nacimiento

El detective madrugó, como era su costumbre, para poder pasear y, si era capaz, cumplir con el hábito de meditar cada mañana.

A la luz del día la ciudad coruñesa le fascinó. Caminó sin rumbo concreto, por el extenso paseo marítimo que le iba mostrando un lugar que miraba al mar seguro de sí mismo. La línea del horizonte que marcaba el océano Atlántico, le recordó a Malibú. Pensó que poder ver aquellos paisajes era un privilegio que el dinero no podía comprar. El dinero. Siempre el dinero. El deseo ardiente de Binney por conseguirlo le había llevado hasta allí. Había logrado que un expolicía de Los Ángeles estuviese interesado por ir a una pequeña aldea coruñesa llamada Maianca. «La ambición es un motor al que solo frena los principios.»

Regresó al hotel. Rafael estaba preparado para salir, por lo que el detective ni siquiera hizo ademán de desayunar.

—Hermosa ciudad.

—¿Por dónde has estado? —preguntó Rafael.

—Bordeando el mar. Es un paseo extraordinario.

—¿Llegaste a ver la torre de Hércules?

—Vi una torre a lo lejos. Pero no llegué hasta ella.

Se subieron al coche. Rafael decidió hacer un recorrido más largo del necesario para que el americano pudiese conocer A Coruña un poco más. Estaba halagando su ciudad y eso era lo que más le gustaba a un coruñés.

Lo llevó por las blancas galerías de la Marina, luego serpenteó por la calle Nueva, San Andrés, y enfiló hacia Riazor. Cuando pasó por las playas ralentizó la marcha. Vázquez disfrutaba presumiendo. El americano mostraba su agrado durante todo el recorrido, por lo que Rafael decidió seguir hasta el final del paseo. Dieron la vuelta en el Portiño y se dirigieron hacia la torre de Hércules.

—Se puede decir que ese faro es nuestra ciudad. Está ahí desde siempre. Más de dos mil años —dijo Vázquez—. Bueno, con esto se acaba la visita turística. Tenemos trabajo.

Rafael puso dirección a Maianca. Durante el trayecto pudieron ver las playas de Santa Cristina, Bastiagueiro, Mera...

—No tienen la magnitud de los arenales de Malibú —dijo Tyson Tabares—, pero percibo el encanto de estas playas.

En poco más de media hora llegaron a su destino. Rafael se dirigió hacia el cementerio. No sabía exactamente cuál era la casa, aunque no le sería difícil encontrarla. Conocía bien la zona.

—Aquella debe de ser la casita del cementerio.

—Un nombre tétrico, ¿no te parece? —señaló Tyson Tabares.

—Así la llamaba Guillermo. Ten en cuenta que un sacerdote no piensa lo mismo de la muerte que un seglar.

El detective reparó en el estrecho camino que separaba la casa del cementerio. Observó que la única vista desde dos de los laterales de la casa era una hilera de crucifijos que parecían clavarse en un extenso muro lleno de musgo. Después de unos minutos, Tyson Tabares consideró más que apropiado el sobrenombre que le habían puesto a la vivienda.

—Al menos se puede mirar hacia el bosque —dijo el americano al bajar del coche.

Rafael no contestó. Se dirigió al portón exterior de la casita e intentó abrirlo. Lo hizo sin ninguna dificultad. Tan solo necesitó subir el pistón que fijaba una de las puertas al suelo y empujar suavemente. Era algo que hacían cuando eran niños. Un remedio rápido que desactivaba el efecto de la cerradura.

Una vez dentro de la finca, se encontraron con el problema de poder franquear la puerta de la vivienda. El detective echó mano de un juego de ganzúas que llevaba siempre encima, en una carterita que también le hacía de llavero. En unos segundos consiguió abrir la puerta. La empujaron lentamente, como temiendo que hubiese alguien dentro, cuando en realidad sabían que su dueño nunca más volvería.

—¡Me cago en la leche! —gritó Rafael.

—¡Joder! —se sumó Tyson Tabares—. ¡Joder!

Nada más abrir la puerta se encontraron con la claridad que se filtraba por las ventanas. Un rayo de luz iluminaba lo suficiente la estancia como para poder ver el macabro espectáculo que había dentro. Restos. Restos por todas partes. Restos humanos, perfectamente colocados en las estanterías de la casa. Tres cráneos en distinto estado de conservación, trozos de cabellera, un dedo momificado, fragmentos de piel seca... Algunos estaban enmarcados; otros, en pequeños pedestales... Todos acompañados por una especie de rótulos en su base que a Rafael le recordaron a los que solían hacer para las exposiciones de insectos que hacían en su infancia.

Al fondo, en una esquina, sentado en una silla, rodeado de flores ya marchitas y de decenas de velas apagadas, había un pequeño cadáver vestido de mujer. En aquel rincón, al amparo de la luz, daba la sensación de que todavía podría moverse. Era poco más que huesos y restos de piel, pero el hecho de estar cubierto con ropa y sentado en una actitud casi normal hacía que aquel despojo cobrase vida ante los ojos de quien lo miraba. Debajo, al pie de la silla, podía leerse un rótulo tallado en madera: MARÍA, SANTA DE MAIANCA.

—¡Otra víctima! Tendremos que llamar a la policía —dijo Tyson Tabares.

—Era su novia —respondió Rafael con la voz entrecortada.

—¿Cómo lo sabes? Su estado...

Rafael lo interrumpió sin dejar de mirarla.

—Es su ropa. Estaba enterrada aquí al lado. En este cementerio. Yo mismo vine al entierro. María lo era todo para él. Seguro que robó su cadáver.

No estaban preparados para eso. Entrar en la casita del cementerio fue una de esas pruebas que a uno le pone la vida para que sepa de lo que es capaz. Rafael hablaba desconcertado, mientras no dejaba de mirar la ropa con la que, meticulosamente, Guillermo había vestido aquellos restos: pantalón vaquero, una blusa blanca y unas zapatillas deportivas como las que solía llevar a clase en la universidad. Eran prendas usadas. Rafael estaba convencido de que las había conservado durante todos esos años.

—Su cuerpo era su reliquia —determinó Rafael.

—Joder, esto es una puta locura —dijo el detective sin poder dejar de moverse.

Rafael iba examinando cada rincón, interpretándolo, conectándolo con la vida de Guillermo, con sus aficiones, con sus pasiones. Leía entre aquellos restos los desesperados intentos de su amigo para ser feliz.

—Llamemos a la policía —insistió el detective.

—De acuerdo. Pero vayamos primero al cementerio e intentemos confirmar que realmente es el cadáver de María. Cuanta menos polvareda se levante, menos salpicará la memoria de mi amigo.

A Tyson Tabares le sorprendía que Vázquez siguiese dirigiéndose a Guillermo como su amigo. Había luchado contra él, había visto el rostro de un ser desquiciado y agresivo, había encontrado su casa llena de cadáveres, pero para él seguía siendo «su amigo». Se quedó mirándolo. Veía cómo sufría ante aquel cuerpo muerto y aquella macabra decoración.

Rafael se asomó a la habitación principal y reparó en la extraña posición del viejo armario. Parecía estar movido. Uno de sus lados había sido despegado del muro. Miró tras él y vio una especie de mancha oscura en la pared. Con la ayuda del detective apartaron lo suficiente el mueble para acceder a un zulo escarbado en la piedra. Allí reposaba una gruesa libreta con cubiertas ilustradas a mano. Rafael la sacó de su escondite y la analizó detenidamente. Su aspecto era como la vida de Guillermo, una mezcla entre lo sacro y lo urbano. Un estilo ecléctico que combinaba iconos sagrados, momentos bíblicos, con letras en cursiva que semejaban grafitis llenos de consignas. En la portada, con grandes letras góticas se podía leer: LA CONGREGACIÓN.

Instintivamente, Vázquez escondió la libreta entre su ropa para sacarla de la circulación antes de que llegasen todas las personas que tendrían que acudir a aquella casa en las siguientes horas. Era parte de su palabra. Por algún motivo, Guillermo le había pedido que solo la viese él.

—¿No te parece que quizá haya que hacer ya esa llamada? —preguntó retóricamente el detective.

Marcaron el teléfono de la policía y requirieron su presencia sin dar demasiadas explicaciones.

—Puede que haya un cadáver —se limitó a informar Rafael.

Se dirigieron al cementerio apremiados por el poco tiempo que tenían antes de que llegasen los agentes de policía. Cuando estaban a punto de entrar en la necrópolis vieron a una persona en la puerta que los seguía, recelosa, con la mirada.

—Buenos días —la saludaron mientras caminaban con paso firme hacia él—. Perdone, podría...

El hombre, mohíno, no contestó y empezó a caminar en sentido contrario a ellos, acelerando el paso progresivamente. Fue como cuando un conejo echa a correr ante un perro de caza y activa su instinto. Tyson Tabares fue tras él y lo agarró por la chaqueta.

—¿Quién es usted? —le preguntó el detective mientras lo mantenía sujeto por la chaqueta.

Aquel hombre menudo y bajito contrastaba con la corpulencia del americano.

—Soy Ernesto. El diácono.

—Trabaja en la iglesia —informó Rafael mientras el hombrecillo asentía.

—Yo no he hecho nada —se apresuró a decir Ernesto—. Yo tan solo intentaba ayudar a don Guillermo.

—Lo imaginamos. Lo imaginamos —dijo Tyson Tabares, intentando tranquilizarlo—. Ernesto, nosotros podemos ayudarlo ante la policía. No queremos que usted también acabe en la cárcel. Pero para eso tiene que contarnos toda la verdad.

Las amenazas del americano surtieron su efecto y el diácono se derrumbó.

—Sabía que estaba mal. Ese hombre ha sufrido mucho en la vida. Quise ayudarlo.

Rafael propuso al diácono moverse hacia un lugar donde fuesen menos visibles.

—Al poco tiempo de que Guillermo llegase a su nueva casa, alguien profanó la tumba de María. La que había sido su prometida... antes de que sintiese la vocación —explicó respetuosamente el diácono—. La tumba estaba entreabierta. El cadáver había desaparecido. Nada más ver aquello, imaginé que había sido él. Que algo no debía de estar funcionando bien en su cabeza. Siempre fue considerado conmigo. ¿Saben? El otro párroco era muy duro. Pero cuando llegó él... valoraba mi trabajo..., siempre... siempre se portó bien conmigo... Creí..., creí que tenía que ayudarlo. Cuando vi lo que había hecho, volví a colocar la tumba de la mejor manera que pude..., incluso tuve que disimular ante las ancianas beatas que me sorprendieron rematando la faena.

La atenta mirada del médico y el detective parecían invitar al diácono a continuar hablando.

—Al día siguiente vino por aquí y me preguntó si había pasado algo. ¡Si había habido algún incidente! ¡Como si no supiese nada! Sospechando de un ladrón de cadáveres que, según él, debería de estar por la zona. Fue la confirmación de que había perdido por completo el juicio. Aunque... no fue la única vez que tuve que tapar sus locuras —continuó Ernesto—. Otras veces..., en otras tumbas..., un día lo vi con una enorme capucha negra..., no parecía religiosa... o quizá sí, de alguna orden de frailes..., no sé..., al principio dudé si sería él. Prácticamente no se le veía el rostro..., me acerqué mientras escudriñaba en el osario... Cuando me vio salió huyendo.

—¿Qué hacía? —preguntó el detective.

—Buscar restos.

Rafael era consciente de que en poco tiempo la policía estaría allí y que llevar encima el diario que había sustraído le podía ocasionar problemas. Metió prisa al diácono para que concluyese su relato cuanto antes e intentase evitar sus continuas pausas:

—Nos queda poco tiempo.

El diácono continuó hablando al único ritmo del que era capaz: el lento.

—Me destrozaba oír sus lamentos. Desde la iglesia lo oía a menudo. Se sentaba en su porche y gritaba con todas sus fuerzas: «¡Hasta cuándo! ¡Hasta cuándo!». Ese hombre sufrió mucho.

El coche de la Policía municipal se detuvo frente a la casa. Los agentes bajaron sin apagar las luces de emergencia, que siguieron parpadeando durante todo el tiempo que estuvieron en la casa. Nada más entrar se pudieron oír sus voces gritando:

—¡¡¡Me cago en la leche!!!

—¡Joder, tío! Joder, joder, joder...

—Pidamos refuerzos.

Mientras los policías intentaban recuperarse del impacto de lo que habían visto, Rafael se acercó, se identificó y dejó sus datos por si necesitaban su testimonio.

—Avisaremos a la Policía judicial. Ellos abrirán las diligencias y si es necesario lo llamaremos —dijo el agente al mando.

Se subieron al jeep y abandonaron el lugar.

El doctor Vázquez bajó del vehículo enfrente de la papelería del pueblo. Compró un ejemplar de periódico y un rollo de cinta adhesiva. Empaquetó el diario de Guillermo con mimo, como si se tratase de algo frágil y valioso. Echó mano de su bolígrafo y en uno de los laterales escribió el nombre y la dirección del centro psiquiátrico donde trabajaba Luis Sánchez. Caminó hasta una pequeña parada de taxis donde había un vehículo esperando y le dio el paquete al conductor.

—¿Cuánto costaría entregar este paquete personalmente en esta dirección? —dijo Rafael mostrando el lateral del paquete donde estaban indicadas las señas del lugar de destino.

—Normalmente serían setenta euros. Pero si tengo que bajarme y entrar en un edificio a entregarlo...

—Le daré doscientos —zanjó Rafael—. Entregue esto personalmente al doctor Luis Sánchez. En el hospital psiquiátrico de Santiago.

Se quedó mirando cómo el taxi se alejaba llevando en su interior las pocas esperanzas que tenía de comprender a quien había sido su mejor amigo. Cuando lo perdió de vista hizo una llamada que fue recibida por el buzón de voz del psiquiatra.

—Luis, acabo de enviarte un paquete. Te lo llevará un taxista. Es un diario. De mi amigo Guillermo. Es confidencial. Totalmente confidencial. Me comprometí a no enseñarlo. Tan solo rompo mi palabra para que me ayudes a entender. Creo que puede ser una información valiosa que complementará los informes que te envié ayer. Necesito tu ayuda. La necesito más que nunca.

El americano se había sentado en el lugar del conductor.

—¿Quieres conducir?

—Creo que quizá yo esté menos alterado...

—Quizá. Pero prefiero hacerlo yo.

Llegaron al hotel Finisterre. El doctor Vázquez se encerró en su habitación mientras que el detective se dispuso a pasear por la ciudad. Quería llenar sus ojos de imágenes positivas que borrasen la visión de la casita del cementerio antes de meterse en la cama.

70

A Coruña, 28 de febrero de 2017
168 días para el nacimiento

Se encontraron en el vestíbulo del hotel. Rafael tenía un gesto en el que todavía se mezclaba la tristeza y la perplejidad.

—Antes o después tendrás que pasar página de todo esto —dijo Tyson Tabares.

—Me ha llamado mi amigo Luis, el psiquiatra. Quiere vernos —dijo el doctor Vázquez—. Deberíamos salir pronto hacia Conxo.

—¿Es un lugar?

—Sí. Cuando estudiábamos en Santiago ese nombre lo usábamos para llamar chiflado a alguien. «Ese está en Conxo», decíamos. Quién iba a pesar de que el que acabaría allí sería el historial de mi amigo.

Fueron en silencio durante todo el trayecto. Cuando llegaron al Centro Psiquiátrico de Santiago de Compostela, se encontraron con un edificio que tenía esa atmósfera tensa e intimidante que poseen todas las instituciones de salud mental, reforzada por el musgo y los líquenes de sus centenarios muros de piedra.

—Sorprendente edificio para un manicomio —dijo el detective mientras inspeccionaba de arriba abajo el psiquiátrico.

—Antes fue un monasterio —respondió Rafael.

El americano no pudo dejar de pensar en Guillermo y en cómo su vida parecía desembocar siempre, de un modo u otro, en un convento religioso.

Llegaron al despacho de Luis Sánchez. Lo encontraron de pie, hojeando la libreta del diario de Guillermo con un gesto serio y reflexivo.

—Rafael, te agradezco que me hayas enviado los datos de este caso. Es un privilegio haber podido estudiarlos.

—Imagino que nunca habrás visto nada igual —afirmó Rafael.

—Desde luego que será uno de los enfermos más llamativos de la historia de la psiquiatría. Pero por desgracia hay multitud de casos extraordinarios.

—¿Tanto como este?

—Te sorprendería. ¿Conocéis el informe del Instituto de Medicina Psicológica de Múnich sobre B.T.?

«¿Lo pregunta en serio?», pensó Tyson Tabares mientras miraba con gesto de sorpresa y negaba con la cabeza.

—¿BT? —preguntó Rafael.

—Solo conocemos de ella sus iniciales, que era ciega y que fue atendida por dos psicoterapeutas: Bruno Waldvogel y Hans Strasburger. Le detectaron más de diez identidades diferentes. En una de ellas era un chico adolescente... que era capaz de ver.

—¿Imaginaba que veía? —preguntó el detective.

—No. Digo que era capaz de ver. Le hicieron diferentes pruebas de visión y las superó satisfactoriamente.

—¿Pero cómo es posible?

—Al parecer, a los veinte años había tenido un accidente. Le diagnosticaron una ceguera cortical. Doce años más tarde, cuando detectaron la capacidad de ver en una de sus personalidades llevaron a cabo técnicas hipnoterapéuticas. Llegaron a la conclusión de que se trataba de una ceguera psicológica en su personalidad principal.

—O sea, ¿que era ciega y podía ver a la vez? —preguntó Tyson Tabares.

—En efecto. La mente es un universo por descubrir —dijo el psiquiatra con solemnidad—. No obstante, el de Guillermo es el trastorno de identidad disociativo más llamativo con el que he tenido contacto. Su perturbación, sus delirios...

—Todavía no me lo puedo creer —interrumpió Rafael—. Yo lo conocía..., éramos amigos..., nos tratábamos...

—Este tipo de trastornos aparecen con frecuencia como consecuencia traumática. Mientras no se produce esa alteración, el juicio de la realidad permanece intacto.

—¿Son indetectables? —preguntó el americano.

—Así es. Cuando la identidad del sujeto se perturba todo en él sufre alteraciones: su capacidad afectiva, su consciencia, la percepción de las cosas...

—¿Él sabía lo que le estaba pasando?

—Es probable. El hecho de escribir en un diario podría ser una lucha contra la amnesia disociativa, la que le impedía recordar lo que hacían sus distintas identidades. Son especulaciones, pero apostaría a que tenía esa intención, aparte de la de servirle de confidente y de cómplice.

—¿Cómplice? —se interesó el detective.

—Todo lo que hizo está perfectamente detallado y planificado en el diario.

—¿Cuándo empezó a estar enfermo? —preguntó el doctor Vázquez.

—Es difícil de determinar y más aún estando muerto el paciente. Este es un caso en el que sin duda coexisten síntomas de diferentes patologías: esquizofrenia paranoide, trastorno psicótico en forma de delirios persecutorios... Patologías diferentes que se entrelazaban. Es lo que en medicina llamamos «comorbilidad». Lo que parece estar claro es que el grave trauma de la muerte de su novia provoca el primer trastorno disociativo. En su primera estancia en el monasterio desarrolla la identidad de Tomé. Él lo sabía. Mejor dicho, a veces lo sabía y a veces no. Por eso escribía casi todo. Era una forma de darse a sí mismo datos que de otra manera pasarían desapercibidos para su personalidad principal. En el informe de la doctora Sofía Blanco se incluye la información dejada por don Alfredo López, el facultativo que lo atendió en su primera gran crisis. Paliperidona. Esa fue su receta. No fue tan preciso en su informe como la doctora Blanco, pero se receta paliperidona a pacientes con esquizofrenia.

Rafael y Tyson Tabares se miraron mientras escuchaban cómo se encajaban las piezas de aquel negro rompecabezas.

—Oír voces es uno de los síntomas más concluyentes de la patología esquizofrénica. Pero es que él, además, dio forma a las voces que su mente oía. Las reproducía.

Rafael recordaba su forma de gritar en la pelea, aquellas extrañas voces que le habían hecho dudar de que realmente se tratase de su amigo.

—Al pronunciarlas podían ser oídas por los demás... —dijo Tyson Tabares.

—En efecto. Aunque son creaciones de la mente del sujeto enfermo, cuando las interpretaba adquirían una realidad mayor. Equivaldrían a la de un hecho real, con lo que le resultaría imposible discernir, en la mayor parte de las ocasiones, la realidad de la ficción que generaba su mente.

Tyson Tabares volvió a sentir un ligero dolor en el abdomen. La cicatriz parecía retorcerse con aquella historia.

—En el primer ataque, su mente desarrolló un personaje con carácter, paradigma de la bondad y de fuerza de voluntad. Un religioso capaz de clamar por los males del mundo y arreglarlos con su bonhomía. La taumaturgia a la que Guillermo parecía ser tan aficionado.

—La capacidad para realizar prodigios —aclaró Rafael al detective—. O sea que, para mi amigo, ¿Tomé tenía el poder de una reliquia?

—Digamos que tenía el mismo poder que él les reconocía. Las reliquias eran algo muy importante en la vida de tu amigo. Hay referencias a ellas por todo el cuaderno. De alguna forma, esa fascinación por algo que, a pesar de ser material e inerte, tuviese la posibilidad de obrar milagros, acabó siendo una adoración, convirtiéndose en una especie de droga para poder vivir.

—Entonces, la voz de Dios, la que Guillermo dijo haber oído y que lo llevó a hacerse sacerdote, ¿fue una alucinación?

—Nunca se sabrá con certeza. Tan posible es que lo fuese como que fuese realmente una llamada divina. Por lo que me has contado otras veces, el impacto en su vida fue positivo.

—Sí. Era otro y a la vez volvía a ser él mismo. Aquello devolvió la alegría a su vida. En aquel momento me pareció algo milagroso.

—En la segunda crisis todo fue diferente. Lo que había sido salvífico se convirtió en maligno y tóxico para su vida y letal para las de otros. —Sánchez hizo una pausa para respirar profundamente—. La transformación se produjo antes de acudir al monasterio. Y esto fue lo que más me sorprendió al leerlo en el diario. Guillermo afirmaba haber oído la noticia del presunto nacimiento de un nuevo mesías. Un delirio propio de la esquizofrenia paranoide que padecía.

El psiquiatra no sabía toda la historia de Guillermo. No podía imaginar que aquellos crímenes que estaban ordenados en sus escritos se habían ejecutado con el fin de evitar el nacimiento de un clon de Jesús de Nazaret. Y mucho menos que Rafael Vázquez hubiese contribuido a ello de forma determinante.

Ni el doctor ni el detective hicieron comentario alguno.

—El robo del cadáver de su exnovia es el inicio de todo. Describe cómo lo planeó, paso a paso, en el diario: alquila la casita junto al cementerio donde estaba enterrada y planifica la sustracción creando la identidad de un misterioso «ladrón de cadáveres». Lo llamaba «el encapuchado». Lo primero que le ordena es apoderarse del cadáver de María. ¿Os dais cuenta? Él ordena los actos y a la vez los combate desde su personalidad primaria, manteniéndose a salvo de las aberraciones morales que estaba perpetrando.

—¿El encapuchado? ¿Qué representaba realmente? —preguntó Rafael.

—La identidad del encapuchado era la parte activa de Guillermo, la salvaje e instintiva, sin limitaciones. La que no tenía las cortapisas de la educación ni el compromiso de la religión. Si nos fijamos bien, ese personaje tiene dos dimensiones muy diferentes. La primera de ellas es una dimensión pasiva. La censura. Eso es lo que significa el intento de robo del cuaderno donde planificaba sus actos y donde planeaba las malvadas acciones que quería llevar a cabo... Posteriormente se convierte en su identidad más activa y es bajo esa personalidad que llevaba a cabo sus crímenes.

—¿Y Tomé? ¿Qué significado tiene? —interrogó el detective.

—Tomé representa las normas, el deber, lo justo. Es siempre la sabiduría, que en una primera etapa lo lleva a la bondad y a la reconciliación con la vida y con el mundo. En la segunda, esa justicia se hace vengativa e iracunda. Tomé actúa siempre desde la superioridad moral. Es el que decide, el que marca a Guillermo los designios de su vida. Las instrucciones de la Congregación eran precisas. Por ejemplo, la orden de ejecución de la primera víctima prescribía que muriese envenenado por el veneno de la higuera del diablo.

—Ricina —dijo Rafael—, la higuerilla que había plantada en la casita del cementerio. Es una planta ornamental muy común en los jardines. Solo un experto sabe lo que puede hacer su veneno. Guillermo era un botánico de primera.

—En sus escritos incluye las indicaciones de cómo hacer un concentrado a partir de sus flores y los efectos retardados de la ricina para evitar ser descubierto. Incluso cita en su diario algunos casos en los que las víctimas intoxicadas habían tardado hasta una semana en morir. Describe también cómo debía matar y sustituir al ayudante de cocina para poder preparar los platos envenenados de la cena de Moses Foster-Binney. La cocina de Dios, lo llama en su diario.

—El sabor amargo de la ostra helada —recordó Rafael.

—Cuando confirma que Foster-Binney ha consumido el veneno, su identidad debió de cambiar. En el cuaderno relata que sintió la necesidad de salir del restaurante de inmediato. «No quería estar más en ese sitio», dice antes de describir el alboroto que se montó cuando abandonó su puesto de trabajo. Todo está escrito en su cuaderno. Incluyendo cómo se deshizo del ayudante de cocina al que sustituyó.

—Guillermo me dijo que había intentado acudir a la cena para evitar que hubiese muertes... —dijo Vázquez.

—Dimensiones. Identidades diferentes. Nada en él era mentira. Las instrucciones para acabar con la siguiente víctima lo obligaban a abrazar a aquel hombre y rezar bajo el agua cinco padrenuestros y dos avemarías hasta ahogarlo.

—Sabía lo que hacía. Era muy buen buceador —confirmó Vázquez—. En sus mejores tiempos no le costaba mantener una apnea de cuatro minutos. Qué irónico. François murió mientras rezaban junto a él.

—Tenía todo planeado. Su viaje a Roma, volar desde allí a Ginebra...

Rafael recordaba lo minucioso y planificado que era con las colecciones de plantas y de insectos que hacían de niños. Nunca pensó en que eso pudiese ser un talento incipiente que acabaría convirtiéndolo en un criminal.

—Lo que no sé es por qué tú eras el siguiente, Rafael... No lo explica. No expone motivos. Insiste en sus escritos en que tú lo llevarías hasta la madre y Tomé le ordena deshacerse de los tres, «para que todo vuelva a la normalidad».

Rafael no quiso escuchar lo que acababa de decir el psiquiatra.

—¿El puñal? ¿Dice algo de él? —se interesó Tyson Tabares—. No es un arma que uno pueda comprar en una ferretería.

—También está en su cuaderno. Lo fabricó él mismo en su taller con una resina epóxica para que pudiese pasar el control de seguridad del aeropuerto. Le hizo un lecho en el extremo más prolongado del crucifijo. Todo minuciosamente planificado y detallado. Planos incluidos.

—¿Por qué se rodeó de restos humanos? Aquello lo delataría, antes o después —preguntó el detective.

Esta vez el que contestó fue Rafael:

—Reliquias. Eran su vida.

—Comparto tu criterio, Rafael. Eran las vidas que quería tener a su lado. Era como resucitarlos.

La respuesta de ambos pareció suficiente a Tyson Tabares a pesar de encontrarla incomprensible. Hacía tiempo que sabía que nunca iba a entender todo ese asunto.

—Hay una frase que pronunciaron diferentes identidades. Se trataba de un lamento que puso en boca del extraño ladrón de cadáveres, en algunas de sus propias cavilaciones e incluso en las instrucciones de Tomé hablándole a la Congregación. Hay páginas enteras escritas con esta frase repetida una y otra vez: «¡Hasta cuándo!».

—¿Significa algo?

La pregunta de Rafael era la forma de confirmar lo que él mismo pensaba.

—Desde mi punto de vista, que Guillermo quería morir. La vida se había convertido para él en un martirio que ya no le ofrecía nada más que sufrimiento y que la sobrellevaba con la dignidad de un religioso. Poco más. De no haberse desarrollado los acontecimientos de esta manera, probablemente se habría quitado la vida.

—¿Y la Congregación?

—La Congregación puede significar muchas cosas: un grupo religioso, o un grupo de gente... Guillermo era consciente de que había muchas personas habitando en su cabeza.

—O sea, que la Congregación era una forma de llamarse a sí mismo —apuntó el americano.

—Es posible, sí. La Congregación era Guillermo.

El detective permanecía con un gesto grave, impactado por la historia del asesino más complejo al que se había enfrentado. Incluso llegó a sentir algo cercano a la compasión si no fuese porque la cicatriz de su abdomen le recordó que Guillermo había sido el único que por poco acaba con su vida.

Regresaban al hotel. El silencio ya no les resultaba incómodo a ninguno de los dos. Agradecían el sosiego y el acompañamiento de la emisora de radio que Vázquez había seleccionado: el adagio de la quinta sinfonía de Mahler los acompañó hasta

A Coruña. El cuarto movimiento fue la banda sonora de su turbación y su sensación de que todo esto se acababa.

Tyson Tabares recordó a Katty. ¿Conocería la ciudad? ¿Habría actuado allí? Fuera como fuese volvería con ella. Aquella pequeña ciudad atlántica tenía algo mágico que quería compartir con su chica.

Entraron en el hotel y decidieron pedir una copa.

—Uno nunca piensa que en un lugar tan bonito pueda suceder algo tan macabro... —dijo el detective antes de probar su combinado.

Rafael asintió.

—¡Y yo que creía que la ciudad de Los Ángeles era un infierno!

—Con las personas adecuadas, cualquier lugar del mundo puede ser un infierno —dijo Rafael.

Permanecieron dando pequeños sorbos a sus combinados junto a las grandes cristaleras del *lobby* del hotel. Desde ellas se veía la bahía coruñesa y el trasiego a cámara lenta de los grandes buques mercantes entrando y saliendo del puerto.

—Quiero pedirte algo más —dijo el doctor Vázquez.

—Si está en mi mano cuenta con ello.

—Quiero que me acompañes a Roma. Quiero intentar ver al Papa.

La cara de Tyson Tabares mostró un claro gesto de incomodidad.

—Imaginaba que, a lo mejor, un hombre de recursos como tú podría...

—Tengo ganas de volver a casa.

—Lo entiendo.

Rafael no fue capaz de disimular su decepción.

—¿Por qué quieres seguir con este asunto? —preguntó el detective.

—Verás, le he dado tres veces mi palabra a Guillermo. Le dije que sería creyente si perdía mi apuesta y no he sido capaz de serlo. Le prometí que nadie vería su diario y no lo he cumplido. Le dije que hablaría con el Papa. No quiero ser el amigo que le falló siempre.

Un pequeño barco remolcador salía a asistir la entrada de un carguero lleno de contenedores de colores. La velocidad del barco y el colorido casi naif del buque ayudó a disipar aquella densa melancolía en la que estaban instalados.

—Te entiendo —dijo Tyson Tabares—. Yo haría lo mismo.

—Gracias por todo —respondió Vázquez a modo de despedida.

—No tan deprisa. Quizá tenga que hacerle una demostración de recursos a un amigo coruñés que tiene el mal gusto de alucinar con Nueva York.

—¿Me ayudarás?

—Seis grados de separación —dijo Tyson Tabares.

Rafael dio un sorbo a su cóctel esperando que el americano explicase aquella enigmática respuesta.

—Con no más de cinco intermediarios, puedes acceder a cualquier persona de la Tierra. ¿Conocías esa teoría? Solo tienes que encontrar los enlaces adecuados.

El optimismo hizo que Rafael viese el barco portacontenedores como una especie de caja de Lego gigante. La compañía del detective le daba una seguridad que no tenía.

—Había oído hablar de ella, pero no sabía que incluía al Papa de Roma —dijo Rafael, siguiendo el juego del americano.

—Me suele sobrar alguno —alardeó el americano.

Era su forma de decir que sí. Que lo acompañaría. Que retrasaría el regreso a su cabaña, a los brazos de su chica, a sus luchas habituales... «Y todo por conseguir que perdonen al tipo que me clavó un puñal», pensó sin llegar a entender muy bien por qué iba a hacerlo.

—Quiero invitarte a comer. Es la forma que tenemos en Galicia de mostrar nuestro agradecimiento. Quiero que te lleves un buen sabor de boca de mi tierra.

—Recuerdo el bizcocho de Santiago.

—Pues prepárate para el marisco *da costa da morte*.

La mariscada de la que disfrutaron hizo que el americano rompiese una de sus reglas y acabase haciéndole fotos con su móvil a las centollas, los bogavantes, las almejas y a las bandejas de percebes. Durante unas horas no pensaron en nada más que en disfrutar de la comida y la bebida.

—Detective, este es mi territorio —presumió Rafael.

Las desgracias y los acontecimientos desagradables tienen un enemigo: el fluir de la vida. Todo sigue. Siempre. Somos capaces de disfrutar al poco tiempo de sufrir una tragedia. El humano solo sabe vivir de una manera: hacia delante.

Rafael oyó que alguien golpeaba con los nudillos en la puerta de su habitación.

—Nos vamos a Roma —decía Tyson Tabares desde fuera.

El doctor Vázquez sonriente abrió la puerta sin saber muy bien si debía tomarse en serio la afirmación del americano.

—Creo que será mejor que esperemos allí la confirmación de la fecha.

—¿Estás hablando en serio? ¿Lo has conseguido?

—Me sobraron un par de pasos —fanfarroneó el americano.

Tyson Tabares conocía directores de periódicos de medio mundo. Su profesión de «instigador privado» era muy valorada en muchos círculos periodísticos. No fue necesario más que un contacto al más alto nivel en un periódico de Los Ángeles y que este hablase con un periódico italiano, para acabar contactando con el jefe del Dicasterio para la Comunicación de Su Santidad. La noticia de que había una información trascendental para el Papa recorrió medio mundo en unas horas y trajo de vuelta la buena nueva. Serían recibidos. Y como autoridades, por lo que la charla con el Papa sería más cómoda y prolongada. Pronto tendrían la confirmación de la fecha de la audiencia.

«¿De verdad, Tyson Tabares, que no tienes nada mejor que hacer que ir a Roma?», se dijo antes de hacer de nuevo su equipaje.

71

Roma, 7 de marzo
161 días para el nacimiento

Empezaban a perder la esperanza de ser recibidos por Su Santidad cuando recibieron la llamada: el martes día 7 de marzo a las cinco de la tarde.

Desde que entraron en el Vaticano las piernas de Rafael cimbreaban como un flan. Un sacerdote joven, con aspecto de ser una especie de encargado de protocolo, los llevó a una sala con tanto arte acumulado que podría competir con cualquier museo del mundo. El sonido de los pasos del joven sacerdote resaltaba el silencio que imperaba en todo el edificio.

A medida que pasaban los minutos, Rafael añadió al temblor de piernas el de sus manos.

—Tranquilo. Vamos a hablar con un ser humano —dijo Tyson Tabares mientras intentaba aplacar con su mano la rodilla de Rafael.

La puerta de la sala se abrió. El Sumo Pontífice entró, con su característica sotana blanca sonriéndoles mientras se acercaba. Ambos se levantaron de inmediato. Los había cogido por sorpresa. Esperaban ser ellos los que acudiesen a otra estancia.

El Papa se les acercó con sosiego. Comenzaron a hablar. Se interesó por sus lugares de origen, que fue adivinando por los acentos de sus interlocutores. Rafael dio tantas veces las gracias por la recepción que obligó a Tyson Tabares a saltarse un poco el protocolo e ir al grano.

—Santidad, venimos a pedirle ayuda.

—Debe de ser algo muy importante a juzgar por todas las molestias que se han tomado —replicó el Santo Padre.

—Es el perdón para el padre Guillermo Díaz Barbeito —intervino Rafael—. Era mi amigo.

—¿Por qué acuden a mí? Cualquier sacerdote de su parroquia podría dar la absolución tanto como yo.

—Él me lo pidió. Guillermo... Guillermo hizo cosas terribles... No obstante, hubo algo..., una justificación..., pero digamos que..., que hizo comprensible que perdiese la razón.

En los minutos siguientes, entre ambos le contaron al Santo Padre lo que había sucedido. Desde el sacrilegio de la clonación hasta todos los crímenes posteriores.

—Guillermo quería que Su Santidad conociese la existencia de la clonación de Jesús. «Él sabrá qué hacer», decía siempre Guillermo. Y yo... Santo Padre, yo no sabía para qué usarían mis investigaciones...

El Papa escuchó con tranquilidad y contestó con sosiego en perfecto español. No en vano era su lengua natal.

—Siento mucho lo de su amigo. Una historia fea, grotesca si me lo permiten... Unas muertes tan inútiles... Todas las muertes prematuras del mundo lo son. Malogran vidas inacabadas.

Tyson Tabares observaba desde la distancia, como si en vez de estar a un par de metros estuviese en la costa oeste americana visualizando un documental sobre la máxima autoridad católica en el mundo.

—Es posible que ese ADN fuese de Jesucristo —comentó el Papa—. También es posible que fuese de otra persona, que, aun siendo el mismo en todas las reliquias, no fuese realmente del hijo de Dios. Alguien las pudo falsificar en algún momento de la historia —añadió.

Ambos estaban sorprendidos de la frialdad analítica y el cabal sentido común que mostraba en su razonamiento, alejado del dogmatismo obcecado que temían ambos antes de la visita.

—Las personas no somos solo carne, por mucho que se tienda a pensar así hoy en día. Las almas, creadas por Dios, son, permítanme la licencia, depositadas en cada cuerpo en el momento de su concepción. Completándolos. Perfeccionándolos. Cuerpo y alma son dos partes, inseparables, de la persona. Aunque en el vientre de esa mujer estuviese el cuerpo de Jesús mediante ese embrión clonado al que han aludido en su exposición, tan solo el Espíritu Santo puede decidir si será, o no, el hijo de Dios.

Sentían como si el Papa intentase tranquilizarlos. Agradecían sus argumentos, su actitud, restándole importancia a toda aquella locura, como si hubiese visto y vivido cosas aún peores. El Sumo Pontífice, por fin, concedió la absolución.

—Dios, Padre misericordioso, que reconcilió consigo al mundo por la muerte y la resurrección de su Hijo y derramó el Espíritu Santo para la remisión de los pecados, le conceda a Guillermo Díaz Barbeito, por el ministerio de la Iglesia, el perdón y la paz. Yo lo absuelvo de sus pecados en el nombre del Padre y del Hijo y del Espíritu Santo.

Hizo la señal de la cruz en el aire y se retiró dejándolos solos, sin palabras, con una sensación de paz, por un lado, y de cierta inutilidad de lo que había ocurrido, por otro. Antes de traspasar la puerta por la que había llegado, se volvió hacia ellos. Seguían en pie, respetuosos, en el mismo lugar de la sala en el que los había atendido.

—Hágase, según su voluntad —dijo mientras hacía una nueva señal de la cruz en el aire.

Rafael y Tyson Tabares también se marcharon y abandonaron el Vaticano.

Era el final.

Ambos regresarían a sus respectivas casas.

Todo había acabado.

72

Los Ángeles (California), 9 de marzo
159 días para el nacimiento

—Nos vamos a Malibú —dijo Tyson Tabares desde su teléfono nada más aterrizar en Los Ángeles.

—Supongo que no es el momento de hacerme la interesante y resistirme —dijo Katty.

—No. No lo es. Pasaré a recogerte en un par de horas.

—Como tardes un minuto más, me vas a oír.

Tyson Tabares sonrió y colgó el teléfono. Cuando llegó a su casa de Malibú, apoyó su equipaje, sacó la manta negra que cubría su Cadillac en el garaje y pasó respetuosamente una bayeta por la carrocería.

Condujo respirando la brisa marina, reencontrándose con el océano Pacífico mientras se acercaba a Hermosa Beach. Cuando por fin pudo abrazar a su chica, se dio cuenta de que la había echado de menos más aún de lo que creía.

—Nos vamos a una preciosa cabaña que te lleva esperando mucho tiempo.

El mar los recibió con un espectacular atardecer en Point Dume. El intenso ruido de olas los hizo preguntarse cómo un océano que rugía de esa forma podía llamarse Pacífico.

—Se acabó —celebró la señorita Ellis.
—Sí. Ha sido una auténtica locura.
El detective sonrió antes de besarla de nuevo.
—Ponte cómoda.
—¿Preparamos una copa de bienvenida?
—Por supuesto.
Mientras Katty buscaba el hielo para preparar un par de combinados, Tyson Tabares deshacía su equipaje. Entre las prendas encontró un sobre blanco que alguien, sin él haberse dado cuenta, había introducido en su maleta.
Era una carta manuscrita.
Aunque suponía de quién podía ser (al fin y al cabo era la única persona que estuvo en su habitación mientras hacía su equipaje), lo primero que hizo fue mirar la firma: Rafael Vázquez. Se dirigió al porche. Sacudió el polvillo acumulado de una de las sillas de madera y se sentó a leerla. Mientras lo hacía le parecía estar escuchando la voz de Rafael.

Amigo Tyson Tabares:

Supongo que puedo llamarte «amigo» después de todo lo que hemos vivido juntos. Es cierto que no hemos tenido demasiado tiempo para charlar con calma, para conocernos un poco mejor. No sé si a ti te pasa lo mismo, pero siento como si nos conociésemos desde hace muchos años...

No siempre fue así, la verdad. Es más, diría que esta sensación de amistad verdadera comenzó cuando la pesadilla acabó, cuando las cosas empezaron a calmarse. ¿Sabes? Nunca confié del todo en ti. Eras un personaje demasiado diferente a mí, a mi mundo, con ese aire de tipo duro caído del cielo... ¿A qué venía tanta ayuda? ¿Por qué arriesgarte de esa manera? ¿Qué querías realmente? No tenía una respuesta convincente para ninguna de las preguntas que me hacía sobre ti. Aquello de «haciendo que se conozca la verdad joderé a mi enemigo muerto» no me sonaba del todo creíble. Tienes que entender que estuve mucho tiempo sobrepasado por los acontecimientos. Quizá siga todavía. No lo sé. Lo que sí sé es que te debo mucho, Tyson Tabares, y quiero agradecértelo.

Hay una cosa que no te he dicho. Supongo que esperaba la ocasión adecuada..., pero lo cierto es que no encontré el momento. ¿Puede haber una ocasión adecuada para decirle a alguien que las cosas pueden ser aún peores de lo que parecen? ¿Que hay más mierda dentro de la mierda? ¿Que es posible ser más malvado y mezquino?

Hay siete clones, Tyson Tabares. Siete. François me confesó que existen siete mujeres esparcidas por toda Europa que llevan embriones clonados de Jesús de Nazaret en su vientre. Que si bien él tan solo se encargó de seguir en persona el embarazo de Asifa —era la n.º 1, la que consideraban «la madre»—, había otros seis más repartidos entre las clientas de sus clínicas... Nadie sabe quiénes son. «Siete huevos», los llamaba. «Lo hicimos por seguridad», me dijo... ¡Por seguridad! Qué ironía, ¿no crees?

La verdad es que resulta inconcebible. A nadie se le puede ocurrir pensar que nazcan siete mesías... ¿Sería una locura o siete locuras, Tyson Tabares? Qué más da. Seguramente no tenga demasiada importancia y menos después de lo que nos dijo el Papa. Aquello de que será el Espíritu Santo quien decida..., pues me temo que en los próximos meses va a tener mucho trabajo para tomar decisiones. Porque si es que no, asunto terminado. Pero si decide que uno de ellos sí lo sea..., ¿a cuál de los siete elegirá?

«Tercos en los pecados, laxos en los propósitos.» Así somos los humanos, Baudelaire acertaba. Amigo, hemos vivido mucho en muy poco tiempo. Hemos visto cómo la iniquidad y la infamia se abren paso, día a día, sin que casi nadie haga nada. Hemos visto cómo se saltan las líneas rojas, el respeto desaparece y todo aquello que nos hace ser civilizados pasa a un segundo plano. Hemos visto tantas cosas... Que es comprensible que mi desconfianza y cautela iniciales hacia ti se hayan ido convirtiendo en admiración y en profundo agradecimiento. Por salvarme la vida. Por ayudar a dejar «abiertas las puertas del cielo» para mi amigo. Por intervenir decisivamente en un asunto en el que poco o nada tenías que ganar... Quizá hacer que el mundo sea algo más soportable. Quizá luchar por que abramos los ojos para que se respeten los límites, esos límites a favor de los que gritabas vehementemente en algunas de tus intervenciones que pude ver en internet...

Quizá tan solo quisieses evitar que siguieran creciendo las «flores del mal»...

Sigue peleando, Tyson Tabares. Sigue peleando.

Eternamente agradecido,

RAFAEL VÁZQUEZ

Volvió a mirar al mar. Luego miró a su chica, que preparaba los cócteles con parsimonia.

«Límites», pensó.

Recordó al bueno de Rafael Vázquez. «Mi amigo el de las dos zetas.»

Acudieron a su mente muchos de los momentos que habían pasado juntos.

«Claro que seguiré peleando, Vázquez, puedes apostar por ello.»

Mientras, la imagen de Nakamura se fue apoderando poco a poco de su mente, mirándolo con fijeza, retándolo... Pero no era el momento. Ahora era tiempo de Malibú.

De ser, simplemente, Sweet Pea.

Agradecimientos

Aunque no os lo creáis, esta es la página más difícil de escribir de toda la novela. Tengo tanto que agradecer y tantas ganas de hacerlo que me paraliza el miedo a olvidarme de alguien.

Gracias a mi gente. A mi familia y a mis amigos. Nadie puede escribir sin tener el corazón lleno.

Gracias a Isabel, mi mujer, por su ayuda y por compartir conmigo su positividad, su energía y su talento (nada de esto hubiese sido posible sin ti, mi amor).

Gracias a mis tres hijas, por sus importantes sugerencias y aportaciones.

Gracias a todos mis compañeros por sus «granos de arena» (especialmente a Raquel, a Cristina y a Rubén que fueron lectores «beta» de las primeras versiones de la novela).

Gracias a Juan Gómez-Jurado por su apoyo. Gracias a Alfredo Cousillas y a Charo Baleirón por sus consejos técnicos.

Gracias a los que me habéis leído. Nada de esto tendría sentido sin vosotros.

Gracias a las librerías y a los libreros. Por ser parte decisiva de la magia.

Gracias a todos los que comentáis libros en los medios de comunicación por darle alas a la creatividad.

Gracias a todo el equipo de Penguin Random House, desde Clara Rasero a Carmen Romero pasando por todo el equipo técnico y comercial. Sois los mejores. Hacéis que todo esto sea posible y eso merece mi gratitud eterna.

Gracias a los que en su día me incitasteis a leer: a todos los buenos profesores que he tenido la fortuna de disfrutar, a mentores y amigos...

Gracias por vuestra huella a los que he leído yo, especialmente a los que habéis empujado a este maravilloso mundo del suspense, el misterio y la intriga (como veis he intentado no decir *thriller*, al menos no de primero). Desde Agatha Christie y Arthur Conan Doyle hasta Juan Gómez-Jurado. Desde Bram Stoker y Dashiell Hammett, pasando por Walter Mosley, Jim Thompson, Palahniuk, Simenon, Highsmith, Grisham, Flynn, Nesbø, Dicker, etcétera. Y, por supuesto (permitidme que me ponga de pie) al maestro de los maestros: su majestad Stephen King.

Gracias también a todos los guionistas que tanto talento han derramado en los miles y miles de horas de cine que he disfrutado.

Gracias una vez más a todos por leerme y compartirlo (sin hacer spoiler, por favor).

Por último quiero dar unas gracias especiales a un pensamiento de Truman Capote, por lo mucho que me ha ayudado en la vida: «El que no imagina es como el que no suda; almacena veneno».